GEORGE ORWELL
LAS DOS OBRAS MAESTRAS

Classipublica

GEORGE ORWELL
Eric Arthur Blair
(1903-1950)

REBELIÓN EN LA GRANJA
Animal Farm, Londres, Secker and Warburg, 1945

1984
Nineteen Eighty-Four, Londres, Secker and Warburg, 1949

Publicado por

OMNIA PUBLICA INTERNATIONAL

www.omniapublica.com

REBELIÓN EN LA GRANJA

1984

REBELIÓN EN LA GRANJA

CAPÍTULO I

El señor Jones, propietario de la Granja Manor, cerró por la noche los gallineros, pero estaba demasiado borracho para recordar que había dejado abiertas las ventanillas. Con la luz de la linterna danzando de un lado a otro cruzó el patio, se quitó las botas ante la puerta trasera, sirvióse una última copa de cerveza del barril que estaba en la cocina y se fue derecho a la cama, donde ya roncaba la señora Jones.

Apenas se hubo apagado la luz en el dormitorio, empezó el alboroto en toda la granja. Durante el día se corrió la voz de que el Viejo Mayor, el verraco premiado, había tenido un sueño extraño la noche anterior y deseaba comunicárselo a los demás animales. Habían acordado reunirse todos en el granero principal cuando el señor Jones se retirara. El Viejo Mayor (así le llamaban siempre, aunque fue presentado en la exposición bajo el nombre de Willingdon Beauty) era tan altamente estimado en la granja, que todos estaban dispuestos a perder una hora de sueño para oír lo que él tuviera que decirles.

En un extremo del granero principal, sobre una especie de plataforma elevada, Mayor se encontraba ya arrellanado en su lecho de paja, bajo una linterna que pendía de una viga. Tenía doce años de edad y últimamente se había puesto bastante gordo, pero aún era un cerdo majestuoso de aspecto sabio y bonachón, a pesar de que sus colmillos nunca habían sido cortados. Al poco rato empezaron a llegar los demás animales y a colocarse cómodamente, cada cual a su modo. Primero llegaron los tres perros, Bluebell, Jessie y Pincher, y luego los cerdos, que se arrellanaron en la paja delante de la plataforma. Las gallinas se situaron en el alféizar de las ventanas, las palomas revolotearon hacia los tirantes de las vigas, las ovejas y las vacas se echaron detrás de los cerdos y se dedicaron a rumiar. Los dos caballos de tiro, Boxer y Clover, entraron juntos, caminando despacio y posando con gran cuidado sus enormes cascos peludos, por temor de que algún animalito pudiera hallarse oculto en la paja. Clover era una yegua robusta, entrada en años y de aspecto maternal que no había logrado recuperar la silueta después de su cuarto potrillo. Boxer era una bestia enorme, de casi quince palmos de altura y tan fuerte como dos caballos normales juntos. Una franja blanca a lo largo de su hocico le daba un aspecto estúpido, y, ciertamente no era muy inteligente, pero sí respetado por todos dada su entereza de carácter y su tremenda fuerza para el trabajo. Después de los caballos llegaron Muriel, la cabra blanca, y Benjamín, el burro. Benjamín era el animal más viejo y de peor genio de la granja. Raramente hablaba, y cuando lo hacía, generalmente era para hacer alguna observación cínica; diría, por ejemplo, que «Dios le había dado una cola para espantar las moscas, pero que él hubiera preferido no tener ni cola ni moscas». Era el único de los animales de la granja que jamás reía. Si se le preguntaba por qué, contestaba que no tenía motivos para hacerlo. Sin embargo, sin admitirlo abiertamente, sentía afecto por Boxer; los dos pasaban, generalmente, el domingo en el pequeño prado detrás de la huerta, pastando juntos, sin hablarse.

Apenas se echaron los dos caballos, cuando un grupo de patitos que habían perdido la madre entró en el granero piando débilmente y yendo de un lado a otro en busca de un lugar donde no hubiera peligro de que los pisaran. Clover formó una especie de pared con su enorme pata delantera y los patitos se anidaron allí durmiéndose enseguida. A última hora, Mollie, la bonita y tonta yegua blanca que tiraba del coche del señor Jones, entró afectadamente mascando un terrón de azúcar. Se colocó delante, coqueteando con sus blancas crines a fin de atraer la atención hacia los lazos rojos con que había sido trenzada. La última en aparecer fue la gata, que buscó, como de costumbre, el lugar más cálido, acomodándose finalmente entre Boxer y Clover; allí ronroneó a gusto durante el desarrollo del discurso de Mayor, sin oír una sola palabra de lo que éste decía.

Ya estaban presentes todos los animales -excepto Moses, el cuervo amaestrado, que dormía sobre una percha detrás de la puerta trasera-. Cuando Mayor vio que estaban todos acomodados y esperaban con atención, aclaró su voz y comenzó:

—Camaradas: os habéis enterado ya del extraño sueño que tuve anoche. Pero de eso hablaré luego. Primero tengo que decir otra cosa. Yo no creo, camaradas, que esté muchos meses más con vosotros y antes de morir estimo mi deber transmitiros la sabiduría que he adquirido. He vivido muchos años, dispuse de bastante tiempo para meditar mientras he estado a solas en mi pocilga y creo poder afirmar que entiendo el sentido de la vida en este mundo, tan bien como cualquier otro animal viviente. Es respecto a esto de lo que deseo hablaros.

«Veamos, camaradas: ¿Cuál es la realidad de esta vida nuestra?

Encarémonos con ella: nuestras vidas son tristes, fatigosas y cortas. Nacemos, nos suministran la comida necesaria para mantenernos y a aquellos de nosotros capaces de trabajar nos obligan a hacerlo hasta el último átomo de nuestras fuerzas; y en el preciso instante en que ya no servimos, nos matan con una crueldad espantosa. Ningún animal en Inglaterra conoce el significado de la felicidad o la holganza después de haber cumplido un año de edad. No hay animal libre en Inglaterra. La vida de un animal es sólo miseria y esclavitud; ésta es la pura verdad.

«Pero, ¿forma esto parte realmente, del orden de la naturaleza? ¿Es acaso porque esta tierra nuestra es tan pobre que no puede proporcionar una vida decorosa a todos sus habitantes? No, camaradas; mil veces no. El suelo de Inglaterra es fértil, su clima es bueno, es capaz de dar comida en abundancia a una cantidad mucho mayor de animales que la que actualmente lo habita. Solamente nuestra granja puede mantener una docena de caballos, veinte vacas, centenares de ovejas; y todos ellos viviendo con una comodidad y una dignidad que en estos momentos está casi fuera del alcance de nuestra imaginación. ¿Por qué, entonces, continuamos en esta mísera condición? Porque los seres humanos nos arrebatan casi todo el fruto de nuestro trabajo. Ahí está, camaradas, la respuesta a todos nuestros problemas. Todo está explicado en una sola palabra: el Hombre. El hombre es el único enemigo real que tenemos. Haced desaparecer al hombre de la escena y la causa motivadora de nuestra hambre y exceso de trabajó será abolida para siempre.

«El hombre es el único ser que consume sin producir. No da leche, no pone huevos, es demasiado débil para tirar del arado y su velocidad ni siquiera le permite atrapar conejos. Sin embargo, es dueño y señor de todos los animales. Los hace trabajar, les da el mínimo necesario para mantenerlos y lo demás se lo guarda para él. Nuestro trabajo labora la tierra, nuestro estiércol la abona y, sin embargo, no existe uno de nosotros que posea algo más que su pellejo. Vosotras, vacas, que estáis aquí, ¿cuántos miles de litros de leche habéis dado este último año? ¿Y qué se ha hecho con esa leche que debía servir para criar terneros robustos? Hasta la última gota ha ido a parar al paladar de nuestros enemigos. Y vosotras, gallinas, ¿cuántos huevos habéis puesto este año y cuántos pollitos han salido de esos huevos? Todo lo demás ha ido a parar al mercado para producir dinero para Jones y su gente. Y tú, Clover, ¿dónde están estos cuatro potrillos que has tenido, que debían ser sostén y alegría de tu vejez? Todos fueron vendidos al año; no los volverás a ver jamás. Como recompensa por tus cuatro criaturas y todo tu trabajo en el campo, ¿qué has tenido, exceptuando tus escuálidas raciones y un pesebre?

«Ni siquiera nos permiten alcanzar el término natural de nuestras míseras vidas. Por mí no me quejo, porque he sido uno de los afortunados. Tengo doce años y he tenido más de cuatrocientas criaturas. Tal es el destino natural de un cerdo. Pero al final ningún animal se libra del cruel cuchillo. Vosotros, jóvenes cerdos que estáis sentados frente a mí, cada uno de vosotros va a gemir por su vida dentro de un año. A ese horror llegaremos todos: vacas, cerdos, gallinas, ovejas; todos. Ni siquiera los caballos y los perros tienen mejor destino. Tú, Boxer, el mismo día que tus grandes músculos pierdan su fuerza, Jones te venderá al descuartizador, quien te cortará el pescuezo y te cocerá para los perros de caza. En cuanto a los perros, cuando están viejos y sin dientes, Jones les ata un ladrillo al pescuezo y los ahoga en el estanque más cercano.

«¿No resulta entonces de una claridad meridiana, camaradas, que todos los males de nuestras vidas provienen de la tiranía de los seres humanos? Eliminad tan sólo al Hombre y el producto de nuestro trabajo nos pertenecerá. Casi de la noche a la mañana, nos volveríamos ricos y libres. Entonces, ¿qué es lo que debemos hacer? ¡Trabajar noche y día, con cuerpo y alma, para derrocar a la raza humana! Ése es mi mensaje, camaradas: ¡Rebelión! Yo no sé cuándo vendrá esa rebelión; quizá dentro de una semana o dentro de cien años; pero sí sé, tan seguro como veo esta paja bajo mis patas, que tarde o temprano se hará justicia. ¡Fijad la vista en eso, camaradas, durante los pocos años que os quedan de vida! Y, sobre todo, transmitid mi mensaje a los que vengan después, para que las futuras generaciones puedan proseguir la lucha hasta alcanzar la victoria.

«Y recordad, camaradas: vuestra voluntad jamás deberá vacilar. Ningún argumento os debe desviar. Nunca hagáis caso cuando os digan que el Hombre y los animales tienen intereses comunes, que la prosperidad de uno es también la de los otros. Son mentiras. El Hombre no sirve los intereses de ningún ser exceptuando los suyos propios. Y entre nosotros los animales, que haya perfecta unidad, perfecta camaradería en la lucha. Todos los hombres son enemigos. Todos los animales son camaradas.

En ese momento se produjo una tremenda conmoción. Mientras Mayor estaba hablando, cuatro grandes ratas habían salido de sus escondrijos y se habían sentado sobre sus cuartos traseros, escuchándolo. Los perros las divisaron repentinamente y sólo merced a una acelerada carrera hasta sus reductos lograron las ratas salvar sus vidas. Mayor levantó su pata para imponer silencio.

—Camaradas —dijo—, aquí hay un punto que debe ser aclarado. Los animales salvajes, como los ratones y los conejos, ¿son nuestros amigos o nuestros enemigos? Pongámoslo a votación.

«Yo planteo esta pregunta a la asamblea: ¿Son camaradas las ratas?

Se pasó a votación inmediatamente, decidiéndose por una mayoría abrumadora que las ratas eran camaradas. Hubo solamente cuatro discrepantes: los tres perros y la gata, que, como se descubrió luego, habían votado por ambos lados. Mayor prosiguió:

—Me resta poco que deciros. Simplemente insisto: recordad siempre vuestro deber de enemistad hacia el Hombre y su manera de ser. Todo lo que camine sobre dos pies es un enemigo. Lo que ande a cuatro patas, o tenga alas, es un amigo. Y recordad también que en la lucha contra el Hombre, no debemos llegar a parecernos a él. Aun cuando lo hayáis vencido, no adoptéis sus vicios. Ningún animal debe vivir en una casa, dormir en una cama, vestir ropas, beber alcohol, fumar tabaco, manejar dinero ni ocuparse del comercio. Todas las costumbres del Hombre son malas. Y, sobre todas las cosas, ningún animal debe tiranizar a sus semejantes. Débiles o fuertes, listos o ingenuos, todos somos hermanos. Ningún animal debe matar a otro animal. Todos los animales son iguales.

«Y ahora, camaradas, os contaré mi sueño de anoche. No estoy en condiciones de describíroslo a vosotros. Era una visión de cómo será la tierra cuando el Hombre haya sido proscrito. Pero me trajo a la memoria algo que hace tiempo había olvidado. Muchos años ha, cuando yo era un lechoncito, mi madre y las otras cerdas acostumbraban a entonar una vieja canción de la que sólo sabían la tonada y las tres primeras palabras. Aprendí esa canción en mi infancia, pero hacía mucho tiempo que la había olvidado. Anoche, sin embargo, volvió a mí en el sueño. Y más aún, las palabras de la canción también; palabras que, tengo la certeza, fueron cantadas por animales de épocas lejanas y luego olvidadas durante muchas generaciones. Os cantaré esa canción ahora, camaradas. Soy viejo y mi voz es ronca, pero cuando os haya enseñado la tonada podréis cantarla mejor que yo. Se llama «Bestias de Inglaterra».

El viejo Mayor carraspeó y comenzó a cantar. Tal como había dicho, su voz era ronca, pero a pesar de todo lo hizo bastante bien;

era una tonadilla rítmica, algo a medias entre
«Clementina» y «La cucaracha». La letra decía así:

¡Bestias de Inglaterra, bestias de Irlanda!
¡Bestias de toda tierra y clima!
¡Oíd mis gozosas nuevas que cantan un futuro feliz!
Tarde o temprano llegará la hora
en la que la tiranía del Hombre sea derrocada y las ubérrimas praderas de Inglaterra
tan sólo por animales sean holladas.
De nuestros hocicos serán proscritas las argollas,
de nuestros lomos desaparecerán los arneses. Bocados y espuelas serán presas de la herrumbre y nunca más crueles látigos harán oír su restallar. Más ricos que la mente imaginar pudiera,
el trigo, la cebada, la avena, el heno, el trébol, la alfalfa y la remolacha serán sólo nuestros el día señalado.
Radiantes lucirán los prados de Inglaterra y más puras las aguas manarán;
más suave soplará la brisa
el día que brille nuestra libertad. Por ese día todos debemos trabajar aunque hayamos de morir sin verlo. Caballos y vacas, gansos y pavos,
¡todos deben, unidos, por la libertad luchar!
¡Bestias de Inglaterra, bestias de Irlanda!
¡Bestias de todo país y clima!
¡Oíd mis gozosas nuevas que cantan un futuro feliz!

El ensayo de esta canción puso a todos los animales en la más salvaje excitación. Poco antes de que Mayor hubiera finalizado, ya se habían lanzado todos a cantarla. Hasta el más estúpido había retenido la melodía y parte de la letra, mientras que los más inteligentes, como los cerdos y los perros, aprendieron la canción en pocos minutos. Poco más tarde, con ayuda de varios ensayos previos, toda la granja rompió a cantar «Bestias de Inglaterra» al unísono. Las vacas la mugieron, los perros la aullaron, las ovejas la balaron, los caballos la relincharon, los patos la graznaron. Estaban tan contentos con la canción que la repitieron cinco veces seguidas y habrían continuado así toda la noche de no haber sido interrumpidos.

Desgraciadamente, el alboroto armado despertó al señor Jones, que saltó de la cama creyendo que había un zorro merodeando en los corrales. Tomó la escopeta, que estaba permanentemente en un rincón del dormitorio, y disparó un tiro en la oscuridad. Los perdigones se incrustaron en la pared del granero y la sesión se levantó precipitadamente. Cada cual huyó hacia su lugar de dormir. Las aves saltaron a sus palos, los animales se acostaron en la paja y en un instante toda la granja estaba durmiendo.

CAPÍTULO II

Tres noches después, el Viejo Mayor murió apaciblemente mientras dormía. Su cadáver fue enterrado al pie de la huerta.

Eso ocurrió a principios de marzo. Durante los tres meses siguientes hubo una gran actividad secreta. A los animales más inteligentes de la granja, el discurso de Mayor les había hecho ver la vida desde un punto de vista totalmente nuevo. Ellos no sabían cuándo sucedería la Rebelión que pronosticara Mayor; no tenían motivo para creer que sucediera durante el transcurso de sus propias vidas, pero vieron claramente que su deber era prepararse para ella. El trabajo de enseñar y organizar a los demás recayó naturalmente sobre los cerdos, a quienes se reconocía en general como los más inteligentes de los animales.

Elementos prominentes entre ellos eran dos cerdos jóvenes que se llamaban Snowball y Napoleón, a quienes el señor Jones estaba criando para vender. Napoleón era un verraco grande de aspecto feroz, el único cerdo de raza Berkshire en la granja; de pocas palabras, tenía fama de salirse siempre con la suya. Snowball era más vivaz que Napoleón, tenía mayor facilidad de palabra y era más ingenioso, pero lo consideraban de carácter más débil. Los demás puercos machos de la granja eran muy jóvenes. El más conocido entre ellos era uno pequeño y gordito que se llamaba Squealer, de mejillas muy redondas, ojos vivarachos, movimientos ágiles y voz chillona. Era un orador brillante, y cuando discutía algún asunto difícil, tenía una forma de saltar de lado a lado moviendo la cola que le hacía muy persuasivo. Se decía de Squealer que era capaz de hacer ver lo negro, blanco.

Estos tres habían elaborado, a base de las enseñanzas del Viejo Mayor, un sistema completo de ideas al que dieron el nombre de Animalismo. Varias noches por semana, cuando el señor Jones ya dormía, celebraban reuniones secretas en el granero, en cuyo transcurso exponían a los demás los principios del Animalismo. Al comienzo encontraron mucha estupidez y apatía. Algunos animales hablaron del deber de lealtad hacia el señor Jones, a quien llamaban «Amo», o hacían observaciones elementales como: «El señor Jones nos da de comer»; «Si él no estuviera nos moriríamos de hambre».

Otros formulaban preguntas tales como: «¿Qué nos importa a nosotros lo que va a suceder cuando estemos muertos?», o bien: «Si la rebelión se va a producir de todos modos, ¿qué diferencia hay si trabajamos para ello o no?», y los cerdos tenían grandes dificultades en hacerles ver que eso era contrario al espíritu del Animalismo. Las preguntas más estúpidas fueron hechas por Mollie, la yegua blanca. La primera que dirigió a Snowball fue la siguiente:

—¿Habrá azúcar después de la rebelión?

—No —respondió Snowball firmemente—. No tenemos medios para fabricar azúcar en esta granja. Además, tú no precisas azúcar. Tendrás toda la avena y el heno que necesites.

—¿Y se me permitirá seguir usando cintas en la crin? — insistió Mollie.

—Camarada —dijo Snowball—, esas cintas que tanto te gustan son el símbolo de la esclavitud. ¿No entiendes que la libertad vale más que esas cintas?

Mollie asintió, pero daba la impresión de, que no estaba muy convencida.

Los cerdos tuvieron una lucha aún mayor para contrarrestar las mentiras que difundía Moses, el cuervo amaestrado. Moses, que era el favorito del señor Jones, era espía y chismoso, pero también un orador muy hábil. Pretendía conocer la existencia de un país misterioso llamado Monte Azúcar, al que iban todos los animales cuando morían. Estaba situado en algún lugar del cielo, «un poco más allá de las nubes», decía Moses. Allí era domingo siete veces por semana, el trébol estaba en estación todo el año y los terrones de azúcar y las tortas de linaza crecían en los cercados. Los animales odiaban a Moses porque era chismoso y no hacía ningún trabajo, pero algunos creían lo de Monte Azúcar y los cerdos tenían que argumentar mucho para persuadirlos de la inexistencia de tal lugar.

Los discípulos más leales eran los caballos de tiro Boxer y Clover. Ambos tenían gran dificultad en formar su propio juicio, pero desde que aceptaron a los cerdos como maestros, asimilaban todo lo que se les decía y lo transmitían a los demás animales mediante argumentos sencillos. Nunca faltaban a las citas secretas en el granero y encabezaban el canto de «Bestias de Inglaterra» con el que siempre se daba fin a las reuniones.

El hecho fue que la rebelión se llevó a cabo mucho antes y más fácilmente de lo que ellos esperaban. En años anteriores el señor Jones, a pesar de ser un amo duro, había sido un agricultor capaz, pero últimamente contrajo algunos vicios. Se había desanimado mucho después de perder bastante dinero en un pleito, y comenzó a beber más de la cuenta. Durante días enteros permanecía en su sillón de la cocina, leyendo los periódicos, bebiendo y, ocasionalmente, dándole a Moses cortezas de pan mojado en cerveza. Sus hombres se habían vuelto perezosos y descuidados, los campos estaban llenos de maleza, los edificios necesitaban arreglos, los vallados estaban descuidados, y mal alimentados los animales.

Llegó junio y el heno estaba casi listo para ser cosechado. La noche de San Juan, que era sábado, el señor Jones fue a Willingdon y se emborrachó de tal forma en «El León Colorado», que no volvió a la granja hasta el mediodía del domingo. Los peones habían ordeñado las vacas de madrugada y luego se fueron a cazar conejos, sin preocuparse de dar de comer a los animales. A su regreso, el señor Jones se quedó dormido inmediatamente en el sofá de la sala, tapándose la cara con el periódico, de manera que al anochecer los animales aún estaban sin comer. El hambre sublevó a los animales, que ya no resistieron más. Una de las vacas rompió de una cornada la puerta del depósito de forrajes y los animales empezaron a servirse solos de los depósitos. En ese momento se despertó el señor Jones. De inmediato él y sus cuatro peones se hicieron presentes con látigos, azotando a diestro y siniestro. Esto superaba lo que los hambrientos animales podían soportar. Unánimemente, aunque nada había sido planeado con anticipación, se abalanzaron sobre sus torturadores. Repentinamente, Jones y sus peones se encontraron recibiendo empellones y patadas desde todos los lados. Estaban perdiendo el dominio de la situación porque jamás habían visto a los animales portarse de esa manera. Aquella inopinada insurrección de bestias a las que estaban acostumbrados a golpear y maltratar a su antojo, los aterrorizó hasta casi hacerles perder la cabeza. Al poco, abandonaron su conato de defensa y escaparon. Un minuto después, los cinco corrían a toda velocidad por el sendero que conducía al camino principal con los animales persiguiéndoles triunfalmente.

La señora Jones miró por la ventana del dormitorio, vio lo que sucedía, metió precipitadamente algunas cosas en un bolso y se escabulló de la granja por otro camino. Moses saltó de su percha y aleteó tras ella, graznando sonoramente. Mientras tanto, los animales habían perseguido a Jones y sus peones hacia la carretera y, apenas salieron, cerraron el portón tras ellos estrepitosamente. Y así, casi sin darse cuenta de lo ocurrido, la rebelión se había llevado a cabo triunfalmente: Jones fue expulsado y la «Granja Manor» era de ellos.

Durante los primeros minutos los animales apenas si daban crédito a su triunfo. Su primera acción fue correr todos juntos alrededor de los límites de la granja, como para cerciorarse de que ningún ser humano se escondía en ella; luego volvieron al galope hacia los edificios para borrar los últimos vestigios del ominoso reinado de Jones. Irrumpieron en el guadarnés que se hallaba en un extremo del establo; los bocados, las argollas, las cadenas de los perros, los crueles cuchillos con los que el señor Jones acostumbraba a castrar a los cerdos y corderos, todos fueron arrojados al aljibe. Las riendas, las cabezadas, las anteojeras, los degradantes morrales fueron tirados al fuego en el patio, donde en ese momento se estaba quemando la basura. Igual destino tuvieron los látigos. Todos los animales saltaron de alegría cuando vieron arder los látigos. Snowball también tiró al fuego las cintas que generalmente adornaban las colas y crines de los caballos en los días de feria.

—Las cintas —dijo— deben considerarse como indumentaria, que es el distintivo de un ser humano. Todos los animales deben ir desnudos.

Cuando Boxer oyó esto, tomó el sombrerito de paja que usaba en verano para impedir que las moscas le entraran en las orejas y lo tiró al fuego con lo demás.

En muy poco tiempo los animales habían destruido todo lo que podía hacerles recordar el dominio del señor Jones. Entonces Napoleón los llevó nuevamente al depósito de forrajes y sirvió una doble ración de maíz a cada uno, con dos bizcochos para cada perro. Luego cantaron «Bestias de Inglaterra» de cabo a rabo siete veces seguidas, y después de eso se acomodaron para pasar la noche y durmieron como nunca lo habían hecho anteriormente.

Pero se despertaron al amanecer, como de costumbre, y, acordándose repentinamente del glorioso acontecimiento, se fueron todos juntos a la pradera. A poca distancia de allí había una loma desde donde se dominaba casi toda la granja. Los animales se dieron prisa en llegar a la cumbre y miraron en su torno, a la clara luz de la mañana. Sí, era de ellos; ¡todo lo que podían ver era suyo! Poseídos por este pensamiento, brincaban por doquier, se lanzaban al aire dando grandes saltos de alegría. Se revolcaban en el rocío, mordían la dulce hierba del verano, coceaban levantando terrones de tierra negra y aspiraban su fuerte aroma. Luego hicieron un recorrido de inspección por toda la granja y miraron con muda admiración la tierra labrantía, el campo de heno, la huerta, el estanque, el soto. Era como si nunca hubieran visto aquellas cosas anteriormente, y apenas podían creer que todo era de ellos.

Volvieron después a los edificios de la granja y, vacilantes, se detuvieron en silencio ante la puerta de la casa. También era suya, pero tenían miedo de entrar. Un momento después, sin embargo, Snowball y Napoleón empujaron la puerta con el hombro y los animales entraron en fila india, caminando con el mayor cuidado por miedo a estropear algo. Fueron de puntillas de una habitación a la otra, temerosos de alzar la voz, contemplando con una especie de temor reverente el increíble lujo que allí había: las camas con sus colchones de plumas, los espejos, el sofá de pelo de crin, la alfombra de Bruselas, la litografía de la Reina Victoria que estaba colgada encima del hogar de la sala. Estaban bajando la escalera cuando se dieron cuenta de que faltaba Mollie. Al volver sobre sus pasos descubrieron que la yegua se había quedado en el mejor dormitorio. Había tomado un trozo de cinta azul de la mesa de tocador de la señora Jones y, apoyándola sobre el hombro, se estaba admirando en el espejo como una tonta.

Los otros se lo reprocharon ásperamente y salieron. Sacaron unos jamones que estaban colgados en la cocina y les dieron sepultura; el barril de cerveza fue destrozado mediante una coz de Boxer, y no se tocó nada más de la casa. Allí mismo se resolvió por unanimidad que la vivienda sería conservada como museo. Estaban todos de acuerdo en que jamás debería vivir allí animal alguno.

Los animales tomaron el desayuno, y luego Snowball y Napoleón los reunieron a todos otra vez.

—Camaradas —dijo Snowball—, son las seis y media y tenemos un largo día ante nosotros. Hoy debemos comenzar la cosecha del heno. Pero hay otro asunto que debemos resolver primero. Los cerdos revelaron entonces que, durante los últimos tres meses, habían aprendido a leer y escribir mediante un libro elemental que había sido de los chicos del señor Jones y que, después, fue tirado a la basura. Napoleón mandó traer unos botes de pintura blanca y negra y los llevó hasta el portón que daba al camino principal. Luego Snowball (que era el que mejor escribía) tomó un pincel entre los dos nudillos de su pata delantera, tachó «Granja Manor» de la traviesa superior del portón y en su lugar pintó «Granja Animal». Ése iba a ser, de ahora en adelante, el nombre de la granja. Después volvieron a los edificios, donde Snowball y Napoleón mandaron traer una escalera que hicieron colocar contra la pared trasera del granero principal. Entonces explicaron que, mediante sus estudios de los últimos tres meses, habían logrado reducir los principios del

Animalismo a siete Mandamientos.

Esos siete Mandamientos serían inscritos en la pared; formarían una ley inalterable por la cual deberían regirse en adelante, todos los animales de la «Granja Animal». Con cierta dificultad (porque no es fácil para un cerdo mantener el equilibrio sobre una escalera), Snowball trepó y puso manos a la obra con la ayuda de Squealer que, unos peldaños más abajo, le sostenía el

bote de pintura. Los Mandamientos fueron escritos sobre la pared alquitranada con letras blancas, y tan grandes, que podían leerse a treinta yardas de distancia. La inscripción decía así:

LOS SIETE MANDAMIENTOS

1.   Todo lo que camina sobre dos pies es un enemigo.
2.   Todo lo que camina sobre cuatro patas, o tenga alas, es un amigo.
3.   Ningún animal usará ropa.
4.   Ningún animal dormirá en una cama.
5.   Ningún animal beberá alcohol.
6.   Ningún animal matará a otro animal.
7.   Todos los animales son iguales.

Estaba escrito muy claramente y exceptuando que donde debía decir «amigo», se leía «imago» y que una de las «S» estaba al revés, la redacción era correcta. Snowball lo leyó en voz alta para los demás. Todos los animales asintieron con una inclinación de cabeza demostrando su total conformidad y los más inteligentes empezaron enseguida a aprenderse de memoria los Mandamientos.

—Ahora, camaradas —gritó Snowball tirando el pincel—, ¡al henar! Impongámonos el compromiso de honor de terminar la cosecha en menos tiempo del que tardaban Jones y sus hombres.

En aquel momento, las tres vacas, que desde un rato antes parecían estar intranquilas, empezaron a mugir muy fuertemente. Hacía veinticuatro horas que no habían sido ordeñadas y sus ubres estaban a punto de reventar. Después de pensarlo un momento, los cerdos mandaron traer unos cubos y ordeñaron a las vacas con regular éxito pues sus patas se adaptaban bastante bien a esa tarea. Rápidamente hubo cinco cubos de leche cremosa y espumosa, que muchos de los animales miraban con gran interés.

—¿Qué se hará con toda esa leche? —preguntó alguien.

—Jones a veces empleaba una parte mezclándola en nuestra comida —dijo una de las gallinas.

—¡No os preocupéis por la leche, camaradas! —expuso Napoleón situándose delante de los cubos—. Eso ya se arreglará. La cosecha es más importante. El camarada Snowball os guiará. Yo os seguiré dentro de unos minutos. ¡Adelante, camaradas! El heno os espera.

Los animales se fueron en tropel hacia el campo de heno para empezar la cosecha y, cuando volvieron, al anochecer, notaron que la leche había desaparecido.

CAPÍTULO III

¡Cuánto trabajaron y sudaron para entrar el heno! Pero sus esfuerzos fueron recompensados, pues la cosecha resultó incluso mejor de lo que esperaban.

A veces el trabajo era duro; los aperos habían sido diseñados para seres humanos y no para animales, y representaba una gran desventaja el hecho de que ningún animal pudiera usar las herramientas que obligaban a empinarse sobre sus patas traseras. Pero los cerdos eran tan listos que encontraban solución a cada problema. En cuanto a los caballos, conocían cada palmo del terreno y, en realidad, entendían el trabajo de segar y rastrillar mejor que Jones y sus hombres. Los cerdos en verdad no trabajaban, pero dirigían y supervisaban a los demás. A causa de sus conocimientos superiores, era natural que ellos asumieran el mando. Boxer y Clover enganchaban los atalajes a la segadora o a la rastrilladora (en aquellos días, naturalmente, no hacían falta frenos o riendas) y marchaban resueltamente por el campo con un cerdo caminando detrás y diciéndoles: «Arre, camarada» o «Atrás, camarada», según el caso. Y todos los animales, incluso los más humildes, laboraron para aventar el heno y amontonarlo. Hasta los patos y las gallinas trabajaban yendo de un lado para el otro, todo el día a pleno sol, transportando manojitos de heno en sus picos. Al final terminaron la cosecha invirtiendo dos días menos de lo que generalmente tardaban Jones y sus peones. Además, era la cosecha más grande que se había visto en la granja. No hubo desperdicio alguno; las gallinas y los patos con su vista penetrante habían levantado hasta el último brote. Y ningún animal de la estancia había robado ni tan siquiera un bocado.

Durante todo el verano, el trabajo en la granja anduvo como sobre ruedas. Los animales eran felices como jamás habían imaginado que podrían serlo. Cada bocado de comida resultaba un exquisito manjar, ya que era realmente su propia comida, producida por ellos y para ellos y no repartida en pequeñas porciones y de mala gana por un amo gruñón. Como ya no estaban los inútiles y parasitarios seres humanos, había más comida para todos. Se tenían más horas libres también, a pesar de la inexperiencia de los animales. Claro está que se encontraron con muchas dificultades, por ejemplo: cuando cosecharon el maíz, tuvieron que pisarlo al estilo antiguo y eliminar los desperdicios soplando, pues la granja no tenía desgranadora, pero los cerdos con su inteligencia y Boxer con sus poderosos músculos los sacaban siempre de apuros. Todos admiraban a Boxer. Había sido un gran trabajador aun en el tiempo de Jones, pero ahora más bien semejaba tres caballos que uno; en determinados días parecía que todo el trabajo descansaba sobre sus forzudos hombros. Tiraba y arrastraba de la mañana a la noche y siempre donde el trabajo era más duro. Había acordado con un gallo que, éste, lo despertara media hora antes que a los demás, y efectuaba algún trabajo voluntario donde hacía más falta, antes de empezar la tarea normal de todos los días. Su respuesta para cada problema, para cada contratiempo, era: «¡Trabajaré más fuerte!»; era como un estribillo personal.

Pero cada uno actuaba conforme a su capacidad. Las gallinas y los patos, por ejemplo, recuperaron cinco fanegas de maíz durante la cosecha, recogiendo los granos perdidos. Nadie robó, nadie se quejó de su ración; las discusiones, peleas y envidias que eran componente natural de la vida cotidiana en los días de antaño, habían desaparecido casi por completo. Nadie eludía el trabajo, o casi nadie. Mollie, en verdad, no era muy diligente para levantarse por la mañana, y tenía la costumbre de dejar el trabajo temprano, alegando que se le había introducido una piedra en el casco. Y el comportamiento de la gata era algo raro. Pronto se notó que cuando había trabajo, no se la encontraba. Desaparecía durante horas enteras, y luego se presentaba a la hora de la comida o al anochecer, cuando cesaba el trabajo, como si nada hubiera ocurrido. Pero siempre presentaba tan excelentes excusas y ronroneaba tan afablemente, que era imposible dudar de sus buenas intenciones. El viejo Benjamín, el burro, parecía no haber cambiado desde la rebelión. Hacía su trabajo con la misma obstinación y lentitud que antes, nunca eludiéndolo y nunca ofreciéndose tampoco para cualquier tarea extra. No daba su opinión sobre la rebelión o sus resultados. Cuando se le preguntaba si no era más feliz, ahora que ya no estaba Jones, se limitaba a contestar: «Los burros viven mucho tiempo. Ninguno de ustedes ha visto un burro muerto». Y los demás debían conformarse con tan misteriosa respuesta.

Los domingos no se trabajaba. El desayuno se tomaba una hora más tarde que de costumbre, y después tenía lugar una ceremonia que se cumplía todas las semanas sin excepción. Primero se izaba la bandera. Snowball había encontrado en el guadarnés un viejo mantel verde de la señora Jones y había pintado en blanco sobre su superficie un asta y una pezuña. Y esta enseña era izada en el mástil del jardín, todos los domingos por la mañana. La bandera era verde, explicó Snowball, para representar los campos verdes de Inglaterra, mientras que el asta y la pezuña significaban la futura República de los Animales, que surgiría cuando finalmente lograran derrocar a la raza humana. Después de izar la bandera, todos los animales se dirigían en tropel al granero principal donde tenía lugar una asamblea general, a la que se conocía por la Reunión. Allí se planeaba el trabajo de la semana siguiente y se suscitaban y debatían las decisiones a adoptar. Los cerdos eran los que siempre proponían las resoluciones. Los otros animales entendían cómo debían votar, pero nunca se les ocurrían ideas propias. Snowball y Napoleón eran, sin duda, los más activos en los debates. Pero se notó que ellos dos nunca estaban de acuerdo; ante cualquier sugerencia que hacía el uno, podía descontarse que el otro estaría en contra. Hasta cuando se decidió reservar el pequeño campo de detrás de la huerta como hogar de descanso para los animales que ya no estaban en condiciones de trabajar, hubo un tormentoso debate con referencia a la edad de retiro correspondiente a cada clase de animal. La Reunión siempre terminaba con la canción «Bestias de Inglaterra», y la tarde la dedicaban al ocio.

Los cerdos hicieron del guadarnés su cuartel general. Todas las noches, estudiaban herrería, carpintería y otros oficios necesarios, en los libros que habían traído de la casa. Snowball también se ocupó en organizar a los otros, en lo que denominaba Comités de Animales. Para esto, era incansable. Formó el Comité de producción de huevos para las gallinas, la Liga de las colas limpias para las vacas, el Comité para reeducación de los camaradas salvajes (cuyo objeto era domesticar las ratas y los conejos), el Movimiento pro-lana más blanca para las ovejas, y otros muchos, además de organizar clases de lectura y escritura. En general, estos proyectos resultaron un fracaso. El ensayo de domesticar a los animales salvajes, por ejemplo, falló casi de raíz. Siguieron portándose prácticamente igual que antes, y cuando eran tratados con generosidad se aprovechaban de ello. La gata se incorporó al Comité para la reeducación y actuó mucho en él durante algunos días. Cierta vez la vieron sentada en la azotea charlando con algunos gorriones que estaban fuera de su alcance. Les estaba diciendo que todos los animales eran ya camaradas y que cualquier gorrión que quisiera podía posarse sobre su garra; pero los gorriones prefirieron abstenerse.

Las clases de lectura y escritura, por el contrario, tuvieron gran éxito. Para otoño casi todos los animales, en mayor o menor grado, tenían alguna instrucción. Los cerdos ya sabían leer y escribir perfectamente. Los perros aprendieron la lectura bastante bien, pero no les interesaba leer otra cosa que los siete mandamientos. Muriel, la cabra, leía un poco mejor que los perros, y a veces, por la noche, acostumbraba a hacer lecturas para los demás, de los recortes de periódicos que encontraba en la basura. Benjamín leía tan bien como cualquiera de los cerdos, pero nunca ejercitaba sus capacidades. Por lo que él sabía, dijo, no había nada que valiera la pena de ser leído. Clover aprendió el abecedario completo, pero no podía unir las palabras. Boxer no pudo pasar de la letra D. Podía trazar en la tierra A, B, C, D, con su enorme casco, y luego se quedaba parado mirando absorto las letras con las orejas hacia atrás, moviendo a veces la melena, tratando de recordar lo que seguía, sin lograrlo jamás. En varias ocasiones, es cierto, logró aprender E, F, G, H, pero cuando lo consiguió, fue para descubrir que había olvidado A, B, C y D. Finalmente decidió conformarse con estas cuatro letras, y solía escribirlas una o dos veces al día para refrescar la memoria. Mollie se negó a aprender más de las seis letras que componían su nombre. Las formaba con mucha pulcritud con pedazos de ramas, y luego las adornaba con una flor o dos y caminaba a su alrededor admirándolas.

Ningún otro animal de la granja pudo pasar de la letra A. También se descubrió que los más estúpidos como las ovejas, las gallinas y los patos eran incapaces de aprender de memoria los siete mandamientos. Después de mucho meditar, Snowball declaró que los siete mandamientos podían reducirse a una sola máxima expresada así: «¡Cuatro patas sí, dos pies no!». Esto, dijo, contenía el principio esencial del Animalismo. Quien lo hubiera entendido a fondo estaría asegurado contra las influencias humanas. Al principio, las aves hicieron ciertas objeciones pues les pareció que también ellas tenían solamente dos patas; pero Snowball les demostró que no era así.

—Las alas de un pájaro —explicó— son órganos de propulsión y no de manipulación. Por lo tanto deben considerarse como patas. La característica que distingue al hombre es la «mano», útil con el cual comete todos sus desafueros.

Las aves no acabaron de entender la extensa perorata de Snowball pero aceptaron sus explicaciones y hasta los animales más insignificantes se pusieron a aprender la nueva máxima de memoria. «¡Cuatro patas sí, dos pies no! « fue inscrita en la pared del fondo del granero, encima de los siete mandamientos y con letras más grandes. A las ovejas les encantó y cuando se la aprendieron de memoria la balaban una y otra vez, hasta cuando descansaban tendidas sobre el campo y su «¡Cuatro patas sí, dos pies no!», se oía por horas enteras, repetido incansablemente.

Napoleón no se interesó por los comités creados por Snowball. Dijo que la educación de los jóvenes era más importante que cualquier cosa que pudiera hacerse por los adultos. Entretanto sucedió que Jessie y Bluebell habían parido poco después de cosechado el heno. Entre ambas, habían dado a la Granja nueve cachorros robustos. Tan pronto como fueron destetados, Napoleón los separó de sus madres, diciendo que él se haría cargo de su educación. Se los llevó a un desván, al que sólo se podía llegar por una escalera desde el guadarnés, y allí los mantuvo en tal grado de reclusión, que el resto de la granja pronto se olvidó de su existencia.

El misterio del destino de la leche se aclaró pronto: se mezclaba todos los días en la comida de los cerdos. Las primeras manzanas ya estaban madurando, y el césped de la huerta estaba cubierto de fruta caída de los árboles. Los animales creyeron, como cosa natural, que aquella fruta sería repartida equitativamente; un día, sin embargo, se dio la orden de que todas las manzanas caídas de los árboles debían ser recolectadas y llevadas al guadarnés para consumo de los cerdos. A poco de ocurrir esto, algunos animales comenzaron a murmurar, pero en vano. Todos los cerdos estaban de acuerdo en este punto, hasta Snowball y Napoleón. Squealer fue enviado para dar las explicaciones necesarias.

—Camaradas —gritó—, imagino que no supondréis que nosotros los cerdos estamos haciendo esto con un espíritu de egoísmo y de privilegio. Muchos de nosotros, en realidad, tenemos aversión a la leche y a las manzanas. A mí personalmente no me agradan. Nuestro único objeto al comer estos alimentos es preservar nuestra salud. La leche y las manzanas (esto ha sido demostrado por la Ciencia, camaradas) contienen substancias absolutamente necesarias para la salud del cerdo. Nosotros, los cerdos, trabajamos con el cerebro. Toda la administración y organización de esta granja depende de nosotros. Día y noche estamos velando por *vuestra* felicidad. Por *vuestro* bien tomamos esa leche y comemos esas manzanas. ¿Sabéis lo que ocurriría si los cerdos fracasáramos en nuestro cometido? ¡Jones volvería! Sí, ¡Jones volvería!

Seguramente, camaradas —exclamó Squealer casi suplicante, danzando de un lado a otro y moviendo la cola—, seguramente no hay nadie entre vosotros que desee la vuelta de Jones.

Ciertamente, si había algo de lo que estaban completamente seguros los animales, era de no querer la vuelta de Jones. Cuando se les presentaba de esta forma, no sabían qué decir. La importancia de conservar la salud de los cerdos, era demasiado evidente. De manera que se decidió sin discusión alguna, que la leche y las manzanas caídas de los árboles (y también la cosecha principal de manzanas cuando éstas maduraran) debían reservarse para los cerdos en exclusiva.

CAPÍTULO IV

Para fines de verano, la noticia de lo ocurrido en la «Granja Animal» se había difundido por casi todo el condado. Todos los días, Snowball y Napoleón enviaban bandadas de palomas con instrucciones de mezclarse con los animales de las granjas colindantes, contarles la historia de la Rebelión y enseñarles los compases de «Bestias de Inglaterra».

Durante la mayor parte de ese tiempo, Jones permanecía en la taberna «El León Colorado», en Willingdon, quejándose a todos los que quisieran escucharle, de la monstruosa injusticia que había sufrido al ser arrojado de su propiedad por una banda de animales inútiles. Los otros granjeros se solidarizaron con él, aunque no le dieron demasiada ayuda. En su interior, cada uno pensaba secretamente si no podría en alguna forma transformar la desgracia de Jones en beneficio propio. Era una suerte que los dueños de las dos granjas que lindaban con «Granja Animal» estuvieran siempre enemistados. Una de ellas, que se llamaba Foxwood, era una granja grande, anticuada y descuidada, cubierta de arboleda, con sus campos de pastoreo agotados y los cercados en un estado lamentable. Su propietario, el señor Pilkington, era un agricultor señorial e indolente que pasaba la mayor parte del tiempo pescando o cazando, según la estación. La otra granja, que se llamaba Pinchfield, era más pequeña y estaba mejor cuidada. Su dueño, un tal Frederick, era un hombre duro, astuto, que estaba siempre pleiteando y tenía fama de hábil negociador. Los dos se odiaban tanto que era difícil que se pusieran de acuerdo, ni aun en defensa de sus propios intereses. Ello no obstante, ambos estaban completamente asustados por la rebelión de la «Granja Animal» y muy ansiosos por evitar que sus animales llegaran a saber mucho del acontecimiento. Al principio, aparentaban reírse y desdeñar la idea de unos animales administrando su propia granja. «Todo este asunto se terminará de la noche a la mañana», se decían. Afirmaban que los animales en la «Granja Manor» (insistían en llamarla «Granja Manor» pues no podían tolerar el nombre de «Granja Animal»), se peleaban continuamente entre sí y terminarían muriéndose de hambre. Pasado algún tiempo, y cuando los animales evidentemente no perecían de hambre, Frederick y Pilkington cambiaron de tono y empezaron a hablar de la terrible maldad que florecía en la «Granja Animal». Difundieron el rumor de que los animales practicaban el canibalismo, se torturaban unos a otros con herraduras calentadas al rojo y practicaban el amor libre. «Ése es el resultado de rebelarse contra las leyes de la Naturaleza», sostenían Frederick y Pilkington.

Sin embargo, nunca se dio mucho crédito a estos cuentos. Rumores acerca de una granja maravillosa de la que se había expulsado a los seres humanos y en la que los animales administraban sus propios asuntos, continuaron circulando en forma vaga y falseada, y durante todo ese año se extendió una ola de rebeldía en la comarca. Toros que siempre habían sido dóciles se volvieron repentinamente salvajes; había ovejas que rompían los cercados y devoraban el trébol; vacas que volcaban los baldes cuando las ordeñaban; caballos de caza que se negaban a saltar los setos y que lanzaban a sus jinetes por encima de sus orejas. A pesar de todo, la tonada y hasta la letra de «Bestias de Inglaterra» eran conocidas por doquier. Se habían difundido con una velocidad asombrosa. Los seres humanos no podían detener su furor cuando oían esta canción, aunque aparentaban considerarla sencillamente ridícula. No podían entender, decían, cómo hasta los animales mismos se atrevían a cantar algo tan deleznable. Cualquier animal que era sorprendido cantándola, se le azotaba en el acto. Sin embargo, la canción resultó irreprimible: los mirlos la silbaban en los vallados, las palomas la arrullaban en los álamos y hasta se reconocía en el ruido de las fraguas y en el tañido de las campanas de las iglesias. Y cuando los seres humanos la escuchaban, temblaban secretamente, pues presentían en ella un augurio de su futura perdición.

A principios de octubre, cuando el maíz había sido cortado y entrojado y parte del mismo ya había sido trillado, una bandada de palomas cruzó a toda velocidad y se posó, muy excitada, en el patio de «Granja Animal». Jones y todos sus peones, con media docena más de hombres de Foxwood y Pinchfield, habían atravesado el portón y se aproximaban por el sendero hacia la casa. Todos esgrimían palos, exceptuando a Jones, que marchaba delante con una escopeta en la mano. Evidentemente iban a tratar de reconquistar la granja.

Esta eventualidad, hacía tiempo que estaba prevista y, en consecuencia, se habían adoptado las precauciones necesarias. Snowball, que había estudiado las campañas de Julio César en un viejo libro, hallado en la casa, estaba a cargo de las operaciones defensivas. Dio las órdenes rápidamente y en contados minutos, cada animal ocupaba su puesto de combate.

Cuando los seres humanos se acercaron a los edificios de la granja, Snowball lanzó su primer ataque. Todas las palomas — eran unas treinta y cinco— volaban sobre las cabezas de los hombres y los ensuciaban desde lo alto; y mientras los hombres estaban preocupados eludiendo lo que les caía encima, los gansos, escondidos detrás del seto, los acometieron picoteándoles las pantorrillas furiosamente. Pero aquélla era una simple escaramuza con el propósito de crear un poco de desorden, y los hombres ahuyentaron fácilmente a los gansos con sus palos.

Snowball lanzó la segunda línea de ataque: Muriel, Benjamín y todas las ovejas, con Snowball a la cabeza, avanzaron embistiendo y achuchando a los hombres desde todos los lados, mientras Benjamín se volvió y comenzó a repartir coces con sus patas traseras. Pero, de nuevo los hombres, con sus palos y sus botas claveteadas, fueron demasiado fuertes para ellos, y repentinamente, al oírse el chillido de Snowball, que era la señal para retirarse, todos los animales dieron media vuelta y se metieron, por el portón, en el patio.

Los hombres lanzaron un grito de triunfo. Vieron —es lo que imaginaron— a sus enemigos en fuga y corrieron tras ellos en desorden. Eso era precisamente lo que Snowball esperaba. Tan pronto como estuvieron dentro del patio, los tres caballos, las tres vacas y los demás cerdos, que habían estado al acecho en el establo de las vacas, aparecieron repentinamente detrás de ellos, cortándoles la retirada. Snowball dio la señal para la carga. Él mismo acometió a Jones. Éste lo vio venir, apuntó con su escopeta e hizo fuego. Los perdigones dejaron su huella sangrienta en el lomo de Snowball, y una oveja cayó muerta. Sin vacilar un instante, Snowball lanzó sus quince arrobas contra las piernas de Jones, que fue a caer sobre una pila de estiércol mientras la escopeta se le escapó de las manos. Pero el espectáculo más aterrador lo ofrecía Boxer, encabritado sobre sus cuartos traseros y coceando como un semental con sus enormes cascos herrados. Su primer golpe lo recibió en la cabeza un mozo de la caballeriza de Foxwood, quedando tendido exánime en el barro. Al ver este cuadro, varios hombres, dejaron caer sus palos e intentaron escapar. Pero los agarrotó el pánico y, al momento, los animales estaban corriendo tras ellos por todo el patio. Fueron corneados, coceados, mordidos, pisados. No hubo ni un animal en la granja que no se vengara a su manera. Hasta la gata saltó repentinamente desde una azotea sobre la espalda de un vaquero y le clavó sus garras en el cuello, haciéndole gritar horriblemente. En el momento en que la salida estuvo clara, los hombres se alegraron de poder escapar del patio y huir como un rayo hacia el camino principal. Y así, a los cinco minutos de su invasión, se hallaban en vergonzosa retirada por la misma vía de acceso, con una bandada de gansos picoteándoles las pantorrillas a lo largo de todo el camino.

Todos los hombres se habían ido, menos uno. Allá en el patio, Boxer estaba empujando con la pata al mozo de caballeriza que yacía boca abajo en el barro, tratando de darle vuelta. El muchacho no se movía.

—Está muerto —dijo Boxer tristemente—. No tuve intención de hacerlo. Me olvidé de que tenía herraduras. ¿Quién va a creer que no hice esto adrede?

—Nada de sentimentalismo, camarada —gritó Snowball, de cuyas heridas aún manaba sangre—. La guerra es la guerra. El único ser humano bueno es el que ha muerto.

—Yo no deseo quitar una vida, ni siquiera humana — repitió Boxer con los ojos llenos de lágrimas.

—¿Dónde está Mollie? —inquirió alguien.

En efecto, faltaba Mollie. Por un momento se produjo una gran alarma; se temió que los hombres la hubieran lastimado de alguna forma, o tal vez que se la hubiesen llevado consigo. Al final, la encontraron escondida en su casilla, en el establo, con la cabeza enterrada en el heno del pesebre. Se había escapado tan pronto como sonó el tiro de la escopeta. Y, cuando los otros retornaron de su búsqueda, se encontraron con que el mozo de caballeriza, que en realidad sólo estaba aturdido, se había repuesto y huido. Los animales se congregaron muy exaltados, cada uno contando a voz en grito sus hazañas en la batalla. En seguida se realizó una celebración improvisada de la victoria. Se izó la bandera y se cantó varias veces «Bestias de Inglaterra», y luego se le dio sepultura solemne a la oveja que murió en la acción, plantándose una rama de espino sobre su tumba. En dicho acto Snowball pronunció un discurso, recalcando la necesidad de que todos los animales estuvieran dispuestos a morir por «Granja Animal», si ello fuera necesario.

Los animales decidieron unánimemente crear una condecoración militar: «Héroe Animal, de Primer Grado», que les fue conferida en ese mismo instante a Snowball y Boxer. Consistía en una medalla de bronce (en realidad eran unos adornos de bronce para caballerías encontrados en el guadarnés), que debía usarse los domingos y días de fiesta. También se creó la de «Héroe Animal, de Segundo Grado», qué le fue otorgada, póstumamente, a la oveja muerta.

Se discutió mucho acerca del nombre que debía dársele a la batalla. Al finarse la llamó la «Batalla del Establo de las Vacas», pues fue allí donde se realizó la emboscada. La escopeta del señor Jones fue hallada en el barro y se sabía que en la casa había proyectiles. Se decidió colocar la escopeta al pie del mástil, como si fuera una pieza de artillería, y dispararla dos veces al año; una vez, el cuatro de octubre, aniversario de la

«Batalla del Establo de las Vacas», y la otra, el día de San Juan, aniversario de la Rebelión.

CAPÍTULO V

A medida que se acercaba el invierno, Mollie se volvió más y más conflictiva. Llegaba tarde al trabajo por las mañanas con el pretexto de que se había quedado dormida, quejándose de dolencias misteriosas, aun cuando su apetito era excelente. Con cualquier excusa escapaba del trabajo para ir al bebedero, donde se quedaba parada mirando su reflejo en el agua como una boba. Pero también había rumores de algo más serio. Un día que Mollie entraba alegremente en el patio, moviendo su larga cola y mascando un tallo de heno, Clover la llamó a un lado.

—Mollie —le dijo—, tengo algo muy serio que decirte. Esta mañana te vi mirando por encima del seto que separa a «Granja Animal» de Foxwood. Uno de los hombres del señor Pilkington estaba situado al otro lado del seto. Y yo estaba a cierta distancia, pero estoy casi segura de haberte visto: él te estaba hablando y tú le permitías que te acariciara. ¿Qué significa eso, Mollie?

—¡Él no hizo nada! ¡Yo no estaba! ¡No es verdad! —gritó Mollie, haciendo cabriolas y pateando el suelo.

—¡Mollie! Mírame a la cara. ¿Puedes darme tu palabra de honor de que ese hombre no te estaba acariciando el hocico?

—¡No es verdad! —repitió Mollie, pero no podía mirar a la cara a Clover, y al instante se escapó, huyendo al galope hacia el campo.

A Clover se le ocurrió algo. Sin decir nada a nadie, se fue a la cuadra de Mollie y revolvió la paja con su pata. Escondido bajo la paja, había un montoncito de terrones de azúcar y varias tiras de cintas de distintos colores. Tres días después Mollie desapareció. Durante varias semanas no se supo nada respecto a su paradero; luego las palomas informaron que la habían visto al otro lado de Willingdon. Estaba atalajada entre las varas de un coche elegante pintado de rojo y negro, que se encontraba detenido ante una taberna. Un hombre gordo, de cara colorada, con bombachos a cuadros y polainas, que parecía un tabernero, le estaba acariciando el hocico y dándole de comer azúcar. El pelaje de Mollie estaba recién cortado, y llevaba una cinta escarlata en las crines. «Daba la impresión de que estaba a gusto», dijeron las palomas. Ninguno de los animales volvió a mencionar a Mollie. En enero hizo muy mal tiempo. La tierra parecía de hierro y no se podía hacer nada en el campo. Se realizaron muchas reuniones en el granero principal; los cerdos se ocuparon en formular planes para la temporada siguiente. Se llegó a aceptar que los cerdos, que eran manifiestamente más inteligentes que los demás animales, resolverían todas las cuestiones referentes al manejo de la granja, aunque sus decisiones debían ser ratificadas por mayoría de votos. Este arreglo hubiera resultado bastante bien a no ser por las discusiones entre Snowball y Napoleón. Los dos estaban en desacuerdo en todos los puntos donde era posible que hubiera discrepancia. Si uno de ellos sugería sembrar un mayor número de hectáreas con cebada, con toda seguridad que el otro iba a exigir superior número de superficie con avena; y si uno afirmaba que tal o cual terreno estaba en buenas condiciones para el repollo, el otro decía que lo más adecuado era sembrar nabos. Cada cual tenía sus partidarios y por ello en cada Reunión se registraban debates violentos. En muchas ocasiones, Snowball con sus brillantes discursos llegaba a convencer a la mayoría pero Napoleón le ganaba, cuando se trataba de obtener apoyo al margen de las sesiones. Hecho curioso fue el sucedido con las ovejas quienes adquirieron la costumbre de balar «Cuatro patas sí, dos pies no» en cualquier momento, interrumpiendo con ello la Reunión. Y se notó que esto ocurría precisamente en momentos decisivos de los discursos de Snowball. Éste había hecho un estudio profundo de algunos números atrasados de la revista «Granjero y Ganadero» encontrados en la casa y estaba lleno de planes para realizar innovaciones y mejoras. Hablaba como un erudito, de zanjas de desagüe, ensilados y abonos básicos, y había elaborado un complicado sistema para que todos los animales dejaran caer su estiércol directamente sobre los campos, y cada día en un lugar distinto, con objeto de ahorrar el trabajo de transportarlo. Napoleón no presentó ningún plan propio, pero decía tranquilamente que los de Snowball se quedarían en nada y su actitud era la del que parece esperar algo. Pero de todas sus controversias, ninguna fue tan enconada como la que tuvo lugar respecto al molino de viento.

En la larga pradera, cerca de los edificios, había una pequeña loma que era el punto más alto de la granja. Después de estudiar el terreno, Snowball declaró que aquél era el lugar indicado para un molino de viento, con el cual se podía hacer funcionar una dinamo y suministrar electricidad para la granja. Ésta daría luz para las cuadras de los animales y las calentaría en invierno, y también haría funcionar una sierra circular, una desgranadora, una cortadora, una ordeñadora eléctrica, etc. Los animales nunca habían oído hablar de esas cosas (porque la granja era anticuada y contaba con la maquinaria más primitiva), y escuchaban asombrados a Snowball mientras éste les describía cuadros de maquinarias fantásticas que trabajarían por ellos, mientras pastaban tranquilamente en los campos o perfeccionaban sus mentes mediante la lectura y la conversación.

En pocas semanas los planos de Snowball para el molino de viento estaban completados. Los detalles técnicos provenían principalmente de tres libros que habían pertenecido al señor Jones: «Mil cosas útiles que realizar en la casa», «Cada hom bre puede ser su albañil» y «Electricidad para principiantes». Como estudio, utilizó Snowball un cobertizo que en un tiempo se había usado para incubadoras y tenía un suelo liso de madera, apropiado para dibujar. Se encerraba en él durante horas enteras. Mantenía sus libros abiertos gracias a una piedra y, empuñando un pedazo de tiza, se movía rápidamente de un lado a otro, dibujando línea tras línea y profiriendo pequeños chillidos de entusiasmo. Gradualmente sus planos se transformaron en una masa complicada de manivelas y engranajes que cubrían más de la mitad del suelo, y que los demás animales encontraron completamente indescifrable, pero muy impresionante. Todos iban a mirar los planos de Snowball por lo menos una vez al día. Hasta las gallinas y los patos lo hicieron y tuvieron sumo cuidado de no pisar los trazos hechos con tiza. Únicamente Napoleón se mantenía a distancia. Él se había declarado en contra del molino de viento desde el principio. Un día, sin embargo, llegó èn forma inesperada con el propósito de examinar los planos. Caminó pesadamente por allí, observó con cuidado cada detalle, y hasta olfateó en una o dos oportunidades; después se paró un rato, mientras los contemplaba de reojo; luego, repentinamente, levantó la pata, hizo aguas menores sobre los planos y se alejó sin decir palabra.

Toda la granja estaba muy dividida en el asunto del molino de viento. Snowball no negaba que la construcción significaría un trabajo difícil. Tendrían que extraer piedras de la cantera y con ellas levantar paredes, luego construir las aspas y después de todo eso, necesitarían dinamos y cables (de qué modo se obtendrían esas cosas, Snowball no lo decía). Pero sostenía que todo podría hacerse en un año. Y en adelante, declaró, se ahorraría tanto trabajo, que los animales sólo tendrían tres días laborables por semana. Napoleón, por el contrario, sostenía que la gran necesidad del momento era aumentar la producción de comestibles, y que si perdían el tiempo con el molino de viento, se morirían todos de hambre. Los animales se agruparon en dos facciones bajo los lemas: «Vote por Snowball y la semana de tres días» y «Vote por Napoleón y el pesebre lleno». Benjamín era el único animal que no se alistó en ninguno de los dos bandos. Se negó a creer que habría mas abundancia de comida o que el molino de viento ahorraría trabajo. «Con molino o sin molino —dijo—, la vida seguirá como siempre ha sido, es decir, un desastre.»

Aparte de las discusiones referentes al molino, estaba la cuestión de la defensa de la granja. Se comprendía perfectamente que aunque los seres humanos habían sido derrotados en la «Batalla del Establo de las Vacas», podrían hacer otra tentativa, más resuelta que la anterior, para recuperar la granja y restaurar al señor Jones. Tenían aún mayores motivos para hacerlo, pues la noticia de la derrota se difundió por los alrededores y había vuelto a los animales más descontentos que nunca. Como de costumbre, Snowball y Napoleón estaban en desacuerdo. Según Napoleón, lo que debían hacer los animales era procurar la obtención de armas de fuego y adiestrarse en su manejo. Snowball opinaba que debían mandar cada vez más palomas y fomentar la rebelión entre los animales de las otras granjas. Uno argumentaba que si no podían defenderse estaban destinados a ser conquistados; el otro argüía que si había rebeliones en todas partes no tendrían necesidad de defenderse. Los animales escuchaban primeramente a Napoleón, luego a Snowball, y no podían decidir quién tenía razón; a decir verdad, siempre estaban de acuerdo con el que les estaba hablando en aquel momento.

Al fin llegó el día en que Snowball completó sus planos. En la Reunión del domingo siguiente se iba a poner a votación si se comenzaba o no a construir el molino de viento. Cuando los animales estaban reunidos en el granero principal, Snowball se levantó y, aunque de vez en cuando era interrumpido por los balidos de las ovejas, expuso sus razones para defender la construcción del molino. Luego Napoleón se levantó para contestar. Dijo tranquilamente que el molino de viento era una tontería y que él aconsejaba que nadie lo votara. Y se sentó, acto seguido; había hablado apenas treinta segundos, y parecía indiferente en cuanto al efecto que había producido. A continuación, Snowball se puso de pie de un salto, y gritando para poder ser oído a pesar de las ovejas, que nuevamente habían comenzado a balar, se desató en un alegato apasionado a favor del molino de viento. Hasta entonces los animales estaban divididos más o menos por igual en sus simpatías, pero en un instante, la elocuencia de Snowball los había convencido.

Con frases ardientes les pintó un cuadro de cómo podría ser «Granja Animal» cuando el vil trabajo fuera aligerado de las espaldas de los animales. Su imaginación había ido mucho más allá de las desgranadoras y las segadoras. «La electricidad —dijo— podría mover las trilladoras, los arados, las rastrilladoras, los rodillos, las segadoras y las atadoras, además de suministrar a cada cuadra su propia luz eléctrica, agua fría y caliente, y un calentador eléctrico.» Cuando dejó de hablar, no quedaba duda alguna sobre el resultado de la votación. Pero inmediatamente se levantó Napoleón y, lanzando una extraña mirada de reojo a Snowball, emitió un chillido agudo y estridente como nunca se le había oído articular.

Acto seguido se escucharon unos terribles ladridos que llegaban desde fuera y nueve enormes perros que llevaban puestos unos collares tachonados con clavos, irrumpieron en el granero. Y se lanzaron directamente sobre Snowball quien saltó de su sitio con el tiempo justo para esquivar sus feroces colmillos. En un instante estaba al otro lado de la puerta con los perros tras él. Demasiado asombrados y asustados para poder decir nada, todos los animales se agolparon en la puerta para observar la persecución. Snowball huía a todo correr a través de la larga pradera que conducía a la carretera. Corría como sólo puede hacerlo un cerdo, pero los perros iban pisándole los talones. De repente patinó y pareció que iba a ser presa segura de los perros, pero apenas recuperó su equilibrio siguió corriendo más veloz que nunca aunque los sabuesos iban ganándole terreno nuevamente. Uno de ellos estaba a punto de cerrar sus mandíbulas mordiendo la cola de Snowball pero éste pudo hurtarla a tiempo, de la dentellada. Y haciendo un esfuerzo supremo logró escabullirse por un agujero del seto, poniéndose de este modo a salvo.

Silenciosos y aterrados, los animales volvieron sigilosamente al granero. También los perros retornaron dando grandes brincos. Al principio nadie pudo imaginarse de dónde procedían aquellas bestias, pero el problema fue aclarado en seguida; eran los cachorros que Napoleón había quitado a sus madres y criado en secuestro. Aunque aún no estaban completamente desarrollados, eran unos perros inmensos y fieros como lobos. No se alejaban nunca de Napoleón. Y se observó que ante él meneaban la cola como los otros perros acostumbraban hacerlo con el señor Jones.

Napoleón, con los canes tras él, subió a la plataforma que ocupara Mayor cuando pronunció su histórico discurso.

Anunció que desde ese momento se habían terminado las

reuniones de los domingos por la mañana. Eran innecesarias, dijo, y hacían perder tiempo. En el futuro todas las cuestiones relacionadas con el gobierno de la granja serían resueltas por una comisión especial de cerdos, presidida por él. Éstos se reunirían en consejo y luego comunicarían sus decisiones a los demás. Los animales se reunirían los domingos por la mañana para saludar la bandera, cantar «Bestias de Inglaterra» y recibir sus órdenes para la semana; pero no habría más debates. Si la expulsión de Snowball les produjo una gran impresión, este anuncio consternó a los animales. Algunos de ellos habrían protestado si hubieran dispuesto de los argumentos apropiados. Hasta Boxer estaba un poco aturdido. Apuntó sus orejas hacia atrás, agitó su melena varias veces y trató con esfuerzo de ordenar sus pensamientos; pero al final no se le ocurrió nada que decir. Algunos cerdos, sin embargo, fueron más expresivos. Cuatro jóvenes puercos de la primera fila emitieron agudos gritos de desaprobación, y todos ellos se pusieron en pie bruscamente y comenzaron a hablar al mismo tiempo. Pero, repentinamente, los perros que estaban sentados alrededor de Napoleón dejaron oír unos profundos gruñidos amenazadores y los cerdos se callaron, volviéndose a sentar. Entonces las ovejas irrumpieron con un tremendo balido de «¡Cuatro patas sí, dos pies no! «, que continuó durante casi un cuarto de hora y puso fin a todo intento de discusión.

Luego Squealer fue enviado por toda la granja para explicar las nuevas decisiones a los demás. —Camaradas —dijo—, espero que todos los animales presentes se darán cuenta y apreciarán el sacrificio que ha hecho el camarada Napoleón al cargar con este trabajo adicional. ¡No se crean, camaradas, que ser jefe es un placer! Por el contrario, es una honda y pesada responsabilidad. Nadie cree más firmemente que el camarada Napoleón el principio de que todos los animales son iguales. Estaría muy contento de dejarles tomar sus propias determinaciones. Pero algunas veces podrían ustedes adoptar decisiones equivocadas, camaradas. ¿Y dónde estaríamos entonces nosotros? Supónganse que ustedes se hubieran decidido seguir a Snowball, con sus disparatados molinos; Snowball, que, como sabemos ahora, no era más que un criminal...

—Él peleó valientemente en la «Batalla del Establo de las Vacas» —dijo alguien.

—La valentía no es suficiente —afirmó Squealer—. La lealtad y la obediencia son más importantes. Y en cuanto a la «Batalla del Establo de las Vacas», yo creo que llegará un día en el que demostraremos que el papel desempeñado por Snowball ha sido muy exagerado. ¡Disciplina, camaradas, disciplina férrea! Ésa es la consigna para hoy. Un paso en falso, y nuestros enemigos caerían sobre nosotros. Seguramente, camaradas, que ustedes no desean el retorno de Jones, ¿verdad?

Nuevamente este argumento resultó irrebatible. Claro está que los animales no querían que volviera Jones; si la realización de los debates, los domingos por la mañana, podía implicar su regreso, entonces debían suprimirse los debates. Boxer, que había tenido tiempo de coordinar sus ideas, expresó la opinión general diciendo: «Si el camarada Napoleón lo dice, debe de estar en lo cierto». Y desde ese momento adoptó la consigna: «Napoleón siempre tiene razón», además de su lema particular: «Trabajaré más fuerte». Para entonces el tiempo había cambiado y comenzó la roturación de primavera. El cobertizo donde Snowball dibujara los planos del molino de viento fue clausurado y se suponía que los planos habían sido borrados del suelo. Todos los domingos, a las diez de la mañana, los animales se reunían en el granero principal a fin de recibir sus órdenes para la semana. El cráneo del Viejo Mayor, ya sin rastros de carne, había sido desenterrado de la huerta y colocado sobre un poste al pie del mástil, junto a la escopeta. Después de izar la bandera, los animales debían desfilar en forma reverente ante el cráneo, antes de entrar en el granero. Ya no se sentaban todos juntos, como solían hacerlo anteriormente. Napoleón, con Squealer y otro cerdo llamado Mínimus, que poseía un don extraordinario para componer canciones y poemas, se sentaban sobre la plataforma, con los nueve perros formando un semicírculo alrededor, y los otros cerdos se situaban tras ellos. Los demás animales se colocaban enfrente, en el cuerpo principal del granero. Napoleón les leía las órdenes para la semana en un áspero estilo militar, y después de cantar una sola vez «Bestias de Inglaterra», todos los animales se dispersaban.

El tercer domingo después de la expulsión de Snowball, los animales se sorprendieron un poco al oír a Napoleón anunciar que, después de todo, el molino de viento sería construido. No dio ninguna explicación por aquel cambio de parecer, pero simplemente advirtió a los animales que esta tarea extraordinaria significaría un trabajo muy duro; tal vez sería necesario reducir sus raciones. Los planos, sin embargo, habían sido preparados hasta el menor detalle. Una comisión especial de cerdos estuvo trabajando sobre los mismos, durante las últimas tres semanas. La construcción del molino, junto con otras mejoras planeadas, precisaría de dos años de trabajo.

Esa misma noche, Squealer les explicó privadamente a los otros animales que en realidad Napoleón nunca había estado en contra del molino. Por el contrario, fue él quien abogó por su construcción y el plano que dibujara Snowball sobre el suelo del cobertizo de las incubadoras en verdad fue robado de los papeles de Napoleón. El molino de viento era realmente una creación del propio Napoleón. «¿Por qué, entonces —preguntó alguien—, se manifestó él tan firmemente contra el molino? « Aquí Squealer puso cara astuta. «Eso —dijo— fue sagacidad del camarada Napoleón.» Él había *aparentado* oponerse al molino, pero simplemente como una maniobra para deshacerse de Snowball, que era un sujeto peligroso y de nociva influencia.

Ahora que Snowball había sido eliminado, el plan podía llevarse adelante sin su interferencia. «Esto —dijo Squealer— es lo que se llama táctica.» Repitió varias veces «¡Táctica, camaradas, táctica!», saltando y moviendo la cola con una risita alegre. Los animales no tenían certeza acerca del significado de la palabra, pero Squealer habló tan persuasivamente y tres de los perros que se hallaban con él, gruñeron en forma tan amenazante, que aceptaron su explicación sin hacer más preguntas.

CAPÍTULO VI

Todo aquel año, los animales trabajaron como esclavos. Pero eran felices en su tarea; no escatimaron esfuerzo o sacrificio, pues bien sabían que todo lo que ellos hacían era para su propio beneficio y para los de su misma especie que vendrían después, y no para unos cuantos seres humanos rapaces y haraganes.

Durante toda la primavera y el verano trabajaron sesenta horas por semana, y en agosto Napoleón anunció que también tendrían que trabajar los domingos por la tarde. Ese trabajo era estrictamente voluntario, pero el animal que no concurriera vería reducida su ración a la mitad. Aun así, fue necesario dejar varias tareas sin hacer. La cosecha fue algo menos abundante que el año anterior, y dos parcelas que debían haberse sembrado con nabos, a principios del verano, no lo fueron porque no se terminaron de arar a tiempo. Era fácil prever que el invierno siguiente sería duro.

El molino de viento presentó dificultades inesperadas. Había una buena cantera de piedra caliza en la granja, y se encontró bastante arena y cemento en una de las dependencias, de modo que tenían a mano todos los materiales necesarios para la construcción. Pero el problema, que no pudieron resolver al principio los animales, fue el de cómo partir la piedra en pedazos de tamaño apropiado. Aparentemente no había forma de hacerlo, excepto con picos y palancas de hierro, que no podían usar, porque ningún animal estaba en condiciones de sostenerse sobre sus patas traseras. Después de varias semanas de esfuerzos inútiles, se le ocurrió a uno la idea adecuada, a saber: utilizar la fuerza de la gravedad. Inmensas piedras, demasiado grandes para usarlas tal como estaban, se encontraban por todas partes en el fondo de la cantera. Los animales las amarraban con sogas, y luego todos juntos, vacas, caballos, ovejas, cualquiera que pudiera tirar de la soga —hasta los cerdos a veces colaboraban en los momentos críticos— las arrastraban con una lentitud desesperante por la ladera hasta la cumbre de la cantera, desde donde las dejaban caer por el borde, para que se rompieran en pedazos al chocar con el fondo. El trabajo de transportar la piedra una vez partida era relativamente sencillo. Los caballos llevaban los trozos en carretas, las ovejas las arrastraban una a una, y hasta

Muriel y Benjamín, tirando de un viejo sulky, hacían su parte. A fines de verano habían acumulado una buena provisión de piedra, y fue entonces cuando se inició la construcción del molino, bajo la supervisión de los cerdos.

Era un proceso lento y laborioso. Frecuentemente les ocupaba un día entero de esfuerzo agotador, arrastrar una sola piedra hasta la cumbre de la cantera, y a veces, cuando la tiraban por el precipicio, no se rompía. No hubieran podido lograr nada sin Boxer, cuya fuerza parecía igualar a la de todos los demás animales juntos. Cuando la piedra empezaba a resbalar y los animales gritaban desesperados al verse arrastrados por la ladera hacia abajo, era siempre Boxer el que tirando de la soga como un forzado, lograba detener la piedra. Verlo arrastrando hacia arriba por la pendiente, pulgada tras pulgada, jadeante, clavando las puntas de sus cascos en la tierra, y sus enormes flancos sudorosos, llenaba a todos de admiración. Clover a veces le advertía que tuviera cuidado y no se esforzara demasiado, pero Boxer jamás le hacía caso. Sus dos lemas: «Trabajaré más fuerte» y «Napoleón siempre tiene razón», le parecían respuesta satisfactoria para todos los problemas. Se había puesto de acuerdo con el gallo para que éste lo despertara por la mañana tres cuartos de hora más temprano, en vez de media hora. Y en sus ratos libres, de los cuales disponía de muy pocos en esos días, se iba a la cantera, juntaba un montón de pedazos de piedra y lo arrastraba por sí solo hasta el emplazamiento del molino.

Los animales no lo pasaron tan mal durante todo ese verano, a pesar de la dureza de su trabajo. Si no disponían de más comida de la que habían dispuesto en los tiempos de Jones, tampoco tenían menos. La ventaja de alimentarse a sí mismos y no tener que mantener también a cinco seres humanos inútiles, era tan grande, que se habrían necesitado incontables fracasos para perderla. Y en muchas situaciones, el método animal de hacer las cosas era más eficiente que el humano y ahorraba trabajo. Algunas tareas, como por ejemplo extirpar la maleza, se podían hacer con una eficacia imposible para los seres humanos. Y además, dado que ningún animal robaba, no fue necesario hacer alambradas para separar los prados de la tierra cultivable, lo que economizó mucho trabajo en la conservación de los setos y las vallas. Sin embargo, a medida que avanzaba el verano, se empezó a sentir la escasez imprevista de varias cosas. Había necesidad de aceite de parafina, clavos, bizcochos para los perros y hierro para las herraduras de los caballos, nada de lo cual se podía producir en la granja.

Más adelante también habría necesidad de semillas y abonos artificiales, además de diversas herramientas y, finalmente, lo más importante: la maquinaria para el molino de viento. Nadie podía imaginar cómo se iban a obtener todos estos artículos.

Un domingo por la mañana, cuando los animales se reunieron para recibir órdenes, Napoleón anunció que había decidido adoptar un nuevo sistema. En adelante, «Granja Animal» iba a negociar con las granjas vecinas; y no por supuesto con algún propósito comercial, sino simplemente con el fin de obtener ciertos materiales que hacían falta con urgencia. «Las necesidades del molino están por encima de todo lo demás», afirmó. En consecuencia, estaba tomando las medidas necesarias para vender una parte del heno y otra de la cosecha de trigo de ese año, y más adelante, si necesitaban más dinero, tendrían que obtenerlo mediante la venta de huevos, para los cuales siempre había mercado en Willingdon. «Las gallinas —dijo Napoleón— debían recibir con agrado este sacrificio como aportación especial a la construcción del molino.»

Nuevamente los animales se sintieron presos de una vaga inquietud. «Nunca tener trato alguno con los humanos, nunca dedicarse a comerciar, nunca usar dinero», ¿no fueron ésas las primeras resoluciones adoptadas en aquella reunión triunfal, después de haberse expulsado a Jones? Todos los animales recordaron haber aprobado tales resoluciones o, por lo menos, creían recordarlo. Los cuatro jóvenes cerdos que habían protestado cuando Napoleón abolió las reuniones, levantaron sus voces tímidamente, pero fueron silenciados de inmediato por el feroz gruñido de los perros. Entonces, como de costumbre, las ovejas irrumpieron con su «¡Cuatro patas sí, dos pies no!» y su cantinela se impuso. Finalmente, Napoleón levantó la pata para imponer silencio y anunció que ya había decidido todos los convenios. No habría necesidad de que ninguno de los animales entrara en contacto con los seres humanos, lo que sería indeseable. Tenía la intención de tomar todo el peso de las decisiones sobre sus propios hombros. Un tal señor Whymper, un comisionista que vivía en Willingdon, había accedido a actuar de intermediario entre «Granja Animal» y el mundo exterior, y visitaría la granja todos los lunes por la mañana para recibir instrucciones. Napoleón finalizó su discurso con su grito acostumbrado de «¡Viva la «Granja Animal»!», y después de cantar «Bestias de Inglaterra», despidió a los animales.

Luego Squealer dio una vuelta por la granja y les tranquilizó. Les aseguró que la resolución prohibiendo comerciar y usar dinero nunca había sido aprobada, ni siquiera sugerida. Era pura imaginación, probablemente atribuible a mentiras difundidas por Snowball. Algunos animales aún tenían ciertas dudas, pero Squealer les preguntó astutamente: «¿Están seguros de que eso no es algo que han soñado, camaradas? ¿Tienen constancia de tal resolución? ¿Está anotado en alguna parte?». Y puesto que era cierto que nada de eso constaba por escrito, los animales quedaron convencidos de que estaban equivocados.

Todos los lunes el señor Whymper visitaba la granja, tal como se había convenido. Era un hombre bajito, astuto, de patillas anchas, un comisionista al por menor, pero lo suficientemente listo para darse cuenta, antes que cualquier otro, que «Granja Animal» iba a necesitar un agente y que las comisiones valdrían la pena. Los animales observaban su ir y venir con cierto temor, y lo eludían en todo lo posible. Sin embargo, la visión de Napoleón, sobre sus cuatro patas, dándole órdenes a Whymper, que se tenía sobre sus dos pies, despertó su orgullo y los reconcilió en parte con la nueva situación. Sus relaciones con la raza humana no eran como habían sido antes. Los seres humanos, por su parte, no odiaban menos a «Granja Animal», ahora que estaba prosperando; al contrario, la odiaban más que nunca. Cada ser humano tenía por seguro que, tarde o temprano, la granja iba a declararse en quiebra, y sobre todo, que el molino de viento sería un fracaso. Se reunían en las tabernas y se demostraban los unos a los otros, por medio de diagramas, que el molino estaba destinado a caerse o, si se mantenía en pie, que jamás funcionaría. Y, sin embargo, contra sus deseos, llegaron a tener cierto respeto por la eficacia con que los animales estaban administrando sus propios asuntos. Uno de los síntomas de esto fue que empezaron a llamar a «Granja Animal» por su verdadero nombre y dejaron de pretender que se llamara «Granja Manor». También desistieron de apoyar a Jones, el cual había perdido las esperanzas de recuperar su granja y se fue a vivir a otro lugar del país. Exceptuando a Whymper, aún no existía contacto alguno entre «Granja Animal» y el mundo exterior, pero circulaban constantes rumores de que Napoleón iba a celebrar definitivamente un convenio comercial con el señor Pilkington, de Foxwood, o con el señor Frederick, de Pinchfield; pero nunca —se hacía constar— con los dos simultáneamente.

Fue más o menos en esa época cuando los cerdos, repentinamente, se mudaron a la casa de la granja y establecieron allí su residencia. De nuevo los animales creyeron recordar que en los primeros tiempos se había aprobado una resolución en contra de tal medida, y de nuevo Squealer hubo de convencerlos de que no era así. Resultaba absolutamente necesario, dijo él, que los cerdos, que eran el cerebro de la granja, dispusieran de un lugar tranquilo para trabajar.

También era más apropiado para la dignidad del Líder (porque últimamente había comenzado a referirse a Napoleón con el título de «Líder») que viviera en una casa en vez de en una simple pocilga. No obstante, algunos animales se molestaron al saber que los cerdos, no solamente comían en la cocina y usaban la sala como lugar de recreo, sino que también dormían en las camas. Boxer lo pasó por alto, como de costumbre, repitiendo «¡Napoleón siempre tiene razón!» , pero Clover, que creyó recordar una disposición concreta contra las camas, fue hasta el extremo del granero e intentó descifrar los siete mandamientos, que estaban allí escritos. Al ver que sólo podía leer las letras una por una, trajo a Muriel.

—Muriel —le dijo—, léeme el cuarto mandamiento. ¿No dice algo respecto a no dormir nunca en una cama?

Con un poco de dificultad, Muriel lo deletreó. —Dice:

«Ningún animal dormirá en una cama *con sábanas*».

Lo curioso era que Clover no recordaba que el Cuarto Mandamiento mencionara las sábanas; pero como figuraba en la pared, debía de haber sido así. Y Squealer, que pasaba en aquel momento por allí, acompañado por dos o tres perros, pudo aclarar el asunto y dejarlo en su lugar.

—Vosotros habéis oído, camaradas —dijo—, que nosotros los cerdos dormimos ahora en las camas de la casa. ¿Y por qué no? No supondríais, seguramente, que hubo alguna vez una disposición contra las *camas*. Una cama quiere decir simplemente un lugar para dormir. Por ejemplo: una pila de paja en un establo es una cama. La resolución fue contra las *sábanas,* que son un invento de los seres humanos. Hemos quitado las sábanas de las camas de la casa y dormimos entre mantas. ¡Y en verdad que son camas muy cómodas! Pero no son más de lo que necesitamos, puedo afirmaros, camaradas, considerando todo el trabajo cerebral que tenemos hoy en día. No querréis privarnos de nuestro reposo, ¿verdad, camaradas? No nos querréis tan cansados como para no cumplir con nuestros deberes. Sin duda, ninguno de vosotros deseará que vuelva Jones.

Los animales lo tranquilizaron inmediatamente y no se habló más del tema respecto a que los puercos durmieran en las camas de la casa. Y cuando, días después, se anunció que en adelante los cerdos se levantarían por la mañana una hora más tarde que los demás animales, tampoco hubo queja alguna al respecto.

Cuando llegó el otoño, los animales estaban cansados pero contentos. Habían tenido un año difícil y después de la venta de parte del heno y del maíz, las provisiones de víveres no fueron tan abundantes, pero el molino lo compensó todo. Estaba ya casi construido. Después de la cosecha tuvieron una temporada de tiempo seco y despejado, y los animales trabajaron más duramente que nunca, opinando que bien valía la pena correr de acá para allá todo el día con bloques de piedra, si haciendo eso podían levantar las paredes a un pie más de altura. Boxer, hasta salía a veces de noche y trabajaba una hora o dos por su cuenta a la luz de la luna. En sus ratos libres los animales daban vueltas y más vueltas alrededor del molino a punto de ser terminado, admirando la fortaleza y verticalidad de sus paredes y maravillándose de que ellos alguna vez hubieran podido construir algo tan imponente. Únicamente el viejo Benjamín se negaba a entusiasmarse con el molino, aunque, como de costumbre, insistía en su enigmática afirmación de que los burros vivían mucho tiempo.

Llegó noviembre, con sus furiosos vientos del sudoeste. Tuvieron que parar la construcción porque había demasiada humedad para mezclar el cemento. Y vino una noche en la que el ventarrón fue tan violento que los edificios de la granja temblaron sobre sus cimientos y varias tejas fueron arrancadas de la cubierta del granero. Las gallinas se despertaron cacareando de terror porque todas soñaron haber oído algo así como el estampido de un cañón a lo lejos. Por la mañana los animales salieron de sus cuadras y se encontraron con el mástil derribado y un olmo, que estaba al pie de la huerta, arrancado de cuajo. Apenas habían visto esto cuando un grito de desesperación brotó de sus gargantas. Un cuadro terrible se ofrecía a su vista. El molino estaba en ruinas.

Todos a una se abalanzaron hacia el lugar. Napoleón, que rara vez se apresuraba al caminar, corría a la cabeza de todos ellos. Sí, allí yacía el fruto de todos sus esfuerzos, demolido hasta sus cimientos; las piedras, que habían roto y trasladado tan empeñosamente, estaban desparramadas por todas partes. Incapaces, al principio, de articular palabra, no hacían más que mirar tristemente los cascotes caídos en desorden. Napoleón andaba de un lado a otro en silencio, olfateando el suelo de vez en cuando. Su cola se había puesto rígida y se movía nerviosamente a derecha e izquierda, señal de su intensa actividad mental. Repentinamente se paró como si hubiera visto claro el origen de aquel desastre.

—Camaradas —dijo con voz tranquila—, ¿sabéis quién es el responsable de todo esto? ¿Sabéis quién es el enemigo que ha venido durante la noche y tirado abajo nuestro molino?

¡Snowball! —rugió repentinamente con voz de trueno—.

¡Snowball ha hecho esto! Por pura maldad, creyendo que iba a arruinar nuestros planes y vengarse por su ignominiosa expulsión, ese traidor se arrastró hasta aquí al amparo de la oscuridad y destruyó nuestro trabajo de casi un año. Camaradas, en este momento y lugar, yo sentencio a muerte a Snowball. Recompensaré y nombraré «Héroe Animal de Segundo Grado» y gratificaré con medio *bushel* de manzanas, al animal que lo traiga muerto. Todo un *bushel,* al que lo capture vivo.

Los animales quedaron horrorizados al enterarse de que Snowball pudiera ser culpable de tamaña acción. Hubo un grito de indignación y todos comenzaron a idear la manera de atrapar a Snowball, si alguna vez lo encontraban. Casi inmediatamente se descubrieron las pisadas de un puerco en la hierba, a poca distancia de la loma. Las huellas pudieron seguirse algunos metros, pero parecían llevar hacia un agujero en el seto. Napoleón las olió bien y declaró que eran de Snowball. Opinó que Snowball probablemente había llegado procedente de la «Granja Foxwood».

—¡No hay tiempo que perder, camaradas! —gritó Napoleón una vez examinadas las huellas—. Hay mucho trabajo que realizar. Esta misma mañana comenzaremos a rehacer el molino y lo reconstruiremos durante todo el invierno, haga lluvia o buen tiempo. Le enseñaremos a ese miserable traidor que él no puede deshacer nuestro trabajo tan fácilmente. Recordad, camaradas; no debe haber ninguna alteración en nuestros planes, que serán llevados a cabo sea como sea. ¡Adelante, camaradas! ¡Viva el molino de viento! ¡Viva «Granja Animal»!

CAPÍTULO VII

Se presentó un invierno crudo. El tiempo tormentoso fue seguido de granizo y nieve y luego por una fuerte helada que duró hasta mediados de febrero. Los animales se las arreglaron como pudieron para la reconstrucción del molino, pues bien sabían que el mundo exterior los estaba vigilando y que los envidiosos seres humanos se regocijarían y triunfarían sobre ellos, si no terminaban la obra a tiempo.

Rencorosos, los humanos fingieron no creer que fue Snowball quien había destruido el molino; afirmaron que se derrumbó porque las paredes eran demasiado delgadas. Los animales sabían que eso no era cierto. A pesar de ello, decidieron construir las paredes de un metro de espesor en lugar de medio metro como antes, lo que implicaba reunir una cantidad mucho mayor de piedras. Durante largo tiempo la cantera estuvo totalmente cubierta por una capa de nieve y no se pudo hacer nada. Se progresó algo durante el período seco y frío que vino después, pero era una labor cruel y los animales no se sentían optimistas como la vez anterior. Siempre tenían frío y en muchas ocasiones, hambre. Únicamente Boxer y Clover jamás perdieron el ánimo. Squealer pronunció discursos magníficos referentes al orgullo del servicio prestado y la dignidad del trabajo, pero los otros animales encontraron más inspiración en la fuerza de Boxer y en su infalible grito: «¡Trabajaré más!».

En enero escaseó la comida. La ración de maíz fue reducida drásticamente y se anunció que, en compensación, se iba a otorgar una ración suplementaria de patatas. Pero luego se descubrió que la mayor parte de la cosecha de patatas se heló por no haber sido protegida suficientemente. Los tubérculos se habían ablandado y descolorido, y muy pocos eran comestibles. Durante días enteros los animales no tenían con que alimentarse, excepto paja y remolacha. El espectro del hambre parecía mirarlos cara a cara.

Era totalmente necesario ocultar eso al mundo exterior. Alentados por el derrumbamiento del molino, los seres humanos estaban inventando nuevas mentiras respecto a «Granja Animal». Nuevamente se propagaba que todos los animales se estaban muriendo de hambre y enfermedades, que se peleaban continuamente entre sí y habían caído en el canibalismo y el infanticidio. Napoleón conocía bien las desastrosas consecuencias que acarrearía el descubrimiento de la verdadera situación alimenticia, y decidió utilizar al señor Whymper para difundir una impresión contraria. Hasta entonces los animales tuvieron poco o ningún contacto con Whymper en sus visitas semanales; ahora, sin embargo, unas cuantas bestias seleccionadas, en su mayor parte ovejas, fueron instruidas para que comentaran casualmente, al alcance de su oído, que las raciones habían sido aumentadas. Además, Napoleón ordenó que se llenaran con arena hasta el tope, los depósitos casi vacíos de los cobertizos y que luego fueran cubiertos con lo que aún quedaba de cereales y forrajes. Mediante un pretexto adecuado, Whymper fue conducido a través de esos cobertizos permitiéndosele echar un vistazo a los depósitos. Se consiguió engañarle y continuó informando al mundo exterior que no había escasez de alimentos en «Granja Animal».

Sin embargo, a fines de enero era evidente la necesidad de obtener más cereales de alguna parte. Por aquellos días, Napoleón rara vez se presentaba en público; pasaba todo el tiempo dentro de la casa, cuyas puertas estaban custodiadas por canes de aspecto feroz. Cuando aparecía, era en forma ceremoniosa, con una escolta de seis perros que lo rodeaban de cerca y gruñían si alguien se aproximaba demasiado. Ya ni se le veía los domingos por la mañana, sino que daba sus órdenes por intermedio de algún otro cerdo, que generalmente era Squealer. Un domingo por la mañana, Squealer anunció que las gallinas, que comenzaban a poner nuevamente, debían entregar sus huevos. Napoleón había suscrito, por intermedio de Whymper, un contrato de venta de cuatrocientos huevos semanales. El precio de éstos alcanzaría para comprar suficiente cantidad de cereales y comida, y permitiría que la granja pudiera subsistir hasta que llegara el verano y las condiciones mejorasen.

Cuando las gallinas oyeron esto, levantaron un gran griterío. Habían sido advertidas con anterioridad de que sería necesario ese sacrificio, pero no creyeron que esta realidad llegara a ocurrir. Estaban preparando sus ponederos para empollar en primavera y protestaron expresando que quitarles los huevos era un crimen. Por primera vez desde la expulsión de Jones había algo que se asemejaba a una rebelión. Dirigidas por tres gallinas jóvenes Black-Minorca, las gallinas hicieron un decidido intento por frustrar los deseos de Napoleón. Su protesta fue volar hasta los montantes y poner allí sus huevos, que se hacían pedazos al chocar con el suelo. Napoleón actuó rápidamente y sin piedad. Ordenó que fueran suspendidas las raciones de las gallinas y decretó que cualquier animal que diera, aunque fuera un grano de maíz, a una gallina, sería castigado con la muerte. Los perros cuidaron de que las órdenes fueran cumplidas. Las gallinas resistieron durante cinco días, luego capitularon y volvieron a sus nidos. Nueve gallinas murieron, entretanto. Sus cadáveres fueron enterrados en la huerta y se comunicó que habían muerto de coccidiosis. Whymper no se enteró de este asunto y los huevos fueron debidamente entregados; el furgón del tendero acudía semanalmente a la granja para llevárselos.

Durante todo este tiempo no hubo señales de Snowball. Se rumoreaba que estaba oculto en una de las granjas vecinas: Foxwood o Pinchfield. Napoleón mantenía mejores relaciones que antes con los otros granjeros. Y ocurrió que en el patio había una pila de madera para la construcción, que estaba allí desde hacía diez años, cuando se taló un bosque de hayas. Estaba bien mantenida y Whymper aconsejó a Napoleón que la vendiera; tanto el señor Pilkington como el señor Frederick se mostraban ansiosos por comprarla. Napoleón estaba indeciso entre los dos, incapaz de adoptar una resolución. Se notó que cuando parecía estar a punto de llegar a un acuerdo con Frederick, se decía que Snowball estaba ocultándose en Foxwood, y cuando se inclinaba hacia Pilkington, se afirmaba que Snowball se encontraba en Pinchfield.

Repentinamente, a principios de primavera, se descubrió algo alarmante. ¡Snowball frecuentaba en secreto la granja por las noches! Los animales estaban tan alterados que apenas podían dormir en sus establos.

Todas las noches, se decía, él se introducía al amparo de la oscuridad y hacía toda clase de daños. Robaba el maíz, volcaba los cubos de leche, rompía los huevos, pisoteaba los semilleros, roía la corteza de los árboles frutales. Cuando algo andaba mal se hizo habitual atribuírselo siempre a Snowball. Si se rompía una ventana o se obstruía un desagüe, era cosa segura que alguien diría que Snowball durante la noche lo había hecho, y cuando se perdió la llave del cobertizo de comestibles, toda la granja estaba convencida de que Snowball la había tirado al pozo. Cosa curiosa, siguieron creyendo esto aun después de encontrarse la llave extraviada debajo de una bolsa de harina. Las vacas declararon unánimemente que Snowball se deslizó dentro de sus establos y las ordeñó mientras dormían. También se dijo que los ratones, que molestaron bastante aquel invierno, estaban en connivencia con Snowball.

Napoleón dispuso que se hiciera una amplia investigación de las actividades de Snowball. Con su séquito de perros salió de inspección por los edificios de la granja, siguiéndole los demás animales a prudente distancia. Cada equis pasos, Napoleón se paraba y olía el suelo buscando rastros de las pisadas de Snow-ball, las que, según dijo él, podía reconocer por el olfato. Estuvo olfateando en todos los rincones, en el granero, en el establo de las vacas, en los gallineros, en el huerto de las legumbres y encontró rastros de Snowball por casi todos lados. Pegando el hocico al suelo, husmeaba profundamente varias veces, y exclamaba con terrible voz: «¡Snowball! ¡Él ha estado aquí! ¡Lo huelo perfectamente!», y al oír la palabra «Snowball» todos los perros dejaban oír unos gruñidos horribles y enseñaban sus colmillos.

Los animales estaban completamente asustados. Les parecía que Snowball era una especie de maleficio invisible que infestaba el aire respirable y les amenazaba con toda clase de peligros. Al anochecer, Squealer los reunió a todos, y con el rostro alterado les anunció que tenía noticias serias que comunicarles.

—¡Camaradas —gritó Squealer, dando unos saltitos nerviosos—, se ha descubierto algo terrible! ¡Snowball se ha vendido a Frederick, el de la «Granja Pinchfield», y en este momento debe de estar conspirando para atacarnos y quitarnos nuestra granja! Snowball hará de guía cuando comience el ataque. Pero hay algo peor aún. Nosotros habíamos creído que la rebelión de Snowball fue motivada simplemente por su vanidad y ambición. Pero estábamos equivocados, camaradas. ¿Sabéis cuál era la verdadera razón? ¡Snowball estaba de acuerdo con Jones desde el mismo comienzo! Fue agente secreto de Jones desde siempre. Esto ha sido comprobado por documentos que dejó abandonados y que ahora hemos descubierto. Para mí esto explica muchas cosas, camaradas: ¿no hemos visto nosotros mismos cómo él intentó, afortunadamente sin éxito, provocar nuestra derrota y aniquilamiento en la «Batalla del Establo de las Vacas»?

Los animales quedaron estupefactos. Aquello era una maldad mucho mayor que la destrucción del molino. Pero tardaron varios minutos en comprender su significado. Todos ellos recordaron, o creyeron recordar, cómo habían visto a Snowball encabezando el ataque en la «Batalla del Establo de las Vacas», cómo él los había reunido y alentado en cada revés, y cómo no vaciló un solo instante, aunque los perdigones de la escopeta de Jones le hirieron en el lomo. Al principio resultó un poco difícil entender cómo todo esto se compaginaba con el hecho de estar él de parte de Jones. Hasta

Boxer, que rara vez hacía preguntas, estaba perplejo. Se acostó, acomodó sus patas delanteras debajo de su pecho, cerró los ojos, y con gran esfuerzo logró hilvanar sus pensamientos.

—Yo no creo eso —dijo—, Snowball peleó valientemente en la «Batalla del Establo de las Vacas». Yo mismo lo vi.

¿Acaso no le otorgamos inmediatamente después el «Héroe Animal de Primer Grado»?

—Ése fue nuestro error, camarada. Porque ahora sabemos —figura todo escrito en los documentos secretos que hemos encontrado— que en realidad, él nos arrastraba hacia nuestra perdición.

—Pero estaba herido —alegó Boxer—. Todos lo vimos sangrando.

—¡Eso era parte del acuerdo! —gritó Squealer—. El tiro de Jones solamente lo rozó.

Yo os podría demostrar esto, que está escrito de su puño y letra, si vosotros pudierais leerlo. El plan era que Snowball, en el momento crítico, diera la señal para la fuga dejando el campo en poder del enemigo. Y casi lo consigue: diré más, camaradas: lo hubiera logrado a no ser por nuestro heroico Líder, el camarada Napoleón. ¿Recordáis cómo, en el momento preciso que Jones y sus hombres llegaron al patio, Snowball repentinamente se volvió y huyó, y muchos animales lo siguieron? ¿Y recordáis también que justamente en ese momento, cuando cundía el pánico y parecía que estaba todo perdido, el camarada Napoleón saltó hacia delante al grito de «¡Muera la Humanidad!», y hundió sus dientes en la pierna de Jones? Seguramente no habéis olvidado esto, camaradas —exclamó Squealer.

Como Squealer describió la escena tan gráficamente, a los animales les pareció recordarlo.

De cualquier modo, sabían que en el momento crítico de la batalla, Snowball se había vuelto para huir. Pero Boxer aún estaba algo indeciso.

—Yo no creo que Snowball fuera un traidor al principio — dijo finalmente—. Lo que haya hecho desde entonces es distinto. Pero yo creo que en la «Batalla del Establo de las Vacas» él fue un buen camarada.

—Nuestro Líder, el camarada Napoleón —anunció Squealer, hablando lentamente y con firmeza—, ha manifestado categóricamente, categóricamente, camaradas, que Snowball fue agente de Jones desde el mismo comienzo de todo y en cualquier caso, desde mucho antes de que se pensara siquiera en la Rebelión.

—¡Ah, eso es distinto! —gritó Boxer—. Si el camarada Napoleón lo dice, debe ser así.

—¡Ése es el verdadero espíritu, camarada! —gritó Squealer, pero se notó que lanzó a Boxer una torva mirada con sus relampagueantes ojillos. Se volvió para irse, luego se detuvo y agregó en forma impresionante—: Yo le advierto a todo animal de esta granja que tenga los ojos bien abiertos, ¡porque tenemos motivos para creer que algunos agentes secretos de Snowball están entre nosotros y al acecho en este momento!

Cuatro días después, al atardecer, Napoleón ordenó a los animales que se congregaran en el patio. Cuando estuvieron todos reunidos, Napoleón salió de la casa, luciendo sus dos medallas (porque recientemente se había nombrado él mismo «Héroe Animal de Primer Grado» y «Héroe Animal de Segundo Grado»), con sus nueve enormes perros brincando alrededor y emitiendo gruñidos que produjeron escalofríos a los demás animales. Todos ellos se recogieron silenciosamente en sus lugares, pareciendo saber de antemano que iban a ocurrir cosas terribles.

Napoleón se quedó observando severamente a su auditorio; luego emitió un gruñido agudo. Inmediatamente los perros saltaron hacia delante, agarraron a cuatro de los cerdos por las orejas y los arrastraron, atemorizados y chillando de dolor hasta los pies de Napoleón. Las orejas de los cerdos estaban sangrando; los perros habían probado sangre y por unos instantes parecían enloquecidos. Ante el asombro de todos, tres de ellos se abalanzaron sobre Boxer. Éste los vio venir y estiró su enorme casco, paró a uno en el aire y lo sujetó contra el suelo. El perro chilló pidiendo misericordia y los otros huyeron con el rabo entre las piernas. Boxer miró a Napoleón para saber si debía continuar aplastando al perro hasta matarlo o si debía soltarlo. Napoleón pareció cambiar de semblante y le ordenó bruscamente que soltara al perro, a lo cual Boxer levantó su pata y el can huyó maltrecho y gimiendo.

Pronto cesó el tumulto. Los cuatro cerdos esperaban temblando y con la culpabilidad escrita en cada surco de sus rostros. Napoleón les exigió que confesaran sus crímenes. Eran los mismos cuatro cerdos que habían protestado cuando Napoleón abolió las reuniones de los domingos. Sin otra exigencia, confesaron que estuvieron en contacto clandestinamente con Snowball desde su expulsión, colaboraron con él en la destrucción del molino y convinieron en entregar la «Granja Animal» al señor Frederick. Agregaron que

Snowball había admitido, confidencialmente, que él era agente secreto del señor Jones desde muchos años atrás. Cuando terminaron su confesión, los perros, sin perder tiempo, les desgarraron las gargantas y, entre tanto, Napoleón con voz terrible, preguntó si algún otro animal tenía algo que confesar.

Las tres gallinas, que fueron las cabecillas del conato de rebelión a causa de los huevos, se adelantaron y declararon que Snowball se les había aparecido en sueños incitándolas a desobedecer las órdenes de Napoleón. También ellas fueron destrozadas. Luego un ganso se adelantó y confesó que había ocultado seis espigas de maíz durante la cosecha del año anterior y que se las había comido por la noche. Luego una oveja admitió que hizo aguas en el bebedero, instigada a hacerlo, según dijo, por Snowball, y otras dos ovejas confesaron que asesinaron a un viejo carnero, muy adicto a Napoleón, persiguiéndole alrededor de una fogata cuando tosía. Todos ellos fueron ejecutados allí mismo. Y así continuó la serie de confesiones y ejecuciones hasta que una pila de cadáveres yacía a los pies de Napoleón y el aire estaba impregnado con el olor de la sangre, olor que era desconocido desde la expulsión de Jones.

Cuando terminó esto, los animales restantes, exceptuando los cerdos y los perros, se alejaron juntos. Estaban estremecidos y consternados. No sabían qué era más espantoso: si la traición de los animales que se conjuraron con Snowball o la cruel represión que acababan de presenciar. Antaño hubo muchas veces escenas de matanzas igualmente terribles, pero a todos les parecía mucho peor la de ahora, por haber sucedido entre ellos mismos. Desde que Jones había abandonado la granja, ningún animal mató a otro animal. Ni siquiera una rata. Llegaron a la pequeña loma donde estaba el molino semiconstruído y, de común acuerdo, se recostaron todos, como si se agruparan para calentarse: Clover, Muriel, Benjamín, las vacas, las ovejas y toda una bandada de gansos y gallinas: todos, en verdad, exceptuando la gata, que había desaparecido repentinamente, poco antes de que Napoleón ordenara a los animales que se reunieran. Durante algún tiempo nadie habló. Únicamente Boxer permanecía de pie batiendo su larga cola negra contra sus costados y emitiendo de cuando en cuando un pequeño relincho de extrañeza. Finalmente dijo: «No comprendo. Yo no hubiera creído que tales cosas pudieran ocurrir en nuestra granja. Eso se debe seguramente a algún defecto nuestro. La solución, como yo la veo, es trabajar más. Desde ahora me levantaré una hora más temprano todas las mañanas».

Y se alejó con su trote pesado en dirección a la cantera. Una vez allí juntó dos carretadas de piedras y tiró de ellas hasta el molino, antes de acostarse.

Los animales se acurrucaron alrededor de Clover, sin hablar. La loma donde estaban acostados les ofrecía una amplia perspectiva a través de la campiña. La mayor parte de «Granja Animal» estaba a la vista: la larga pradera, que se extendía hasta la carretera, el campo de heno, el bebedero, los campos arados donde crecía el trigo nuevo, tupido y verde, y los techos rojos de los edificios de la granja, con el humo elevándose en espiral de sus chimeneas. Era un claro atardecer primaveral. El pasto y los cercados florecientes estaban dorados por los rayos del sol poniente. Nunca les había parecido la granja —y con cierta sorpresa se acordaron de que era su propia granja, y que cada pulgada era de su propiedad— un lugar tan codiciado. Mientras Clover miraba ladera abajo, se le llenaron los ojos de lágrimas. Si ella pudiera expresar sus pensamientos, hubiera sido para decir que a eso no era a lo que aspiraban cuando emprendieron, años atrás, el derrocamiento de la raza humana. Aquellas escenas de terror y matanza no eran lo que ellos soñaron aquella noche cuando el Viejo Mayor, por primera vez, los incitó a rebelarse. Si ella misma hubiera concebido un cuadro del futuro, sería el de una sociedad de animales liberados del hambre y del látigo, todos iguales, cada uno trabajando de acuerdo con su capacidad, el fuerte protegiendo al débil, como ella protegiera con su pata delantera a aquellos patitos perdidos la noche del discurso de Mayor. En su lugar —ella no sabía por qué— habían llegado a un estado tal en el que nadie se atrevía a decir lo que pensaba, en el que perros feroces y gruñones merodeaban por doquier y donde uno tenía que ver cómo sus camaradas eran despedazados después de confesarse autores de crímenes horribles. No había intención de rebeldía o desobediencia en su mente. Ella sabía que, aun tal y como se presentaban las cosas, estaban mucho mejor que en los días de Jones y que, ante todo, era necesario evitar el regreso de los seres humanos. Sucediera lo que sucediera permanecería leal, trabajaría duro cumpliría las órdenes que le dieran y aceptaría las directrices de Napoleón. Pero aun así, no era eso lo que ella y los demás animales anhelaran y para lo que trabajaran tanto. No fue por eso por lo que construyeron el molino, e hicieron frente a las balas de Jones. Tales eran sus pensamientos, aunque le faltaban palabras para expresarlos.

Al final, presintiendo que tal vez sería un sucedáneo para las palabras que ella no podía encontrar, empezó a cantar «Bestias de Inglaterra». Los demás animales a su alrededor la imitaron y la cantaron tres veces, melodiosamente, aunque de forma lenta y fúnebre como nunca lo hicieran.

Apenas habían terminado de repetirla por tercera vez cuando se acercó Squealer, acompañado de dos perros, con el aire de quien tiene algo importante que decir. Anunció que por un decreto especial del camarada Napoleón se había abolido el canto de «Bestias de Inglaterra». Desde ese momento quedaba prohibido cantar dicha canción.

Los animales quedaron asombrados. —¿Por qué? —gritó Muriel.

—Ya no hace falta, camarada —dijo Squealer secamente—. «Bestias de Inglaterra» fue el canto de la Rebelión. Pero la Rebelión ya ha terminado. La ejecución de los traidores, esta tarde, fue el acto final. El enemigo, tanto exterior como interior, ha sido vencido. En «Bestias de Inglaterra» nosotros expresamos nuestras ansias por una sociedad mejor en el futuro. Pero esa sociedad ya ha sido establecida. Realmente esta canción ya no tiene objeto.

Aunque estaban asustados, algunos de los animales hubieran protestado, pero en aquel momento las ovejas comenzaron su acostumbrado balido de «Cuatro patas sí, dos pies no», que duró varios minutos y puso fin a la discusión.

Y de esta forma no se escuchó más «Bestias de Inglaterra». En su lugar Mínimus, el poeta, había compuesto otra canción que comenzaba así:

Granja Animal, Granja Animal,
¡Nunca por mí tendrás ningún mal!

Y esto se cantó todos los domingos por la mañana después de izarse la bandera. Pero, por algún motivo, a los animales les pareció que ni la letra ni la música estaban a la altura de «Bestias de Inglaterra».

CAPÍTULO VIII

Días después, cuando ya había desaparecido el terror producido por las ejecuciones, algunos animales recordaron —o creyeron recordar— que el sexto mandamiento decretaba: «Ningún animal matará a otro animal». Y aunque nadie quiso mencionarlo al oído de los cerdos o de los perros, se tenía la sensación de que las matanzas que habían tenido lugar no concordaban con aquello. Clover pidió a Benjamín que le leyera el sexto mandamiento, y cuando Benjamín, como de costumbre, dijo que se negaba a entrometerse en esos asuntos, se fue en busca de Muriel. Muriel le leyó el Mandamiento. Decía así: «Ningún animal matará a otro animal sin motivo». Por una razón u otra, las dos últimas palabras se les habían ido de la memoria a los animales. Pero comprobaron que el Mandamiento no fue violado; porque, evidentemente, hubo motivo sobrado para matar a los traidores que se coaligaron con Snowball.

Durante este año los animales trabajaron aún más duramente que el año anterior. Reconstruir el molino, con paredes dos veces más gruesas que antes, y concluirlo para una fecha determinada, además del trabajo diario de la granja, era una tarea tremenda. A veces les parecía que trabajaban más y no comían mejor que en la época de Jones. Los domingos por la mañana Squealer, sujetando un papel largo con una pata, les leía largas listas de cifras, demostrando que la producción de toda clase de víveres había aumentado en un 200 por ciento, 300 por ciento, o 500 por ciento, según el caso. Los animales no vieron motivo para no creerle, especialmente porque no podían recordar con claridad cómo eran las cosas antes de la Rebelión. Aun así, preferían a veces tener menos cifras y más comida.

Todas las órdenes eran emitidas por intermedio de Squealer o cualquiera de los otros cerdos. A Napoleón no se le veía en público, todo lo más, una vez por quincena. Cuando aparecía lo hacía acompañado, no solamente por su comitiva de perros, sino también por un gallo negro que marchaba delante y actuaba como una especie de heraldo, dejando oír un sonoro cacareo antes de que hablara Napoleón. Hasta en la casa, se decía, Napoleón ocupaba aposentos separados de los demás. Comía solo, con dos perros para servirlo, y siempre utilizaba la vajilla que había estado en la vitrina de cristal de la sala. También se anunció que la escopeta sería disparada todos los años en el cumpleaños de Napoleón, igual que en los otros dos aniversarios.

Napoleón no era ya mencionado simplemente como «Napoleón». Se le nombraba siempre en forma ceremoniosa como «nuestro Líder, camarada Napoleón», y a los cerdos les gustaba inventar para él, títulos como «Padre de todos los animales», «Terror de la humanidad», «Protector del rebaño de ovejas», «Amigo de los patitos» y otros por el estilo. En sus discursos, Squealer hablaba con lágrimas en los ojos, respecto a la sabiduría de Napoleón, la bondad de su corazón y el profundo amor que sentía por todos los animales en todas partes, y especialmente por las desdichadas bestias que aún vivían en la ignorancia y la esclavitud en otras granjas. Se había hecho habitual atribuir a Napoleón toda proeza afortunada y todo golpe de suerte. A menudo se oía que una gallina le decía a otra: «Bajo la dirección de nuestro Líder, camarada Napoleón, yo he puesto cinco huevos en seis días», o dos vacas, mientras saboreaban el agua del bebedero, solían exclamar: «Gracias a nuestro Líder, camarada Napoleón ¡qué rico sabor tiene esta agua!». El sentimiento general de la granja estaba bien expresado en un poema titulado «Camarada Napoleón», escrito por Mínimus y que decía así:

¡Amigo de los desheredados! ¡Fuente de bienestar!
Señor de la pitanza, que mi alma enciendes cuando afortunado contemplo
tu firme y segura mirada,
cuál sol que deslumbra al cielo. ¡Oh, Camarada Napoleón!
Donador señero
de todo lo que tus criaturas aman
—sus barrigas llenas y limpia paja para yacer—. Todas las bestias grandes o pequeñas,
dormir en paz en sus establos anhelan bajo tu mirada protectora.
¡Oh, Camarada Napoleón!
El hijo que la suerte me enviare,
antes de crecer y hacerse grande
y desde chiquito y tierno cachorrillo aprenderá primero a serte fiel, devoto,
y seguro estoy de que éste será su primer chillido:
¡Oh, Camarada Napoleón!

Napoleón aprobó este poema y lo hizo inscribir en la pared del granero principal, en el extremo opuesto a los Siete Mandamientos. Sobre el mismo, había un retrato de Napoleón, de perfil, pintado por Squealer con pintura blanca.

Mientras tanto, por intermedio de Whymper, Napoleón estaba ocupado en complicadas negociaciones con Frederick y Pilkington. La pila de madera aún estaba sin vender. De los dos, Frederick era el que estaba más ansioso por obtenerla, pero no quería ofrecer un precio razonable. Al mismo tiempo corrían rumores insistentes de que Frederick y sus hombres estaban conspirando para atacar «Granja Animal» y destruir el molino, cuya construcción había provocado una envidia furiosa en él. Se sabía que Snowball aún estaba al acecho en la Granja Pinchfield. A mediados del verano los animales se alarmaron al oír que tres gallinas confesaron haber tramado, inspiradas por Snowball, un complot para asesinar a Napoleón. Fueron ejecutadas inmediatamente y se tomaron nuevas precauciones para la seguridad del Líder. Cuatro perros cuidaban su cama durante la noche, uno en cada esquina, y un joven cerdo llamado Pinkeye fue designado para probar todos sus alimentos antes de que el Líder los comiera, por temor a que estuvieran envenenados.

Más o menos en esa época, se divulgó que Napoleón había convenido en vender la pila de madera al señor Pilkington; también había de celebrarse un convenio formal para el intercambio de ciertos productos entre «Granja Animal» y Foxwood. Las relaciones entre Napoleón y Pilkington, aunque conducidas únicamente por intermedio de Whymper, eran casi amistosas. Los animales desconfiaban de Pilkington, como ser humano, pero preferían mucho más a él que a Frederick, a quien temían y odiaban al mismo tiempo. Cuando estaba finalizando el verano y la construcción del molino llegaba a su término, los rumores de un inminente ataque a traición iban en aumento. Frederick, se decía, tenía intención de traer contra ellos a veinte hombres, todos armados con escopetas, y ya había sobornado a los magistrados y a la policía para que, en caso de que pudiera obtener los títulos de propiedad de «Granja Animal», aquellos no indagaran. Además se filtraban de Pinchfield algunas historias terribles respecto a las crueldades de que hacía objeto Frederick a los animales. Había azotado hasta la muerte a un caballo; mataba de hambre a sus vacas, había acabado con un perro arrojándolo dentro de un horno, se divertía de noche con riñas de gallos, atándoles pedazos de hojas de afeitar a los espolones. La sangre les hervía de rabia a los animales cuando se enteraron de las cosas que se hacía a sus camaradas y, algunas veces, clamaron para que se les permitiera salir y atacar en masa la «Granja Pinchfield», echar a los seres humanos y liberar a los animales. Pero Squealer les aconsejó que evitaran los actos precipitados y que confiaran en la estrategia de Napoleón.

Sin embargo, el resentimiento contra Frederick continuó en aumento. Un domingo por la mañana Napoleón se presentó en el granero y explicó que en ningún momento había tenido intención de vender la pila de madera a Frederick; él consideraba incompatible con su dignidad tener trato con bribones de esa calaña. A las palomas, que aún eran enviadas para difundir noticias referentes a la Rebelión, les fue prohibido pisar Foxwood y también fueron forzadas a abandonar su lema anterior de «Muerte a la Humanidad» reemplazándolo por «Muerte a Frederick».

A fines de verano fue puesta al descubierto una nueva intriga de Snowball. Los campos de trigo estaban llenos de malezas y se descubrió que, en una de sus visitas nocturnas, Snowball mezcló semillas de cardos con las semillas de trigo. Un ganso, cómplice del complot, había confesado su culpa a Squealer y se suicidó inmediatamente ingiriendo unas hierbas tóxicas. Los animales se enteraron también de que Snowball nunca había — como muchos de ellos habían creído hasta entonces— recibido la orden de « Héroe Animal de Primer Grado». Era simplemente una leyenda difundida poco tiempo después de la «Batalla del Establo de las Vacas» por Snowball mismo. Lejos de ser condecorado, fue censurado por demostrar cobardía en la batalla. Una vez más, algunos animales escucharon esto con cierta perplejidad, pero Squealer logró convencerlos de que sus recuerdos estaban equivocados.

En el otoño, mediante un tremendo y agotador esfuerzo — porque la cosecha tuvo que realizarse casi al mismo tiempo—, se concluyó el molino de viento. Aún faltaba instalar la maquinaria y Whymper negociaba su compra todavía, pero la construcción estaba terminada. A despecho de todas las dificultades, a pesar de la inexperiencia, de herramientas primitivas, de la mala suerte y de la traición de Snowball, ¡el trabajo había sido terminado puntualmente en el día fijado! Muy cansados pero orgullosos, los animales daban vueltas y más vueltas alrededor de su obra maestra, que a su juicio aparecía aún más hermosa que cuando fuera levantada por primera vez. Además, el espesor de las paredes era el doble de lo que había sido antes. ¡Únicamente con explosivos sería posible derrumbarlo esta vez! Y cuando recordaban cómo trabajaron, el desaliento que habían superado y el cambio que produciría en sus vidas cuando las aspas estuvieran girando y las dinamos funcionando, cuando pensaban en todo esto, el cansancio desaparecía y brincaban alrededor del molino, profiriendo gritos de triunfo. Napoleón mismo, acompañado por sus perros y su gallo, se acercó para inspeccionar el trabajo terminado; personalmente felicitó a los animales por su proeza y anunció que el molino sería llamado «Molino Napoleón».

Dos días después los animales fueron citados para una reunión especial en el granero. Quedaron estupefactos cuando Napoleón les anunció que había vendido la pila de madera a Frederick. Los carros de Frederick comenzarían a llevársela. Durante todo el período de su aparente amistad con Pilkington, Napoleón en realidad había estado secretamente de acuerdo con Frederick.

Todas las relaciones con Foxwood fueron cortadas mientras se enviaban mensajes insultantes a Pilkington. A las palomas se les comunicó que debían evitar la «Granja Pinchfield» y que modificaran su lema de «Muera Frederick» por «Muera Pilkington». Al mismo tiempo, Napoleón aseguró a los animales que los rumores de un ataque a «Granja Animal» eran completamente falsos y que las noticias respecto a las crueldades de Frederick con sus animales, habían sido enormemente exageradas. Todos esos rumores probablemente habían sido propagados por Snowball y sus agentes. Ahora se descubría que Snowball no estaba escondido en la «Granja Pinchfield» y que, en realidad, en su vida había estado allí; residía en Foxwood —con un lujo extraordinario, según decían— y al parecer, había sido un protegido de Pilkington durante muchos años.

Los cerdos estaban asombrados por la astucia de Napoleón. Mediante su aparente amistad con Pilkington forzó a Frederick a aumentar su precio en doce libras. Pero la superioridad de la mente de Napoleón, dijo Squealer, fue demostrada por el hecho de que no se fió de nadie, ni siquiera de Frederick. Éste había querido abonar la madera con algo que se llama cheque, el cual, al parecer, era un pedazo de papel con la promesa de pagar la cantidad escrita en el mismo. Pero Napoleón fue demasiado listo para él. Había exigido el pago en billetes auténticos de cinco libras, que debían abonarse antes de retirar la madera. Frederick pagó y el importe abonado alcanzaba justamente para comprar la maquinaria necesaria para el molino de viento.

Mientras tanto, la madera era llevada a toda prisa. Cuando ya había sido totalmente retirada, se efectuó otra reunión especial en el granero para que los animales pudieran contemplar los billetes de banco de Frederick.

Sonriendo beatíficamente y luciendo sus dos condecoraciones, Napoleón reposaba en su lecho de paja sobre la plataforma, con el dinero al lado suyo, apilado con esmero sobre un plato de porcelana de la cocina. Los animales desfilaron lentamente a su lado y lo contemplaron hasta el hartazgo. Boxer estiró la nariz para oler los billetes y los delgados papeles se movieron y crujieron ante su aliento.

Tres días después se registró un terrible alboroto. Whymper, extremadamente pálido, llegó a toda velocidad montado en su bicicleta, la tiró al suelo al llegar al patio y entró corriendo. En seguida se oyó un sordo rugido de rabia desde el aposento de Napoleón. La noticia de lo ocurrido se difundió por la granja como la pólvora. ¡Los billetes de banco eran falsos! ¡Frederick había conseguido la madera gratis!

Napoleón reunió inmediatamente a todos los animales y con terrible voz decretó sentencia de muerte para Frederick. Cuando fuera capturado, dijo, Frederick debía ser escaldado vivo. Al mismo tiempo les advirtió que después de ese acto traicionero, debía esperarse lo peor. Frederick y su gente podrían lanzar su tan largamente esperado ataque en cualquier momento. Se apostaron centinelas en todas las vías de acceso a la granja. Ademas se enviaron cuatro palomas a Foxwood con un mensaje conciliatorio, con el que se esperaba poder restablecer las buenas relaciones con Pilkington.

A la mañana siguiente se produjo el ataque. Los animales estaban tomando el desayuno cuando los vigías entraron corriendo con el anuncio de que Frederick y sus huestes ya habían pasado el portón de acceso. Los animales salieron audazmente para combatir, pero esta vez no alcanzaron la victoria fácil que obtuvieran en la «Batalla del Establo de las Vacas». Había quince hombres, con media docena de escopetas, y abrieron fuego tan pronto como llegaron a cincuenta metros de los animales. Éstos no pudieron hacer frente a las terribles explosiones con sus hirvientes perdigones y, a pesar de los esfuerzos de Napoleón y Boxer por reagruparlos, pronto fueron rechazados. Unos cuantos de ellos estaban heridos. Se refugiaron en los edificios de la granja y espiaron cautelosamente por las rendijas y los agujeros en los nudos de la madera. Toda la pradera grande, incluyendo el molino de viento, estaba en manos del enemigo. Por el momento hasta Napoleón estaba sin saber qué hacer. Paseaba de acá para allá sin decir palabra, su cola rígida y contrayéndose nerviosamente. Se lanzaban miradas ávidas en dirección a Foxwood. Si Pilkington y su gente los ayudaran, aún podrían salir bien. Pero en ese momento las cuatro palomas que habían sido enviadas el día anterior volvieron, portando una de ellas un trozo de papel de Pilkington. Sobre el mismo figuraban escritas con lápiz las siguientes palabras: «Se lo tiene merecido».

Mientras tanto, Frederick y sus hombres se detuvieron junto al molino. Los animales los observaron, y un murmullo de angustia brotó de sus labios. Dos de los hombres esgrimían una palanca de hierro y un martillo. Iban a tirar abajo el molino de viento.

—¡Imposible! —gritó Napoleón—. Hemos construido las paredes demasiado gruesas para eso. No las podrán tirar abajo ni en una semana. ¡Valor, camaradas!

Pero Benjamín estaba observando con insistencia los movimientos de los hombres. Los que manejaban el martillo y la palanca de hierro estaban abriendo un agujero cerca de la base del molino. Lentamente, y con un aire casi divertido, Benjamín agitó su largo hocico.

—Ya me parecía —dijo—. ¿No ven lo que están hacien do? Enseguida van a llenar de pólvora ese agujero.

Los animales esperaban aterrorizados. Era imposible aventurarse fuera del refugio de los edificios. Después de varios minutos los hombres fueron vistos corriendo en todas direcciones. Luego se oyó un estruendo ensordecedor. Las palomas se arremolinaron en el aire y todos los animales, exceptuando a Napoleón, se tiraron al suelo boca abajo y escondieron sus caras. Cuando se incorporaron nuevamente, una enorme nube de humo negro flotaba en el lugar donde estuviera el molino de viento. Lentamente la brisa la alejó. ¡El molino de viento había dejado de existir!

Al ver esta escena los animales recuperaron su coraje. El miedo y la desesperación que sintieron momentos antes fue ron ahogados por su ira contra tan vil y abominable acto. Lanzaron un potente griterío clamando venganza, y sin esperar otra orden, atacaron en masa y se abalanzaron sobre el enemigo. Esta vez no prestaron atención a los crueles perdigones que pasaban sobre sus cabezas como granizo. Fue una batalla enconada y salvaje. Los hombres hicieron fuego una y otra vez, y cuando los animales llegaron a la lucha cuerpo a cuerpo, los azotaron con sus palos y sus pesadas botas. Una vaca, tres ovejas y dos gansos murieron, y casi todos estaban heridos. Hasta Napoleón, que dirigía las operaciones desde la retaguardia, fue herido en la punta de la cola por un perdigón. Pero los hombres tampoco salieron ilesos. Tres de ellos tenían la cabeza rota por las patadas de Boxer; otro fue corneado en el vientre por una vaca; a uno casi le arrancan los pantalones entre Jessie y Bluebell. Y cuando los nueve perros guardaespaldas de Napoleón, a quienes él había ordenado que dieran un rodeo por detrás del cercado, aparecieron repentinamente por el flanco ladrando ferozmente, el pánico se apoderó de los hombres quienes vieron el peligro que corrían de ser rodeados. Frederick gritó a sus hombres que escaparan mientras aún les fuera posible, y enseguida el enemigo huyó acobardado y a toda velocidad. Los animales los persiguieron hasta el final del campo y lograron darles las últimas patadas, cuando a toda velocidad cruzaban la cerca de espino.

Habían vencido, pero estaban maltrechos y sangrantes. Lentamente y renqueando volvieron hacia la granja. El espectáculo de los camaradas muertos que yacían sobre la hierba hizo llorar a algunos. Y durante un rato se detuvieron desconsolados y en silencio en el lugar donde antes estuviera el molino. Sí, ya no estaba; ¡hasta el último rastro de su labor había desaparecido! Hasta los cimientos estaban parcialmente destruidos. Y para reconstruirlo no podrían esta vez, como antes, utilizar las piedras derruidas. Hasta ellas desaparecieron. La fuerza de la explosión las arrojó a cientos de metros de distancia. Era como si el molino nunca hubiera existido.

Cuando se aproximaron a la granja, Squealer, que inexplicablemente estuvo ausente durante la pelea, vino saltando hacia ellos, meneando la cola y rebosante de alegría. Y los animales oyeron, procediendo de los edificios de la granja, el solemne estampido de una escopeta.

—¿A qué se debe ese disparo? —preguntó Boxer.

—¡Para celebrar nuestra victoria! —gritó Squealer.

—¿Qué victoria? —exclamó Boxer. Sus rodillas estaban sangrando, había perdido una herradura, tenía rajado un casco y una docena de perdigones incrustados en una pata trasera.

—¿Qué victoria, camarada? ¿No hemos arrojado al enemigo de nuestro suelo, el suelo sagrado de «Granja Animal»?

—Pero han destruido el molino. ¡Y nosotros hemos trabajado durante dos años para construirlo!

—¿Qué importa? Construiremos otro molino. Construiremos seis molinos si queremos. No apreciáis, camaradas, la importancia de lo que hemos hecho. El enemigo estaba ocupando este suelo que pisamos. ¡Y ahora, gracias a la dirección del camarada Napoleón, hemos reconquistado cada pulgada del mismo!

—Entonces, ¿hemos recuperado nuevamente lo que teníamos antes? —preguntó Boxer.

—Esa es nuestra victoria —agregó Squealer.

Entraron renqueando en el patio. Los perdigones, incrustados en la pata de Boxer le quemaban dolorosamente. Veía ante sí la pesada labor de reconstruir el molino desde los cimientos y, en su imaginación, se preparaba para la tarea. Pero por primera vez se le ocurrió que él tenía once años de edad y que tal vez sus grandes músculos ya no fueran lo que habían sido antes. Pero cuando los animales vieron flamear la bandera verde y sintieron disparar nuevamente la escopeta —siete veces fue disparada en total— y escucharon el discurso que pronunció Napoleón, felicitándolos por su conducta, les pareció que, después de todo, habían conseguido una gran victoria. Los muertos en la batalla recibieron un entierro solemne. Boxer y Clover tiraron del carro que sirvió de coche fúnebre y Napoleón mismo encabezó la comitiva. Durante dos días enteros se efectuaron festejos. Hubo canciones, discursos y más disparos de escopeta y se hizo un obsequio especial de una manzana para cada animal, con dos onzas de maíz para cada ave y tres bizcochos para cada perro. Se anunció que la batalla sería llamada del Molino y que Napoleón había creado una nueva condecoración, la «Orden del Estandarte Verde», que él se otorgó a sí mismo. En el regocijo general, se olvidó el infortunado incidente de los billetes de banco.

Unos días después, los cerdos hallaron una caja de whisky en el sótano de la casa. Había sido pasado por alto cuando se ocupó el edificio. Aquella noche se oyeron desde la casa canciones en alta voz, donde, para sorpresa de todos, se entremezclaban los acordes de «Bestias de Inglaterra». A eso de las nueve y media, Napoleón, luciendo un viejo bombín del señor Jones, fue visto salir por la puerta trasera, galopar alrededor del patio y entrar nuevamente. Pero, por la mañana, reinaba un silencio profundo en la casa. Ni un cerdo se movía. Eran casi las nueve cuando Squealer hizo su aparición, caminando lenta y torpemente, sus ojos opacos, su cola colgando flácidamente y con el aspecto de estar seriamente enfermo. Reunió a los animales y les dijo que tenía que comunicarles malas noticias. ¡El camarada Napoleón se estaba muriendo!

Muestras de dolor se elevaron en un grito al unísono. Se colocó paja en todas las entradas de la casa y los animales caminaban de puntillas. Con lágrimas en los ojos, se preguntaban unos a otros qué harían si perdieran a su Líder. Se difundió el rumor de que Snowball, a pesar de todo, había logrado introducir veneno en la comida de Napoleón. A las once salió Squealer para hacer otro anuncio. Como último acto suyo sobre la tierra, el camarada Napoleón emitía un solemne mandato: la acción de beber alcohol sería castigada con la muerte.

Al anochecer, sin embargo, Napoleón parecía estar algo mejor y a la mañana siguiente Squealer pudo decirles que se hallaba en vías de franco restablecimiento. Esa misma noche Napoleón estaba en pie y al otro día se supo que había ordenado a Whymper que comprara en Willingdon algunos folletos sobre la fermentación y destilación de bebidas. Una semana después Napoleón ordenó que fuera arado el campo detrás de la huerta, destinada como lugar de esparcimiento para animales retirados del trabajo. Se dijo que el campo estaba agotado y era necesario cultivarlo de nuevo, pero pronto se supo que Napoleón tenía intención de sembrarlo con cebada.

Más o menos por esa época ocurrió un raro incidente que casi nadie fue capaz de entender. Una noche, a eso de las doce, se oyó un fuerte estrépito en el patio, y los animales salieron corriendo. Era una noche clara, de luna. Al pie de la pared del granero principal, donde figuraban inscritos los siete mandamientos, se encontraba una escalera rota en dos pedazos. Squealer, momentáneamente aturdido, estaba tendido en el suelo y muy cerca estaban una linterna, un pincel y un tarro volcado de pintura blanca. Los perros formaron inmediatamente un círculo alrededor de Squealer, y lo escoltaron de vuelta a la casa, en cuanto pudo caminar. Ninguno de los animales lograba entender lo que significaba eso, excepto el viejo Benjamín, que movía el hocico con aire enterado, aparentando comprender, pero sin decir nada.

Pasados unos cuantos días, cuando Muriel estaba leyendo los siete mandamientos, notó que había otro que los animales recordaban malamente. Ellos creían que el quinto mandamiento decía: «Ningún animal beberá alcohol», pero pasaron por alto dos palabras. Ahora el Mandamiento indicaba: «Ningún animal beberá alcohol *en exceso*».

CAPÍTULO IX

El casco partido de Boxer tardó mucho en curar. Habían comenzado la reconstrucción del molino al día siguiente de terminarse los festejos de la victoria. Boxer se negó a tomar ni siquiera un día de asueto, e hizo cuestión de honor el no dejar ver que estaba dolorido. Por las noches le admitía reservadamente a Clover que el casco le molestaba mucho. Clover lo curaba con emplastos de yerbas que preparaba mascándolas, y tanto ella como Benjamín pedían a Boxer que trabajara menos. «Los pulmones de un caballo no son eternos», le decía ella. Pero Boxer no le hacía caso. Sólo le quedaba —dijo— una verdadera ambición: ver el molino bien adelantado antes de llegar a la edad de retirarse.

Al principio, cuando se formularon las leyes de «Granja Animal», se fijaron las siguientes edades para jubilarse; caballos y cerdos a los doce años, vacas a los catorce, perros a los nueve, ovejas a los siete y las gallinas y los gansos a los cinco. Se establecieron pensiones generosas para la vejez. Hasta entonces ningún animal se había retirado, pero últimamente la discusión del asunto fue en aumento. Ahora que el campito de detrás de la huerta se había destinado para la cebada, circulaba el rumor de que alambrarían un rincón de la pradera larga, convirtiéndolo en campo donde pastarían los animales jubilados. Para caballos, se decía, la pensión sería de cinco libras de maíz por día y en invierno quince libras de heno, con una zanahoria o posiblemente una manzana los días de fiesta. Boxer iba a cumplir los doce años a fines del verano del año siguiente.

Mientras tanto, la vida seguía siendo dura. El invierno era tan frío como el anterior, y la comida aún más escasa. Nuevamente fueron reducidas todas las raciones, exceptuando las de los cerdos y las de los perros. « Una igualdad demasiado rígida en las raciones —explicó Squealer—, sería contraria a los principios del Animalismo». De cualquier manera no tuvo dificultad en demostrar a los demás que, en realidad, no estaban faltos de comida, cualesquiera que fueran las apariencias. Ciertamente, fue necesario hacer un reajuste de las raciones (Squealer siempre mencionaba esto como «reajuste», nunca como «reducción»), pero comparado con los tiempos de Jones, la mejoría era enorme. Leyéndoles las cifras con voz chillona y rápida, les demostró detalladamente que contaban con más avena, más heno, y más nabos de los que tenían en los tiempos de Jones; que trabajaban menos horas, que el agua que bebían era de mejor calidad, que vivían más años, que una mayor proporción de criaturas sobrevivía a la infancia y que tenían más paja en sus pesebres y menos pulgas. Los animales creyeron todo lo que dijo. En verdad, Jones, y lo que él representaba, casi se había borrado de sus memorias. Ellos sabían que la vida era dura y áspera, que muchas veces tenían hambre y frío, y generalmente estaban trabajando cuando no dormían. Pero, sin duda alguna, peor había sido en los viejos tiempos. Sentíanse contentos de creerlo así. Además, en aquellos días fueron esclavos y ahora eran libres, y eso representaba mucha diferencia, como Squealer nunca se olvidaba de señalarles.

Había muchas bocas más que alimentar. En el otoño las cuatro cerdas tuvieron crías simultáneamente, amamantando, entre todas, treinta y un cochinillos. Los jóvenes cerdos eran manchados, y como Napoleón era el único verraco en la granja, no fue difícil adivinar su origen paterno. Se anunció que más adelante, cuando se compraran ladrillos y maderas, se construiría una escuela en el jardín. Mientras tanto, los lechones fueron educados por Napoleón mismo en la cocina de la casa. Hacían su gimnasia en el jardín, y se les disuadía de jugar con los otros animales jóvenes. En esa época, también se implantó la regla de que cuando un cerdo y cualquier otro animal se encontraran en el camino, el segundo debía hacerse a un lado; y asimismo que los cerdos, de cualquier categoría, iban a tener el privilegio de adornarse con cintas verdes en la cola, los domingos.

La granja tuvo un año bastante próspero, pero aún andaban escasos de dinero. Faltaban por adquirir los ladrillos, la arena y el cemento necesarios para la escuela e iba a ser preciso ahorrar nuevamente para la maquinaria del molino. Se requería, además, petróleo para las lámparas, y velas para la casa, azúcar para la mesa de Napoleón (prohibió esto a los otros cerdos, basándose en que los hacía engordar) y todos los enseres corrientes, como herramientas, clavos, hilos, carbón, alambre, hierros y bizcochos para los perros. Una parva de heno y parte de la cosecha de patatas fueron vendidas, y el contrato de venta de huevos se aumentó a seiscientos por semana, de manera que aquel año las gallinas apenas empollaron suficientes pollitos para mantener las cifras al mismo nivel. Las raciones, rebajadas en diciembre, fueron disminuidas nuevamente en febrero, y se prohibieron las linternas en los pesebres para economizar petróleo. Pero los cerdos parecían estar bastante a gusto y, en realidad, aumentaban de peso. Una tarde, a fines de febrero, un tibio y apetitoso aroma, como jamás habían percibido los animales, llegó al patio, transportado por la brisa y procedente de la casita donde se elaboraba cerveza en los tiempos de Jones, casa que se encontraba más allá de la cocina. Alguien dijo que era el olor de la cebada hirviendo. Los animales husmearon hambrientos y se preguntaron si se les estaba preparando un pienso caliente para la cena. Pero no apareció ningún pienso caliente, y el domingo siguiente se anunció que desde ese momento toda la cebada sería reservada para los cerdos. El campo detrás de la huerta ya había sido sembrado con cebada. Y pronto se supo que todos los cerdos recibían una ración de una pinta de cerveza por día, y medio galón para el mismo Napoleón, que siempre se le servía en la sopera del juego guardado en la vitrina de cristal.

Pero si bien no faltaban penurias que aguantar, en parte estaban compensadas por el hecho de que la vida tenía mayor dignidad que antes. Había más canciones, más discursos, más desfiles. Napoleón ordenó que una vez por semana se hiciera algo denominado Demostración Espontánea, cuyo objeto era celebrar las luchas y triunfos de la «Granja Animal». A la hora indicada, los animales abandonaban sus tareas y desfilaban por los límites de la granja en formación militar, con los cerdos a la cabeza, luego los caballos, las vacas, las ovejas y después las aves. Los perros marchaban a los lados y a la cabeza de todos, el gallo negro de Napoleón. Boxer y Clover llevaban siempre una bandera verde marcada con el asta y la pezuña y el lema: «¡Viva el Camarada Napoleón!». Luego venían recitales de poemas compuestos en honor de Napoleón y un discurso de Squealer dando detalles de los últimos aumentos en la producción de alimentos, y en algunas ocasiones se disparaba un tiro de escopeta. Las ovejas eran las más aficionadas a las Demostraciones Espontáneas, y si alguien se quejaba (como lo hacían a veces algunos animales, cuando no había cerdos ni perros) alegando que se perdía tiempo y se aguantaba un largo plantón a la intemperie, las ovejas lo acallaban infaliblemente con un estentóreo: «¡Cuatro patas sí, dos pies no! «. Pero, a la larga, a los animales les gustaban esas celebraciones. Resultaba satisfactorio el recuerdo de que, después de todo, ellos eran realmente sus propios amos y que todo el trabajo que efectuaban era en beneficio común. Y así, con las canciones, los desfiles, las listas de cifras de Squealer, el tronar de la escopeta, el cacareo del gallo y el flamear de la bandera, podían olvidar por algún tiempo que sus barrigas estaban poco menos ya que vacías.

En abril, «Granja Animal» fue proclamada República, y se hizo necesario elegir un Presidente.

Había un solo candidato: Napoleón, que resultó elegido por unanimidad. El mismo día se reveló que se descubrieron nuevos documentos dando más detalles referentes a la complicidad de Snowball con Jones. Según ellos, parecía que Snowball no sólo trató de hacer perder la «Batalla del Establo de las Vacas» mediante una estratagema, como habían supuesto los animales, sino que estuvo peleando abiertamente a favor de Jones. En realidad, fue él quien dirigió las fuerzas humanas y arremetió en la batalla con las palabras «¡Viva la Humanidad!». Las heridas sobre el lomo de Snowball, que varios animales aún recordaban haber visto, fueron infligidas . por los dientes de Napoleón.

A mediados del verano, Moses, el cuervo, reapareció repentinamente en la granja, tras una ausencia de varios años. No había cambiado nada, continuaba sin hacer trabajo alguno y se expresaba igual que siempre respecto al Monte Azúcar. Solía posarse sobre un poste, batía sus negras alas y hablaba durante horas a cualquiera que quisiera escucharlo. «Allá arriba, camaradas —decía, señalando solemnemente el cielo con su pico largo—, allá arriba, exactamente detrás de esa nube oscura que ustedes pueden ver, allí está situado Monte Azúcar, esa tierra feliz donde nosotros, pobres animales, descansaremos para siempre de nuestras fatigas». Hasta sostenía haber estado allí en uno de sus vuelos a gran altura, y haber visto los campos perennes de trébol y las tartas de semilla de lino y los terrones de azúcar creciendo en los cercados. Muchos de los animales le creían. Actualmente, razonaban ellos, sus vidas no eran más que hambre y trabajo; ¿no resultaba, entonces, correcto y justo que existiera un mundo mejor en alguna parte? Una cosa difícil de determinar, era la actitud de los cerdos hacia Moses. Todos ellos declaraban desdeñosamente que sus cuentos respecto a Monte Azúcar eran mentiras y, sin embargo, le permitían permanecer en la granja, sin trabajar, con una pequeña ración de cerveza por día.

Después de habérsele curado el casco, Boxer trabajó más que nunca. Ciertamente, todos los animales trabajaron como esclavos aquel año. Aparte de las faenas corrientes de la granja y la reconstrucción del molino, estaba la escuela para los cerditos, que se comenzó en marzo. A veces, las largas horas de trabajo con insuficiente comida, eran difíciles de aguantar, pero Boxer nunca vaciló. En nada de lo que él decía o hacía se exteriorizaba señal alguna de que su fuerza ya no fuese la de antes. Únicamente su aspecto estaba un poco cambiado. Su pelaje era menos brillante y sus ancas parecían haberse contraído. Los demás decían que Boxer se restablecería cuando apareciera el pasto de primavera; pero llegó la primavera y Boxer no engordó. A veces, en la ladera que llevaba hacia la cima de la cantera, cuando esforzaba sus músculos tensos por el peso de alguna piedra enorme, parecía que nada lo mantenía en pie excepto su voluntad de continuar. En estos momentos se adivinaba que sus labios pronunciaban las palabras: «Trabajaré más fuerte» porque voz no le quedaba. Nuevamente Clover y Benjamín le advirtieron que cuidara su salud, pero Boxer no prestó atención. Su duodécimo cumpleaños se aproximaba. No le importaba lo que sucediera, con tal que se hubiera acumulado una buena cantidad de piedra antes que él se jubilara.

Un día de verano, al anochecer, se difundió rápidamente por la granja el rumor de que algo le había sucedido a Boxer. Se había ido solo para arrastrar un montón de piedras hasta el molino. Y, en efecto, el rumor era cierto. Unos minutos después dos palomas llegaron a todo volar con la noticia: « ¡Boxer se ha caído! ¡Está tendido de costado y no se puede levantar!».

Aproximadamente la mitad de los animales de la granja salieron corriendo hacia la loma donde estaba el molino. Allí yacía Boxer, entre las varas del carro, el pescuezo estirado, sin poder levantar la cabeza. Tenía los ojos vidriosos y sus flancos estaban cubiertos de sudor. Un hilillo de sangre le salía por la boca. Clover cayó de rodillas a su lado.

—¡Boxer! —gritó—, ¿cómo estás?

—Es mi pulmón —dijo Boxer con voz débil—.No importa. Yo creo que podrán terminar el molino sin mí. Hay una buena cantidad de piedra acumulada. De cualquier manera sólo me quedaba un mes más. A decir verdad, estaba esperando la jubilación. Y como también Benjamín se está poniendo viejo, tal vez le permitan retirarse al mismo tiempo, y así me hacía compañía.

—Debemos obtener ayuda inmediatamente —reclamó Clover—. Que corra alguien a comunicarle a Squealer lo que ha sucedido.

Todos los animales corrieron inmediatamente hacia la casa para darle la noticia a Squealer. Solamente se quedaron Clover y Benjamín, que se acostó al lado de Boxer y, sin decir palabra, espantaba las moscas con su larga cola. Al cuarto de hora apareció Squealer, alarmado y lleno de interés. Dijo que el camarada Napoleón, enterado con la mayor aflicción de esta desgracia que había sufrido uno de los más leales trabajadores de la granja, estaba realizando gestiones para enviar a Boxer a un hospital de Willingdon para su tratamiento. Los animales se sintieron un poco intranquilos al oír esto. Exceptuando a Mollie y Snowball, ningún otro animal había salido jamás de la granja, y no les agradaba la idea de dejar a su camarada enfermo en manos de seres humanos. Sin embargo, Squealer los convenció fácilmente de que el veterinario de Willingdon podía tratar el caso de Boxer más satisfactoriamente que en la granja. Y media hora después, cuando Boxer se repuso un poco, lo levantaron trabajosamente, y así logró volver renqueando hasta su establo donde Clover y Benjamín le habían preparado rápidamente una muy amplia y confortable cama de paja.

Durante los dos días siguientes, Boxer permaneció en su establo. Los cerdos habían enviado una botella grande del medicamento rosado que encontraron en el botiquín del cuarto de baño, y Clover se lo administraba a Boxer dos veces al día después de las comidas. Por las tardes permanecía en la cuadra conversando con él, mientras Benjamín le espantaba las moscas. Boxer manifestó que no lamentaba lo que había pasado. Si se reponía, podría vivir unos tres años más, y pensaba en los días apacibles que pasaría en el rincón de la pradera grande. Sería la primera vez que tendría tiempo libre para estudiar y perfeccionarse. Tenía intención, dijo, de dedicar el resto de su vida a aprender las veintidós letras restantes del abecedario.

Sin embargo, Benjamín y Clover sólo podían estar con Boxer después de las horas de trabajo, y a mediodía llegó un furgón para llevárselo. Los animales estaban trabajando bajo la supervisión de un cerdo, eliminando la maleza de los na bos, cuando fueron sorprendidos al ver a Benjamín venir a galope desde la casa, rebuznando con todas sus fuerzas. Nunca habían visto a Benjamín tan excitado; en verdad, era la primera vez que alguien lo veía galopar. «¡Pronto, pronto! —gritó—. ¡Vengan en seguida! ¡Se están llevando a Boxer! «. Sin esperar órdenes del cerdo, los animales abandonaron el trabajo y corrieron hacia los edificios de la granja. Efectivamente, en el patio había un gran furgón cerrado, con letreros en los costados, tirado por dos caballos, y un hombre de aspecto ladino tocado con un bombín aplastado en el asiento del conductor. La cuadra de Boxer estaba vacía.

Los animales se agolparon junto al carro. —¡Adiós, Boxer!

—gritaron a coro—, ¡adiós!

—¡Idiotas! ¡Idiotas! —exclamó Benjamín saltando alrededor de ellos y pateando el suelo con sus cascos menudos—.

¡Idiotas! ¿No veis lo que está escrito en los letreros de ese furgón?

Aquello apaciguó a los animales y se hizo el silencio. Muriel comenzó a deletrear las palabras. Pero Benjamín la empujó a un lado y en medio de un silencio sepulcral leyó:

—»Alfredo Simmonds, matarife de caballos y fabricante de cola, Willingdon. Comerciante en cueros y harina de huesos. Se suministran perreras». ¿No entienden lo que significa eso?

¡Lo llevan al descuartizador!

Los animales lanzaron un grito de horror. En ese momento el conductor fustigó a los caballos y el furgón salió del patio a un trote ligero. Todos los animales lo siguieron, gritando. Clover se adelantó. El furgón comenzó a tomar velocidad. Clover intentó galopar, pero sus pesadas patas sólo alcanzaron el medio galope.

—¡Boxer! —gritó ella—. ¡Boxer! ¡Boxer!

En ese momento, como si hubiera oído el alboroto, la cara de Boxer, con la franja blanca en el hocico, apareció por la ventanilla trasera del carro.

—¡Boxer! —gritó Clover con terrible voz—. ¡Boxer! ¡Sal de ahí! ¡Sal pronto! ¡Te llevan hacia la muerte!

Todos los animales se pusieron a gritar:

¡Sal de ahí, Boxer, sal de ahí!», pero el furgón ya había tomado velocidad y se alejaba de ellos. No se supo si Boxer entendió lo que dijo Clover. Pero un instante después, su cara desapareció de la ventanilla y se sintió el ruido de un patear de cascos dentro del furgón. Estaba tratando de abrirse camino a patadas. En otros tiempos, unas cuantas coces de los cascos de Boxer hubieran hecho trizas el furgón. Pero, desgraciadamente, su fuerza lo había abandonado; y al poco tiempo el ruido de cascos se hizo más débil y se extinguió. En su desesperación los animales comenzaron a apelar a los dos caballos que tiraban del furgón para que se detuvieran. « ¡Camaradas, camaradas! —gritaron—. ¡No lleváis a vuestro propio hermano hacia la muerte! « Pero las estúpidas bestias, demasiado ignorantes para darse cuenta de lo que ocurría, echaron atrás las orejas y aceleraron el trote. La cara de Boxer no volvió a aparecer por la ventanilla. Era demasiado tarde cuando a alguien se le ocurrió adelantarse para cerrar el portón; en un instante el furgón salió y desapareció por el camino. Boxer no fue visto más. Tres días después se anunció que había muerto en el hospital de Willingdon, no obstante recibir toda la atención que se podía dispensar a un caballo. Squealer anunció la noticia a los demás. Él había estado presente, dijo, durante las últimas horas de Boxer.

—¡Fue la escena más conmovedora que jamás haya visto! —expresó Squealer, levantando la pata para enjugar una lágrima—. Estuve al lado de su cama hasta el último instante, y al final, casi demasiado débil para hablar, me susurró que su único pesar era morir antes de haberse terminado el molino. «Adelante, camaradas —murmuró—. Adelante en nombre de la Rebelión.

¡Viva «Granja Animal»! ¡Viva el camarada Napoleón! ¡Napoleón siempre tiene razón!» Ésas fueron sus últimas palabras, camaradas.

Aquí el porte de Squealer cambió repentinamente. Permaneció callado un instante, y sus ojillos lanzaron miradas de desconfianza de un lado a otro antes de continuar. Había llegado a su conocimiento —dijo—, que un rumor disparatado y malicioso circuló cuando se llevaron a Boxer. Algunos animales notaron que el furgón que trasladó a Boxer llevaba la inscripción: «Matarife de caballos», y sacaron precipitadamente la conclusión de que ése era en realidad el destino de Boxer. Resultaba casi increíble, dijo Squealer, que un animal pudiera ser tan estúpido. Seguramente, gritó indignado, agitando la cola y saltando de lado a lado, seguramente ellos conocían a su querido Líder, camarada Napoleón, mejor que nadie. Pero la explicación, en verdad, era muy sencilla. El furgón fue anteriormente propiedad del descuartizador y había sido comprado por el veterinario, que aún no había borrado el nombre anterior. Así fue como nació el error.

Los animales quedaron muy aliviados al escuchar esto. Y cuando Squealer continuó dándoles más detalles gráficos del lecho de muerte de Boxer, la admirable atención que recibió y las costosas medicinas que abonara Napoleón sin fijarse en el precio, sus últimas dudas desaparecieron y el pesar que sintieran por la muerte de su camarada fue mitigado por la idea de que, al menos, había muerto feliz.

Napoleón mismo apareció en la reunión del domingo siguiente y pronunció una breve oración fúnebre a la memoria de Boxer. No era posible traer de vuelta los restos de su llorado camarada para ser enterrados en la Granja, pero había ordenado que se confeccionara una gran corona con laurel del jardín de la casa para ser colocada sobre la tumba de Boxer. Y pasados unos días los cerdos pensaban realizar un banquete conmemorativo en su honor. Napoleón finalizó su discurso recordándoles los dos lemas favoritos de Boxer: «Trabajaré más fuerte» y «El Camarada Napoleón tiene siempre razón», lemas, dijo, que todo animal haría bien en adoptar para sí mismo.

El día fijado para el banquete, el carro de un almacenista vino desde Willingdon y descargó un gran cajón de madera. Esa noche se oyó el ruido de cantos bullangueros, seguidos por algo que parecía una violenta disputa y terminó a eso de las once con un tremendo estrépito de vidrios rotos. Nadie se movió en la casa antes del mediodía siguiente y se corrió la voz de que los cerdos se habían agenciado dinero para comprar otro cajón de whisky.

CAPÍTULO X

Pasaron los años. Las estaciones vinieron y se fueron; las cortas vidas de los animales pasaron volando. Llegó una época en que ya no había nadie que recordara los viejos días anteriores a la Rebelión, exceptuando a Clover, Benjamín, Moses el cuervo, y algunos cerdos.

Muriel había muerto; Bluebell, Jessie y Pincher habían muerto. Jones también murió; falleció en un hogar para borrachos en otra parte del país. Snowball fue olvidado. Boxer lo había sido, asimismo, excepto por los pocos que lo habían tratado. Clover era ya una yegua vieja y gorda, con articulaciones endurecidas y ojos legañosos. Ya hacía dos años que había cumplido la edad del retiro, pero en realidad ningún animal se había jubilado. Hacía tiempo que no se hablaba de reservar un rincón del campo de pasto para animales jubilados. Napoleón era ya un cerdo maduro de unos ciento cincuenta kilos. Squealer estaba tan gordo que tenía dificultad para ver más allá de sus narices. Únicamente el viejo Benjamín estaba más o menos igual que siempre, exceptuando que el hocico lo tenía más canoso y, desde la muerte de Boxer, estaba más malhumorado y taciturno que nunca.

Había muchos más animales que antes en la granja, aunque el aumento no era tan grande como se esperara en los primeros años. Nacieron muchos animales para quienes la Rebelión era una tradición casi olvidada, transmitida verbalmente; y otros, que habían sido adquiridos, jamás oyeron hablar de semejante cosa antes de su llegada. La granja poseía ahora tres caballos, además de Clover. Eran bestias de prestancia, trabajadores de buena voluntad y excelentes camaradas, pero muy estúpidos. Ninguno de ellos logró aprender el alfabeto más allá de la letra B. Aceptaron todo lo que se les contó respecto a la Rebelión y los principios del Animalismo, especialmente por Clover, a quien tenían un respeto casi filial; pero era dudoso que hubieran entendido mucho de lo que se les dijo.

La granja estaba más próspera y mejor organizada; hasta había sido ampliada con dos franjas de terreno compradas al señor Pilkington. El molino quedó terminado al fin, y la granja poseía una trilladora y un elevador de heno propios, agregándose también varios edificios. Whymper se había comprado un coche. El molino, sin embargo, no fue empleado para producir energía eléctrica. Se utilizó para moler maíz y produjo un saneado beneficio en efectivo. Los animales estaban trabajando mucho en la construcción de otro molino más; cuando éste estuviera terminado, según se decía, se instalarían las dinamos. Pero los lujos con que Snowball hiciera soñar a los animales, las cuadras con luz eléctrica y agua caliente y fría, y la semana de tres días, ya no se mencionaban. Napoleón había censurado estas ideas por considerarlas contrarias al espíritu del Animalismo. La verdadera felicidad, dijo él, consistía en trabajar mucho y vivir frugalmente.

De algún modo parecía como si la granja se hubiera enriquecido sin enriquecer a los animales mismos; exceptuando, naturalmente, los cerdos y los perros. Tal vez eso se debiera en parte al hecho de haber tantos cerdos y tantos perros. No era que estos animales no trabajaran a su manera. Existía, como Squealer nunca se cansaba de explicarles, un sinfín de labores en la supervisión y organización de la Granja. Gran parte de este trabajo tenía características tales que los demás animales eran demasiado ignorantes para comprenderlo. Por ejemplo, Squealer les dijo que los cerdos tenían que realizar un esfuerzo enorme todos los días con unas cosas misteriosas llamadas «ficheros», «informes», «actas» y «ponencias». Se trataba de largas hojas de papel que tenían que ser llenadas totalmente con escritura, y después eran quemadas en el horno. Esto era de suma importancia para el bienestar de la Granja, señaló Squealer. Pero de cualquier manera, ni los cerdos ni los perros producían nada comestible mediante su propio trabajo; eran muchos y siempre tenían buen apetito.

En cuanto a los otros, su vida, por lo que ellos sabían, era lo que fue siempre. Generalmente tenían hambre, dormían sobre paja, bebían del estanque, trabajaban en el campo; en invierno sufrían los efectos del frío y en verano de las moscas. A veces, los más viejos de entre ellos buscaban en sus turbias memorias y trataban de determinar si en los primeros días de la Rebelión, cuando la expulsión de Jones aún era reciente, las cosas fueron mejor o peor que ahora. No alcanzaban a recordar. No había con qué comparar su vida presente, no tenían en qué basarse exceptuando las listas de cifras de Squealer que, invariablemente, demostraban que todo mejoraba más y más. Los animales no encontraron solución al problema; de cualquier forma, tenían ahora poco tiempo para cavilar sobre estas cosas. Únicamente el viejo Benjamín manifestaba recordar cada detalle de su larga vida y saber que las cosas nunca fueron, ni podrían ser, mucho mejor o mucho peor; el hambre, la opresión y el desengaño eran, así dijo él, la ley inalterable de la vida.

Y, sin embargo, los animales nunca abandonaron sus esperanzas. Más aún, jamás perdieron, ni por un instante, su sentido del honor y el privilegio de ser miembros de «Granja Animal». Todavía era la única granja en todo el condado —¡en toda Inglaterra!— poseída y gobernada por animales. Ninguno, ni el más joven, ni siquiera los recién llegados, traídos desde granjas a diez o veinte millas de distancia, dejaron de maravillarse por ello. Y cuando sentían tronar la escopeta y veían la bandera verde ondeando al tope del mástil, sus corazones se hinchaban de inextinguible orgullo, y la conversación siempre giraba en torno a los heroicos días de antaño, la expulsión de Jones, la inscripción de los siete mandamientos, las grandes batallas en que los invasores humanos fueron derrotados. Ninguno de los viejos ensueños había sido abandonado. La República de los animales que Mayor pronosticara, cuando los campos verdes de Inglaterra no fueran hollados por pies humanos, era todavía su aspiración. Algún día llegaría; tal vez no fuera pronto, quizá no sucediera durante la existencia de la actual generación de animales, pero vendría. Hasta la melodía de «Bestias de Inglaterra» era seguramente tarareada a escondidas aquí o allá; de cualquier manera, era un hecho que todos los animales de la granja la conocían, aunque ninguno se hubiera atrevido a cantarla en voz alta. Podría ser que sus vidas fueran penosas y que no todas sus esperanzas se vieran cumplidas; pero tenían conciencia de no ser como otros animales. Si pasaban hambre, no lo era por alimentar a tiranos como los seres humanos; si trabajaban mucho, al menos lo hacían para ellos mismos. Ninguno caminaba sobre dos pies. Ninguno llamaba a otro «amo». Todos los animales eran iguales.

Un día, a principios de verano, Squealer ordenó a las ovejas que lo siguieran, y las condujo hacia una parcela de tierra no cultivada en el otro extremo de la granja, cubierta por retoños de abedul. Las ovejas pasaron todo el día allí comiendo hojas bajo la supervisión de Squealer. Al anochecer él volvió a la casa, pero, como hacía calor, les dijo a las ovejas que se quedaran donde estaban. Y allí permanecieron toda la semana, sin ser vistas por los demás animales durante ese tiempo. Squealer estaba con ellas durante la mayor parte del día. Dijo que les estaba enseñando una nueva canción, para lo cual se necesitaba aislamiento.

Una tarde tranquila, al poco tiempo de haber vuelto las ovejas de su retiro —los animales ya habían terminado de trabajar y regresaban hacia los edificios de la granja—, se oyó desde el patio el relincho aterrado de un caballo. Alarmados, los animales se detuvieron bruscamente. Era la voz de Clover. Relinchó de nuevo y todos se lanzaron al galope entrando precipitadamente en el patio. Entonces contemplaron lo que Clover había visto.

Era un cerdo, caminando sobre sus patas traseras.

Sí, era Squealer. Un poco torpemente, como si no estuviera totalmente acostumbrado a sostener su gran volumen en aquella posición, pero con perfecto equilibrio, estaba paseándose por el patio. Y poco después, por la puerta de la casa apareció una larga fila de tocinos, todos caminando sobre sus patas traseras. Algunos lo hacían mejor que otros, si bien uno o dos andaban un poco inseguros, dando la impresión de que les hubiera agradado el apoyo de un bastón, pero todos ellos dieron con éxito una vuelta completa por el patio. Finalmente se oyó un tremendo ladrido de los perros y un agudo cacareo del gallo negro, y apareció Napoleón en persona, erguido majestuosamente, lanzando miradas arrogantes hacia uno y otro lado y con los perros brincando alrededor.

Llevaba un látigo en la mano.

Se produjo un silencio de muerte. Asombrados, aterrorizados, acurrucados unos contra otros, los animales observaban la larga fila de cerdos marchando lentamente alrededor del patio. Era como si el mundo se hubiera vuelto del revés. Llegó un momento en que pasó la primera impresión y, a pesar de todo — a pesar de su terror a los perros y de la costumbre, adquirida durante muchos años, de nunca quejarse, nunca criticar—, estaba a punto de saltar alguna palabra de protesta. Pero en ese preciso instante, como obedeciendo a una señal, todas las ovejas estallaron en un tremendo balido: «¡Cuatro patas sí, dos patas mejor!

¡Cuatro patas sí, dos patas mejor! ¡Cuatro patas sí, dos patas mejor! «.

El cántico siguió durante cinco minutos sin parar. Y cuando las ovejas callaron, la oportunidad para protestar había pasado, pues los cerdos entraron nuevamente en la casa.

Benjamín sintió que un hocico le rozaba el hombro. Se volvió. Era Clover. Sus viejos ojos parecían más apagados que nunca. Sin decir nada; le tiró suavemente de la crín y lo llevó hasta el extremo del granero principal, donde estaban inscritos los siete mandamientos. Durante un minuto o dos estuvieron mirando la pared alquitranada con sus blancas letras.

—La vista me está fallando —dijo ella finalmente—. Ni aun

cuando era joven podía leer lo que estaba ahí escrito.. Pero me parece que esa pared está cambiada. ¿Están igual que antes los siete mandamientos, Benjamín?

Por primera vez Benjamín consintió en romper la costumbre y leyó lo que estaba escrito en el muro. Allí no había nada excepto un solo Mandamiento. Éste decía:

TODOS LOS ANIMALES SON IGUALES, PERO ALGUNOS ANIMALES SON MÁS IGUALES QUE OTROS.

Después de eso no les resultó extraño que al día siguiente los cerdos que estaban supervisando el trabajo de la granja, llevaran todos un látigo en la mano. No les pareció raro enterarse de que los cerdos se habían comprado una radio, estaban gestionando la instalación de un teléfono y se habían suscrito a *John Bull, Tit -Bits* y al *Daily Mirror*. No les resultó extraño cuando vieron a Napoleón paseando por el jardín de la casa con una pipa en la boca; no, ni siquiera cuando los cerdos sacaron la ropa del señor Jones de los roperos y se la pusieron; Napoleón apareció con una chaqueta negra, pantalones bombachos y polainas de cuero, mientras que su favorita lucía el vestido de seda que la señora Jones acostumbraba a usar los domingos.

Una semana después, una tarde, cierto número de coches llegó a la granja. Una delegación de granjeros vecinos había sido invitada para realizar una visita. Recorrieron la granja y expresaron gran admiración por todo lo que vieron, especialmente el molino.

Los animales estaban escardando el campo de nabos. Trabajaban casi sin despegar las caras del suelo y sin saber a quien debían temer más: si a los cerdos o a los visitantes humanos.

Esa noche se escucharon fuertes carcajadas y canciones desde la casa. El sonido de las voces entremezcladas despertó repentinamente la curiosidad de los animales. ¿Qué podía estar sucediendo allí, ahora que, por primera vez, animales y seres humanos estaban reunidos en igualdad de condiciones? De común acuerdo se arrastraron en el mayor silencio hasta el jardín de la casa.

Al llegar a la entrada se detuvieron, medio asustados, pero Clover avanzó resueltamente y los demás la siguieron. Fueron de puntillas hasta la casa, y los animales de mayor estatura espiaron por la ventana del comedor. Allí, alrededor de una larga mesa, estaban sentados media docena de granjeros y media docena de los cerdos más eminentes, ocupando Napoleón el puesto de honor en la cabecera. Los cerdos parecían encontrarse en las sillas completamente a sus anchas. El grupo estaba jugando una partida de naipes, pero la habían suspendido un momento, sin duda para brindar. Una jarra grande estaba pasando de mano en mano y los vasos se llenaban de cerveza una y otra vez.

El señor Pilkington, de Foxwood, se puso en pie, con un vaso en la mano. Dentro de un instante, explicó, iba a solicitar un brindis a los presentes. Pero, previamente, se consideraba obligado a decir unas palabras.

«Era para él motivo de gran satisfacción —dijo—, y estaba seguro que para todos los asistentes, comprobar que un largo período de desconfianzas y desavenencias llegaba a su fin. Hubo un tiempo, no es que él, o cualquiera de los presentes, compartieran tales sentimientos, pero hubo un tiempo en que los respetables propietarios de la «Granja Animal» fueron considerados, él no diría con hostilidad, sino con cierta dosis de recelo por sus vecinos humanos. Se produjeron incidentes desafortunados y eran fáciles los malos entendidos. Se creyó que la existencia de una granja poseída y gobernada por cerdos era en cierto modo anormal y que podría tener un efecto perturbador en el vecindario. Demasiados granjeros supusieron, sin la debida información, que en dicha granja prevalecía un espíritu de libertinaje e indisciplina. Habían estado preocupados respecto a las consecuencias que ello acarrearía a sus propios animales o aun sobre sus empleados del género humano. Pero todas estas dudas ya estaban disipadas. Él y sus amigos acababan de visitar «Granja Animal» y de inspeccionar cada pulgada con sus propios ojos. ¿Y qué habían encontrado? No solamente los métodos más modernos, sino una disciplina y un orden que debían servir de ejemplo para los granjeros de todas partes. Él creía que estaba en lo cierto al decir que los animales inferiores de «Granja Animal» hacían más trabajo y recibían menos comida que cualquier animal del condado. En verdad, él y sus colegas visitantes observaron muchos detalles que pensaban implantar en sus granjas inmediatamente.

«Querría terminar mi discurso —dijo— recalcando nuevamente el sentimiento amistoso que subsistía, y que debía subsistir, entre «Granja Animal» y sus vecinos. Entre los cerdos y los seres humanos no había, y no debería haber, ningún choque de intereses de cualquier clase. Sus esfuerzos y sus dificultades eran idénticos. ¿No era el problema laboral el mismo en todas partes?» Aquí pareció que el señor Pilkington se disponía a contar algún chiste preparado de antemano, pero por un instante le dominó la risa, y no pudo articular palabra. Después de un rato de sofocación en cuyo transcurso sus diversas papadas enrojecieron, logró explicarse:

«¡Si bien ustedes tienen que lidiar con sus animales inferiores —dijo— nosotros tenemos nuestras clases inferiores!».

Esta ocurrencia les hizo desternillar de risa; y el señor Pilkington nuevamente felicitó a los cerdos por las escasas raciones, las largas horas de trabajo y la falta de blandenguerías que observara en «Granja Animal».

«Y ahora —dijo finalmente—, iba a pedir a los presentes que se pusieran de pie y se cercioraran de que sus vasos estaban llenos.

«Señores —concluyó el señor Pilkington—, señores, les propongo un brindis: ¡Por la prosperidad de la «Granja Animal!»

Hubo unos vítores entusiastas y un resonar de pies y patas. Napoleón estaba tan complacido, que dejó su lugar y dio la vuelta a la mesa para chocar su vaso con el del señor Pilkington antes de vaciarlo. Cuando terminó el vitoreo, Napoleón, que permanecía de pie, insinuó que también él tenía que decir algunas palabras.

Como en todos sus discursos, Napoleón fue breve y al grano. «Él también —dijo— estaba contento de que el perío do de desavenencias llegara a su fin. Durante mucho tiempo hubo rumores propalados —él tenía motivos fundados para creer que por algún enemigo malévolo— de que existía algo subversivo y hasta revolucionario en sus puntos de vista y los de sus colegas. Se les atribuyó la intención de fomentar la rebelión entre los animales de las granjas vecinas. ¡Nada podía estar más lejos de la verdad! Su único deseo, ahora y en el pasado, era vivir en paz y mantener relaciones normales con sus vecinos. Esta granja que él tenía el honor de controlar — agregó— era una empresa cooperativa. Los títulos de propiedad, que estaban en su poder, pertenecían a todos los cerdos en conjunto.

«Él no creía —dijo— que aún quedaran rastros de las viejas sospechas, pero se acababan de introducir ciertos cambios en la rutina de la granja que tendrían el efecto de fomentar, aún más, la mutua confianza. Hasta entonces los animales de la granja tenían la costumbre algo tonta de dirigirse unos a otros como «camarada». Eso iba a ser suprimido. También existía otra costumbre muy rara, cuyo origen era desconocido: la de desfilar todos los domingos por la mañana ante el cráneo de un cerdo clavado en un poste del jardín. Eso también iba a suprimirse, y el cráneo ya había sido enterrado. Sus visitantes habían observado asimismo la bandera verde que ondeaba al tope del mástil. En ese caso, seguramente notaron que el asta y la pezuña blanca con que estaba marcada anteriormente fueron eliminados. En adelante, sería simplemente una bandera verde.

«Tenía que hacer una sola crítica del magnífico y amistoso discurso del señor Pilkington. El señor Pilkington hizo referencia en todo momento a «Granja Animal». No podía saber, naturalmente —porque él, Napoleón, iba a anunciarlo por primera vez— que el nombre de «Granja Animal» había sido abolido. Desde ese momento la granja iba a ser conocida como «Granja Manor», que era su nombre verdadero y original.

«Señores —concluyó Napoleón—, os voy a proponer el mismo brindis de antes, pero de otra forma. Llenad los vasos hasta el borde. Señores, éste es mi brindis: ¡Por la prosperidad de la «Granja Manor!»

Se repitió el mismo cordial vitoreo de antes y los vasos fueron vaciados de un trago. Pero a los animales, que desde fuera observaban la escena, les pareció que algo raro estaba ocurriendo. ¿Qué era lo que se había alterado en los rostros de los cerdos? Los viejos y apagados ojos de Clover pasaron rápida y alternativamente de un rostro a otro. Algunos tenían cinco papadas, otros tenían cuatro, aquellos tenían tres. Pero ¿qué era lo que parecía desvanecerse y transformarse? Después, finalizados los aplausos, los concurrentes cogieron nuevamente los naipes y continuaron la partida interrumpida, alejándose los animales en silencio.

Pero no habían dado veinte pasos cuando se pararon bruscamente. Un enorme alboroto de voces venía desde la casa. Regresaron corriendo y miraron nuevamente por la ventana. Sí, se estaba desarrollando una violenta discusión: gritos, golpes sobre la mesa, miradas penetrantes y desconfiadas, negativas furiosas. El origen del conflicto parecía ser que tanto Napoleón como el señor Pilkington habían descubierto simultáneamente un as de espadas cada uno.

Doce voces gritaban enfurecidas, y eran todas iguales. No había duda de la transformación ocurrida en las caras de los cerdos. Los animales asombrados, pasaron su mirada del cerdo al hombre, y del hombre al cerdo; y, nuevamente, del cerdo al hombre; pero ya era imposible distinguir quién era uno y quién era otro.

1984

PRIMERA PARTE

1

Era un día frío y luminoso de abril y los relojes estaban dando las trece. Winston Smith, con la barbilla clavada en el pecho en un esfuerzo por escapar al desagradable viento, pasó a toda prisa entre las puertas de cristal de las Casas de la Victoria, aunque no lo bastante rápido para impedir que se colara tras él un remolino de polvo y suciedad.

El vestíbulo olía a col hervida y a esteras viejas. En un extremo habían colgado en la pared un cartel coloreado y demasiado grande para estar en el interior. Representaba solo una cara enorme de más de un metro de ancho: el rostro de un hombre de unos cuarenta y cinco años, con un espeso bigote negro y facciones toscas y apuestas. Winston se dirigió a las escaleras. Era inútil tratar de coger el ascensor. Raras veces funcionaba y en esos días cortaban la corriente eléctrica durante las horas diurnas. Era parte del impulso del ahorro en preparación para la Semana del Odio. El apartamento estaba en el séptimo, y Winston, que tenía treinta y nueve años y una úlcera varicosa en el tobillo derecho, subió despacio, parándose a descansar varias veces. En cada rellano, enfrente del hueco del ascensor, el cartel con el rostro gigantesco le contempló desde la pared. Era uno de esos carteles pensados para que los ojos te sigan cuando te mueves. «El Hermano Mayor vela por ti», decía el eslogan al pie.

Dentro del apartamento una voz pastosa estaba leyendo una lista de cifras relacionadas con la producción de hierro en lingotes. La voz procedía de una placa oblonga de metal parecida a un espejo empañado que formaba parte de la superficie de la pared de la derecha. Winston encendió una luz y el volumen de la voz disminuyó un poco, aunque las palabras siguieron siendo comprensibles. El instrumento (la «telepantalla», lo llamaban) podía atenuarse, pero no había manera de apagarlo del todo. Winston fue hacia la ventana: una figura pequeña y frágil cuya delgadez acentuaba el mono azul del uniforme del Partido. Su cabello era muy rubio y tenía el rostro rubicundo y con la piel curtida por el tosco jabón, las hojas de afeitar embotadas y el frío del invierno que acababa de concluir.

Fuera, incluso a través de la ventana cerrada, el mundo parecía frío. Abajo, en la calle, pequeños remolinos de viento formaban espirales de polvo y papeles rotos, y aunque lucía el sol y el cielo tenía un intenso color azul, todo parecía desvaído excepto los carteles que había pegados por todas partes. El rostro de los bigotes negros observaba desde todas las esquinas. Había uno en la casa de enfrente. «El Hermano Mayor vela por ti», decía el eslogan mientras los ojos oscuros miraban directamente a los de Winston. En la calle, otro cartel rasgado por una esquina aleteaba al viento, cubriendo y descubriendo alternativamente la palabra «Socing». A lo lejos un helicóptero volaba entre los tejados, se cernía un momento como un moscardón y volvía a alejarse describiendo una curva. Era la patrulla de la policía que se asomaba a las ventanas de la gente. No obstante, lo malo no eran las patrullas, sino la Policía del Pensamiento.

Detrás de Winston la voz de la telepantalla seguía hablando del hierro en lingotes y del cumplimiento del Noveno Plan Trienal. La telepantalla recibía y transmitía al mismo tiempo. Era capaz de captar cualquier sonido que hiciera Winston por encima de un susurro muy bajo; es más, mientras estuviera en el campo de visión dominado por la placa metálica podían verle y oírle. Por supuesto, era imposible saber si te estaban observando o no en un momento dado. Con qué frecuencia o con qué sistema la Policía del Pensamiento encendía la placa de cada cual eran puras conjeturas. Incluso era concebible que vigilaran a la vez a todo el mundo. Pero en cualquier caso podían conectarse contigo cuando quisieran. Tenías que vivir —y la costumbre acababa por convertirlo en un instinto— dando por sentado que escuchaban hasta el último sonido que hacías y que, excepto en la oscuridad, observaban todos tus movimientos.

Winston continuó de espaldas a la telepantalla. Era más seguro; aunque sabía muy bien que incluso una espalda podía ser reveladora. A un kilómetro de allí, el Ministerio de la Verdad, su lugar de trabajo, se elevaba blanco e inmenso sobre el lúgubre paisaje. Eso, pensó con una especie de vaga repugnancia, era Londres, la principal ciudad de la Franja Aérea Uno, a su vez la tercera provincia más poblada de Oceanía. Hurgó en su memoria en busca de algún recuerdo de infancia que le dijera si Londres había sido siempre así. ¿Había habido siempre esas vistas de casas destartaladas del siglo

XIX, con los costados reforzados con tablones de madera, las ventanas tapadas con cartones, el tejado cubierto con planchas de hierro ondulado y las absurdas tapias de los jardines inclinadas en todas las direcciones? ¿Y esos sitios bombardeados donde el polvo de la escayola se arremolinaba con el viento y las adelfas cubrían los montones de cascotes? ¿Y los lugares donde las bombas habían abierto un hueco mayor y habían surgido sórdidas colonias de casas de madera que parecían gallineros? Pero fue inútil, no pudo recordarlo: no conservaba de su infancia más que una serie de imágenes muy luminosas sin el menor trasfondo que le resultaban casi ininteligibles.

El Ministerio de la Verdad —el Miniver, en nuevalengua[1]— era inquietantemente distinto de los demás edificios. Era una gigantesca estructura piramidal de reluciente cemento blanco que se alzaba, una terraza tras otra, a más de trescientos metros de altura. Desde donde estaba Winston podían leerse, labrados con elegante caligrafía en la fachada blanca, los tres eslóganes del Partido:

LA GUERRA ES LA PAZ
LA LIBERTAD ES LA ESCLAVITUD
LA IGNORANCIA ES LA FUERZA

Se decía que el Ministerio de la Verdad tenía tres mil habitaciones por encima del nivel del suelo y sus correspondientes ramificaciones bajo tierra. Desperdigados en Londres había solo otros tres edificios de tamaño y apariencia parecidos. Empequeñecían de tal modo la arquitectura de los alrededores que desde el tejado de las Casas de la Victoria se divisaban los cuatro a la vez. Eran la sede de los cuatro ministerios en los que se dividía todo el sistema gubernamental. El Ministerio de la Verdad, que se ocupaba de las noticias, los espectáculos, la educación y las bellas artes. El Ministerio de la Paz, encargado de los asuntos relativos a la guerra. El Ministerio del Amor, que se ocupaba de mantener la ley y el orden. Y el Ministerio de la Abundancia, que era el responsable de los asuntos económicos. Sus nombres, en nuevalengua, eran: Miniver, Minipax, Minimor y Minindancia.

El Ministerio del Amor era el más imponente. No tenía una sola ventana. Winston nunca había estado dentro, ni tampoco a medio

---

[1] La nuevalengua era el idioma oficial de Oceanía. Para un informe sobre su estructura y etimología, véase el «Apéndice».

kilómetro de él. Era imposible entrar allí si no era por algún asunto oficial, y aun así había que atravesar un laberinto de alambre de espino, puertas de acero y nidos de ametralladora ocultos. Incluso las calles que conducían a las barreras exteriores estaban patrulladas por guardias de uniforme negro, cara de pocos amigos y armados con cachiporras.

Winston se volvió de pronto. Había adoptado la expresión de relajado optimismo que convenía exhibir ante la telepantalla. Cruzó la habitación para ir a la minúscula cocina. Al salir del trabajo a esa hora del día había sacrificado su almuerzo en el bar del Ministerio y sabía que en la cocina no había más comida que un mendrugo de pan moreno que tenía que guardar para el desayuno del día siguiente. Cogió de un estante una botella de un líquido incoloro con una sencilla etiqueta que decía «Ginebra de la Victoria». Despedía un olor repugnante y aceitoso a licor de arroz chino. Winston se sirvió casi una tacita, hizo acopio de valor y se lo tragó como si fuera una medicina.

Al instante su rostro se encendió y le lloraron los ojos. El licor sabía a ácido nítrico y al tragarlo uno tenía la sensación de que lo golpearan en la nuca con una porra de goma. No obstante, un instante después, se le calmó el ardor del estómago y el mundo empezó a parecerle más alegre. Sacó un cigarrillo de una cajetilla arrugada cuya etiqueta decía «Cigarrillos de la Victoria» y por despiste lo puso en posición vertical, de modo que el tabaco acabó en el suelo. Con el siguiente tuvo más cuidado. Volvió al salón y se sentó en una mesita que había a la izquierda de la telepantalla. Sacó del cajón un portaplumas, un tintero y un grueso libro de notas con el lomo rojo y las tapas imitando el mármol.

Por alguna razón, la telepantalla del salón ocupaba una posición poco frecuente. En lugar de estar, como era habitual, en la pared del fondo, desde donde dominaba toda la habitación, estaba en la pared más larga, enfrente de la ventana. A un lado había un pequeño hueco donde estaba sentado Winston y que, cuando se construyeron los apartamentos, probablemente se concibiera para instalar una estantería. Sentado en aquel hueco lo más pegado posible a la pared, Winston quedaba fuera del campo de visión de la telepantalla. Por supuesto, aún podían oírle, pero mientras siguiese allí no podrían verle. En parte era esa peculiar disposición de la sala la que le había sugerido lo que estaba a punto de hacer.

No obstante, también se lo había sugerido el libro que acababa de sacar del cajón. Era un libro muy hermoso. Su papel suave de color crema, un poco amarillento por el paso del tiempo, hacía al menos cuarenta años que no se fabricaba, aunque lo más probable era que fuese mucho más antiguo. Lo había visto en el escaparate de una desaliñada tienda de objetos de segunda mano en uno de los barrios bajos de la ciudad (aunque no recordaba cuál) y había sentido un irresistible deseo de poseerlo. Se suponía que los miembros del Partido no debían entrar en tiendas normales («traficar en el mercado libre», se llamaba), pero la norma no se cumplía de manera estricta porque había varias cosas, como los cordones de los zapatos y las cuchillas de afeitar, que no se podían conseguir de ninguna otra manera. Había echado un rápido vistazo calle arriba y abajo y luego se había colado en la tienda y había comprado el libro por dos dólares cincuenta. En aquel momento no había sido consciente de quererlo por ninguna razón concreta. Se lo había llevado a casa en su maletín sintiéndose culpable. Incluso aunque no hubiese escrito nada en él era una posesión comprometedora.

Lo que estaba a punto de hacer era empezar un diario. No es que fuese ilegal (nada lo era, porque ya no había leyes), pero en caso de que lo encontraran era casi seguro que lo condenarían a muerte, o al menos a veinticinco años en un campo de trabajos forzados. Winston colocó un plumín en el portaplumas y lo chupó para quitarle la grasa. La pluma era un instrumento arcaico, que rara vez se utilizaba ni siquiera para firmar, y él había conseguido una furtivamente y con cierta dificultad, sobre todo porque tenía la sensación de que el precioso papel de color crema merecía que escribieran en él con una pluma de verdad en lugar de garabatear con un tintalápiz. De hecho, no estaba habituado a escribir a mano. Aparte de notas muy breves, lo normal era dictarlo todo en el «hablascribe», lo cual evidentemente era imposible en este caso. Mojó la pluma en la tinta y luego vaciló un segundo. Le hicieron ruido las tripas. Marcar el papel era el acto decisivo. Con letra pequeña y torpe escribió:

4 de abril de 1984.

Se recostó en la silla. Sintió una impotencia absoluta. Para empezar, ni siquiera sabía con certeza si de verdad estaban en 1984. Debían de rondar esa fecha, pues estaba casi seguro de tener treinta y nueve años, y creía haber nacido en 1944 o 1945, pero era imposible fijar una fecha sin una imprecisión de uno o dos años.

¿Para quién —pensó de pronto— estaba escribiendo aquel diario? Para el futuro, para los que aún no habían nacido. Su

imaginación se detuvo un momento en la dudosa fecha de la página y cayó con un sobresalto en la palabra en nuevalengua «doblepiensa». Por primera vez reparó en la magnitud de lo que había hecho. ¿Cómo iba a comunicarse con el futuro? Era por naturaleza imposible. O bien el futuro se parecería al presente, en cuyo caso nadie le haría ningún caso, o sería diferente y sus problemas carecerían de sentido.

Se quedó un rato contemplando el papel como un idiota. La telepantalla había pasado a emitir estridente música militar. Lo curioso no era solo que hubiese perdido la capacidad de expresarse, sino que hubiera olvidado también lo que tenía pensado decir. Había pasado semanas preparándose para ese momento y no se le había ocurrido que fuese a necesitar nada más que valor. Escribir sería fácil. Lo único que tenía que hacer era trasladar al papel el interminable e inquieto monólogo que llevaba años literalmente rondándole por la cabeza. En ese momento, no obstante, incluso el monólogo se le había olvidado. Además, la úlcera habían empezado a picarle de manera insoportable. No se atrevió a rascarse, porque cuando lo hacía siempre se le inflamaba. Fueron pasando los segundos. No era consciente de nada que no fuese la hoja de papel en blanco que tenía ante sus ojos, el picor de la piel por encima del tobillo, el estruendo de la música militar y la leve embriaguez producida por la ginebra.

De pronto empezó a escribir como llevado por el pánico, solo consciente en parte de lo que hacía. Con su caligrafía pequeña, pero infantil, fue trazando líneas torcidas en la página y acabó desprendiéndose al principio de las letras mayúsculas y por fin de los puntos y aparte.

4 de abril de 1984.

Anoche fui al cine. Todo películas bélicas. Una muy buena de un barco abarrotado de refugiados que bombardean en mitad del Mediterráneo. El público se lo pasó en grande con los planos de un hombre muy gordo que intentaba huir a nado del helicóptero que le perseguía, primero se le veía chapoteando en el agua como una marsopa, luego aparecía a través de la mira de las ametralladoras del helicóptero, después lo llenaban de agujeros, el agua se volvía de color rosa y se hundía como si los agujeros hubiesen dejado entrar el agua, la gente se moría de risa al ver cómo se hundía, luego había un bote salvavidas lleno de niños que sobrevolaba un helicóptero, había una mujer de mediana edad que tal vez fuese judía sentada a popa con un crío de unos tres años en brazos, el bebé lloraba de miedo y ocultaba la cabeza entre sus pechos tratando de protegerse, la mujer lo abrazaba y lo consolaba aunque ella también estaba aterrorizaba y procuraba taparlo como si creyera que sus brazos podían detener las balas, luego el helicóptero, soltaba una bomba de veinte kilos con un terrible resplandor y el bote se encendía como una caja de cerillas, después había un plano genial del brazo de un niño volando por los aires, yo creo que debieron de rodarlo desde un helicóptero, y hubo muchos aplausos en los asientos del partido aunque una mujer de la parte de los proles organizó un escándalo y se puso a gritar que no deberían proyectar esas cosas delante de los niños, que no estaba bien delante de los niños, hasta que la policía la sacó; no creo que le ocurriera nada porque a nadie le importa lo que digan los proles, es una típica reacción prole y nunca...

Winston dejó de escribir, en parte porque le había dado un calambre. Ignoraba a santo de qué había escrito todas esas incongruencias. Pero lo raro era que mientras lo hacía había acudido claramente a su memoria un recuerdo totalmente distinto, hasta el punto de que se vio capaz de escribirlo. Era, comprendió de pronto, ese otro incidente el que le había decidido a volver a casa y empezar el diario.

Había ocurrido esa mañana en el Ministerio, suponiendo que pudiera decirse tal cosa de algo tan vago.

Eran casi las once y en el Departamento de Archivos, donde trabajaba Winson, estaban sacando las sillas de los cubículos hasta el centro del vestíbulo enfrente de la gran telepantalla, en preparación para los Dos Minutos de Odio. Winston acababa de ocupar su sitio en una de las filas de en medio cuando dos personas a quienes conocía de vista, pero con las que nunca había hablado, entraron de pronto en la habitación. Una de ellas era una chica con la que se cruzaba a menudo en los pasillos. No sabía su nombre, pero sí que trabajaba en el Departamento de Ficción. Probablemente — la había visto a veces con las manos grasientas y cargada con una llave inglesa— trabajara de mecánica en una de las máquinas de escribir novelas. Era una chica de aspecto decidido, de unos veintisiete años, cabello negro y espeso, rostro pecoso y movimientos ágiles y atléticos. Una estrecha faja de color rojo, emblema de la Liga Juvenil Antisexo, ceñía su cintura por encima del mono y resaltaba lo esbelto de sus caderas. A Winston le había resultado antipática desde el primer momento. Y sabía por qué. Por el ambiente de campos de hockey, baños fríos, excursiones comunitarias e higiene mental que siempre la rodeaba. En realidad, le disgustaban casi todas las mujeres, y en particular las jóvenes y guapas. Siempre eran ellas, sobre todo las jóvenes, las más fanáticas seguidoras del Partido, las que se tragaban todas las consignas, las espías aficionadas y las que se dedicaban a husmear cualquier forma de heterodoxia. Pero esa chica en concreto parecía más peligrosa que la mayoría. Una vez que se cruzaron en el pasillo le había echado una penetrante mirada de soslayo que le había aterrorizado. Incluso llegó a pensar que pudiera ser una agente de la Policía del Pensamiento. Es cierto que no parecía muy probable, pero aun así seguía experimentando una extraña inquietud, mezcla de miedo y hostilidad, cada vez que la tenía cerca.

La otra persona era un hombre llamado O'Brien, un miembro del Partido Interior que ocupaba un puesto tan importante y misterioso que Winston solo tenía una idea muy vaga de en qué consistía. Se produjo un momento de silencio entre la gente que había en torno a las sillas al ver acercarse el mono negro de un miembro del Partido Interior. O'Brien era un hombretón fornido de cuello grueso y rostro tosco y brutal que al mismo tiempo resultaba cordial. A pesar de su aspecto imponente, sus modales eran amables y tenía una manera de subirse las gafas que desarmaba a cualquiera de un modo indefinible y curiosamente civilizado. Era un gesto que, si alguien hubiera pensado todavía en esos términos, habría podido recordar a un noble del siglo XVIII que ofreciera su caja de rapé. Winston, que había visto a O'Brien tal vez una docena de veces en otros tantos años, sentía una extraña atracción por él, y no solo porque le intrigara el contraste entre la urbanidad de sus modales y su físico de boxeador, sino porque abrigaba la secreta convicción —o tal vez fuese solo una esperanza— de que la ortodoxia política de O'Brien no era perfecta. Había algo en su gesto que lo sugería de un modo irresistible. Incluso era posible que lo que llevaba pintado en el semblante no fuese la heterodoxia sino simplemente la inteligencia. En cualquier caso, tenía aspecto de ser una persona con quien uno podría entenderse, si pudiera burlar a la telepantalla y estar a solas con él. Winston jamás había hecho el menor intento de comprobarlo: de hecho, era imposible. En ese momento O'Brien echó un vistazo a su reloj de pulsera, vio que eran casi las once y decidió quedarse en el Departamento de Archivos hasta que terminaran los Dos Minutos de Odio. Ocupó una silla en la misma fila que Winston, a un par de asientos. En medio había una mujer menuda de cabello rubio que trabajaba en el cubículo contiguo al de Winston. La chica del cabello moreno se sentó justo detrás.

Un instante después la telepantalla del fondo de la sala emitió un chirrido estridente y desagradable, como el de una gigantesca máquina sin engrasar. Era un ruido que ponía los pelos de punta y hacía rechinar los dientes. Había empezado el Odio.

Como de costumbre, el rostro de Emmanuel Goldstein, el Enemigo del Pueblo, apareció en la pantalla. Se oyeron silbidos aquí y allá entre el público. La mujer de cabello rubio soltó un chillido de asco y temor. Goldstein era el renegado y desertor que hace mucho tiempo (nadie recordaba con exactitud cuánto) había sido una figura señera del Partido, casi a la altura del Hermano Mayor, y luego se había dedicado a las actividades contrarrevolucionarias, lo habían condenado a muerte y se las había arreglado para escapar y desaparecer misteriosamente. Los programas de los Dos Minutos de Odio variaban a diario, pero no había ninguno en el que Goldstein no fuese el protagonista. Era el traidor por excelencia, el primero en mancillar la pureza del Partido. Todos los crímenes subsiguientes contra el Partido, todas las traiciones, los actos de sabotaje, las herejías y las desviaciones emanaban directamente de sus enseñanzas. Seguía vivo y conspirando en algún sitio: tal vez al otro lado del mar, bajo la protección de sus amos extranjeros, quizá incluso —y así se rumoreaba de vez en cuando— oculto en algún escondrijo en la propia Oceanía.

Winston notó una opresión en el diafragma. Era incapaz de ver el rostro de Goldstein sin sentir una penosa mezcla de emociones. Era una cara delgada de judío con una aureola de cabello blanco y despeinado y una barbita de chivo: un rostro inteligente y, sin embargo, inherentemente despreciable con una especie de estupidez senil en la fina nariz en cuya punta se sostenían un par de gafas. Parecía el rostro de una oveja y su propia voz tenía un no sé qué ovino. Goldstein estaba pronunciando su habitual discurso envenenado contra las doctrinas del Partido, un ataque tan exagerado y perverso que hasta un niño podía darse cuenta de que no se tenía en pie, aunque al mismo tiempo resultaba lo bastante creíble para causar la sensación de que otros, menos inteligentes que uno mismo, pudieran dejarse convencer. Estaba insultando al Hermano Mayor, denunciando la dictadura del Partido y exigiendo la firma inmediata de la paz con Eurasia, defendía la libertad de expresión, la libertad de prensa, el derecho de reunión, el derecho de opinión, gritaba histéricamente que habían traicionado a la revolución y todo con un estilo rápido y polisilábico que parecía una parodia del estilo habitual de los oradores del Partido, incluso utilizaba palabras en nuevalengua, más de las que utilizaría cualquier miembro del Partido en la vida real. Y, entretanto, por si alguien dudaba de la realidad que ocultaban los engañosos disparates de Goldstein, por detrás de él, en la telepantalla, desfilaban las interminables columnas del ejército de Eurasia, filas y filas de hombres de aspecto robusto y rostro asiático e impasible, que llenaban la pantalla y desaparecían para ser reemplazados por otros de aspecto exactamente idéntico. Las pisadas rítmicas de las botas de los soldados servían de trasfondo a los balidos de Goldstein.

Antes de que hubieran transcurrido treinta segundos de Odio, la mitad de los presentes estallaron en incontrolables exclamaciones de rabia. El rostro ovino y complacido y el terrorífico poder del ejército de Eurasia a su espalda eran insoportables: además, bastaba con ver o incluso pensar en Goldstein para sentir miedo y rabia de forma automática. Era un motivo de odio aún más constante que Eurasia o Esteasia, pues siempre que Oceanía estaba en guerra con una de esas potencias por lo general estaba en paz con la otra. Pero lo raro era que, por más que todo el mundo odiara y despreciara a Goldstein, por más que todos los días, y mil veces al día, sus teorías se refutaran, aplastaran, ridiculizaran y mostraran al mundo como una sarta de sinsentidos en las tribunas públicas, la telepantalla y los libros y los periódicos, su influencia no parecía disminuir. Siempre había nuevos incautos dispuestos a dejarse embaucar. No pasaba un día en que la Policía del Pensamiento no desenmascarara a algún espía o saboteador que trabajara a sus órdenes. Era el jefe de un inmenso ejército que actuaba en la sombra, una red clandestina de conspiradores que se proponían derrocar al Estado. Se decía que dicha organización se llamaba la Hermandad. También corrían rumores sobre un libro terrible, un compendio de todas las herejías de las que era autor Goldstein y que circulaba de manera clandestina aquí y allá. No tenía título. La gente lo llamaba sin más «el libro». Pero esas cosas solo se sabían por vagos rumores. Ni la Hermandad ni «el libro» eran algo a lo que ningún miembro del Partido hiciera alusión si tenía manera de evitarlo.

En el segundo minuto el Odio se convirtió en frenesí. La gente daba saltos en los asientos y chillaba a voz en grito en un esfuerzo por acallar los desquiciantes balidos de la pantalla. La mujer rubia se había puesto de color rosa y abría y cerraba la boca como un pez fuera del agua. Incluso el tosco rostro de O'Brien parecía congestionado. Estaba muy recto en su silla con el pecho hinchado y tembloroso como si resistiera el embate de una ola. La joven del cabello oscuro que había detrás de Winston había empezado a gritar: «¡Cerdo, cerdo, cerdo!», y de pronto cogió un grueso diccionario de nuevalengua y lo lanzó contra la pantalla. El diccionario golpeó a Goldstein en la nariz y rebotó: la voz continuó inexorable. En un momento de lucidez, Winston descubrió que estaba gritando con los demás y dando patadas con violencia contra el marco de la silla. Lo más horrible de los Dos Minutos de Odio no era que la participación fuese obligatoria, sino que era imposible no participar. Al cabo de treinta segundos, se hacía innecesario fingir. Un espantoso éxtasis de temor y afán de venganza, unos deseos de asesinar, torturar y aplastar caras con un mazo parecían recorrer a todo el mundo como una corriente eléctrica, y lo convertían a uno, incluso en contra de su voluntad, en un loco furioso. Y, no obstante, la rabia que se sentía era una emoción abstracta y carente de finalidad que podía dirigirse de un objeto a otro como la llama de un soplete. Así, al cabo de un instante, el odio de Winston se concentraba no en Goldstein, sino, por el contrario, en el Hermano Mayor, el Partido y la Policía del Pensamiento; en momentos así su corazón estaba con el solitario y denigrado hereje de la pantalla, el único guardián de la cordura y la verdad en un mundo de mentiras. Y poco después volvía a estar de acuerdo con la gente que le rodeaba y todo lo que se decía de Goldstein le parecía cierto. En esos momentos, el secreto odio que le inspiraba el Hermano Mayor se trocaba en adoración y el Hermano Mayor daba la impresión de alzarse como un protector valiente e invencible, que se interponía igual que una roca ante las hordas de Asia, y Goldstein, a pesar de su aislamiento, de su indefensión y de las dudas sobre su propia existencia, parecía un siniestro taumaturgo capaz de resquebrajar con el mero poder de su voz la estructura misma de la civilización.

En ciertos momentos incluso era posible trasladar a voluntad el odio de una cosa a otra. De pronto, mediante un esfuerzo como el que hacemos para apartar la cabeza de la almohada en plena pesadilla, Winston logró transferir su odio del rostro en la pantalla a la joven de cabello moreno que tenía detrás. Vívidas y hermosas alucinaciones cruzaron por su imaginación. Se vio golpeándola hasta la muerte con una cachiporra de goma, atándola desnuda a una estaca y acribillándola a flechazos como a un san Sebastián, violándola y cortándole el cuello en el momento del clímax. Por si fuera poco, comprendió mejor que antes por qué la odiaba. La odiaba por ser joven, guapa y asexuada, porque quería acostarse con ella y nunca lo haría, porque en torno a su dulce y cimbreante cintura, que parecía estar pidiendo que la rodearan con el brazo, no había más que la odiosa faja roja, un agresivo símbolo de castidad.

El Odio llegó a su apogeo. La voz de Goldstein se había convertido en un verdadero balido, y por un instante su rostro se transformó en el de una oveja. Luego el rostro de la oveja se fundió con la figura de un soldado de Eurasia que parecía estar avanzando, enorme y terrible entre el ruido del subfusil ametrallador, como si fuese a salirse de la pantalla, de modo que algunos de los que estaban sentados en primera fila se echaron atrás. Sin embargo, en ese mismo instante, y para enorme alivio de todos los presentes, aquella figura hostil se fundió con el rostro del Hermano Mayor, con su cabello negro, su bigote, su poder y su misteriosa calma, tan enorme que casi llenaba la pantalla. Nadie oyó lo que estaba diciendo el Hermano Mayor. Eran solo unas palabras de ánimo, como las que se dicen en el fragor de la batalla, incomprensibles pero capaces de infundir confianza por el mero hecho de ser pronunciadas. Luego el rostro del Hermano Mayor volvió a difuminarse y en su lugar aparecieron las tres consignas del partido en letra mayúscula y negrita:

LA GUERRA ES LA PAZ
LA LIBERTAD ES LA ESCLAVITUD
LA IGNORANCIA ES LA FUERZA

Sin embargo, la faz del Hermano Mayor dio la impresión de persistir unos segundos en la pantalla, como si el impacto que había causado en la retina fuese demasiado intenso para desaparecer de inmediato. La mujer rubia se había apoyado en el respaldo de la silla que tenía delante. Con un murmullo trémulo que sonaba como si dijera «¡Mi Salvador!» extendió los brazos hacia la pantalla. Luego se tapó la cara con las manos. Era evidente que estaba rezando.

En ese momento, todo el mundo empezó a repetir lentamente de manera rítmica y profunda: «¡H–M...! ¡H–M...! ¡H–M!» una y otra vez, muy despacio, con una larga pausa entre la hache y la eme, un murmullo extraño y primitivo tras el cual se tenía la sensación de oír las pisadas de los pies descalzos y el batir de los tantanes. Siguieron así al menos treinta segundos. Era una cantinela que se oía a menudo en los momentos de gran emoción. En parte, era una especie de himno a la sabiduría y la majestad del Hermano Mayor, pero aun más un acto de autohipnosis, una renuncia deliberada a la conciencia mediante un sonido rítmico. Winston tuvo la sensación de que se le helaban las tripas. En los Dos Minutos de Odio no podía evitar dejarse arrastrar por el delirio general, pero el cántico infrahumano de «¡H–M…! ¡H–M…!» siempre le llenaba de pavor. Por supuesto, lo entonaba con los demás, era imposible no hacerlo. Disimular tus sentimientos, controlar tus gestos y hacer lo mismo que los demás era una reacción instintiva. Pero había un par de segundos en que la expresión de sus ojos podría haberle traicionado. Y fue exactamente en ese instante cuando sucedió aquello tan revelador, si es que de verdad había sucedido.

Por un momento cruzó la mirada con O'Brien. Este se había levantado; se había quitado las gafas y estaba volviendo a ponérselas con aquel gesto suyo tan característico. Pero por una fracción de segundo sus ojos se encontraron y Winston supo —¡sí, supo!— que O'Brien pensaba lo mismo que él. Habían cruzado un mensaje inconfundible. Fue como si sus mentes se abrieran y sus pensamientos pasaran del uno al otro a través de los ojos.

—Estoy contigo —parecía estar diciéndole O'Brien—. Sé exactamente lo que sientes. Comparto tu desprecio, tu odio, tu repugnancia. Pero no te preocupes, ¡estoy de tu lado!

Y luego aquel instante de entendimiento había concluido y el rostro de O'Brien había vuelto a ser tan inescrutable como el de cualquiera.

Eso fue todo, y ahora ni siquiera estaba seguro de que hubiera ocurrido. Incidentes así nunca tenían consecuencias. Tan solo servían para conservar la fe o la esperanza en que además de él hubiese otros enemigos del Partido. Tal vez los rumores de una inmensa conspiración clandestina fuesen ciertos después de todo, ¡puede que la Hermandad existiera realmente! A pesar de las constantes detenciones, confesiones y ejecuciones, era imposible estar seguro de que no fuese más que un mito. Algunos días, lo creía; otros, no. No había pruebas, solo indicios pasajeros que lo mismo podían significar alguna cosa o nada: retazos de conversación oídos por casualidad, frases vagas pintarrajeadas en las paredes de los lavabos, una vez, incluso el movimiento de las manos de dos desconocidos al saludarse le había parecido una señal. Todo eran conjeturas, lo más probable era que lo hubiese imaginado todo.

Había vuelto a su cubículo sin mirar a O'Brien. Apenas se le pasó por la cabeza la idea de prolongar aquel contacto momentáneo.

Habría sido muy peligroso incluso si se le hubiese ocurrido cómo hacerlo. Por un segundo o dos habían intercambiado una mirada equívoca y ya está. Pero incluso eso era un suceso memorable en la soledad en que tenían que vivir.

Winston se sentó más erguido. Soltó un eructo. Le repitió el sabor de la ginebra que tenía en el estómago.

Sus ojos volvieron a centrarse en la página. Descubrió que, mientras recordaba, había seguido escribiendo como impulsado por un acto automático. Y ya no era la caligrafía torpe y acalambrada de antes. La pluma se había deslizado voluptuosa sobre el suave papel y había escrito con letra clara y mayúscula, una y otra vez, hasta llenar media página:

ABAJO EL HERMANO MAYOR
ABAJO EL HERMANO MAYOR
ABAJO EL HERMANO MAYOR
ABAJO EL HERMANO MAYOR
ABAJO EL HERMANO MAYOR

No pudo evitar una punzada de pánico. Era absurdo, puesto que escribir esas palabras no era más peligroso que el hecho de haber iniciado el diario; pero por un momento estuvo tentado de arrancar las páginas que había escrito y renunciar a la empresa sin más.

No obstante, no lo hizo porque sabía que era inútil. Daba igual que escribiese o no «Abajo el Hermano Mayor». Tanto si continuaba con el diario como si no la Policía del Pensamiento acabaría descubriéndolo. Había cometido —y lo habría cometido incluso aunque no hubiese aplicado la pluma al papel— el delito esencial que incluía todos los demás delitos. Lo llamaban «crimental». El crimental no podía ocultarse eternamente. Podías disimular un tiempo, incluso unos años, pero antes o después acababan descubriéndote.

Siempre era de noche: las detenciones ocurrían invariablemente de noche. La sacudida que te arrancaba del sueño, la mano áspera que te sacudía el hombro, las luces que te cegaban los ojos, el círculo de rostros implacables en torno a la cama. En la mayoría de los casos no había juicio ni informe sobre la detención. La gente desaparecía sin más y siempre de noche. Tu nombre se eliminaba de los archivos, borraban hasta la última referencia a cualquier cosa que hubieras hecho, tu antigua existencia se negaba y luego caía en el olvido. Eras abolido, aniquilado:

«vaporizado» era la palabra que usaban.

Por un instante, lo dominó una especie de histeria. Empezó a escribir con una letra descuidada y apresurada:

me matarán no me importa me pegarán un tiro en la nuca me da igual abajo el hermano mayor siempre disparan en la nuca no me importa abajo el hermano mayor...

Se arrellanó en el asiento, ligeramente avergonzado de sí mismo, y dejó la pluma en la mesa. Justo después dio un violento respingo. Habían llamado a la puerta.

¡Tan pronto! Se quedó quieto como un ratón, con la fútil esperanza de que quienquiera que fuese se marchara al ver que no abría. Pero no, volvieron a insistir. Lo peor que podía hacer era demorarse. El corazón le latía como un tambor, aunque su rostro probablemente siguiera inexpresivo por la fuerza de la costumbre. Se levantó y se dirigió lentamente a la puerta.

2

Al poner la mano en el tirador de la puerta, Winston reparó en que había dejado el diario abierto sobre la mesa, con «Abajo el Hermano Mayor» escrito en letra tan grande que casi era legible desde el otro lado de la habitación. Era un descuido de una estupidez inconcebible. Pero, a pesar del pánico, comprendió que no había querido emborronar el papel de color crema al cerrar el libro con la tinta húmeda.

Contuvo el aliento y abrió la puerta. Al instante lo recorrió una cálida oleada de alivio. Fuera había una mujer ajada e insulsa, con el cabello lacio y el rostro surcado de arrugas.

—¡Oh, camarada! —empezó con voz monótona y quejosa—, me había parecido oírte entrar. ¿Podrías pasar por mi apartamento y echarle un vistazo al fregadero de la cocina? Se ha atascado y...

Era la señora Parsons, la mujer de un vecino del mismo piso. («Señora» era una palabra mal vista en el Partido —se suponía que había que llamar «camarada» a todo el mundo—, pero con ciertas mujeres uno la utilizaba de manera instintiva). La mujer tendría unos treinta años, pero parecía mucho mayor. Daba la impresión de que sus arrugas estuviesen cubiertas de polvo. Winston la siguió por el pasillo. Esas chapuzas eran una molestia casi diaria. Los pisos de las Casas de la Victoria eran antiguos, las habían construido alrededor de 1930, y se encontraban en un estado ruinoso. La escayola se caía de los techos y las paredes, las tuberías reventaban cada vez que caía una helada, había goteras siempre que nevaba, el sistema de calefacción funcionaba a medio gas cuando no lo apagaban del todo por economizar. Las reparaciones que no pudiera hacer uno mismo tenían que ser autorizadas por remotos comités que podían retrasar hasta dos años la reparación del cristal de una ventana.

—No te habría llamado de haber estado Tom... —dijo vagamente la señora Parsons.

El piso de los Parsons era más grande que el de Winston e igual de sombrío, aunque en otro sentido. Todo tenía aspecto de estar abollado y pisoteado, como si acabara de pasar por allí algún animal grande y violento. Tirados por el suelo había toda clase de objetos deportivos —bastones de hockey, guantes de boxeo, un balón deshinchado y un par de pantalones cortos sudados y vueltos del revés—, y sobre la mesa había un montón de platos sucios y varios cuadernos escolares muy manoseados. En las paredes había banderas rojas de la Liga Juvenil y de los Espías, y un cartel a tamaño natural del Hermano Mayor. Se notaba el acostumbrado olor a col hervida que predominaba en todo el edificio, aunque allí estaba mezclado con un acre olor a sudor de alguna persona que —uno lo sabía nada más olerlo, aunque era difícil saber cómo— no se hallaba presente en ese momento. En otra habitación alguien con un peine y un trozo de papel higiénico se esforzaba en acompañar la música militar que seguía emitiendo la telepantalla.

—Son los niños —dijo la señora Parsons, mirando aprensiva por la puerta—. Hoy todavía no han salido y claro…

Tenía la costumbre de interrumpir sus frases por la mitad. El fregadero de la cocina estaba lleno casi hasta el borde de un agua sucia y verdosa que aún olía más a col. Winston se arrodilló y examinó el codo de la tubería. Odiaba tener que utilizar las manos y tener que agacharse, pues siempre le daba tos. La señora Parsons lo miró con desánimo.

—Si Tom estuviera en casa, lo arreglaría en un santiamén —dijo—. Le encantan estas cosas. Se le dan muy bien los trabajos manuales.

Parsons trabajaba con Winston en el Ministerio de la Verdad. Era un hombre grueso, pero activo y de una estupidez desquiciante: un amasijo de entusiasmos imbéciles, uno de esos tipos sumisos que nunca se cuestionaban nada y de quienes la estabilidad del Partido dependía aún más que de la Policía del Pensamiento. A los treinta y cinco años lo habían echado de la Liga Juvenil, y antes se las había arreglado para quedarse en los Espías un año más de la edad legal. En el Ministerio desempeñaba un puesto subordinado que no requería inteligencia alguna, aunque era una figura destacada en el Comité Deportivo y en todos los demás comités encargados de organizar excursiones comunitarias, manifestaciones espontáneas, campañas de ahorro y actividades voluntarias en general. Entre jadeos y con silencioso orgullo se jactaba de haber ido al Centro Comunitario todas las tardes de los últimos cuatro años. Un penetrante olor a sudor, una especie de testimonio inconsciente de lo fatigoso de su existencia, lo seguía allí donde iba y persistía incluso cuando se marchaba.

—¿Tienes una llave inglesa? —preguntó Winston, toqueteando la tuerca de la tubería.

—Una llave inglesa —repitió la señora Parson, con impotencia—. No estoy segura. A lo mejor los niños…

Se oyeron varios pisotones y otro trompetazo del peine cuando los niños entraron corriendo en el salón. La señora Parsons le llevó la llave inglesa. Winston dejó correr el agua y quitó asqueado la bola de cabellos humanos que había bloqueado el desagüe. Se limpió los dedos como pudo con agua del grifo y regresó a la otra habitación.

—¡Arriba las manos! —gritó una voz espantosa.

Un niño guapo y de aspecto cruel, que aparentaba unos nueve años, había salido de detrás de la mesa y le estaba apuntando con una pistola automática de juguete, mientras su hermanita, unos dos años más pequeña, hacía el mismo gesto con un trozo de madera. Ambos llevaban los pantalones cortos de color azul, las camisas grises y los pañuelos rojos del uniforme de los Espías. Winston levantó las manos, aunque la actitud del niño era tan agresiva que lo hizo con la desasosegante sensación de que aquello no era exactamente un juego.

—¡Eres un traidor! —chilló el niño—. ¡Un criminal mental! ¡Un espía de Eurasia! ¡Te voy a pegar un tiro, te vaporizaré y te enviaré a las minas de sal!

De pronto, los dos empezaron a saltar en torno a él gritando «¡Traidor!» y «¡Criminal mental!», la niña imitaba todos los gestos de su hermano. Era un poco inquietante, como cuando uno ve retozar a unas crías de tigre que pronto se convertirán en devoradores de hombres. En los ojos del crío había una calculada inquina, un evidente deseo de golpear o patear a Winston y la convicción de ser casi lo bastante mayor para hacerlo. Era una suerte que la pistola no fuese de verdad, pensó Winston.

Los ojos de la señora Parsons fueron nerviosos de Winston a los niños y otra vez a Winston. A la luz del salón, él vio con interés que realmente había polvo en las arrugas de su cara.

—Son muy ruidosos —dijo—. Están disgustados porque no han podido ir a ver la ejecución, sí señor. Yo estoy demasiado ocupada para llevarlos y su padre no llegará a tiempo del trabajo.

—¿Por qué no podemos ir a ver la ejecución? —rugió el niño con su atronadora voz.

—¡Queremos ver la ejecución! ¡Queremos ver la ejecución! —salmodió la niñita sin dejar de dar saltos.

Winston recordó que esa tarde iban a ahorcar en el Parque a unos prisioneros de Eurasia culpables de crímenes de guerra. Había una ejecución al mes y era un espectáculo muy popular. A los niños siempre les hacía mucha ilusión ir. Se despidió de la señora Parsons y fue hacia la puerta. Pero apenas había dado seis pasos, cuando algo le golpeó en la nuca y notó un dolor horrible, como si le hubiesen clavado un alambre al rojo vivo. Se volvió justo a tiempo de ver a la señora Parsons forcejeando con su hijo en el umbral mientras el niño se guardaba un tirachinas.

—Goldstein —gritó el crío cuando se cerró la puerta. Pero lo que más sorprendió a Winston fue la mirada de pavor e impotencia pintada en el rostro grisáceo de la mujer.

Una vez en el piso cruzó a toda prisa por delante de la telepantalla y volvió a sentarse a la mesa sin dejar de frotarse la nuca. La música de la telepantalla se había interrumpido. Una seca voz militar estaba leyendo, con una especie de brutal delectación, una descripción del armamento de la nueva fortaleza flotante que acababan de anclar entre Islandia y las islas Feroe.

Con esos niños, pensó, la pobre mujer debía vivir aterrorizada. Uno o dos años más y estarían vigilándola día y noche en busca de indicios de heterodoxia. Hoy en día casi todos los niños eran horribles. Lo peor era que organizaciones como la de los Espías los convertían sistemáticamente en salvajes incontrolables, y, sin embargo, eso no producía en ellos la menor tendencia a rebelarse contra la disciplina del Partido. Al contrario: adoraban al Partido y todo lo que tuviera que ver con él. Las canciones, los desfiles, las banderas, las excursiones, la instrucción con rifles de juguete, la repetición de las consignas a voz en grito, la adoración al Hermano Mayor, para ellos todo era como un divertidísimo juego. Toda su agresividad se volcaba hacia fuera, contra los enemigos del Estado, contra los extranjeros, los traidores, los saboteadores y los criminales mentales. Era casi normal que los mayores de treinta años temieran a sus propios hijos. Y con razón, pues apenas pasaba una semana sin que el *Times* publicara un párrafo explicando cómo algún mocoso fisgón —un «héroe infantil» era la expresión utilizada generalmente— había oído alguna observación comprometedora y había denunciado a sus padres a la Policía del Pensamiento.

El dolor del proyectil del tirachinas se había pasado. Cogió con desgana la pluma, preguntándose si se le ocurriría alguna otra cosa. De pronto empezó a pensar otra vez en O'Brien.

Hacía unos años —¿cuánto tiempo haría? Debían de ser unos siete años— había soñado que andaba por una habitación totalmente a oscuras. Alguien que estaba sentado a su lado le había dicho al pasar: «Nos encontraremos donde no hay oscuridad». Lo había dicho en voz muy baja, en tono casual, como si se tratara de una observación y no de una orden. Él había seguido sin detenerse. Lo curioso era que en aquel momento, en el sueño, las palabras no le habían causado mucha impresión. Solo después, y muy poco a poco, parecían haber cobrado sentido. Ahora ya no recordaba si había visto a O'Brien por vez primera antes o después de tener ese sueño, ni cuándo había reparado en que la voz era la de O'Brien. Pero en todo caso no tenía la menor duda de que quien le había hablado en la oscuridad había sido O'Brien. Winston nunca había podido estar seguro —ni siquiera después del cruce de miradas de esa mañana— de si O'Brien era un amigo o un enemigo. Ni tampoco parecía tener mayor importancia. Entre ellos había un vínculo de entendimiento más importante que los afectos o el partidismo. «Nos encontraremos donde no hay oscuridad», había dicho. Winston ignoraba qué quería decir con eso, pero sabía que de un modo u otro se haría realidad.

La voz de la telepantalla se interrumpió. Un toque de trompeta claro y diáfano flotó en el aire estancado. La voz continuó en tono chirriante.

—¡Atención! ¡Atención, por favor! Acabamos de recibir una última hora del frente malabar. Nuestras tropas han logrado una gloriosa victoria en el sur de la India. Estoy autorizado a decir que la batalla de la que estamos informando podría muy bien acercar la guerra a su final. He aquí la noticia...

«Malas noticias», pensó Winston. Y, efectivamente, después de la sangrienta descripción de la aniquilación de uno de los ejércitos de Eurasia, con magníficas cifras de muertos y prisioneros, llegó el anuncio de que, a partir de la semana siguiente, la ración de chocolate se reduciría de treinta gramos a veinte.

Winston volvió a eructar. El efecto de la ginebra empezaba a disiparse y le dejó una sensación de desánimo. La telepantalla —ya fuese para celebrar la victoria o para borrar el recuerdo del chocolate perdido— empezó a emitir «Por ti, Oceanía». En teoría, había que ponerse en posición de firmes. Pero en aquel rincón era invisible.

«Por ti, Oceanía» dio paso a otra música más intrascendente. Winston fue hacia la ventana, dándole la espalda a la telepantalla. El día seguía frío y despejado. En la distancia estalló con un estruendo sordo y reverberante una bomba volante. Últimamente caían en Londres entre veinte y treinta a la semana.

En la calle, el viento movía el cartel roto de aquí para allá y la palabra «Socing» aparecía y desaparecía. Socing. Los sagrados principios del Socing. La nuevalengua, el doblepiensa, la mutabilidad del pasado. Se sintió como si estuviese recorriendo los bosques del fondo del mar, perdido en un mundo monstruoso donde él mismo era el monstruo. Estaba solo. El pasado estaba muerto, el futuro era inimaginable. ¿Qué certeza tenía de que quedara una sola persona con vida de su parte? ¿Y cómo saber si el dominio del Partido no duraría eternamente? A modo de respuesta, los tres eslóganes en la blanca fachada del Ministerio de la Verdad le recordaron que:

LA GUERRA ES LA PAZ
LA LIBERTAD ES LA ESCLAVITUD
LA IGNORANCIA ES LA FUERZA

Sacó del bolsillo una moneda de veinticinco céntimos. Ahí también con letra clara y minúscula estaban inscritos los tres eslóganes, y, en el reverso, el busto del Hermano Mayor. Incluso en las monedas parecía que sus ojos te siguieran. En las monedas, en los sellos de correos, en las cubiertas de los libros, en las banderas, en los carteles y en las envolturas de las cajetillas de tabaco... en todas partes. Siempre aquellos ojos y aquella voz que te envolvía. Dormido o despierto, trabajando o comiendo, en casa o en la calle, en el baño o en la cama... no había escapatoria. Lo único que te pertenecía eran los pocos centímetros cúbicos del interior de tu cráneo.

El sol se había desplazado y las miles de ventanas del Ministerio de la Verdad, ahora que no reflejaban la luz, parecían tan sombrías como las aspilleras de una fortaleza. Al ver la enorme mole piramidal se le encogió el corazón. Era demasiado fuerte, no podía ser asaltado. No lo echarían abajo ni mil bombas volantes. Volvió a preguntarse para quién estaba escribiendo el diario. Para el futuro, para el pasado... para una época que podía ser imaginaria. Y por delante tenía no la muerte, sino la aniquilación. Reducirían el diario a cenizas y a él a vapor. Solo la Policía del Pensamiento leería lo que había escrito, antes de borrarlo de la existencia y del recuerdo de cualquiera. ¿Cómo apelar al futuro si no podía sobrevivir ni rastro de ti, ni siquiera una palabra anónima garabateada en una hoja de papel?

La telepantalla dio las catorce. Debía marcharse en diez minutos. Tenía que estar de vuelta en el trabajo a las catorce treinta.

Curiosamente, las campanadas parecieron infundirle nuevos ánimos. Era un fantasma solitario pronunciando una verdad que nadie oiría. Pero, mientras la pronunciara, la continuidad no se interrumpiría. El legado de la humanidad se transmitía no haciéndose oír, sino conservando la cordura. Volvió a la mesa, mojó la pluma en el tintero y escribió:

Al futuro o al pasado, a un tiempo en el que el pensamiento sea libre, en el que los hombres sean diferentes unos de otros y no vivan solos... a un tiempo en que la verdad exista y lo que se haga no se pueda deshacer.

Desde la época de la uniformidad, desde la época de la soledad, desde la época del Hermano Mayor, desde la época del doblepiensa... ¡saludos!

Ya estaba muerto, pensó. Le pareció que, solo ahora que había empezado a poder formular sus pensamientos, había dado el paso decisivo. Las consecuencias de cada acto están incluidas en el propio acto. Escribió:

El crimental no supone la muerte: el crimental ES la muerte.

Ahora que se había reconocido como un muerto, seguir con vida el mayor tiempo posible se convirtió en algo crucial. Tenía dos dedos de la mano derecha manchados de tinta: he ahí el típico detalle que podía traicionarte. Cualquier fanático entrometido del Ministerio (probablemente una mujer, alguien como aquella rubia o la chica morena del Departamento de Ficción) podía empezar a preguntarse por qué había estado escribiendo a la hora de la comida, por qué había utilizado una pluma, qué era lo que había escrito, y luego ir con el soplo al lugar indicado. Fue al cuarto de baño y se lavó la tinta cuidadosamente con el áspero jabón marrón, que raspaba la piel como papel de lija y era por tanto muy adecuado para ese propósito.

Guardó el diario en el cajón. Era inútil pensar en esconderlo, pero al menos podía saber si habían descubierto su existencia. Un cabello colocado entre las páginas sería demasiado evidente. Con la punta del dedo cogió un grano de polvo blancuzco fácil de identificar y lo dejó en la esquina de la tapa, de donde por fuerza se caería si alguien movía el libro.

3

Winston estaba soñando con su madre.

Debía de tener unos diez u once años cuando desapareció su madre. Era una mujer alta, elegante, más bien callada, de movimientos lentos y precioso cabello rubio. A su padre lo recordaba de manera más vaga como un hombre moreno y delgado, vestido siempre pulcramente de negro (Winston recordaba sobre todo la suela finísima de los zapatos de su padre) y con gafas. Era evidente que los dos debieron de ser engullidos por una de las primeras grandes purgas de los años cincuenta.

En ese momento su madre estaba con su niña pequeña en brazos por debajo de donde él se encontraba. Winston apenas recordaba a su hermana, solo a un bebé pequeño y débil, siempre silencioso y de ojos muy grandes y despiertos. Ambas lo estaban mirando. Se hallaban en algún lugar subterráneo —el fondo de un pozo, por ejemplo, o una tumba muy profunda— que cada vez se alejaba más de él. Era el salón de un barco que se hundía, y las dos lo miraban a través del agua oscura. Aún había aire en el salón, todavía podían verlo y él a ellas, pero seguían hundiéndose en las verdes aguas que de un momento a otro las cubrirían para siempre. Él estaba al aire libre mientras a ellas se las tragaba la muerte, y si estaban ahí abajo era porque él estaba arriba. Winston lo sabía y ellas también, y por la expresión de su cara era evidente que así era. No vio ningún reproche en su rostro ni en su corazón, solo la conciencia de que debían morir para que él pudiera seguir con vida y de que eso formaba parte del orden inevitable de las cosas.

No recordaba lo que había ocurrido, pero en su sueño supo que de algún modo su madre y su hermana habían sacrificado su vida por él. Era uno de esos sueños que, pese a conservar un ambiente onírico característico, son una continuación de la propia vida intelectual, y en los que uno comprende hechos e ideas que siguen pareciendo nuevos y valiosos después de despertar. Winston reparó de pronto en que la muerte de su madre, hacía casi treinta años, había sido trágica y triste de un modo que ya no era posible. Intuyó que la tragedia pertenecía al pasado, a una época en la que aún había intimidad, amor y amistad, y en la que los miembros de una familia se apoyaban unos a otros sin necesidad de tener un motivo. El recuerdo de su madre le atormentaba porque había muerto queriéndolo, cuando él era demasiado joven y egoísta para corresponderle, y porque, de algún modo que él no acertaba a recordar, se había sacrificado por una idea de la lealtad que era privada e inalterable. Cosas así ya no podían ocurrir hoy. Ahora había miedo, odio y dolor, pero no emociones dignas, ni penas complejas o profundas. Todo eso le pareció ver en los grandes ojos de su madre y su hermana que lo miraban a través de las aguas verdes, a cientos de brazas de profundidad, mientras seguían hundiéndose.

De pronto se vio de pie de un montículo cubierto de hierba una tarde de verano en la que los rayos oblicuos del sol doraban el suelo. El paisaje que estaba contemplando aparecía con tanta frecuencia en sus sueños que nunca estaba seguro de si lo había visto o no en el mundo real. Cuando pensaba en él estando despierto lo llamaba el País Dorado. Era un prado viejo y mordisqueado por los conejos, atravesado por un sendero y con alguna topera aquí y allá. En el seto descuidado que había al otro lado del prado las ramas de los olmos se cimbreaban levemente con la brisa y el follaje se estremecía como el cabello de una mujer. Cerca de allí, aunque no pudiera verlo, había un río lento y cristalino donde los mújoles nadaban en las pozas a la sombra de los sauces.

La chica del cabello oscuro corría hacia él a través del prado. Con un rápido movimiento se quitó la ropa y la echó desdeñosa a un lado. Su cuerpo era blanco y suave, pero no despertó en él ningún deseo, de hecho apenas la miró. Lo que le abrumó en ese instante fue su admiración por el gesto con que se había despojado de la ropa. Esa gracia y despreocupación parecieron aniquilar toda una cultura y todo un sistema de pensamiento, como si el Hermano Mayor, el Partido y la Policía del Pensamiento pudiesen reducirse a la nada con un sencillo movimiento del brazo. También eso era un gesto de otra época. Winston despertó con la palabra «Shakespeare» en los labios.

La telepantalla estaba emitiendo un silbido desquiciante que continuó sonando treinta segundos. Eran las cero siete quince, la hora de despertarse de los empleados en las oficinas. Haciendo un esfuerzo, Winston se levantó de la cama —desnudo porque un miembro del Partido Exterior recibía solo tres mil cupones de ropa al año y un pijama eran seiscientos—, se puso una camiseta de tirantes y unos pantalones cortos que había tirados sobre una silla. Los Ejercicios Gimnásticos empezarían en tres minutos. Justo después se dobló con un violento ataque de tos que casi siempre le daba después de levantarse. Se le vaciaron tanto los pulmones que para empezar a respirar otra vez tuvo que tumbarse de espaldas y dar unas profundas bocanadas. Las venas se le habían hinchado con el esfuerzo y la variz empezó a picarle.

—¡Grupo de treinta a cuarenta! —ladró una penetrante voz de mujer—. ¡Grupo de treinta a cuarenta! Ocupad vuestro sitio, por favor. ¡De treinta a cuarenta!

Winston se puso en posición de firmes delante de la telepantalla, donde había aparecido ya la imagen de una joven, escuálida pero musculosa, vestida con una blusa y unas zapatillas deportivas.

—¡Flexionad y extended los brazos! —dijo con voz seca—. Contad conmigo.

¡Uno, dos, tres, cuatro! ¡Vamos, camaradas, un poco más de entusiasmo! ¡Uno, dos, tres, cuatro! ¡Uno, dos, tres, cuatro...!

El dolor del acceso de tos no había disipado la impresión causada por el sueño en la imaginación de Winston y los movimientos rítmicos de los ejercicios contribuyeron en cierto modo a reforzarla. Mientras extendía los brazos mecánicamente adelante y atrás, sin perder la expresión de alegría que se consideraba apropiada durante los Ejercicios Gimnásticos, se esforzó por recordar aquel oscuro período de su primera infancia. Era muy difícil. Más allá de los años cincuenta todo estaba borroso. Sin registros externos en los que basarse, incluso el perfil de tu propia vida perdía nitidez. Recordabas acontecimientos cruciales que tal vez no hubiesen sucedido, detalles de incidentes aislados, aunque sin poder recobrar su ambiente, y largos períodos en blanco a los que no se podía asignar nada. Entonces todo había sido distinto. Incluso los nombres y las formas de los países. La Franja Aérea Uno, por ejemplo, no se llamaba así, sino Inglaterra o Gran Bretaña, aunque estaba seguro de que Londres siempre se había llamado Londres.

Winston no recordaba ningún momento en el que su país no hubiese estado en guerra, aunque era evidente que había habido un largo período de paz en su infancia, porque uno de sus primeros recuerdos era un ataque aéreo que había cogido a todo el mundo por sorpresa. Quizá fuese cuando cayó la bomba atómica en Colchester. No recordaba aquel ataque aéreo concreto, aunque sí la mano de su padre cogida a la suya mientras bajaban a toda prisa a un lugar subterráneo por una escalera de caracol que resonaba con sus pisadas y que le cansó tanto las piernas que empezó a lloriquear y tuvieron que detenerse a descansar. Su madre les seguía muy atrás con movimientos soñolientos. Llevaba en brazos al bebé, aunque tal vez fuese solo un hato de mantas: no estaba seguro de que su hermana hubiese nacido ya. Por fin llegaron a un sitio ruidoso y abarrotado que resultó ser una estación del metro.

Había gente sentada sobre las losas de piedra del suelo mientras otros se apretaban en literas metálicas. Winston, su madre y su padre encontraron un sitio en el suelo, al lado de una pareja de ancianos que se acurrucaban en una litera. El hombre llevaba un pulcro traje de color oscuro y una gorra de tela sobre el cabello cano, tenía el rostro rubicundo y los ojos azules y lacrimosos. Apestaba a ginebra. Parecía exudarla por la piel en lugar de sudor, y cualquiera habría dicho que lo que brotaba de sus ojos también era ginebra. Pero, aunque estuviese un poco borracho, su dolor era genuino e insoportable. Winston supuso de un modo infantil que acababa de ocurrirle algo imperdonable que no tenía remedio. También le pareció saber lo que era. Alguien a quien amaba aquel anciano, tal vez una nieta pequeña, había muerto. Cada pocos minutos el hombre repetía:

—No deberíamos habernos fiado de ellos. Te lo dije, Ma, ¿lo recuerdas? Eso nos pasa por fiarnos de ellos. Te lo había dicho. No deberíamos habernos fiado de esos cabrones.

Pero Winston no recordaba quiénes eran esos cabrones de los que no deberían haberse fiado.

A partir de esa época, la guerra había sido incesante, aunque para ser precisos no se había tratado siempre de la misma guerra. Varios meses de su infancia había habido confusos combates callejeros en el propio Londres, y algunos los recordaba con mucha claridad. Pero reconstruir la historia de aquel período y decir quién luchaba con quién en cada momento habría sido totalmente imposible, puesto que no había registros escritos y nadie hablaba más que de la situación presente. En aquel momento, por ejemplo, en 1984 (si es que estaban en 1984), Oceanía estaba en guerra con Eurasia y era aliada de Esteasia. En ningún foro público ni privado se admitía jamás que las tres potencias se hubiesen alineado nunca de otro modo. En realidad, Winston sabía muy bien que apenas hacía cuatro años que Oceanía había estado en guerra con Esteasia y aliada con Eurasia. Pero eso era solo un jirón de conocimiento furtivo que tenía porque su memoria no estaba controlada del todo. Oficialmente, el cambio de aliados no había sucedido nunca. Oceanía estaba en guerra con Eurasia, y por tanto Oceanía siempre había estado en guerra con Eurasia. El enemigo de cada momento representaba siempre el mal absoluto, y de ahí se deducía que cualquier pacto pasado o futuro con él fuese inconcebible.

Lo más terrible, reflexionó por enésima vez mientras echaba dolorido los hombros hacia atrás (estaban girando el cuerpo por la cintura con las manos en las caderas, un ejercicio que se suponía que era beneficioso para los músculos de la espalda), lo más terrible era que cabía la posibilidad de que todo fuese cierto. Si el Partido podía echar mano al pasado y decir de este o aquel acontecimiento: «Nunca ocurrió», era mucho más aterrador que la mera tortura y la muerte.

El Partido afirmaba que Oceanía jamás había sido aliada de Eurasia. Él, Winston Smith, sabía que Oceanía había estado aliada con Eurasia apenas cuatro años antes. Pero ¿existía ese conocimiento? Solo en su propia conciencia, que en cualquier caso pronto sería aniquilada. Y, si todos aceptaban la mentira impuesta por el Partido —si todos los archivos contaban la misma mentira—, la mentira pasaba a la historia y se convertía en verdad. «Quien controla el pasado —decía la consigna del Partido— controla el futuro. Quien controla el presente controla el pasado». Y aun así el pasado, a pesar de ser alterable por naturaleza, nunca había sido alterado. Lo que era cierto hoy lo había sido siempre y lo sería hasta el fin de la eternidad. Era muy sencillo. Lo único que se necesitaba era una interminable serie de victorias sobre tu propia memoria. Lo llamaban «control de la realidad» y, en nuevalengua, «doblepiensa».

—¡Descanso! —graznó la instructora, en tono un poco más cordial.

Winston bajó los brazos y llenó los pulmones de aire muy despacio. Su imaginación se deslizó por el laberíntico mundo del doblepiensa. Saber y no saber, tener plena conciencia de algo que sabes que es verdad y al mismo tiempo contar mentiras cuidadosamente elaboradas, mantener a la vez dos opiniones sabiendo que son contradictorias y creer en ambas, utilizar la lógica en contra de la lógica, repudiar la moralidad en nombre de la moralidad misma, creer que la democracia era imposible y que el Partido era el garante de la democracia, olvidar lo que hacía falta olvidar y luego recordarlo cuando hacía falta, para luego olvidarlo otra vez. Y, por encima de todo, aplicar ese mismo proceso al propio proceso. Esa era la mayor sutileza: inducir conscientemente a la inconsciencia, y luego, una vez más, volverse inconsciente del acto de hipnosis que acababas de realizar. Incluso la comprensión del término «doblepiensa» implicaba el uso del doblepiensa.

La instructora había vuelto a decirles que se pusieran en posición de firmes.

—¡Y ahora veamos quiénes pueden tocarse la punta del pie! — dijo con entusiasmo—. flexionaos desde las caderas, por favor, camaradas. ¡Uno, dos! ¡Uno, dos...!

Winston odiaba aquel ejercicio que hacía que le doliera desde los talones hasta las nalgas y a menudo acababa causándole otro acceso de tos. Sus meditaciones perdieron su cualidad en parte placentera. El pasado, reflexionó, no solo había sido alterado, sino destruido. Pues ¿cómo establecer el hecho más evidente cuando no había ninguna otra prueba que tu propia memoria? Intentó recordar en qué año había oído hablar por vez primera del Hermano Mayor. Debió de ser en los años sesenta, aunque era imposible estar seguro. Por supuesto, en la historia del Partido, el Hermano Mayor aparecía como líder y guardián de la Revolución desde sus primeros días. Sus logros habían ido retrasándose en el tiempo hasta hacerlos extensivos al mundo casi mítico de los «años treinta y cuarenta», cuando los capitalistas con sus extraños sombreros cilíndricos todavía conducían por las calles de Londres en coches grandes y relucientes o en carruajes tirados por caballos con ventanillas de cristal. Era imposible saber hasta qué punto esa leyenda era cierta o inventada. Winston no recordaba ni siquiera la fecha en que había cobrado existencia el Partido. No creía haber oído la palabra Socing antes de 1960, aunque era posible que el nombre en viejalengua — es decir, «socialismo inglés»— hubiese sido corriente antes. Todo se fundía en una neblina. A veces podías dar con una mentira palmaria. No era cierto, por ejemplo, que, como se decía en los libros de historia, el Partido hubiese inventado el aeroplano. Winston recordaba haber visto aeroplanos desde su más tierna infancia. Pero era imposible demostrarlo. Nunca había pruebas. Solo una vez en toda su vida había tenido en sus manos una prueba documental inequívoca de la falsificación de un hecho histórico. Y en aquella ocasión...

—¡Smith! —gritó la voz enfadada desde la telepantalla—. ¡6079 Smith W! ¡Sí, tú!, ¡flexiónate más, por favor! Puedes hacerlo mejor. No te estás esforzando. ¡Más, por favor! Así está mejor, camarada. Y ahora descanso todo el mundo y fijaos bien.

Un repentino sudor ardiente le había cubierto todo el cuerpo a Winston. Su rostro siguió totalmente inescrutable. ¡Nunca muestres desánimo! ¡Nunca muestres enfado! El más leve parpadeo podía delatarte. Se quedó observando cómo la instructora elevaba los brazos sobre la cabeza y —no podía decirse que con gracia, aunque sí con notables pulcritud y eficiencia— se flexionaba y se cogía los dedos de los pies.

—¡Ahí tenéis, camaradas! ¡Así es como quiero veros hacerlo! Fijaos otra vez. Tengo treinta y nueve años y he tenido cuatro hijos. Mirad. —Volvió a flexionarse—.

¿Veis que no estoy doblando las rodillas? Si queréis podéis hacerlo —añadió mientras se incorporaba—. Cualquiera que no haya cumplido los cuarenta y cinco es perfectamente capaz de tocarse la punta de los dedos. No todos tenemos el privilegio de combatir en el frente, pero al menos podemos mantenernos en forma. ¡Recordad a nuestros muchachos en el frente malabar! ¡Y a los marineros de las fortalezas flotantes! Pensad en todo lo que tienen que soportar. Y ahora volved a intentarlo. Eso está mejor, camarada, mucho mejor —añadió en tono alentador mientras Winston, con un violento estirón, conseguía tocarse la punta de los pies por primera vez en varios años sin doblar las rodillas.

4

Con el suspiro profundo e inconsciente que ni siquiera la presencia de la telepantalla le impedía soltar al inicio de su día de trabajo, Winston acercó el hablascribe, sopló para quitar el polvo del micrófono y se puso las gafas. Luego desenrolló y sujetó con un clip los cuatro pequeños cilindros de papel que acababan de salir del tubo neumático que había a la derecha de su escritorio.

En las paredes del cubículo había tres orificios. A la derecha del hablascribe, un pequeño tubo neumático para los mensajes escritos; a la izquierda, otro más grande para los periódicos; y en la pared, al alcance de la mano, una gran ranura oblonga protegida por una rejilla de alambre. Esta última estaba pensada para tirar el papel sobrante. Había miles o decenas de miles de ranuras iguales en el edificio, no solo en todos los despachos sino también en los pasillos. Por alguna razón las llamaban agujeros de memoria. Cuando uno sabía que cierto documento debía ser destruido, o incluso si encontraba un trozo de papel tirado por ahí, levantaba automáticamente la tapa del agujero de memoria más cercano y lo echaba en él, donde una corriente de aire caliente lo arrastraba hasta los enormes hornos que había ocultos en las entrañas del edificio.

Winston examinó las cuatro tiras de papel que había desenrollado. Cada cual contenía un mensaje de solo una o dos líneas en la jerga abreviada —no exactamente nuevalengua, aunque consistente sobre todo en palabras en nuevalengua— que se empleaba para uso interno del Ministerio. Decían así:

times 17.3.84 discurso hm dato erróneo áfrica rectifica times 19.12.83 previsiones cuarto trimestre pt 83 erratas verifica ejemplar actual times 14.2.84 minindancia cita equivocada rectifica chocolate times 3.12.83 informe ordendía hm doblemasmalo refs nopersonas reescribe tot enviaut antearchiva.

Con una leve sensación de euforia Winston apartó el cuarto mensaje. Era un trabajo intrincado y de responsabilidad y más valía dejarlo para el final. Los otros tres eran cuestiones rutinarias, aunque el segundo probablemente requiriera repasar tediosas listas de cifras.

Winston tecleó «números atrasados» en la telepantalla y pidió los ejemplares del *Times*, que salieron por el tubo neumático al cabo de unos pocos minutos. Los mensajes que había recibido se referían a artículos o noticias que por alguna razón se consideraba necesario alterar, o, por utilizar el término oficial, rectificar. Por ejemplo, en el *Times* del 17 de marzo había aparecido que el Hermano Mayor, en su discurso del día anterior, había predicho que el sur de la India seguiría en calma pero que Eurasia pronto lanzaría una ofensiva en el norte de África. Sin embargo, el alto mando de Eurasia había lanzado la ofensiva en el sur de la India y había dejado en paz el norte de África. Por ello era necesario reescribir un párrafo del discurso del Hermano Mayor para que predijese lo que había ocurrido en realidad. O, por dar otro ejemplo, en el *Times* del 19 de diciembre se habían publicado las previsiones oficiales de la producción de distintos artículos de consumo en el cuarto trimestre de 1983, que era también el sexto trimestre del Noveno Plan Trienal. El ejemplar de hoy incluía los resultados reales, que demostraban que las previsiones estaban totalmente equivocadas. El trabajo de Winston consistía en rectificar las cifras originales para que coincidieran con las otras. En cuanto al tercer mensaje, se refería a un error muy sencillo que podía corregirse en un par de minutos. En febrero, el Ministerio de la Abundancia había prometido (un «compromiso categórico», según la expresión oficial) que en 1984 no se reduciría la ración de chocolate. En realidad, como sabía Winston, la ración de chocolate se iba a reducir de treinta a veinte gramos a finales de esa semana. Lo único que había que hacer era sustituir la promesa original por una advertencia de que probablemente sería necesario reducir la ración en abril.

En cuanto terminó, sujetó con un clip las correcciones hechas con el hablascribe a cada ejemplar del *Times* y los metió en el tubo neumático. Luego, con un movimiento casi inconsciente, arrugó los mensajes originales y las notas que había tomado y los echó por el agujero de memoria para que los devorasen las llamas.

Winston no sabía con exactitud lo que sucedía en el laberinto invisible al que conducían los tubos neumáticos, aunque sí en términos generales. En cuanto se reunían y cotejaban todas las correcciones consideradas necesarias en un ejemplar concreto del *Times*, volvía a imprimirse el periódico, se destruía la copia original y se incluía la copia corregida en los archivos. Este proceso de alteración continua se aplicaba no solo a los periódicos, sino también a los libros, las revistas, los panfletos, los carteles, los folletos, las películas, las bandas sonoras, los dibujos animados, las fotografías… y a cualquier tipo de literatura o documentación que pudiera tener el menor significado político o ideológico. Día a día, y casi minuto a minuto, se iba actualizando el pasado. De ese modo podía demostrarse con pruebas documentales que todas las predicciones hechas por el Partido habían sido correctas; no se permitía que ninguna noticia, ni expresión de opinión, en conflicto con las necesidades del momento pasara a los archivos. La historia era un palimpsesto, borrado y reescrito tantas veces como fuese necesario. En ningún caso habría sido posible, una vez hecho el cambio, demostrar que había tenido lugar una falsificación. La mayor sección del Departamento de Archivos, mucho mayor que aquella en la que trabajaba Winston, la integraba gente cuya obligación era buscar y recoger todos los ejemplares de libros, periódicos y otros documentos que hubiesen podido quedarse anticuados y tuvieran que ser destruidos. Cualquier ejemplar del *Times* que, debido a cambios en las alianzas políticas o a una profecía equivocada del Hermano Mayor, hubiera habido que reescribir una docena de veces continuaría estando en los archivos con su fecha original, y no habría ningún otro que lo contradijese. Los libros también volvían a escribirse una y otra vez, y se reeditaban sin admitir que se hubiese hecho el menor cambio. Ni siquiera las instrucciones que Winston recibía por escrito y de las que invariablemente se deshacía nada más terminar afirmaban o implicaban que fuese necesario cometer una falsificación: solo hacían referencia a deslices, errores, erratas o equivocaciones que convenía corregir en interés de la exactitud.

Pero en realidad, pensó mientras rectificaba las cifras del Ministerio de la Abundancia, ni siquiera se trataba de una falsificación. Era solo sustituir un disparate por otro. La mayor parte del material con que trabajaba no guardaba la menor relación con el mundo real, ni siquiera la de ser una mentira descarada. Las estadísticas eran tan fantasiosas antes como después de ser rectificadas. Muchas veces se suponía que tenías que inventarlas tú mismo. Por ejemplo, la previsión del Ministerio de la Abundancia había calculado la producción de botas para el cuatrimestre en ciento cuarenta y cinco millones de pares. La verdadera producción era de sesenta y dos millones. Winston, no obstante, al reescribir la predicción la había rebajado a cincuenta y siete millones para permitir la habitual afirmación de que la cuota había superado las previsiones. En cualquier caso, los sesenta y dos millones no estaban más cerca de la verdad que los cincuenta y siete millones, o que los ciento cuarenta y cinco millones. Lo más probable era que no se hubiese fabricado ninguna bota. Y aún más probable era que nadie supiera cuántas se habían fabricado y que a todo el mundo le trajera sin cuidado. Lo único que se sabía era que cada trimestre se registraba sobre el papel una cantidad astronómica de botas, cuando la mitad de la población de Oceanía iba descalza. Y lo mismo ocurría con todos los datos archivados, grandes o pequeños. Todo se difuminaba en un mundo de sombras en el que incluso la fecha de los años se había vuelto poco fiable.

Winston echó un vistazo al otro lado de la sala. En el cubículo de enfrente un hombre menudo, de barbilla oscura y aspecto minucioso llamado Tillotson estaba trabajando, con un periódico doblado sobre las rodillas y la boca muy cerca del micrófono del hablascribe. Daba la impresión de estar intentando que lo que decía fuese un secreto entre él y la telepantalla. Alzó la mirada y sus gafas lanzaron un destello hostil en dirección a Winston.

Winston apenas conocía a Tillotson, y no tenía ni idea de a qué se dedicaba. Los empleados del Departamento de Archivos no hablaban de buena gana de su trabajo. En la sala larga y sin ventanas, con la doble hilera de cubículos, el incesante rumor del papeleo y el murmullo de las voces en los hablascribes, había al menos una docena de personas a quien Winston ni siquiera conocía de nombre aunque los veía ir y venir a diario a toda prisa por los pasillos o gesticular durante los Dos Minutos de Odio. Sabía que la mujer rubia del cubículo de al lado trabajaba día tras día buscando y borrando de la prensa nombres de personas que habían sido vaporizadas y por tanto se consideraba que no habían existido. Lo cual no dejaba de tener cierta lógica pues su propio marido había sido vaporizado unos años antes. Y unos cuantos cubículos más allá, un individuo soñoliento e inútil llamado Ampleforth, con las orejas peludas y un sorprendente talento para medir y rimar versos, estaba ocupado en hacer versiones confusas —los llamaban «textos definitivos»— de poemas que se habían vuelto ofensivos desde el punto de vista ideológico, pero que por algún motivo debían conservarse en las antologías. Y aquella sala, con sus cerca de cincuenta empleados, era solo una subsección, una celda, por así decirlo, en la enorme complejidad del Departamento de Archivos. Más allá, por encima y por debajo, había más enjambres de trabajadores dedicados a una inimaginable multitud de tareas. Estaban los gigantescos talleres de impresión con sus ayudantes de edición, su expertos en tipografía y sus complejos sistemas para la falsificación de fotografías. Estaba la sección de teleprogramas con sus ingenieros, sus productores y sus equipos de actores especialmente escogidos por su habilidad para imitar voces. Había ejércitos de empleados cuyo trabajo consistía simplemente en elaborar listas de libros y periódicos que era necesario revisar. Estaban los enormes depósitos donde se almacenaban los documentos corregidos y los hornos ocultos donde se destruían los ejemplares originales. Y en algún lugar, de manera casi anónima, estaban los cerebros que coordinaban todo el trabajo y bosquejaban la política que hacía necesario que se preservara un fragmento del pasado, se falsificara otro y se borrara un tercero de la existencia.

Y, al fin y al cabo, el Departamento de Archivos no era más que una rama del Ministerio de la Verdad, cuya labor principal no consistía en reconstruir el pasado sino en proporcionar a los ciudadanos de Oceanía periódicos, películas, libros de texto, programas de telepantalla, obras de teatro y novelas con todo tipo de información, instrucción y entretenimiento imaginables, de una estatua a un eslogan, de un poema lírico a un tratado de biología y de una cartilla escolar a un diccionario de nuevalengua. Y el Ministerio no solo tenía que suplir las múltiples necesidades del Partido, sino también repetir toda la operación en un nivel inferior a beneficio del proletariado. Había toda una cadena de departamentos dedicados a la literatura, la música, el teatro y en general todos los espectáculos proletarios. En ellos se producían periódicos basura que solo contenían noticias deportivas, de sucesos y astrología, noveluchas sensacionalistas de cinco centavos, películas que rezumaban sexo y cancioncillas sentimentales que se componían por medios enteramente mecánicos en una especie de calidoscopio particular llamado «versificador». Había incluso toda una subsección —cuyo nombre en nuevalengua era «Secporn»— encargada de producir pornografía de ínfimo nivel, que se enviaba en paquetes sellados y que ningún miembro del Partido que no trabajase en la sección podía ver.

Mientras Winston trabajaba salieron tres mensajes del tubo neumático, pero eran cosas sencillas y las terminó antes de que lo interrumpieran los Dos Minutos de Odio. Cuando terminó el Odio, volvió a su cubículo, cogió el diccionario de nuevalengua del estante, apartó el hablascribe a un lado, se limpió las gafas y empezó su labor principal de esa mañana.

El mayor placer en la vida de Winston era su trabajo. La mayor parte era tedioso y rutinario, pero también incluía tareas tan difíciles e intrincadas que podías perderte en ellas como en las profundidades de un problema matemático: delicados casos de falsificación en los que solo podías guiarte por tu conocimiento de los principios del Socing y tu intuición de lo que el Partido quería que dijeras. A Winston se le daban bien esas cosas. En una ocasión incluso le habían confiado la rectificación de los editoriales del *Times*, que estaban totalmente escritos en nuevalengua. Desenrolló el mensaje que había apartado antes a un lado y que decía así:

times 3.12.83 informe ordendía hm doblemasmalo refs nopersonas reescribe tot enviaut antearchiva.

Lo que en viejalengua (o inglés corriente) podía traducirse así:

La información sobre el orden del día del Hermano Mayor del *Times* del 3 de diciembre de 1983 es extremadamente insatisfactoria y hace referencia a personas no existentes. Reescríbase por completo y envíese el borrador a una autoridad superior antes de archivarla.

Winston leyó el artículo en cuestión. Al parecer, el orden del día del Hermano Mayor había estado dedicado a aplaudir la labor de una organización conocida como FFCC, que proporcionaba cigarrillos y otros artículos a los marineros de las Fortalezas flotantes. Cierto camarada Withers, un miembro prominente del Partido Interior, había merecido una mención especial y le habían concedido una condecoración, la Orden del Mérito Conspicuo de Segunda Clase.

Tres meses después, la FFCC había sido disuelta sin más explicaciones. Era de suponer que Withers y sus amigos habían caído en desgracia, aunque nadie había dicho nada en la prensa ni en la telepantalla. No era raro, porque muy pocas veces se procesaba o siquiera denunciaba a los criminales políticos. Las grandes purgas que afectaban a miles de personas, con juicios públicos de traidores y criminales mentales que confesaban abyectamente su delito y luego eran ejecutados, eran espectáculos que no ocurrían más que cada dos o tres años. Lo más habitual era que la gente que había contrariado de algún modo al Partido desapareciera sin más y no se volviese a saber de ella. Uno jamás tenía ni la menor idea de lo que les ocurría. En algunos casos incluso era posible que ni siquiera estuvieran muertos. Sin contar a sus padres, puede que hubiesen desaparecido en uno u otro momento unos treinta conocidos de Winston.

Winston se rascó suavemente la nariz con un clip. En el cubículo de enfrente, el camarada Tillotson seguía inclinado con aire misterioso sobre el hablascribe. Alzó la cabeza un momento y las gafas volvieron a reflejar un destello hostil. Winston habría querido saber si el camarada Tillotson estaba ocupado con el mismo trabajo que él. Era muy posible. Una tarea tan delicada nunca se confiaba a una sola persona: por otro lado, encargársela a un comité equivaldría a admitir abiertamente que se estaba haciendo una falsificación. Lo más probable era que hubiese al menos una docena de personas trabajando en versiones rivales de lo que el Hermano Mayor había dicho en realidad. Luego, algún cerebro privilegiado del Partido Interior escogería esta o aquella versión, la corregiría, pondría en marcha el complejo proceso de referencias cruzadas necesario y luego la mentira elegida pasaría a los archivos y se convertiría en verdad.

Winston ignoraba por qué Withers había caído en desgracia. Puede que por corrupción o por incompetencia. Tal vez el Hermano Mayor se hubiera librado de un subordinado demasiado popular. A lo mejor Withers o alguien próximo a él era sospechoso de tendencias heréticas. O quizá —era lo más probable— había ocurrido sencillamente porque las purgas y vaporizaciones eran una parte necesaria del funcionamiento del gobierno. La única pista verdadera estaba en las palabras «refs nopersonas», que indicaban que Withers estaba muerto. No siempre podía decirse lo mismo después de que detuvieran a alguien. A veces los soltaban y les permitían vivir en libertad uno o incluso dos años antes de ser ejecutados. Muy de vez en cuando alguien a quien creías muerto desde hacía mucho tiempo reaparecía como un fantasma en algún juicio público donde implicaba a cientos de personas con su testimonio antes de desaparecer, en esa ocasión para siempre. No obstante, Withers era ya una «nopersona». No existía y nunca había existido. Winston decidió que no bastaría con cambiar el sentido del discurso del Hermano Mayor. Era mejor hacer que tratara de algo que no guardase la menor relación con el asunto original.

Podía convertir su discurso en la habitual denuncia de los traidores y criminales mentales, pero eso era demasiado evidente; mientras que inventar una victoria en el frente, o algún éxito en la superproducción del Noveno Plan Trienal, podía complicar demasiado los registros. Necesitaba algo totalmente inventado. De pronto acudió a su mente, como pintado para la ocasión, cierto camarada Ogilvy, fallecido recientemente en circunstancias heroicas. En ocasiones el Hermano Mayor dedicaba el orden del día a conmemorar a algún humilde miembro de base del Partido cuya vida y muerte ofrecía como ejemplo digno de imitación. Ese día conmemoraría al camarada Ogilvy. La verdad era que no había habido ningún camarada Ogilvy, pero unas líneas impresas y un par de fotografías falsas servirían para traerlo a la existencia.

Winston se quedó pensando un momento, luego acercó el hablascribe y empezó a dictar con el estilo habitual del Hermano Mayor: un estilo al mismo tiempo marcial y pedante, y fácil de imitar por el recurso de hacer preguntas y responderlas enseguida («¿Qué lección sacamos de esto, camaradas? La lección —que es también uno de los principios fundamentales del Socing— es que... etc., etc».).

A los tres años el camarada Ogilvy había rechazado todos los juguetes excepto un tambor, un fusil ametrallador y un helicóptero en miniatura. A los seis años —un año antes de lo reglamentado, gracias a una concesión especial— había ingresado en los Espías; a los nueve, había sido jefe de tropa. A los once había denunciado a su tío a la Policía del Pensamiento después de oír una conversación que le pareció tener tendencias criminales. A los diecisiete había sido coordinador de distrito de la Liga Juvenil Antisexo. A los diecinueve había diseñado una granada de mano que había adoptado el Ministerio de la Paz y que, la primera vez que se utilizó, mató a treinta y un prisioneros eurasiáticos. A los veintitrés había fallecido en acto de servicio. Perseguido por aeroplanos a reacción enemigos mientras sobrevolaba el océano Índico con unos despachos de suma importancia, había saltado al mar desde el helicóptero con los despachos y la ametralladora..., un final, decía el Hermano Mayor, que era imposible considerar sin sentir envidia. El Hermano Mayor añadía unas cuantas observaciones sobre la pureza y la dedicación de la vida del camarada Ogilvy. Era abstemio y no fumaba, no tenía otra afición que la hora que pasaba a diario en el gimnasio, y había hecho voto de celibato, pues creía que el cuidado de una familia era incompatible con la devoción al deber veinticuatro horas al día. No tenía otro tema de conversación que los principios del Socing, ni otro objetivo en la vida que la derrota del enemigo eurasiático y la persecución de los espías, saboteadores, criminales mentales y traidores en general.

Winston dudó si conceder o no al camarada Ogilvy la Orden del Mérito Conspicuo, al final decidió no hacerlo por las muchas referencias cruzadas innecesarias que eso acarrearía.

Una vez más miró a su rival en el cubículo de enfrente. Algo parecía decirle con toda certeza que Tillotson estaba ocupado en la misma tarea que él. Era imposible saber qué versión adoptarían al final, aunque tenía la firme convicción de que sería la suya. El camarada Ogilvy, inimaginable apenas hacía una hora, se había convertido en realidad. Le pareció raro que se pudieran crear personas muertas, pero no vivas. El camarada Ogilvy, que nunca había existido en el presente, existía ahora en el pasado, y una vez que la falsificación cayera en el olvido, existiría de manera tan auténtica, y con el mismo tipo de pruebas, que Carlomagno o Julio César.

5

En el comedor subterráneo y de techo bajo, la cola de la comida avanzaba lentamente y a sacudidas. La sala estaba muy llena y el ruido era ensordecedor. De la rejilla del mostrador salía el vapor del estofado con un olor amargo y metálico que no llegaba a tapar los efluvios de la ginebra de la Victoria. Al otro extremo del comedor había un bar, apenas un agujero en la pared donde podía comprarse ginebra a diez céntimos la copa.

—Justo el hombre a quien estaba buscando —dijo una voz detrás de Winston. Este se volvió. Era su amigo Syme, del Departamento de Investigación. Tal vez «amigo» no fuese la palabra exacta. Ya nadie tenía amigos sino camaradas, pero la compañía de algunos era más agradable que la de otros. Syme era filólogo, especialista en nuevalengua. De hecho, formaba parte del enorme equipo de expertos dedicados a compilar la undécima edición del *Diccionario de nuevalengua*. Era un tipo menudo, más bajo que Winston, de cabello negro y grandes ojos saltones, al mismo tiempo tristes y burlones, que parecían escrutar tu rostro mientras te hablaba.

—Quería preguntarte si te quedan cuchillas de afeitar.

—¡Ni una! —respondió Winston con una especie de precipitación culpable—.

Las he buscado por todas partes. Es como si hubieran dejado de existir.

Todos se pasaban el día pidiendo cuchillas de afeitar. En realidad, Winston tenía dos sin usar que guardaba como un tesoro. Hacía meses que escaseaban. Siempre había alguna cosa necesaria que las tiendas del Partido no podían proporcionar. Unas veces eran botones; otras, lana de tejer; otras, cordones para los zapatos y ahora eran las cuchillas de afeitar. Solo se podían conseguir, y eso con suerte, buscándolas de manera más o menos furtiva en el «mercado libre».

—Llevo seis semanas utilizando la misma —añadió faltando a la verdad.

La cola dio otro tirón hacia delante. Cuando se detuvo, Winston se volvió otra vez hacia Syme. Los dos cogieron una bandeja metálica grasienta de una pila que había al extremo del mostrador.

—¿Fuiste ayer a ver ahorcar a los prisioneros? —preguntó Syme.

—Estaba trabajando —respondió Winston con indiferencia—.

Ya lo veré en el cine.

—Un sucedáneo muy poco adecuado —dijo Syme.

Sus ojos burlones recorrieron el rostro de Winston. «Te conozco —parecían decir los ojos—. Te tengo calado. Sé muy bien por qué no fuiste a ver ahorcar a esos prisioneros». A su estilo intelectual, Syme era un ortodoxo virulento. Hablaba con una desagradable delectación de los ataques de helicóptero contra los pueblos enemigos, de los juicios y las confesiones de los criminales mentales, de las ejecuciones en los sótanos del Ministerio del Amor. Para poder hablar con él había que hacer un esfuerzo por apartarlo de esos asuntos y enredarlo, en lo posible, en los tecnicismos de la nuevalengua, en los que era toda una autoridad. Winston ladeó un poco la cabeza para esquivar el escrutinio de los grandes ojos negros.

—Fue una buena ejecución —dijo Syme haciendo memoria—. En mi opinión, cuando les atan los pies se echa a perder el efecto. Me gusta verles patalear. Sobre todo al final, cuando sacan la lengua de color azul, un azul brillante. Es el detalle que más me gusta.

—¡Siguiente, por favor! —chilló la prole del cucharón y el delantal blanco.

Winston y Syme empujaron las bandejas por debajo de la rejilla. En cada una de ellas echaron el almuerzo reglamentario: un bote metálico de estofado rosado, un mendrugo de pan, un cubito de queso, un tazón de café de la Victoria sin leche y una tableta de sacarina.

—Debajo de aquella telepantalla hay una mesa libre —dijo Syme—. Cojamos una ginebra por el camino.

La ginebra se servía en tazones de porcelana sin asas. Se abrieron paso por la sala abarrotada y dejaron las bandejas sobre la mesa forrada de metal en cuya esquina alguien había dejado un charquito de estofado, un sucio revoltijo que parecía vómito. Winston cogió su tazón de ginebra, hizo una pausa para hacer acopio de valor y se tragó la sustancia aceitosa. Después de parpadear para quitarse las lágrimas de los ojos, descubrió que tenía hambre. Empezó a tragar cucharadas de estofado aguado que tenía trozos de algo blando y sonrosado que probablemente fuese un preparado cárnico. Ninguno volvió a decir palabra hasta después de vaciar el contenido de los botes. En la mesa a la izquierda de Winston, un poco detrás de él, alguien estaba hablando deprisa y sin cesar, una cháchara áspera como el graznido de un pato que atravesaba el rumor de la sala.

—¿Qué tal va el diccionario? —dijo Winston alzando la voz para sobreponerse al ruido.

—Despacio —respondió Syme—. Ahora estoy con los adjetivos. Es fascinante.

La mera mención de la nuevalengua había bastado para animarle. Apartó a un lado el bote, cogió el mendrugo con una mano delicada y el queso con la otra y se inclinó sobre la mesa para poder hablar sin tener que gritar.

—La undécima edición será la definitiva —dijo—. Estamos dándole a la lengua su forma final, la forma que tendrá cuando nadie hable otra cosa. Cuando terminemos, la gente como tú tendrá que aprenderlo todo de nuevo. Seguro que crees que nuestro trabajo consiste en inventar palabras nuevas. ¡Pues no! Lo que hacemos es destruirlas, decenas, cientos de palabras al día. Estamos podando el idioma. Ni una sola de las palabras en la undécima edición se quedará anticuada antes de 2050.

Mordió hambriento el pan y engulló un par de bocados, luego siguió hablando con una especie de apasionamiento pedante. Su rostro delgado y moreno se había animado, sus ojos habían perdido la expresión burlona y se habían vuelto casi soñolientos.

—La destrucción de palabras es muy hermosa. Por supuesto, lo que más sobran son verbos y adjetivos, pero hay cientos de sustantivos de los que se puede prescindir.

Y no solo por los sinónimos, sino también por los antónimos. Al fin y al cabo, ¿qué justificación tiene una palabra que no es más que lo contrario de otra? Cualquier palabra incluye a su contraria. Fíjate, por ejemplo, en la palabra «bueno». Si tenemos esa palabra, ¿de qué nos sirve «malo»? «Nobueno» es igual... incluso mejor porque es exactamente el contrario mientras que la otra no lo es. O, si lo que quieres es reforzar la palabra bueno, ¿para qué queremos toda una serie de palabras vagas e inútiles como «excelente», «espléndido» y otras parecidas? «Masbueno» ya significa eso, o «doblemasbueno», si quieres algo aún más claro. Por supuesto que ya usamos todas esas formas, pero en la versión final de la nuevalengua serán las únicas. Al final todo el concepto de la bondad se limitará a seis palabras —en realidad una sola—.

¿No ves lo hermoso que es, Winston? La idea original fue del H. M., claro —añadió pensativo.

Una especie de insulsa animación iluminó el rostro de Winston al oír mencionar al Hermano Mayor. No obstante, Syme detectó enseguida cierta falta de entusiasmo.

—No aprecias la nuevalengua en lo que vale, Winston —dijo

casi con tristeza—. Piensas en viejalengua hasta cuando escribes. He leído alguno de los artículos que escribes en el *Times*. Están muy bien, pero no dejan de ser traducciones. En el fondo, prefieres seguir utilizando la viejalengua, con todas sus vaguedades y sus matices inútiles. No comprendes la belleza de la destrucción de las palabras. ¿No sabes que la nuevalengua es el único idioma del mundo cuyo vocabulario se reduce cada día?

Winston lo sabía, claro. Trató de esbozar una sonrisa comprensiva, sin atreverse a decir nada. Syme dio otro bocado al pan moreno, lo mascó un poco y continuó:

—¿No ves que el objetivo final de la nuevalengua es reducir el alcance del pensamiento? Al final conseguiremos que el crimen del pensamiento sea literalmente imposible, porque no habrá palabras con las que expresarlo. Todos los conceptos necesarios se expresarán exactamente con una palabra cuyo significado estará rígidamente definido y cuyos significados subsidiarios se habrán borrado y olvidado. En la undécima edición ya casi lo hemos conseguido. Pero el proceso tendrá que seguir cuando tú y yo hayamos muerto. Cada año habrá menos palabras y el rango de la conciencia será cada vez más pequeño. Por descontado que ahora tampoco hay razón o excusa para los crímenes mentales. Todo es cuestión de autodisciplina y control de la realidad. Pero al final no hará falta ni siquiera eso. La Revolución se habrá completado cuando el lenguaje sea perfecto. La nuevalengua es el Socing y el Socing es la nuevalengua —añadió con una especie de mística complacencia—.

¿Alguna vez te has parado a pensar que, en el año 2050, como muy tarde, no quedará con vida una sola persona capaz de entender una conversación como la que estamos teniendo ahora?

—Excepto... —empezó dubitativo Winston, y luego se interrumpió.

Había estado a punto de decir «Excepto los proles», pero se contuvo, pues no estaba muy seguro de la ortodoxia de esa observación. No obstante, Syme adivinó lo que iba a decir.

—Los proles no son seres humanos —dijo con despreocupación—. En 2050, probablemente antes, la viejalengua habrá desaparecido. Toda la literatura del pasado habrá sido destruida. Chaucer, Shakespeare, Milton, Byron... existirán únicamente en versiones en nuevalengua, no solo convertidas en algo diferente sino transformadas en algo opuesto a lo que eran antes. Incluso la literatura del Partido cambiará. Y los eslóganes.

¿Cómo vas a decir «La libertad es la esclavitud» si el concepto de libertad ha dejado de existir? El pensamiento será totalmente distinto. De hecho, no existirá pensamiento tal como lo entendemos hoy. La ortodoxia equivale a no pensar, a no tener la necesidad de pensar. La ortodoxia es la inconsciencia.

«Cualquier día de estos —pensó Winston con una súbita convicción— vaporizarán a Syme. Es demasiado inteligente. Ve las cosas con demasiada claridad y habla con excesiva franqueza. Al Partido no le gusta la gente así. El día menos pensado desaparecerá. Lo lleva escrito en la cara».

Winston había terminado el pan con queso. Se volvió un poco en la silla para beberse el café. En la mesa de su izquierda, el hombre de la voz estridente seguía hablando sin parar. Una joven que tal vez fuese su secretaria y que estaba sentada de espaldas a Winston le escuchaba y parecía estar totalmente de acuerdo con todo lo que decía. De vez en cuando, Winston oía alguna frase como: «Cuánta razón tienes. No podría estar más de acuerdo», pronunciada en tono juvenil, femenino y bobalicón. La otra voz no se interrumpía ni un instante, ni siquiera cuando hablaba la chica. Winston conocía de vista a aquel tipo, aunque solo sabía que desempeñaba un puesto de importancia en el Departamento de Ficción. Rondaba los treinta años, tenía el cuello musculoso y la boca grande y expresiva. Había ladeado la cabeza y, debido al ángulo en que estaba sentado, sus gafas reflejaban la luz y mostraban a Winston dos discos vacíos en lugar de ojos. Lo más inquietante era que resultaba imposible distinguir una sola palabra del chorreo de sonidos que salían de su boca. Solo una vez Winston captó la frase «la eliminación completa y total del goldsteinismo» mascullada a toda velocidad, como si la hubiera compuesto con tipos de imprenta. El resto era ruido, un cuac, cuac, cuac. Y aun así, aunque no se oyese lo que decía, no cabía ninguna duda de la naturaleza de su conversación. Poco importaba que estuviese acusando a Goldstein y exigiendo medidas más severas contra los criminales mentales y los saboteadores, despotricando contra las atrocidades del ejército de Eurasia o alabando al Hermano Mayor o a los héroes del frente malabar. Fuese lo que fuese, era evidente que hasta la última palabra era pura ortodoxia, puro Socing. Al observar el rostro sin ojos y la mandíbula que se movía a toda prisa arriba y abajo, Winston tuvo la sensación de que no era una persona de verdad sino una especie de muñeco. No era el cerebro de aquel hombre quien hablaba, sino su laringe. Lo que salía de ella estaba hecho de palabras, pero no era un verdadero discurso: era un ruido emitido inconscientemente, como el graznido de un pato.

Syme llevaba un rato en silencio y estaba trazando dibujos con el mango de la cuchara en los restos de estofado. La voz de la otra mesa graznaba sin parar, claramente audible a pesar del ruido del comedor.

—Hay una palabra en nuevalengua —dijo Syme—, no sé si la conoces: «grazbla», graznar como un pato. Es una de esas palabras interesantes que tienen dos sentidos contradictorios. Aplicada a un adversario, es un insulto; aplicada a alguien con quien estás de acuerdo, es un halago.

No había duda de que Syme acabaría vaporizado, volvió a pensar Winston. Sintió una especie de tristeza, aunque sabía muy bien que Syme le despreciaba, que le profesaba cierta antipatía y que era perfectamente capaz de denunciarle por criminal mental si veía la menor razón para hacerlo. Había algo en Syme que no acababa de encajar. Le faltaba alguna cosa: discreción, distanciamiento, una especie de estupidez conservadora. No podía decirse que fuese un heterodoxo. Creía en los principios del Socing, veneraba al Hermano Mayor, se alegraba de las victorias, odiaba a los herejes, no solo con sinceridad sino con una especie de celo incansable, y estaba más al día que cualquier miembro normal del Partido. Sin embargo, tenía un no sé qué de poco respetable. Decía cosas que más valdría callar, había leído demasiados libros, frecuentaba el Café del Castaño, lugar de reunión de músicos y pintores. Ninguna ley, ni siquiera no escrita, prohibía frecuentarlo, pero era un sitio de mal agüero. Los antiguos y desacreditados dirigentes del Partido se habían reunido en él antes de ser purgados. Se decía que el propio Goldstein se había dejado caer por allí hacía años o decenios. No era difícil prever el destino de Syme. Y, sin embargo, lo cierto era que si Syme hubiese intuido, aunque fuese por espacio de tres segundos, cuál era la naturaleza de las opiniones secretas de Winston, lo habría denunciado al instante a la Policía del Pensamiento. Igual que habría hecho cualquier otro, aunque Syme con más ahínco. El celo no era suficiente. La ortodoxia es la inconsciencia.

Syme alzó la vista.

—Ahí llega Parsons —dijo.

Su tono de voz pareció añadir: «ese puñetero imbécil». Parsons, el vecino de Winston en las Casas de la Victoria, se estaba abriendo paso por el comedor. Era un tipo rechoncho, no muy alto, de cabello rubio y cara de rana. A los treinta y cinco empezaba a tener barriga y papada, pero sus movimientos eran ágiles e infantiles. Por su aspecto parecía un niño que hubiese crecido demasiado, tanto que, aunque llevaba puesto el mono reglamentario, era casi imposible no imaginárselo con los pantalones cortos, la camisa gris y el pañuelo rojo de los Espías. Al mirarlo, uno veía siempre unas rodillas con hoyuelos y una camisa arremangada sobre los rollizos antebrazos. Parson, de hecho, se ponía los pantalones cortos cada vez que una excursión comunitaria o cualquier otra actividad física le proporcionaba la menor excusa para hacerlo. Los saludó con un alegre: «¡Hola, hola!» y se sentó a la mesa desprendiendo un intenso olor a sudor. Gotitas de humedad cubrían su rostro son rosado. Su capacidad de sudoración era extraordinaria. En el Centro Comunitario siempre se sabía si había jugado al ping-pong por la humedad del mango de la raqueta. Syme había sacado una tira de papel en la que figuraba una larga columna de palabras y estaba leyéndola con un tintalápiz entre los dedos.

—Mira cómo trabaja a la hora de comer —dijo Parsons dándole un codazo a Winston—. Eso sí que es devoción, ¿eh? ¿Qué tienes ahí, muchacho? Seguro que es demasiado intelectual para mí. Smith, muchacho, te buscaba por lo de la sub que has olvidado pagarme.

—¿Qué sub es esa? —respondió Winston echando mano al bolsillo. Cerca de un cuarto del salario estaba destinado a subscripciones voluntarias, tan numerosas que era difícil recordarlas todas.

—La de la Semana del Odio. Ya sabes… el fondo casa por casa. Soy el tesorero de nuestro edificio. Estamos haciendo un esfuerzo enorme… Será un espectáculo impresionante. Te aseguro que si las Casas de la Victoria no tienen más banderas que ningún otro edificio de la calle no será por culpa mía. Me prometiste dos dólares.

Winston encontró y le entregó dos billetes sucios y arrugados, que Parsons anotó en un cuaderno de apuntes con la pulcra caligrafía de un analfabeto.

—A propósito, amigo —añadió—. Me han dicho que mi crío te disparó ayer con un tirachinas. Le eché un buen rapapolvo. De hecho, le dije que si volvía a hacerlo le quitaría el tirachinas.

—Creo que estaba un poco disgustado por no haber podido asistir a la ejecución—le disculpó Winston.

—¡Ah, bueno…!, quiero decir que ese es el espíritu adecuado, ¿no? Son unos críos muy traviesos, pero si se trata de devoción… No piensan más que en los Espías, y en la guerra, claro. ¿Sabes lo que hizo el sábado mi hija cuando su tropa salió de excursión cerca de Berkhamsted? Convenció a otras dos niñas de que la acompañaran, se escabulleron del grupo y se pasaron la tarde siguiendo a un desconocido. Estuvieron siguiéndolo más de dos horas por el bosque y luego, cuando llegaron a Amersham, lo denunciaron a una patrulla.

—¿Por qué? —preguntó Winston un tanto desconcertado. Parsons prosiguió triunfante.

—Mi niña estaba convencida de que era una especie de agente enemigo… Podían haberlo lanzado en paracaídas, por ejemplo. Pero escucha, muchacho: ¿qué crees que la puso sobre su pista? Vio que llevaba unos zapatos raros… Dijo que nunca había visto a nadie con esos zapatos, así que supuso que sería extranjero. No está mal para ser solo una mocosa de siete años, ¿eh?

—¿Qué le pasó al hombre? —preguntó Winston.

—¡Ah! Eso no lo sé, claro. Pero no me sorprendería si… —Parsons hizo el gesto de apuntar un rifle y chasqueó la lengua para imitar el sonido de un disparo.

—Bien —dijo Syme abstraído y sin levantar la vista del papel.

—Por supuesto, no podemos permitirnos correr riesgos —asintió Winston en tono.

—A eso me refería, estamos en guerra —coincidió Parsons.

A modo de confirmación, un toque de trompeta flotó de la telepantalla que había justo sobre sus cabezas. No obstante, esta vez no se trataba de la proclamación de una victoria militar, sino solo un anuncio del Ministerio de la Abundancia.

—¡Camaradas! —gritó una emocionada voz juvenil—. ¡Atención, camaradas! Tenemos una gloriosa noticia que comunicaros. ¡Hemos ganado la batalla de la producción! Los resultados de producción de todos los artículos de consumo demuestran que el año pasado el nivel de vida aumentó nada menos que el veinte por ciento. Esta mañana ha habido manifestaciones espontáneas e incontenibles en toda Oceanía cuando los obreros salieron de las fábricas y las oficinas y desfilaron por las calles con pancartas vitoreando al Hermano Mayor para agradecerle la vida nueva y feliz que su sabio liderazgo nos ha proporcionado. He aquí algunas de las cifras: alimentos…

La expresión «la vida nueva y feliz» se repitió varias veces. Últimamente se había convertido en una de las favoritas del Ministerio de la Abundancia. Atento al toque de trompeta, Parsons se quedó escuchando solemne y boquiabierto con una especie de aburrimiento edificante. Era incapaz de entender las cifras, pero sabía que, de un modo u otro, eran un motivo de satisfacción. Había sacado una pipa grande y mugrienta llena hasta la mitad de tabaco carbonizado. Con la ración de cien gramos de tabaco a la semana rara vez se podía llenar una pipa hasta arriba. Winston se estaba fumando un cigarrillo de la Victoria que sostenía con mucho cuidado en posición horizontal. La nueva ración no entraba en vigor hasta el día siguiente y solo le quedaban cuatro. De momento había cerrado los oídos a los ruidos más lejanos y estaba escuchando solo lo que emanaba de la telepantalla. Al parecer había habido manifestaciones para agradecer al Hermano Mayor que aumentara la ración de chocolate a veinte gramos por semana. Y eso que un día antes, recordó, habían anunciado que la ración se reduciría a veinte gramos por semana. ¿Sería posible que se lo tragaran al cabo de solo veinticuatro horas? Pues sí. Parsons se lo tragó sin más, con la estupidez de un animal. La criatura sin ojos de la otra mesa se lo tragó fanática y apasionadamente, con un furioso deseo de desenmascarar, denunciar y vaporizar a cualquiera que pudiera insinuar que la semana anterior la ración había sido de treinta gramos. Syme también se lo tragó —aunque de un modo más complejo que implicaba recurrir al doblepiensa—. ¿Acaso era él el único que seguía teniendo memoria?

La telepantalla seguía vertiendo estadísticas increíbles. En comparación con el año pasado había más comida, más ropa, más casas, más muebles, mas utensilios de cocina, más combustible, más barcos, más helicópteros, más libros y más recién nacidos... más de todo, excepto enfermedad, delitos y locura. Año tras año y minuto a minuto, todo aumentaba vertiginosamente. Igual que Syme, Winston había cogido la cuchara y estaba trazando dibujos con un reguero de salsa que había sobre la mesa. Meditó enfadado sobre la textura física de la vida. ¿Había sido siempre así? ¿La comida siembre había tenido ese sabor? Recorrió el comedor con la mirada. Una sala abarrotada y de techo bajo, con las paredes sucias por el contacto de un sinfín de cuerpos, mesas y sillas metálicas abolladas y colocadas tan juntas que le rozabas el codo al vecino, cucharas dobladas, bandejas desportilladas, tazones blancos y gruesos, superficies sucias de grasa, porquería en todas las rendijas, y un acre olor a ginebra y café de mala calidad mezclado con el aroma metálico del estofado y de la ropa sucia. En tu estómago y tu piel había siempre una especie de protesta, una sensación de que te habían privado de algo a lo que tenías derecho. Cierto que no conservaba ningún recuerdo muy distinto. No recordaba con claridad ningún momento en que hubiese habido suficiente comida, nunca habían tenido calcetines o ropa interior que no estuvieran llenos de agujeros, muebles que no estuviesen desvencijados, habitaciones que estuvieran bien caldeadas, trenes del metro que no estuviesen abarrotados, casas que no se cayeran a pedazos, pan blanco, té que no fuese una rareza, café que no tuviese mal sabor ni cigarrillos que escasearan... Nunca había habido nada barato y en abundancia excepto la ginebra sintética. Y, por supuesto, todo empeoraba a medida que tu cuerpo envejecía, ¿y qué mejor indicio de que ese no era el orden natural de las cosas que a uno se le encogiera el corazón por las incomodidades, la mugre y la escasez, los inviernos interminables, los calcetines pegajosos, los ascensores que nunca funcionaban, el agua fría, el jabón áspero, los cigarrillos que se deshacían y la comida con sus sabores extraños y repugnantes? ¿Por qué todo iba a parecer tan insoportable a menos que uno conservara una especie de recuerdo ancestral de que las cosas habían sido distintas?

Volvió a contemplar el comedor. Casi todos los presentes eran feos, y habrían seguido siéndolo aunque no hubiesen llevado los monos azules del uniforme. Al otro extremo de la sala, sentado solo en una mesa, un hombrecillo menudo que parecía un escarabajo bebía una taza de café mientras sus ojillos observaban con suspicacia.

¡Qué fácil era —pensó Winston—, si no mirabas a tu alrededor, convencerse de que el tipo físico establecido por el Partido como ideal: los jóvenes musculosos y las mujeres rubias, vitales, bronceadas y despreocupadas de pechos grandes existían e incluso predominaban! En realidad, por lo que podía juzgar, la mayor parte de la gente de la Franja Aérea Uno era pequeña, morena y poco agraciada. Era curioso cómo proliferaban en los ministerios esos tipos que parecían escarabajos: hombrecillos que empezaban a engordar pronto, de piernas cortas, movimientos rápidos y huidizos y rostro grueso e inescrutable con ojillos diminutos. Era el tipo que parecía medrar mejor bajo el dominio del Partido.

El anuncio del Ministerio de la Abundancia concluyó con otro toque de trompeta y dio paso a música enlatada. Parsons, dominado por un vago entusiasmo por el bombardeo de cifras, se sacó la pipa de la boca.

—Sin duda el Ministerio de la Abundancia ha hecho un buen trabajo este último año —dijo moviendo la cabeza con gesto de entendido—. A propósito, Smith, muchacho, ¿no tendrás por ahí alguna cuchilla de afeitar?

—Ni una —respondió Winston—. Hace seis semanas que utilizo la misma.

—¡Ah, bueno!, lo decía por preguntar.

—Lo siento —dijo Winston.

Los graznidos de la mesa de al lado, momentáneamente interrumpidos por el anuncio del Ministerio, habían vuelto a empezar más alto que nunca. Por alguna razón, Winston se sorprendió de pronto pensando en la señora Parsons, con su cabello encrespado y aquel polvillo en las arrugas de la cara. Al cabo de un par de años, sus hijos la denunciarían a la Policía del Pensamiento. La señora Parsons sería vaporizada. Syme sería vaporizado. Winston sería vaporizado. O'Brien sería vaporizado. Parsons, en cambio, nunca lo sería. Igual que la criatura sin ojos que no paraba de graznar. Y que los hombrecillos con aspecto de escarabajo que se movían con tanta habilidad por los laberínticos pasillos de los Ministerios. La chica de cabello oscuro, la joven del Departamento de Ficción, tampoco sería vaporizada. Tenía la impresión de saber instintivamente quién sobreviviría y quién no: aunque no era fácil decir qué era lo que permitía sobrevivir.

En ese momento lo sacó de su ensoñación una violenta sacudida. La joven de la mesa de al lado se había vuelto y lo estaba mirando. Era la chica de cabello oscuro. Lo estaba mirando de reojo, pero con una fijeza peculiar. En cuanto sus ojos se cruzaron, ella volvió a apartar la mirada.

El sudor empezó a recorrerle la espina dorsal. Sintió una terrible punzada de terror que desapareció casi enseguida, pero le dejó una especie de intranquilidad.

¿Por qué estaba mirándolo? ¿Por qué lo seguía a todas partes? Por desgracia, no recordaba si estaba allí cuando él llegó o si había aparecido después. Pero el día anterior, en cualquier caso, durante los Dos Minutos de Odio, se había sentado justo detrás de él cuando no había ninguna necesidad. Lo más probable era que su verdadera intención hubiese sido escucharle para asegurarse de que gritaba lo bastante fuerte.

Recordó su primera impresión: lo más probable era que no fuese en realidad miembro de la Policía del Pensamiento, pero los espías aficionados eran precisamente los más peligrosos. Ignoraba cuánto tiempo llevaba mirándole, pero tal vez fuesen cinco minutos, y era posible que sus rasgos no hubiesen estado del todo bajo control. Era muy peligroso dejar vagar los pensamientos en público o en el radio de visión de una telepantalla. El más ínfimo detalle podía delatarte. Un tic nervioso, una mirada inconsciente de preocupación, la costumbre de murmurar para tus adentros, cualquier cosa que llevara implícita una anormalidad o que diera a entender que tenías algo que ocultar. En cualquier caso, adoptar una expresión inapropiada (un gesto de incredulidad cuando se anunciaba una victoria, por ejemplo) era ya un delito punible. Incluso había un término en nuevalengua para definirlo: crimenfacial.

La joven había vuelto a darle la espalda. Después de todo, quizá no estuviera siguiéndole; tal vez fuese solo una coincidencia que se hubiese sentado tan cerca dos días seguidos. Su cigarrillo se había apagado y lo dejó con cuidado al borde de la mesa. Terminaría de fumárselo después del trabajo, si lograba impedir que se cayera el tabaco. Era bastante probable que la persona de la mesa de al lado fuese confidente de la Policía del Pensamiento, y aún lo era más que al cabo de tres días él acabara en los sótanos del Ministerio del Amor, pero esa no era razón para desperdiciar un cigarrillo. Syme dobló la tira de papel y se la guardó en el bolsillo. Parsons empezó a hablar otra vez.

—¿Te he contado alguna vez —dijo, riéndose con la boquilla de la pipa en la boca— que en cierta ocasión mis dos chiquillos le pegaron fuego a la falda de una vendedora en el mercado porque la vieron envolver salchichas en un cartel con un retrato del H. M.? Se acercaron a hurtadillas y le pegaron fuego con una caja de cerillas. Creo que le causaron quemaduras bastante graves. Vaya par de granujillas, ¿eh? ¡Pero más listos que el hambre! Hoy en día, reciben una formación de primera en los Espías… incluso mejor que en mis tiempos. ¿Qué dirías que les han regalado la última vez? ¡Unas trompetillas para escuchar por los ojos de las cerraduras! Mi niña trajo una a casa la otra noche, la probó en la puerta del salón y dijo que oía dos veces mejor que aplicando el oído en la cerradura. Claro que no es más que un juguete. Pero no es mala manera de acostumbrarlos desde niños, ¿eh?

En ese momento la telepantalla soltó un penetrante silbido. Era la señal para volver al trabajo. Los tres se pusieron en pie de un salto para ir a agolparse con los demás delante de los ascensores y el cigarrillo de Winston terminó de vaciarse.

6

Winston estaba escribiendo en su diario:

Sucedió hace treinta años. Una noche oscura en una callejuela cerca de una de las grandes estaciones de ferrocarril. Ella estaba de pie cerca de un portal a la luz de una farola que apenas iluminaba nada. Tenía el rostro juvenil y muy maquillado. En realidad fue el maquillaje lo que me llamó la atención, su blancura, como la de una máscara, y los labios rojos y brillantes. Las mujeres del partido nunca se pintan. No había nadie más en la calle, y ninguna telepantalla. Me pidió dos dólares. Yo...

De momento le resultó demasiado difícil continuar. Cerró los ojos y se los apretó con los dedos, tratando de extirpar aquella imagen recurrente. Tuvo la tentación casi irreprimible de ponerse a gritar palabrotas. O de golpear con la cabeza contra la pared, volcar la mesa y lanzar el tintero por la ventana, de hacer cualquier cosa ruidosa o dolorosa que pudiera borrar aquel recuerdo que le atormentaba.

Tu peor enemigo, pensó, era tu propio sistema nervioso. Cuando menos lo esperabas, la tensión acumulada en tu interior podía traducirse en un síntoma visible. Recordó a un hombre con el que se había cruzado por la calle hacía unas semanas, un individuo normal, miembro del Partido, de treinta y cinco o cuarenta años, alto y delgado, que llevaba un maletín en la mano. Estaban a unos pocos metros cuando el lado izquierdo de la cara del hombre se contrajo con una especie de espasmo. Volvió a ocurrir justo en el momento en que se cruzaron: fue solo una contracción nerviosa, un temblor tan rápido como el obturador de una cámara, pero era evidente que se trataba de un tic habitual. En aquel momento pensó: «Ese pobre diablo está perdido». Y lo más inquietante era que muy probablemente se tratara de un gesto inconsciente. Lo más peligroso era hablar en sueños. Que él supiera, no había forma de protegerse de eso.

Tomó aliento y siguió escribiendo:

Entré con ella en el portal y pasamos por un jardín trasero hasta llegar a una cocina en un sótano. Había una cama junto a la pared y una lámpara en la mesita, que daba muy poca luz. Ella...

Le rechinaban los dientes. Le habría gustado escupir. Al mismo tiempo que en la mujer del sótano, pensó en Katharine, su esposa.

Winston estaba casado, o lo había estado y probablemente aún siguiera estándolo, porque no le constaba que su mujer hubiese muerto. Le pareció respirar de nuevo el olor a cerrado de la cocina en el sótano, una mezcla de bichos muertos, ropa sucia y perfume barato, pero aun así atractivo, porque ninguna mujer del Partido utilizaba perfume o ni siquiera era concebible que pudiera usarlo. Solo los proles se perfumaban. En su imaginación aquel aroma estaba inextricablemente unido a la fornicación.

Cuando estuvo con aquella mujer fue su primer fallo en casi dos años. Frecuentar a prostitutas estaba prohibido, claro, pero era una de esas normas que uno se atrevía a quebrantar de vez en cuando. Era peligroso, pero no una cuestión de vida o muerte. Que te pescaran con una prostituta podía suponer cinco años en un campo de trabajos forzados, nada más, siempre que no hubieses cometido algún otro delito. Y resultaba muy fácil si conseguías que no te sorprendieran en pleno acto. Los barrios pobres estaban llenos de mujeres dispuestas a venderse. Algunas podían comprarse por una botella de ginebra, que en teoría tenían prohibida los proles. Tácitamente el Partido incluso fomentaba la prostitución para dar salida a unos instintos que no podían reprimirse del todo. Esos deslices no tenían demasiada importancia, con tal de que fuesen furtivos, sórdidos y que solo implicaran a mujeres de clase ínfima y despreciada. El crimen imperdonable era la promiscuidad entre miembros del Partido. Pero —a pesar de que era uno de los crímenes que invariablemente confesaban los acusados en las purgas— era difícil imaginar que una cosa así llegase a suceder.

El objetivo del Partido no era solo impedir que hombres y mujeres establecieran lazos que no pudiera controlar. Su intención real y no confesada era eliminar cualquier placer del acto sexual. El enemigo no era tanto el amor, como el erotismo dentro y fuera del matrimonio. Todos los esponsales entre miembros del Partido tenían que ser aprobados por un comité nombrado para la ocasión y —aunque el principio no se formulaba con claridad— siempre se negaba el permiso si la pareja en cuestión daba la impresión de sentir atracción física. El único fin admitido del matrimonio era engendrar hijos para el servicio del Partido. Las relaciones sexuales se consideraban una operación menor y ligeramente desagradable, como ponerse un enema. Eso tampoco se decía claramente, pero a todos los miembros del Partido se les inculcaba de manera indirecta desde la infancia. Incluso había organizaciones como la Liga Juvenil Antisexo que defendía la abstinencia total en ambos sexos. Los niños debían engendrarse por inseminación artificial («insemart», en nuevalengua) y educarse en instituciones públicas. Winston era consciente de que no lo decían verdaderamente en serio, aunque encajaba en la ideología general del Partido, que estaba tratando de eliminar el instinto sexual, o, en caso de que eso fuese imposible, de mancillarlo y desvirtuarlo. Ignoraba el porqué, pero le parecía natural que fuese así. Y, por lo que se refería a las mujeres, los esfuerzos del Partido tenían bastante éxito.

Volvió a pensar en Katharine. Debían de llevar nueve, diez... casi once años separados. Era curioso lo poco que pensaba en ella. Pasaban días en los que olvidaba por completo que había estado casado. Solo habían estado juntos unos quince meses. El Partido no permitía el divorcio, aunque fomentaba la separación en caso de que no hubiera hijos.

Katharine era alta, rubia, espigada y se movía con suma elegancia. Tenía un rostro osado y aquilino que casi parecía noble hasta que uno descubría que detrás de él no había nada. Al poco tiempo de empezar su vida de casados —aunque tal vez fuese que ahora la conocía más íntimamente que la mayoría de la gente— decidió que era, sin excepción, la inteligencia más vulgar, vacía y estulta que había visto jamás. Era incapaz de albergar una sola idea que no fuese un eslogan y no había imbecilidad que no pudiera tragarse si provenía del Partido. La «banda sonora humana» la llamaba en su imaginación. Sin embargo, habría podido vivir con ella de no ser precisamente por eso: por el sexo.

Cada vez que la tocaba se ponía tensa y rígida. Abrazarla era como abrazar una imagen articulada de madera. Y lo raro era que incluso cuando ella lo rodeaba con sus brazos parecía como si al mismo tiempo lo apartara de su lado con todas sus fuerzas. La rigidez de sus músculos lograba producir esa impresión. Se tumbaba con los ojos cerrados, sin resistirse ni cooperar, como si se sometiera a él. Era muy violento, y con el tiempo llegó a ser horrible. Pero habría podido resistirlo si hubiesen acordado no tener relaciones. Lo curioso es que fue Katharine quien insistió en tenerlas. Aseguró que tenían que engendrar un hijo si podían. Así que siguieron haciéndolo una vez a la semana, con bastante regularidad siempre que no era imposible. Incluso se lo recordaba por la mañana, como si fuese algo que tenían que hacer por la noche y que no debían olvidar. Tenía dos maneras de decirlo. Una era «hacer un bebé» y la otra era «nuestro deber con el Partido»: sí, había llegado a usar esa frase. Winston llegó a sentir verdadero horror cada vez que llegaba el día señalado.

Por suerte no tuvieron hijos y al final ella aceptó dejar de intentarlo y poco después se separaron.

Winston suspiró de forma inaudible. Volvió a coger la pluma y escribió:

Se tumbó en la cama y de pronto, sin ningún preliminar, del modo más vulgar y horrible que quepa imaginar, se subió la falda. Yo...

Se vio a sí mismo iluminado por la mortecina luz de la lámpara, con el olor a bichos y perfume barato en la nariz, y en el fondo de su corazón notó una sensación de derrota y resentimiento que incluso en aquel momento se mezcló con el recuerdo del blanco cuerpo de Katharine, eternamente frígido por el poder hipnótico del Partido. ¿Por qué siempre tenía que ser así? ¿Por qué no podía tener su propia mujer en lugar de esos sórdidos encuentros cada pocos años? Pero tener una verdadera relación amorosa era casi inconcebible. Las mujeres del Partido eran todas iguales. La castidad estaba tan arraigada en ellas como la lealtad al Partido. Un minucioso condicionamiento temprano, los juegos y las duchas de agua fría, las bobadas que les inculcaban en el colegio, en los Espías y en la Liga Juvenil, las conferencias, los desfiles, las canciones, los eslóganes y la música militar habían extirpado de ellas ese sentimiento natural. La razón le decía que debía de haber excepciones, pero en el fondo de su corazón se resistía a creerlo. Todas eran inexpugnables, como quería el Partido. Y lo que él quería, incluso más que ser amado, era derribar ese muro de virtud, aunque fuese solo una vez en la vida. El acto sexual bien hecho era una forma de rebelión. El deseo era un crimental. Si hubiese logrado despertar a Katharine se habría considerado una especie de seducción, aunque se tratara de su mujer.

Pero tenía que terminar su historia. Escribió:

Acerqué la lámpara. Cuando la vi a la luz...

Después de la oscuridad, la débil luz de la lámpara de parafina le había parecido muy brillante. Por primera vez pudo ver bien a la mujer. Había dado un paso hacia ella y luego se había detenido, lleno de deseo y terror. Era muy consciente del riesgo que había asumido al ir allí. Lo más probable era que lo detuviera alguna patrulla al salir, incluso cabía la posibilidad de que estuvieran esperándole al otro lado de la puerta. ¡No valía la pena marcharse sin hacer lo que había ido a hacer...!

Tenía que escribirlo, tenía que confesarlo. Lo que había visto de pronto a la luz de la lámpara era que la mujer era vieja. El maquillaje formaba una capa tan gruesa en su cara que parecía que fuese a romperse como una máscara de cartón, pero el detalle verdaderamente horroroso fue que había entreabierto la boca revelando solo una negrura cavernosa. No tenía dientes.

Escribió a toda prisa con caligrafía apresurada:

Cuando la vi a plena luz reparé en que era bastante vieja, cincuenta años al menos. Pero seguí y lo hice de todos modos.

Volvió a apretarse los párpados con los dedos. Por fin lo había escrito, pero no había servido de nada. La terapia no había funcionado. La tentación de ponerse a gritar palabrotas seguía siendo tan grande como antes.

7

«Si queda alguna esperanza —escribió Winston—, está en los proles».

Si quedaba alguna esperanza, debía estar en los proles, porque solo en esas masas despreciadas, que constituían el ochenta y cinco por ciento de la población de Oceanía, podía generarse la fuerza necesaria para destruir al Partido. Este no podía derrocarse desde dentro. Sus enemigos, si es que los había, no tenían forma de unirse o siquiera de reconocerse mutuamente. Incluso en caso de que existiera la legendaria Hermandad —lo cual no era del todo imposible— resultaba inconcebible que sus miembros pudieran reunirse en grupos de más de dos o tres. La rebelión se limitaba a un cruce de miradas, una inflexión de la voz o, como mucho, una palabra susurrada ocasionalmente. En cambio los proles, si pudieran ser conscientes de su fuerza, no tendrían necesidad de conspirar. Bastaría con que se encabritaran como un caballo que se sacude las moscas. Si quisieran, podrían volar el Partido en pedazos a la mañana siguiente. Tarde o temprano tenía que ocurrírseles. Y sin embargo…

Recordó una ocasión en que al pasar por una calle abarrotada había oído un enorme griterío de cientos de voces femeninas proveniente de un callejón que había un poco más adelante. Era un grito de rabia y desesperación, un profundo «¡Oh–o–o– o–oh!» que sonaba como la reverberación de una campana. El corazón estuvo a punto de salírsele del pecho. «¡Ha empezado! —pensó—. ¡Un motín! ¡Por fin se han rebelado los proles!». Cuando llegó a aquel lugar vio que no era más que una turba de doscientas o trescientas mujeres que se agolpaban en torno a los puestos de un mercadillo callejero con un gesto tan trágico como el de los pasajeros de un barco a punto de irse a pique. De pronto, la desesperación general se disgregó en innumerables disputas individuales. Al parecer, en uno de los puestos se vendían cacerolas de latón. Eran de ínfima calidad, pero encontrar cacharros de cocina cada vez era más difícil. Las existencias se habían agotado de pronto. Las mujeres que habían logrado comprar una intentaban marcharse con sus cacerolas mientras las otras las empujaban e insultaban y docenas de ellas vociferaban en torno al puesto y acusaban al dueño de favoritismo y de tener más cacerolas escondidas. Se oyeron nuevos gritos. Dos mujeres de apariencia abotargada, una de ellas con el pelo suelto, habían cogido la misma cacerola y estaban intentando quitársela a la otra de las manos. Por un momento forcejearon hasta que el asa se soltó. Winston las observó asqueado. ¡Y, sin embargo, aunque fuese solo por un instante, aquel grito de solo unos cientos de gargantas casi había sido aterrador! ¿Por qué nunca gritaban así por algo que tuviese verdadera importancia?

Escribió:

Hasta que no tomen conciencia no se rebelarán, y sin rebelarse no podrán tomar conciencia.

Eso, reflexionó, casi parecía una transcripción de uno de los manuales del Partido. Por supuesto, el Partido aseguraba haber liberado a los proles de sus cadenas. Antes de la Revolución habían estado oprimidos por los capitalistas que los habían fustigado y matado de hambre, habían obligado a las mujeres a trabajar en las minas de carbón (cosa que seguían haciendo) y habían vendido a los niños a las fábricas a los seis años de edad. Pero al mismo tiempo, fiel a los principios del doblepiensa, el Partido enseñaba que los proles eran inferiores por naturaleza y debían estar sometidos, como animales, mediante la aplicación de unas cuantas normas muy sencillas. En realidad se sabía muy poco de los proles. Y no hacía falta saber más. Mientras siguieran trabajando y procreando, sus otras actividades carecían de importancia. Dejados a su aire, como el ganado en las llanuras de Argentina, habían caído en un estilo de vida propio que parecía seguir una especie de patrón ancestral. Nacían, crecían en el arroyo, empezaban a trabajar a los doce años, pasaban por un breve período de belleza y deseo sexual, se casaban a los veinte años, llegaban a la edad mediana a los treinta y la mayoría morían a los sesenta. El arduo trabajo físico, el cuidado de la casa y de los hijos, las discusiones triviales con los vecinos, las películas, el fútbol, la cerveza y, por encima de todo, el juego, colmaban el horizonte de su imaginación. Tenerlos controlados era relativamente fácil. Entre ellos siempre había infiltrados unos cuantos agentes de la Policía del Pensamiento que extendían rumores falsos y señalaban y eliminaban a los pocos individuos que se consideraban peligrosos; sin embargo, no se intentaba adoctrinarlos con la ideología del Partido. No era deseable que los proles tuviesen formación política. Lo único que se les pedía era un primitivo patriotismo al que poder recurrir en caso necesario para hacerles aceptar jornadas más largas o raciones más escasas. E incluso cuando cundía entre ellos el descontento, como ocurría algunas veces, no conducía a ninguna parte porque, al carecer de ideas generales, solo podían concentrarlo en minucias concretas y sin importancia. Inevitablemente, pasaban por alto los males mayores. La mayoría de los proles ni siquiera tenían telepantallas en casa. La policía civil apenas se metía con ellos. En Londres la tasa de criminalidad era muy alta, había todo un mundo dentro de un mundo de ladrones, rateros, prostitutas, traficantes de drogas y todo tipo de maleantes; pero como todo ocurría entre los mismos proles, nadie le daba mucha importancia. En las cuestiones morales se les permitía regirse por su código ancestral. No se les imponía el puritanismo sexual del Partido. No se castigaba la promiscuidad y el divorcio estaba permitido. De hecho, incluso se habría permitido el culto religioso si los proles hubiesen demostrado tener la menor necesidad de él. Estaban fuera de toda sospecha. Como decía el eslogan del Partido: «Los proles y los animales son libres».

Winston alargó el brazo y se rascó la variz con cuidado. Otra vez había empezado a picarle. Siempre acababa volviendo a lo mismo: la imposibilidad de saber cómo había sido verdaderamente la vida antes de la Revolución. Sacó del cajón un ejemplar de un libro de historia para niños que le había prestado la señora Parsons y empezó a copiar un pasaje en el diario:

En los viejos tiempos [decía el libro], *antes de la gloriosa Revolución, Londres no era la hermosa ciudad que hoy conocemos. Era un sitio oscuro, sucio y paupérrimo donde casi nadie tenía suficiente comida y cientos y miles de personas no tenían botas que ponerse ni un tejado donde guarecerse para dormir. Los niños de vuestra edad tenían que trabajar doce horas al día para unos amos crueles que les azotaban con sus látigos si trabajaban demasiado despacio y solo les alimentaban con agua y mendrugos de pan duro. Entre esa terrible pobreza, había unas cuantas mansiones muy hermosas donde vivían los ricos y que tenían hasta treinta criados para cuidarlas. Esos ricachones se llamaban capitalistas. Eran feos y gordos y tenían cara de malvados, como el de la ilustración de la página siguiente. Como veis, llevaban un traje negro largo llamado frac y un extraño sombrero en forma de chimenea que se llamaba chistera. Era el uniforme de los capitalistas y nadie más podía llevarlo. Los capitalistas eran los dueños de todo y los demás eran sus esclavos. Poseían toda la tierra, todas las casas, todas las fábricas y todo el dinero. Si alguien les desobedecía podían meterlo en la cárcel o quitarle el trabajo y matarlo de hambre.*

Cuando una persona normal hablaba con un capitalista tenía que hacerle reverencias, quitarse la gorra y llamarle «señor». El jefe de todos los capitalistas se llamaba el «Rey» y...

Winston sabía lo que vendría a continuación: hablaría de los obispos con sus mangas de linón, de los jueces con sus togas de armiño, de la picota, del potro, de los trabajos forzados, del látigo de siete colas, del banquete del Lord Mayor y de la práctica de besarle los pies al Papa. También había algo llamado *jus primae noctis*, que probablemente no aparecería en un libro de texto para niños. Era la ley que daba a derecho a los capitalistas a acostarse con cualquier mujer que trabajase en una de sus fábricas.

¿Cómo saber qué parte de aquello era verdad y qué parte era mentira? Tal vez fuese cierto que la media de la gente estuviese mejor ahora que antes de la Revolución. La única prueba de lo contrario era la muda protesta que notabas en tus propios huesos, la sensación instintiva de que las condiciones en que vivías eran intolerables y de que en algún otro momento debieron de ser diferentes. A Winston le sorprendía que lo verdaderamente característico de la vida moderna no fuese su crueldad e inseguridad, sino su vacuidad, su lobreguez y su apatía. La vida, si mirabas a tu alrededor, no se parecía a las mentiras que brotaban de las telepantallas ni a los ideales que estaba intentando imponer el Partido. Gran parte de ella, incluso para los miembros del Partido, era neutral y apolítica, consistía solo en sudar tinta en trabajos horribles, en pelearse para encontrar sitio en el metro, en remendar un calcetín agujereado, en gorronear una tableta de sacarina y en guardar una colilla. El ideal del Partido era algo gigantesco, temible y deslumbrante: un mundo de acero y cemento, de máquinas monstruosas y armas terribles, una nación de guerreros y fanáticos que desfilaban adelante en formación, pensando todos lo mismo, repitiendo las mismas consignas, trabajando sin cesar, luchando, triunfando, persiguiendo... trescientos millones de personas con la misma cara. La realidad eran ciudades sórdidas y en ruinas en las que gente mal alimentada iba de aquí para allá con los zapatos empapados y vivía en deterioradas casas decimonónicas que olían siempre a col y a váter atascado. Le pareció ver un Londres vasto y ruinoso, una ciudad de un millón de cubos de la basura, y mezclado con ella una imagen de la señora Parsons, una mujer con el rostro arrugado y el cabello encrespado que hurgaba impotente en un desagüe obstruido.

Alargó el brazo y volvió a rascarse el tobillo. Día y noche las telepantallas machacaban los oídos con estadísticas que demostraban que la gente hoy tenía más comida, más ropa, mejores casas y mejores formas de divertirse, y que vivía más tiempo, trabajaba menos horas, era más grande, sana, fuerte, feliz, inteligente y educada que hace cincuenta años. Ni una sola palabra de lo que decían podía demostrarse o rebatirse. El Partido afirmaba, por ejemplo, que el cuarenta por ciento de los proles adultos estaban alfabetizados y que antes de la Revolución el número había sido solo del quince por ciento. El Partido aseguraba que la tasa de mortalidad infantil era ahora del ciento sesenta por mil, mientras que antes de la Revolución había sido del trescientos por mil... y así sucesivamente. Era como una ecuación con dos incógnitas. Era muy posible que literalmente todo lo que decían los libros de historia, incluso lo que uno aceptaba sin dudarlo, fuese pura fantasía. Por lo que él sabía, era posible que nunca hubiese existido una ley como la *jus primae noctis*, o personas como los capitalistas, o una prenda como la chistera.

Todo se difuminaba en la niebla. El pasado había sido borrado, se había olvidado que había sido borrado y de ese modo la mentira se convertía en verdad. Solo una vez en su vida había tenido —después de que ocurriera y eso era lo importante— una prueba concreta e inconfundible de un acto de falsificación. La había tenido entre los dedos al menos treinta segundos. Debió de ser en 1973..., en cualquier caso, ocurrió por la época en que Katharine y él se habían separado. Pero la fecha verdaderamente relevante había sido siete u ocho años antes.

En realidad, la historia empezó a mediados de los sesenta, la época de las grandes purgas en las que eliminaron de una vez para siempre a los primeros dirigentes de la Revolución. En 1970 ya solo quedaba el Hermano Mayor. A los otros los habían denunciado por traidores y contrarrevolucionarios. Goldstein había huido y estaba escondido vete a saber dónde. De los demás, unos cuantos habían desaparecido sin dejar rastro y la mayor parte habían sido ejecutados después de espectaculares juicios públicos en los que confesaron sus crímenes. Entre los últimos supervivientes había tres hombres llamados Jones, Aaronson y Rutheford. Debieron de detenerlos en 1965. Como ocurría a menudo, los tres estuvieron desaparecidos un año o más, sin que nadie supiera si estaban vivos o muertos, y de pronto se presentaron y se acusaron a sí mismos. Confesaron haber estado en connivencia con el enemigo (en esa época el enemigo también era Eurasia), haber malversado fondos públicos, haber colaborado en el asesinato de varios miembros de confianza del Partido, y haber conspirado contra el Hermano Mayor desde mucho antes de la Revolución, así como su participación en actos de sabotaje que habían causado la muerte a cientos de miles de personas. Después de confesar todo eso, les perdonaron y readmitieron en el Partido en puestos que en realidad eran sinecuras, pero parecían importantes. Los tres escribieron largos y abyectos artículos en el *Times*, en los que analizaban las razones de su defección y hacían propósito de enmienda.

Poco tiempo después de que los pusieran en libertad, Winston los había visto a los tres en el Café del Castaño. Recordaba la aterrada fascinación con que los había observado por el rabillo del ojo. Eran mucho más viejos que él, reliquias de un mundo antiguo, casi las últimas figuras que quedaban de los primeros tiempos heroicos del Partido. Todavía tenían en torno a ellos el glamour de la lucha clandestina y la guerra civil. Winston tenía la sensación, aunque en esa época las fechas y los hechos ya empezaban a volverse borrosos, de haber oído sus nombres varios años antes que el del Hermano Mayor. No obstante, eran forajidos, enemigos, intocables y estaban condenados a una aniquilación segura al cabo de uno o dos años. Nadie que hubiese caído una vez en manos de la Policía del Pensamiento podía escapar. Eran cadáveres esperando que los llevaran a la tumba.

No había nadie en las mesas cercanas. Ni siquiera era prudente dejarse ver cerca de ellos. Estaban sentados en silencio delante de unas copas de ginebra aromatizada con clavo, que era la especialidad del café. De los tres, Rutheford era el que más había impresionado a Winston. Rutheford había sido un caricaturista famoso, cuyas brutales sátiras habían ayudado a inflamar la opinión popular antes y durante la Revolución. Incluso entonces, de cuando en cuando, seguían publicándole alguna en el *Times*. Pero eran solo una imitación de su primer estilo y resultaban poco convincentes y carentes de vida. Siempre eran refritos de los temas originales: las casas de los suburbios, niños famélicos, algaradas callejeras, capitalistas con chistera —incluso en las barricadas los capitalistas seguían llevando chistera—, un esfuerzo constante e inútil por volver al pasado. Era un hombre monstruoso, con una melena de cabello gris y grasiento, bolsas en los ojos, cicatrices y gruesos labios negroides. En otra época debía de haber sido muy fuerte, pero por aquel entonces su corpachón se encorvaba flácido y grueso y daba la impresión de estar desmoronándose por todas partes. Parecía estar viniéndose abajo ante tus propios ojos como un alud en una montaña.

Eran las solitarias quince horas. Winston no recordaba qué había ido a hacer al café a esa hora. El local estaba casi vacío. Las telepantallas emitían música enlatada. Los tres hombres estaban en su rincón casi inmóviles y sin decir nada. Sin que se lo pidieran, el camarero les sirvió otras tres copas de ginebra. Había un tablero de ajedrez en la mesa a su lado con las piezas colocadas pero no habían empezado ninguna partida. De pronto, durante casi medio minuto, algo les ocurrió a las telepantallas. La música que estaba sonando cambió y el tono también. Era difícil describir lo que pasó: fue una nota extraña, cascada como un rebuzno y burlona; en su imaginación Winston la llamaba la nota amarilla. Luego una voz de la telepantalla cantó:

Bajo las ramas del castaño te vendí y me vendiste:
ahí están, y aquí estamos bajo las ramas del castaño.

Los tres hombres siguieron inmóviles. Pero cuando Winston volvió a mirar el rostro ajado de Rutheford, vio que tenía los ojos llenos de lágrimas. Y por primera vez reparó, con una especie de escalofrío, aunque sin saber por qué se estremecía, en que tanto Aaronson como Rutheford tenían la nariz rota.

Poco tiempo después volvieron a detenerlos. Por lo visto, habían vuelto a conspirar nada más ser puestos en libertad. En el segundo juicio volvieron a confesar sus antiguos delitos y una retahíla de crímenes nuevos. Los ejecutaron y su destino quedó registrado en la historia del Partido como advertencia para la posteridad. Unos cinco años más tarde, en 1973, Winston estaba desenrollando un fajo de documentos que acababan de salir del tubo neumático de su escritorio cuando reparó en un papel que sin duda se había traspapelado entre los otros. En cuanto lo aplanó comprendió su importancia. Era media página arrancada de un ejemplar del *Times* de diez años antes —la parte superior, de modo que incluía la fecha— e incluía una fotografía de los delegados en una reunión del Partido en Nueva York. En un lugar destacado en el centro del grupo se hallaban Jones, Aaronson y Rutheford. No había duda posible pero por si fuera poco sus nombres figuraban al pie.

La clave estaba en que en ambos juicios los tres hombres habían confesado estar en suelo eurasiático en esa fecha. Habían volado desde un aeródromo clandestino en Canadá a una cita en algún lugar de Siberia, donde habían conspirado con miembros del Estado Mayor eurasiático y les habían revelado importantes secretos militares. Winston recordaba la fecha porque era el día de san Juan; pero la historia debía de estar registrada en muchos otros sitios. Solo había una conclusión posible: las confesiones eran falsas.

Por supuesto, eso no era en sí mismo ningún descubrimiento. Ni siquiera entonces creía Winston que las víctimas de las purgas hubiesen cometido realmente los crímenes de los que les acusaban. Pero era una prueba concreta; un fragmento del pasado abolido, como un hueso fósil que aparece en un estrato inesperado y destruye una teoría geológica. Si hubiese podido publicarse de algún modo y dar a conocer su significado, habría sido suficiente para volar al Partido en pedazos.

Había seguido trabajando. En cuanto vio la fotografía y comprendió lo que significaba la había tapado con otra hoja de papel. Por suerte, cuando la desenrolló, estaba bocabajo y fuera del campo de visión de la telepantalla.

Se puso el cuaderno sobre la rodilla y echó la silla atrás para alejarse lo más posible de la telepantalla. Adoptar un gesto inexpresivo era fácil e incluso se podía controlar la respiración haciendo un esfuerzo, pero controlar el latido cardíaco era imposible, y la telepantalla era lo bastante sensible para captarlo. Dejó pasar unos diez minutos torturado por el temor a que un accidente —una repentina corriente de aire sobre la mesa, por ejemplo— pudiera delatarle. Luego, sin volver a darle la vuelta, echó la fotografía en el agujero de memoria, junto con otros papeles. Un minuto después debió de convertirse en ceniza.

Eso había sido diez u once años antes. Hoy, probablemente, hubiese conservado la fotografía. Era curioso que el hecho de haberla tenido entre los dedos fuera lo que le parecía señalar una diferencia incluso en ese momento, cuando la fotografía y el suceso que retrataba no eran más que un recuerdo. ¿Acaso el poder del Partido sobre el pasado era menos fuerte —se preguntó— porque una prueba que ya no existía hubiera existido?

Pero ahora, suponiendo que pudiese resucitar de las cenizas, la fotografía ya ni siquiera sería una prueba de nada. En la época en que hizo su descubrimiento, Oceanía ya no estaba en guerra con Eurasia, y los tres muertos deberían haber traicionado a su país con Esteasia. Desde entonces había habido otras acusaciones: dos o tres, no recordaba cuántas. Muy probablemente las confesiones se hubiesen reescrito varias veces hasta que los hechos y las fechas originales hubiesen dejado de tener la menor importancia. El pasado no solo cambiaba, sino que cambiaba continuamente. Lo que más contribuía a producirle aquella sensación de pesadilla era que no acababa de entender por qué se llevaba a cabo aquella gigantesca impostura. Las ventajas inmediatas de falsificar el pasado eran evidentes, pero la razón última era misteriosa. Volvió a empuñar la pluma y escribió:

«Entiendo CÓMO, no entiendo POR QUÉ».

Se preguntó, como había hecho tantas veces, si no estaría loco. Tal vez un loco no fuese más que una minoría de uno solo. En otra época había sido un síntoma de locura creer que la tierra giraba alrededor del sol: hoy lo era creer que el pasado es inalterable. Tal vez fuese el único que lo creía, y su creencia lo convirtiera en loco. Pero lo de estar loco no le preocupaba demasiado: lo que le horrorizaba era la posibilidad de estar equivocado.

Cogió el libro de historia para niños y observó el retrato del Hermano Mayor que había en la portada. Los ojos hipnóticos lo miraron fijamente. Era como si te oprimiera una fuerza enorme, penetrase en tu cráneo y te machacara el cerebro para despojarte de tus convicciones y persuadirte de que negaras la evidencia de tus sentidos. Al final, el Partido anunciaría que dos y dos son cinco y habría que creerlo. Más tarde o más temprano era inevitable que llegaran a eso: la lógica de su situación lo exigía. Su filosofía negaba tácitamente no solo la validez de la experiencia, sino la propia existencia de la realidad externa. El sentido común era la peor herejía. Y lo terrorífico no era que te mataran por pensar de otra manera, sino que era posible que tuviesen razón. Pues, después de todo, ¿cómo sabemos que dos y dos son cuatro? O que la fuerza de la gravedad actúa. O que el pasado es inalterable. Si tanto el pasado como el mundo externo existen solo en la mente y esta es controlable... ¿qué nos queda?

¡Pero no! Su valor pareció cobrar ánimos espontáneamente. El rostro de O'Brien había acudido a su memoria sin que supiera muy bien por qué. Sabía, con más certeza que antes, que O'Brien estaba de su lado. Estaba escribiendo el diario para O'Brien... se lo estaba escribiendo a O'Brien: era como una carta interminable que nadie leería, pero que estaba dirigida a una persona concreta, lo que le confería un matiz peculiar.

El partido instaba a negar la evidencia de tus ojos y oídos. Era su orden última y más esencial. A Winston se le encogió el corazón al pensar en el enorme poder dispuesto contra él y en la facilidad con que cualquier intelectual del Partido podría derrotarle en una discusión con los sutiles argumentos que él sería incapaz de entender y mucho menos de cuestionar. ¡Y, sin embargo, tenía razón! Ellos estaban equivocados y él tenía razón. Había que defender lo evidente, lo estúpido y lo verdadero. ¡Tenía que aferrarse al hecho de que las verdades de Perogrullo son ciertas! El mundo existe, sus leyes no cambian. Las piedras son duras, el agua moja, los objetos dejados en el vacío caen hacia el centro de la tierra. Con la sensación de estar hablándole a O'Brien, y también de estar estableciendo un axioma de crucial importancia, escribió:

La libertad consiste en poder decir que dos y dos son cuatro. Admitido eso, se deduce todo lo demás.

8

De algún lugar al fondo del pasaje el olor del café tostado —café de verdad, no café de la Victoria— llegó flotando hasta la calle. Winston se detuvo involuntariamente. Durante un par de segundos volvió al mundo medio olvidado de su infancia. Luego se oyó un portazo, que pareció interrumpir aquel aroma de manera tan brusca como si se tratara de un sonido.

Había andado varios kilómetros por las calles y notaba cómo empezaba a latirle la variz. Era la segunda vez en tres semanas que no asistía por la tarde al Centro Comunitario: un acto temerario, pues el número de veces que asistías se anotaba cuidadosamente. En principio, un miembro del Partido no tenía tiempo libre y únicamente estaba solo en la cama. Se daba por descontado que cuando no estaba trabajando, comiendo o durmiendo tenía que participar en alguna actividad recreativa comunitaria: hacer cualquier cosa que indicara cierta inclinación a la soledad, incluso ir a dar un paseo, resultaba siempre un poco peligroso. Había una palabra en nuevalengua, «vidapropia», que significaba individualismo y excentricidad. Pero esa tarde, al salir del Ministerio, se había dejado tentar por el cálido aire de abril. Hacía un año que no veía un cielo tan azul, y de pronto la larga y ruidosa tarde en el Centro, los juegos aburridos y agotadores, las conferencias y la chirriante camaradería engrasada con ginebra le habían parecido intolerables. Dejándose llevar por un impulso se había alejado de la parada del autobús y se había internado en el laberinto de Londres, primero hacia el sur, luego hacia el este y luego otra vez hacia el norte, perdiéndose entre las calles desconocidas y sin preocuparse demasiado por saber en qué dirección estaba yendo.

«Si queda alguna esperanza —había escrito en el diario—, está en los proles». Las palabras acudían una y otra vez a su memoria como si se tratara de una verdad mística y un absurdo palpable. Se hallaba en algún lugar en los pardos suburbios al norte y al este de lo que una vez había sido la estación de Saint Pancras. Estaba subiendo por una calle adoquinada, con casitas de dos pisos y puertas desvencijadas que daban directamente a la acera y que curiosamente parecían una especie de ratoneras. Aquí y allá, entre los adoquines, había charcos de agua sucia. Un número enorme de personas pululaba entrando y saliendo de los oscuros portales y por callejones laterales que se bifurcaban en ambas direcciones: chicas en pleno esplendor con los labios toscamente maquillados, muchachos que las perseguían, mujeres hinchadas y de torpes andares que mostraban como serían esas chicas al cabo de diez años, ancianos encorvados que arrastraban los pies y niños descalzos y harapientos que jugaban en los charcos y salían corriendo al oír los gritos airados de sus madres. Tal vez la cuarta parte de los cristales de las ventanas estaban rotos y cubiertos con tablones. La mayoría de la gente no prestaba atención a Winston; algunos lo miraban con curiosidad precavida. Dos mujeres monstruosas con los antebrazos enrojecidos cruzados sobre el delantal charlaban ante el portal de una casa. Winston oyó retazos de su conversación al acercarse.

—Sí, le dije: «todo eso está muy bien. Pero tú en mi lugar habrías hecho lo mismo. Es fácil criticar, pero no tienes los mismos problemas que yo». Vaya si se lo dije.

—¡Ah! —respondió la otra—, hiciste muy bien. Tienes toda la razón.

Las voces estridentes se interrumpieron bruscamente. Las mujeres guardaron un silencio hostil y lo observaron pasar. Aunque no era exactamente hostilidad, sino más bien una especie de precaución, una tensión momentánea, como cuando uno se topa con un animal desconocido. El mono azul del Partido no debía ser una imagen habitual en una calle como esa. De hecho, no era prudente que te viesen en un sitio así, a menos que tuvieses algo concreto que hacer. Las patrullas podían detenerte si te cruzabas con ellas.

—¿Puedo ver tus papeles, camarada? ¿Qué estás haciendo aquí? ¿A qué hora has salido del trabajo? ¿Es este tu camino habitual para ir a casa?

Y así sucesivamente. No es que hubiese ninguna norma que prohibiera volver a casa siguiendo una ruta desacostumbrada, pero era suficiente para llamar la atención si llegaba a oídos de la Policía del Pensamiento.

De pronto, la calle entera se conmocionó. Se oyeron gritos de advertencia por todas partes. La gente entraba en los portales como conejos. Una mujer joven salió de un portal que había un poco más adelante, cogió a un niño pequeño que jugaba en un charco, lo envolvió en su delantal y entró otra vez en la casa con un solo movimiento. En ese mismo instante, un hombre con un traje negro muy arrugado que había salido de un callejón corrió hacia Winston señalando nervioso al cielo.

—¡Una olla a presión! —gritó—. ¡Tenga cuidado, jefe! Está a punto de estallar.

¡Échese al suelo, rápido!

«Olla a presión» era el apodo que, por alguna razón, los proles daban a las bombas volantes. Winston se echó enseguida al suelo. Los proles casi siempre tenían razón cuando daban un consejo de esta naturaleza. Parecían tener una especie de instinto que les advertía varios segundos antes de que cayera una bomba volante, aunque en teoría iban a más velocidad que el sonido. Winston se puso los brazos sobre la cabeza. Se produjo un estallido que hizo estremecer la acera: una lluvia de pequeños objetos le cayó sobre la espalda. Cuando se levantó vio que estaba cubierto de fragmentos de cristal de la ventana de al lado.

Siguió andando. La bomba había destruido un grupo de casas doscientos metros calle arriba. Un penacho de humo negro se alzaba en el cielo y debajo una nube de polvo y yeso envolvía las ruinas junto a las que empezaba a agolparse una multitud. En la acera había un pequeño montón de yeso con un reguero de color rojo intenso en el centro. Cuando se acercó vio que era una mano arrancada a la altura de la muñeca. Excepto por el muñón sanguinolento, la mano estaba tan blanca que parecía un molde de escayola.

La echó de una patada al arroyo y, para evitar a la muchedumbre, tomó por un callejón que había a la derecha, al cabo de tres o cuatro minutos se hallaba lejos del área afectada por la explosión y el sórdido pulular de la gente por las calles continuaba como si nada hubiese sucedido. Eran casi las veinte horas, y las tiendas de bebidas que frecuentaban los proles (tabernas, los llamaban ellos) estaban abarrotadas de clientes. De las mugrientas puertas oscilantes, que se abrían y cerraban sin cesar, salía un olor a orina, serrín y cerveza agria. En el ángulo formado por la fachada de una casa había tres hombres apiñados en torno a un periódico que sostenía el del centro mientras los otros dos lo leían por encima de su hombro. Incluso antes de estar lo bastante cerca para reparar en la expresión de su rostro, Winston notó la tensión en todas las líneas de su cuerpo. Era evidente que estaban leyendo una noticia de suma importancia. Se hallaba a unos pasos de ellos cuando de pronto el grupo se separó y dos de ellos empezaron a discutir con violencia. Por un momento, dio la impresión de que fuesen a liarse a puñetazos.

—¿Es que no escuchas? ¡Te digo que ningún número acabado en siete ha ganado en los últimos catorce meses!

—¡Y yo te digo que sí!

—¡No! Tengo apuntados en casa todos los resultados de los últimos dos años en un papel. Los anoto con más regularidad que un reloj. Y te digo que no hay ninguno acabado en siete…

—Sí, ¡salió uno acabado en siete! Casi recuerdo entero el puñetero número.

Acababa en cuatro, cero, siete. Fue en febrero…, la segunda semana de febrero.

—¡Tu madre en febrero! Los tengo todos apuntados negro sobre blanco. Y te digo que no hay ningún número…

—¡Vamos, callad ya de una vez! —terció el otro.

Estaban hablando de la Lotería. Winston se volvió para mirarlos después de recorrer unos treinta metros. Seguían discutiendo con gesto vivo y apasionado. La Lotería, con su reparto semanal de enormes premios, era el único acontecimiento público al que los proles prestaban verdadera atención. Era probable que hubiese millones de proles para quienes la Lotería fuese la razón principal, si no la única, para seguir con vida. Era su deleite, su locura, su analgésico, su estimulante intelectual. En lo que se refería a la Lotería, hasta quienes apenas sabían leer y escribir eran capaces de llevar a cabo intrincados cálculos y sorprendentes logros memorísticos. Había toda una tribu de individuos que se ganaban la vida vendiendo sistemas, predicciones y amuletos de la suerte. Winston no tenía nada que ver con la Lotería, que se gestionaba desde el Ministerio de la Abundancia, pero sabía (como cualquier otro miembro del Partido) que los premios eran casi todos imaginarios. Solo se pagaban pequeñas sumas y los ganadores de los premios gordos en realidad no existían. En ausencia de verdadera comunicación entre una parte de Oceanía y otra, no resultaba difícil amañarlo.

Pero si quedaba alguna esperanza, estaba en los proles. Había que aferrarse a eso. Dicho con palabras sonaba razonable, pero al ver a la gente con la que te cruzabas por la acera se convertía en un acto de fe. La calle por la que había tomado iba cuesta abajo. Tuvo la sensación de haber estado antes en aquel barrio y de que no muy lejos había una avenida principal. De alguna parte le llegó el estruendo de unas voces. La calle giraba bruscamente y terminaba en unos escalones que conducían a un callejón donde unos tenderos estaban vendiendo verduras de aspecto mustio. En ese momento, Winston recordó dónde se encontraba. El callejón desembocaba en la calle principal y en la esquina siguiente, a menos de cinco minutos, estaba la tienda donde había comprado el libro en blanco que se había convertido en su diario. El portaplumas y el tintero los había comprado en una papelería que había cerca.

Se detuvo un momento en lo alto de las escaleras. Al otro lado del callejón había una tabernucha mugrienta cuyas ventanas parecían cubiertas de escarcha, aunque en realidad solo era polvo. Un hombre muy anciano, encorvado pero activo, con unos bigotes blancos que asomaban como los de una gamba, empujó la puerta y entró. Winston pensó al verlo que aquel anciano, que debía de tener como mínimo ochenta años, habría sido de mediana edad cuando ocurrió la Revolución. Él y unos cuantos como él eran los últimos vínculos con el mundo desaparecido del capitalismo. En el propio Partido quedaba poca gente cuyas ideas se hubiesen formado antes de la Revolución. La generación más veterana casi había sido borrada del mapa en las grandes purgas de los cincuenta y los sesenta y los pocos supervivientes estaban aterrorizados y hacía mucho que habían caído en una absoluta sumisión intelectual. Si había alguien con vida que pudiera proporcionar una versión fiable de las condiciones de vida a principios de siglo, solo podía ser un prole. De pronto Winston recordó el pasaje del libro de historia que había copiado en su diario y se apoderó de él un impulso descabellado. Entraría en la taberna, abordaría al anciano y le interrogaría. Le diría: «Hábleme de su vida cuando era niño. ¿Cómo eran entonces las cosas? ¿Se vivía mejor o peor que hoy?».

Apresuradamente, para que no le diera tiempo de volverse atrás, bajó los escalones y cruzó la calle estrecha. Era una locura, claro. Como de costumbre, no había ninguna ley que prohibiera hablar con los proles o frecuentar sus tabernas, pero ambas cosas eran lo bastante insólitas para llamar la atención. Si aparecía alguna patrulla podía alegar que había tenido un desvanecimiento, pero no era probable que le creyesen. Empujó la puerta y le golpeó en la cara un horrible olor a queso y a cerveza agria. Al entrar el rumor de las voces se redujo a la mitad. A su espalda notó que todos miraban su mono azul. La partida de dardos que estaba teniendo lugar al otro extremo de la sala se interrumpió por espacio de casi treinta segundos. El anciano a quien había seguido estaba acodado en la barra en plena discusión con el camarero, un joven fornido de nariz ganchuda y gruesos antebrazos. Varios parroquianos asistían a la escena con vasos en la mano.

—Te lo he pedido con educación, ¿no? —dijo el viejo, sacando pecho—. ¿Me estás diciendo que no tienes una pinta en este puñetero tugurio?

—¿Y qué demonios es una «pinta»? —respondió el camarero inclinándose hacia delante con la punta de los dedos sobre el mostrador.

—¿Lo habéis oído? ¡Se las da de camarero y no sabe lo que es una pinta! Una pinta es la mitad de un cuartillo y un cuartillo es la cuarta parte de un galón. A este paso tendré que enseñarte el abecedario.

—Nunca lo he oído —le espetó secamente el camarero—. Litros y medio litros… Es lo único que servimos. Ahí enfrente tiene los vasos.

—Quiero una pinta —insistió el anciano—. No te cuesta nada servirme una.

Cuando era joven no teníamos esos puñeteros litros.

—Cuando usted era joven vivíamos en las copas de los árboles —replicó el camarero con una mirada de complicidad dedicada a los demás clientes.

Se oyó una carcajada y la inquietud producida al entrar Winston pareció desvanecerse. El rostro sin afeitar del anciano se puso de color sonrosado. Se apartó refunfuñando y chocó con Winston, que le cogió amablemente del brazo.

—¿Puedo invitarle a beber un trago? —dijo.

—Usted sí que es un caballero —respondió el viejo volviendo a sacar pecho. No parecía que hubiese reparado en el mono azul de Winston—. ¡Una pinta! —añadió en tono agresivo y mirando al camarero—. Una pinta de cerveza.

El camarero sirvió dos medios litros de cerveza negra en gruesos vasos que había lavado en un cubo debajo del mostrador. La cerveza era lo único que se podía beber en esas tabernas. Se suponía que a los proles no les estaba permitido beber ginebra, pero en la práctica les resultaba fácil conseguirla. La partida de dardos había vuelto a reanudarse y los hombres de la barra habían empezado a hablar de la Lotería. Por un momento habían olvidado la presencia de Winston. Había una mesa de madera de pino debajo de la ventana donde el anciano y él podían charlar sin miedo a que les oyesen. Era muy peligroso, pero al menos no había ninguna telepantalla en la sala, tal como había comprobado al entrar.

—Podría haberme servido una pinta —refunfuñó el viejo al sentarse enfrente de su vaso—. Medio litro no basta. No sacia la sed. Y un litro es demasiado. Se me llena la vejiga. Por no hablar del precio.

—Debe de haber vivido grandes cambios desde que era usted

joven —dijo tanteándolo Winston.

Los ojos de color azul pálido del anciano fueron del tablero de los dardos a la barra, y de la barra a la puerta de los lavabos, como si pensara que los cambios habían ocurrido todos en aquella taberna.

—La cerveza era mejor —respondió por fin—. ¡Y más barata! Cuando era joven, la cerveza costaba cuatro peniques la pinta. Antes de la guerra, claro.

—¿Cuál de ellas? —repuso Winston.

—De todas —dijo el viejo con vaguedad. Cogió el vaso y volvió a sacar pecho—.

¡A su salud!

En la garganta delgada la nuez hizo un sorprendente movimiento arriba y abajo y la cerveza desapareció. Winston fue a la barra y volvió con otros dos medios litros. El anciano parecía haber olvidado sus prejuicios respecto a lo de beber un litro.

—Es usted mucho mayor que yo —dijo Winston—. Era usted un adulto antes de que yo naciera. Seguro que recuerda los viejos tiempos de antes de la Revolución. La gente de mi edad no sabemos nada de esa época. Lo más que podemos hacer es leerlo en los libros, y lo que dicen los libros podría no ser cierto. Me gustaría oír su opinión. Los libros de historia afirman que la vida antes de la Revolución era totalmente diferente de ahora. Había una opresión terrible, injusticias, pobreza... peor de lo imaginable. Aquí, en Londres, la mayoría de la gente no tenía suficiente para comer desde que nacía hasta que moría. La mitad ni siquiera tenía calzado. Trabajaban doce horas al día, dejaban la escuela a los nueve años, dormían diez en la misma habitación. Y, al mismo tiempo, había unos cuantos, a quienes llamaban capitalistas, que eran ricos y poderosos. Eran los dueños de todo. Vivían en grandes y suntuosas mansiones, circulaban en automóviles y coches de caballos, bebían champán, llevaban chistera...

El anciano pareció iluminarse de pronto.

—¡Chistera! —dijo—. Es raro que lo diga. No sé por qué pero ayer mismo caí en ello. Reparé en que hace años que no veo una chistera. Han desaparecido, ¿eh? La última vez que me puse una fue en el funeral de mi cuñada. Y eso fue en..., no recuerdo la fecha, pero debió de ser hace unos cincuenta años. Claro que la había alquilado para la ocasión, ya me entiende.

—Lo de la chistera no tiene mayor importancia —respondió Winston con paciencia—. La clave está en que esos capitalistas, ellos y los pocos curas y abogados que vivían a su costa, eran los dueños de la tierra. Todo existía para beneficio suyo. La gente normal, los obreros, eran sus esclavos. Podían meterlos en un barco y enviarlos al Canadá como si fuesen ganado. Podían acostarse con sus hijas, si les venía en gana. Podían ordenar que les fustigasen con un látigo de siete colas. Había que quitarse la gorra al cruzarse con ellos. Todos los capitalistas se paseaban con un grupo de lacayos que…

El viejo volvió a iluminarse.

—¡Lacayos! —exclamó—. La de tiempo que hace que no oía esa palabra.

¡Lacayos! Me hace volver al pasado, sí señor. Recuerdo que… hace un montón de años a veces iba a Hyde Park a pasar la tarde del domingo y a oír a la gente pronunciar discursos, el Ejército de Salvación, los católicos romanos, los judíos, los indios… Había de todo. Y recuerdo a un tipo… en fin, no recuerdo su nombre, pero era todo un orador. No los tragaba. «Lacayos. ¡Lacayos de la burguesía! ¡Siervos de la clase dirigente!», decía. Y parásitos. Y hienas, estoy seguro de que los llamaba hienas. Claro que se refería al partido laborista, ya me entiende.

Winston tenía la sensación de que no estaban hablando de lo mismo.

—En realidad —dijo—, lo que quería saber es si cree usted que tenemos más libertad ahora que en aquellos días. ¿Le tratan a usted de un modo más humano? En los viejos tiempos, los ricos, la gente en lo más alto…

—La Cámara de los Lores —le interrumpió recordando el viejo.

—Llámelo así, si quiere. Lo que le estoy preguntando es si esa gente podía tratarle como a un inferior solo porque ellos eran ricos y usted pobre. ¿Es cierto, por ejemplo, que había que llamarles «señor» y quitarse la gorra al cruzarse con ellos?

El anciano hizo memoria. Se bebió un cuarto de la cerveza antes de responder.

—Sí —dijo—. Les gustaba que te quitases la gorra. Les parecía una muestra de respeto. A mí no me gustaba, pero lo he hecho muchas veces. Puede decirse que no había más remedio.

—¿Y era habitual, y estoy repitiendo lo que he leído en los libros de historia, que esa gente y sus criados te apartaran de la acera y te echaran al arroyo?

—Uno de ellos me empujó una vez —respondió el viejo—. Lo recuerdo como si fuese ayer. Fue la noche de la regata nocturna, esa noche la gente siempre estaba muy alborotada y tropecé con un joven en Shaftesbury Avenue. Todo un caballero: traje de etiqueta, chistera y abrigo negro. Iba haciendo eses por la acera y choqué con él por casualidad. Me espetó: «¿Por qué no mira por dónde va?». Así que le respondí: «¿Es que se ha creído que la puñetera acera es suya?». Él dijo: «Como vuelva a hablarme con ese descaro le voy a retorcer el cuello». Y yo le solté: «Está borracho y le voy a enseñar lo que es bueno». No se lo creerá, pero me propinó tal empujón que casi acabé debajo de las ruedas de un autobús. En esos días yo era joven y estuve a punto de darle una tunda, solo que...

Winston tuvo una sensación de desánimo. La memoria de aquel anciano no era más que un montón de detalles inconexos. Podía pasarse el día interrogándolo sin obtener verdadera información. Las historias del Partido podían ser ciertas a su manera. Hizo un último intento.

—A lo mejor no me he explicado con claridad —dijo—. Lo que estoy intentando decir es lo siguiente. Usted ha vivido mucho tiempo: la mitad de su vida la ha pasado después de la Revolución. En 1925, por ejemplo, era usted un hombre hecho y derecho. ¿Diría, por lo que puede recordar, que la vida en 1925 era mejor o peor que ahora? Y, si pudiera usted elegir, ¿preferiría vivir entonces o ahora?

El anciano contempló pensativo el tablero de dardos. Apuró su cerveza, más despacio que antes. Cuando habló empleó un tono tolerante y filosófico, como si la cerveza lo hubiese apaciguado.

—Sé lo que espera usted que diga —respondió—. Espera que le diga que preferiría volver a ser joven. Es lo que dice casi todo el mundo, cuando les preguntas. De joven uno es fuerte y saludable. A mi edad uno nunca se encuentra del todo bien. Me duelen muchísimo los pies y mi vejiga está hecha un desastre. Tengo que levantarme seis o siete veces cada noche. Por otro lado, ser viejo tiene sus ventajas. No tienes las mismas preocupaciones. No hay por qué ir detrás de las mujeres, y eso es una gran cosa. No sé si me creerá, pero hace treinta años que no estoy con una mujer. Y lo que es más, no me apetece.

Winston se recostó contra el alféizar de la ventana. Era inútil seguir. Iba a comprar otra cerveza cuando el anciano se puso en pie y se alejó arrastrando rápidamente los pies en dirección al maloliente urinario que había al fondo de la sala. El medio litro de más había causado sus efectos. Winston se quedó un minuto o dos mirando el vaso vacío y casi sin darse cuenta volvió a salir a la calle. Al cabo de a lo sumo veinte años, pensó, la pregunta sencilla y crucial «¿Era la vida antes de la Revolución mejor que ahora?» habría dejado de tener respuesta. De hecho, carecía de respuesta incluso entonces, puesto que los pocos supervivientes de aquel mundo eran incapaces de comparar una época con la otra. Recordaban un millón de detalles inútiles, una discusión con un compañero de trabajo, la búsqueda de un bombín de bicicleta que habían perdido, el rostro de una hermana muerta hacía mucho tiempo o los remolinos de polvo de una mañana ventosa hacía setenta años, pero los datos relevantes quedaban fuera de su campo de visión. Eran como las hormigas, que pueden ver los objetos pequeños, pero no los grandes. Y cuando la memoria fallaba y los registros estaban falsificados… no quedaba otro remedio que aceptar la afirmación del Partido de que había mejorado las condiciones de vida, porque no había, y no volvería a haber, nada con lo que contrastarlo.

En ese momento perdió bruscamente el hilo de lo que estaba pensando. Se detuvo y alzó la mirada. Se hallaba en un callejón con unas cuantas tiendecitas entre las casas. Justo encima de su cabeza había tres bolas descoloridas de metal que daban la impresión de haber sido doradas. Le pareció reconocer el lugar. ¡Pues claro! Se encontraba ante la tienda de objetos de segunda mano donde había comprado el diario.

Le recorrió un escalofrío de temor. Comprar el libro había sido ya bastante arriesgado y había jurado no volver a pasar por allí. Y, no obstante, en cuanto se había despistado un poco, sus pies lo habían llevado hasta la tienda. Precisamente esos eran los impulsos suicidas contra los que había esperado protegerse al empezar el diario. Al mismo tiempo, reparó en que aunque eran casi las veintiuna horas, la tienda seguía abierta. Pensó que llamaría menos la atención dentro que haraganeando en la acera y atravesó el umbral. Si le preguntaban, siempre podría decir que estaba intentando comprar cuchillas de afeitar.

El dueño acababa de encender una lámpara de aceite que desprendía un olor desagradable pero tranquilizador. Era un hombre de unos sesenta años, frágil y encorvado, con una nariz larga y benévola y ojos amables distorsionados por unas gruesas gafas. Tenía el cabello casi blanco, pero sus cejas eran pobladas y todavía negras. Sus gafas, sus movimientos afables y atareados y el hecho de que llevara una vieja chaqueta de terciopelo negro le daban un vago aire de intelectual, como si fuese una especie de escritor, o tal vez un músico. Su voz era suave y apagada, y su acento menos vulgar que el de la mayoría de los proles.

—Le he reconocido al verlo en la acera —dijo de inmediato—.

Es usted el caballero que compró el álbum de recuerdos para señorita. Era precioso. Papel de color crema, se llamaba. Hará... qué sé yo, cincuenta años que no se fabrica. —

Inspeccionó a Winston por encima de las gafas—. ¿Puedo hacer algo especial por usted? ¿O solo quería echar un vistazo? —Pasaba por aquí —respondió Winston vagamente—. Me he asomado a mirar.

No quiero nada en particular.

—Tanto da —respondió el hombre—, porque no creo que hubiese podido satisfacerle. —Hizo un gesto de disculpa con la blanda palma de la mano—. Ya ve que tengo la tienda casi vacía. Entre usted y yo, el negocio de antigüedades está acabado. Ya no hay demanda, ni tampoco existencias. Los muebles, la porcelana y el cristal... se han ido rompiendo. Y, por supuesto, casi todos los objetos de metal han sido fundidos. Hace años que no veo un candelabro de latón.

La minúscula tienda estaba en realidad abarrotada de objetos, pero apenas había nada que tuviese ningún valor. El espacio era muy reducido, porque las paredes estaban cubiertas de cuadros enmarcados. En las ventanas había bandejas con tuercas y tornillos, cinceles mellados, cortaplumas con la hoja partida, relojes deslustrados que ni siquiera pretendían funcionar y toda clase de trastos. Solo en una mesita en un rincón había varios objetos — cajitas lacadas de rapé, broches de ágata y cosas parecidas— que parecían tener cierto interés. Cuando Winston se acercó a la mesa, sus ojos se posaron en un objeto redondo y pulido que brillaba a la luz de la lámpara y lo cogió.

Era un pesado trozo de cristal con forma de hemisferio, curvo por un lado y plano por el otro. Tenía una peculiar suavidad, como de agua de lluvia, tanto por el color como por la textura del cristal. En el centro, magnificado por la superficie curva, había un objeto extraño, rosado y retorcido que parecía una rosa o una anémona marina.

—¿Qué es? —preguntó Winston, fascinado.

—¿Eso? Es coral —respondió el anciano—. Debe de ser del océano Índico. Antes lo incrustaban en cristal. No creo que tenga menos de cien años. Más, a juzgar por su aspecto.

—Es precioso —dijo Winston.

—Sí —coincidió el hombre con voz de entendido—. Aunque no muchos opinarían igual hoy en día. —Tosió—. Si por casualidad quisiera usted comprarlo, le costaría cuatro dólares. Recuerdo cuando un objeto así podía suponer una ganancia de ocho libras, y ocho libras eran… en fin, ahora no sabría calcularlo, pero mucho dinero. ¿A quién le interesan hoy las pocas antigüedades que quedan…?

Winston pagó en el acto los cuatro dólares y se guardó el codiciado objeto en el bolsillo. Lo que le atraía de él no era tanto su belleza como su aire de pertenecer a una época muy distinta de la actual. El cristal, suave como agua de lluvia, no se parecía a ningún otro que hubiese visto. Le resultaba doblemente atractivo debido a su aparente inutilidad, aunque supuso que en otra época debían de haberlo usado de pisapapeles. Pesaba mucho, pero por suerte no abultaba demasiado en el bolsillo. Era un objeto extraño e incluso podía ser comprometedor si lo encontraban en poder de un miembro del Partido. Cualquier cosa antigua, o puestos a eso cualquier cosa bella, resultaba siempre vagamente sospechosa. El anciano se había animado mucho después de cobrar los cuatro dólares y Winston comprendió que habría aceptado tres o incluso dos.

—En el piso de arriba hay otro cuarto que tal vez le interese ver —dijo—. No hay gran cosa. Solo unas cuantas piezas. Será mejor encender una luz si vamos a subir.

Encendió otra lámpara y, con la espalda encorvada, le condujo despacio por las empinadas y gastadas escaleras y por un estrecho pasillo hasta una habitación que no daba a la calle sino a un patio adoquinado y a un bosque de chimeneas. Winston reparó en que los muebles estaban colocados como si allí siguiera viviendo alguien. Había una alfombra en el suelo, un cuadro o dos en las paredes y un sucio sillón cerca de la chimenea. Un anticuado reloj de cristal con una esfera con las doce horas marcaba su tictac sobre la repisa. Debajo de la ventana y ocupando casi un cuarto de la habitación había una cama enorme con el colchón encima.

—Estuvimos viviendo aquí hasta que murió mi mujer —dijo el anciano en tono de disculpa—. He ido vendiendo los muebles poco a poco. Es una bonita cama de caoba, o al menos lo sería si pudiera eliminar la carcoma. Aunque supongo que le parecerá a usted un poco voluminosa.

Estaba sujetando la lámpara en alto para iluminar toda la alcoba y bajo la luz tenue y cálida el lugar parecía curiosamente acogedor. A Winston se le pasó por la cabeza la idea de que, si se atreviera a correr el riesgo, probablemente fuese bastante fácil alquilar la habitación por unos cuantos dólares a la semana. Era una idea descabellada e imposible que valía la pena descartar nada más pensarla; pero aquel cuarto había despertado en él una especie de nostalgia, como un recuerdo ancestral. Le pareció saber exactamente cómo se sentía uno al sentarse en una habitación como esa, en un sillón al lado de la chimenea, con los pies en la rejilla y un hervidor de agua sobre las brasas; totalmente a solas, totalmente seguro, sin que nadie te observara, ninguna voz te persiguiera y ningún otro sonido que el silbido del hervidor y el amistoso tictac del reloj.

—¡No hay telepantalla! —murmuró incapaz de contenerse.

—¡Ah! —dijo el anciano—. Nunca he tenido ninguna. Son demasiado caras. Y además, nunca he visto la necesidad de tener una. Ahí tiene una mesa de alas abatibles muy bonita. Aunque si quisiera utilizar las alas tendría que ponerle bisagras nuevas.

Había una pequeña librería en el otro rincón y Winston gravitó de forma natural hacia ella. No había nada que valiera la pena. La búsqueda y destrucción de los libros se había hecho con tanta minuciosidad en los barrios proles como en todas partes. Era muy improbable que existiera en ningún lugar de Oceanía un ejemplar de un libro impreso antes de 1960. El anciano, con la lámpara en la mano, se había parado delante de una lámina con un marco de palisandro que colgaba al otro lado de la chimenea, enfrente de la cama.

—Si le interesan los grabados antiguos… —empezó a decir con mucha delicadeza.

Winston se acercó a examinarlo. Era un grabado de un edificio ovalado con ventanas rectangulares y un torreón en la fachada. Una barandilla rodeaba el edificio, y detrás había una especie de estatua. Se quedó mirándolo un rato. Le pareció vagamente familiar, aunque no recordaba la estatua.

—El marco está fijo a la pared —le explicó el hombre—, aunque supongo que podría desatornillarlo.

—Conozco ese edificio —dijo por fin Winston—. Ahora está en ruinas. Está en medio de la calle, enfrente del Palacio de Justicia.

—Exacto. Enfrente de los tribunales. Lo bombardearon… ¡oh!, hace muchos años. Era una iglesia. Se llamaba San Clemente de los Daneses. —Sonrió a modo de disculpa, como si fuese consciente de haber dicho algo ligeramente ridículo y añadió:

«"¡Naranjas y limones!", dicen las campanas de San Clemente».

—¿Cómo? —preguntó Winston.

—¡Oh! «"Naranjas y limones", dicen las campanas de San Clemente». Es una cancioncilla de cuando era niño. No recuerdo cómo seguía, pero sí cómo terminaba:

«Aquí tienes una bujía para alumbrarte y aquí un hacha para cortarte la cabeza». Era una especie de baile. Unos levantaban los brazos y otros pasaban por debajo y cuando llegaban a lo de «y aquí un hacha para cortarte la cabeza» los bajaban para cogerte. Era con nombres de iglesias. Estaban todas… las principales, quiero decir.

Winston se preguntó vagamente de qué siglo sería la iglesia. Siempre era difícil determinar la época en que se había construido un edificio londinense. Cualquier edificación que fuese grande e impresionante y tuviese un aspecto razonablemente nuevo se atribuía automáticamente a la época posterior a la Revolución, mientras que cualquier cosa claramente anterior se adscribía a una época oscura llamada la Edad Media. Se decía que los siglos de capitalismo no habían producido nada de interés. Era tan imposible aprender historia a partir de la arquitectura como de los libros. Las estatuas, las inscripciones, las placas conmemorativas, los nombres de las calles… todo lo que pudiera arrojar cualquier luz sobre el pasado había sido alterado sistemáticamente.

—No sabía que hubiese sido una iglesia —dijo.

—En realidad, aún quedan muchas —repuso el anciano—, lo que ocurre es que se han dedicado a otros usos. ¿Qué más decía la canción? ¡Ah, sí, ahora me acuerdo!

«Naranjas y limones», dicen las campanas de San Clemente. «Me debes tres peniques», dicen las de San Martín… y ya no recuerdo más. Un penique era una moneda de cobre, parecida a un centavo.

—¿Donde estaba San Martín? —preguntó Winston.

—¿San Martín? Todavía sigue en pie. Está en la plaza de la Victoria, al lado de la galería de pintura. Es un edificio con una especie de pórtico triangular con columnas en la fachada y una escalinata. —Winston conocía bien el sitio. Era un museo utilizado para exposiciones propagandísticas de diversa índole: maquetas a escala de bombas volantes y fortalezas flotantes, figuras de cera que ilustraban las atrocidades cometidas por el enemigo y otras cosas parecidas—. Se llamaba San Martín del Campo —añadió el anciano—, aunque no recuerdo que hubiese campos cerca.

Winston no compró la lámina. Habría sido una posesión aún más incongruente que el pisapapeles de cristal y no habría podido llevársela a casa sin sacarla del marco. Pero se entretuvo unos minutos más hablando con el dueño, cuyo nombre, descubrió, no era Weeks, como habría podido deducirse por la inscripción del escaparate, sino Charrington. Al parecer, el señor Charrington era un viudo de sesenta y tres años y había vivido casi treinta en esa tienda. Todo ese tiempo había tenido intención de borrar el nombre del escaparate, pero nunca había llegado a hacerlo. Mientras charlaban la cancioncilla siguió rondándole a Winston por la cabeza.

¡Naranjas y limones, dicen las campanas de San Clemente. Me debes tres peniques, dicen las de San Martín! Era curioso, pero al repetir los versos para tus adentros tenías la sensación de oír campanas de verdad, de que las campanas de un Londres desaparecido todavía existían, ocultas y olvidadas. Le pareció oír su tañido de un fantasmal campanario a otro. Sin embargo, que él recordara, nunca había oído campanas en la vida real.

Se apartó del señor Charrington y bajó solo las escaleras para que el anciano no le viera escudriñar la calle antes de salir. Había decidido que, pasado un tiempo prudente, digamos un mes, correría el riesgo de regresar a la tienda. Tal vez no fuese más peligroso que saltarse una tarde en el Centro. Lo verdaderamente temerario había sido volver después de comprar el diario y sin saber si el dueño era de fiar. ¡En fin...! Sí, volvió a decirse, regresaría. Compraría alguno de esos cachivaches tan bonitos. Compraría el grabado de San Clemente de los Daneses, lo sacaría del marco y se lo llevaría a casa oculto debajo de la chaqueta del mono. Haría que el señor Charrington recordara el resto del poemilla. Incluso el descabellado proyecto de alquilar la habitación del piso de arriba volvió a cruzar momentáneamente por su imaginación. Durante quizá cinco segundos, la exaltación lo volvió imprudente y salió a la acera sin echar una mirada a través de la ventana. Incluso había empezado a tararear con una música improvisada:

«Naranjas y limones», dicen las campanas de San Clemente.
«Me debes tres peniques», dicen las de...

De pronto se le heló el corazón y se le derritieron las tripas. Una figura con un mono azul llegaba por la acera, a menos de diez metros de distancia. Era la chica del Departamento de Ficción, la joven de cabello moreno. Empezaba a oscurecer, pero no le costó reconocerla. Lo miró directamente a la cara y luego siguió su camino como si no lo hubiera visto.

Durante unos pocos segundos, Winston se quedó paralizado. Luego giró a la derecha y se alejó andando lentamente, sin reparar en que iba en la dirección equivocada. En cualquier caso, ya no había duda de que la joven le estaba espiando. Debía de haberle seguido hasta allí, porque no era creíble que por pura casualidad hubiese pasado la misma noche por el mismo callejón oscuro a varios kilómetros de distancia de cualquiera de los barrios donde vivía la gente del Partido. Era demasiada coincidencia. Que fuese de verdad una agente de la Policía del Pensamiento, o solo una espía aficionada movida por un exceso de celo apenas tenía importancia. Bastaba con saber que lo estaba vigilando. Lo más probable era que también le hubiese visto entrar en la taberna.

Andar le costaba un gran esfuerzo. El trozo de cristal que llevaba en el bolsillo le golpeaba el muslo a cada paso, y casi estuvo tentado de sacarlo y tirarlo por ahí. Lo peor era el dolor de estómago. Pasó un par de minutos convencido de que se moriría si no encontraba pronto unos servicios públicos. Pero en un barrio semejante seguro que no habría. Luego se le pasaron los retortijones y quedó solo un dolor sordo.

El callejón no tenía salida. Winston se detuvo, esperó unos segundos preguntándose vagamente qué hacer, luego dio media vuelta y volvió sobre sus pasos. Entonces se le ocurrió que apenas hacía tres minutos que la joven se había cruzado con él y que, si se daba prisa, tal vez consiguiera darle alcance. Podía seguirla hasta que pasara por un lugar solitario y partirle el cráneo con un adoquín. También podía usar el pisapapeles que llevaba en el bolsillo. Sin embargo, abandonó la idea casi de inmediato, porque la mera idea de hacer cualquier esfuerzo físico le resultaba insoportable. No podía correr ni asestar un golpe. Además, ella era joven y fuerte y se defendería. También pensó en correr al Centro Comunitario y quedarse allí hasta la hora de cerrar para tener una especie de coartada. Pero también eso era imposible. Se había apoderado de él una extenuación mortal. Lo único que quería era llegar a casa cuanto antes, sentarse y no hacer nada.

Eran más de las veintidós horas cuando volvió al apartamento. Las luces se apagarían a las veintitrés treinta. Fue a la cocina y se bebió casi una taza de ginebra de la Victoria. Luego fue a la mesa del hueco, se sentó y sacó el diario del cajón. No obstante, no lo abrió enseguida. En la telepantalla una metálica voz femenina vociferaba una canción patriótica. Winston se quedó contemplando las tapas imitación de mármol del libro, tratando sin éxito de acallar la voz de su conciencia.

Cuando iban a por ti era siempre de noche. Siempre de noche. Lo mejor era suicidarse antes de que lo detuvieran a uno. Sin duda había gente que lo hacía. Muchas de las desapariciones eran en realidad suicidios. Pero hacía falta valor para matarse en un mundo en el que resultaba imposible conseguir armas de fuego o cualquier veneno eficaz y mortífero. Pensó con una especie de perplejidad en la inutilidad biológica del miedo y el dolor, la traición del cuerpo humano que siempre se queda paralizado en el preciso instante en que es necesario hacer un esfuerzo especial. Podría haber silenciado a la joven de cabello moreno si hubiese actuado con rapidez; pero precisamente por lo extremo del peligro había perdido la capacidad de actuar. Se le ocurrió que en los momentos de crisis uno nunca lucha contra un enemigo externo, sino contra su propio cuerpo. Incluso entonces, a pesar de la ginebra, el dolor de estómago le impedía pensar de manera coherente. Y lo mismo ocurre, comprendió, en todas las situaciones aparentemente trágicas o heroicas. En el campo de batalla, en la cámara de tortura, en un barco que se hunde, los motivos por los que uno lucha pasan a segundo plano porque el cuerpo llena el universo, e incluso cuando no estás paralizado por el miedo o gritando de dolor, la vida es una lucha momentánea contra el hambre, el frío o el sueño, contra un dolor de estómago o de muelas.

Abrió el diario. Era importante que escribiera alguna cosa. La mujer de la telepantalla había empezado otra canción. Su voz parecía clavarse en el cerebro como un cristal astillado. Intentó pensar en O'Brien, para quien, o a quien, estaba escribiendo el diario, pero en lugar de eso empezó a pensar en lo que le ocurriría cuando lo detuviera la Policía del Pensamiento. Si lo mataran en el acto, no tendría mayor importancia. Uno ya contaba con que lo matasen. Pero antes de morir (nadie hablaba de esas cosas, y sin embargo todo lo sabían) había que pasar por la rutina de la confesión: arrastrarse por el suelo pidiendo clemencia, el crujido de los huesos rotos, los dientes partidos y los mechones de pelo sanguinolentos. ¿Por qué había que soportar eso? ¿Por qué no era posible acortar unos días o unas semanas la propia vida? Nadie escapaba sin que lo descubrieran y nadie dejaba de confesar. Una vez sucumbía uno al crimental, la muerte era inevitable. ¿Por qué, entonces, ese horror, que no cambiaba nada, tenía que seguir esperándole en el futuro?

Intentó, con un poco más de éxito que antes, recordar la cara de O'Brien. «Nos encontraremos donde no hay oscuridad», le había dicho. Winston sabía, o creía saber, a qué se refería. El lugar donde no hay oscuridad era el futuro imaginado, que nadie vería, pero en el que, por medio de la adivinación, se podía participar de una manera mística. Sin embargo, con la voz de la telepantalla martilleándole los oídos, no pudo seguir el hilo de su propio pensamiento. Se llevó un cigarrillo a los labios. La mitad del tabaco cayó en el acto sobre su lengua, un polvillo amargo que resultaba difícil escupir. El rostro del Hermano Mayor volvió a flotar en su imaginación reemplazando el de O'Brien. Igual que había hecho unos días antes, sacó una moneda del bolsillo y la miró. Su cara lo miró solemne, tranquilo, protector: pero ¿qué clase de sonrisa se ocultaba detrás de aquel bigote? Como un sordo tañido, Winston recordó las palabras:

LA GUERRA ES LA PAZ
LA LIBERTAD ES LA ESCLAVITUD
LA IGNORANCIA ES LA FUERZA

SEGUNDA PARTE

1

Estaban a media mañana, y Winston había salido de su cubículo para ir al baño.

Una figura solitaria iba hacia él desde el otro extremo del pasillo largo y bien iluminado. Era la chica del cabello moreno. Habían pasado cuatro días desde la tarde en que se la había encontrado a la puerta de la tienda de objetos de segunda mano. Cuando se acercó vio que la joven llevaba el brazo derecho en cabestrillo, desde lejos no se había dado cuenta porque la venda era del mismo color que el mono. Probablemente se habría aplastado la mano al voltear uno de los grandes calidoscopios en los que «bosquejaban» las tramas de las novelas. Era un accidente habitual en el Departamento de Ficción.

Debían de estar a unos cuatro metros cuando la chica tropezó y cayó de bruces. Soltó un agudo grito de dolor. Debía de haber caído sobre el brazo malherido. Winston se paró en seco. La joven se había puesto de rodillas. Su rostro había adquirido un tono amarillento lechoso que contrastaba con sus labios, más rojos que nunca. Tenía los ojos fijos en los suyos con una expresión implorante que denotaba más temor que dolor.

Una extraña emoción se agitó en el corazón de Winston. Delante tenía a un enemigo que estaba tratando de destruirle y también a un ser humano dolorido y tal vez con un hueso roto. Instintivamente dio un paso para ir a ayudarla. Al verla caer sobre el brazo vendado le había parecido sentir su dolor.

—¿Te has hecho daño?

—No es nada. El brazo. Enseguida estará bien.

Le habló con voz temblorosa. De hecho, se había puesto muy pálida.

—¿No te has roto nada?

—No, estoy bien. Solo me ha dolido un momento. —Alargó la mano que tenía libre y Winston la ayudó a levantarse. Había recobrado un poco el color y parecía estar mucho mejor—. No ha sido nada —repitió escuetamente—. Me he golpeado un poco la muñeca. ¡Gracias, camarada!

Y con esas palabras siguió su camino tan deprisa como si de verdad no hubiese pasado nada. El incidente debía de haber durado menos de medio minuto. No dejar que tu rostro traicionara tus sentimientos era una costumbre que se había convertido casi en un instinto, y en cualquier caso la joven había tropezado justo delante de una telepantalla. No obstante, a Winston le había costado un gran esfuerzo ocultar su sorpresa, porque en los dos o tres segundos en que había ayudado a levantarse a la chica ella le había deslizado algo en la mano. No había la menor duda de que lo había hecho a propósito. Era algo pequeño y plano. Al pasar por la puerta de los servicios se lo guardó en el bolsillo y lo tocó con la punta de los dedos. Era un trozo de papel doblado en forma de cuadrado.

De pie ante el urinario se las arregló para desplegarlo en el interior del bolsillo. Era evidente que debía de haber alguna especie de mensaje escrito en él. Por un momento estuvo tentado de entrar en uno de los váteres y leerlo allí mismo. Pero eso habría sido una auténtica locura. No había sitio que las telepantallas vigilaran con más atención.

Volvió a su cubículo, se sentó, dejó el trozo de papel con los demás que había sobre la mesa, se puso las gafas y acercó el hablascribe. «Cinco minutos, ¡cinco minutos como mucho!», se dijo. El corazón parecía a punto de salírsele del pecho. Por suerte el trabajo que estaba haciendo era mera rutina, la rectificación de una larga lista de cifras que no requería demasiada atención.

Lo que hubiese escrito en el papel tenía que tener por fuerza un significado político. Solo se le ocurrían dos posibilidades. Una, la más probable, era que, tal como él se temía, la joven fuese una agente de la Policía del Pensamiento. Ignoraba qué razón podía tener la Policía del Pensamiento para entregar así sus mensajes, pero tal vez tuviesen sus motivos. Lo que había escrito en el papel podía ser una amenaza, una convocatoria, una orden de suicidarse, algún tipo de trampa. Pero había otra posibilidad que seguía estando ahí por más que él tratara de descartarla por descabellada. Consistía en que el mensaje no procediera después de todo de la Policía del Pensamiento, sino de algún tipo de organización clandestina. ¡Tal vez existiera la Hermandad! ¡Quizá la chica formase parte de ella! Sin duda la idea era absurda, pero se le había ocurrido en el preciso instante en que notó el trozo de papel en la mano. Hasta pasados un par de minutos no se le había ocurrido la otra explicación más probable. E incluso ahora, por más que su intelecto le dijera que el mensaje posiblemente significara su muerte, seguía sin creerlo del todo y conservaba una absurda esperanza. El corazón le latía a toda prisa y tuvo que hacer un esfuerzo para que no le temblara la voz mientras dictaba las cifras en el hablascribe.

Enrolló el fajo de papeles ya corregido y lo introdujo en el tubo neumático. Habían pasado ocho minutos. Volvió a ajustarse las gafas en la nariz, suspiró y se acercó el siguiente fajo de hojas con el trozo de papel encima. Lo alisó. En él estaba escrito con letra grande e informe: «Te quiero».

Durante varios segundos se quedó tan perplejo que ni siquiera se le ocurrió arrojar aquella prueba incriminatoria al agujero de memoria. Cuando lo hizo, y por más que sabía muy bien el peligro de demostrar demasiado interés, no resistió la tentación de leerlo una vez más, aunque solo fuese para asegurarse de que las palabras seguían allí.

El resto de la mañana tuvo que hacer un gran esfuerzo para seguir trabajando. Peor aún que tener que concentrarse en una serie de ocupaciones engorrosas era la necesidad de ocultar su nerviosismo ante la telepantalla. Sintió como si le ardiera el estómago. El almuerzo en el comedor abarrotado y ruidoso fue un tormento. Había tenido la esperanza de quedarse solo un rato a la hora de comer, pero la mala suerte quiso que el imbécil de Parsons se sentara a su lado, el olor acre de su sudor casi superaba el aroma metálico del estofado y no paró de hablar de los preparativos para la Semana del Odio. Estaba particularmente entusiasmado con un busto de cartón piedra del Hermano Mayor, de dos metros de anchura, que estaba haciendo la tropa de los Espías a la que pertenecía su hija. Lo más irritante era que entre la confusión de las voces Winston apenas podía oír lo que le decía Parsons y tenía que pedirle constantemente que repitiera sus fatuos comentarios. Por un instante vislumbró a la joven morena, que se había sentado a una mesa con otras dos chicas al otro lado de la sala. Dio la impresión de no haberle visto y Winston no volvió a mirar en aquella dirección.

La tarde se le hizo más llevadera. Justo después de comer, llegó un trabajo difícil y delicado que le tendría ocupado varias horas y le obligaría a dejar de lado todo lo demás. Consistía en falsificar una serie de informes de producción de hacía dos años para desacreditar a un prominente miembro del Partido Interior que estaba bajo sospecha. Era precisamente lo que mejor se le daba a Winston, y durante más de dos horas logró quitarse de la cabeza a aquella chica.

Luego volvió a recordar su rostro y a sentir un insoportable deseo de estar solo. Hasta que no pudiera estar solo le resultaría imposible pensar con calma en lo sucedido. Esa noche tenía que asistir al Centro Comunitario. Devoró otra comida insípida en el comedor, se apresuró a ir al Centro, participó en la solemne estupidez de un «grupo de discusión», jugó dos partidas de tenis de mesa, bebió varios vasos de ginebra y se sentó media hora a escuchar una conferencia titulada «El Socing y su relación con el ajedrez». Su alma se retorcía de aburrimiento, pero por una vez no sintió el impulso de saltarse la tarde en el Centro. Al ver las palabras «Te quiero» su deseo de continuar con vida había aumentado, y de pronto le pareció una tontería correr riesgos. Hasta las veintitrés horas, cuando estuvo en casa y en la cama —y a oscuras, donde uno estaba a salvo incluso de la telepantalla con tal de que guardara silencio—, no pudo pensar de manera coherente.

Lo que había que resolver era un problema físico: cómo entrar en contacto con la joven y organizar una cita. Había descartado la posibilidad de que pudiera estar tendiéndole una trampa. Sabía que no era así, por el inconfundible nerviosismo de la chica cuando le pasó la nota. Era evidente que estaba asustadísima y no era para menos. Tampoco se le pasó por la cabeza la idea de rechazarla. Apenas cinco días antes había considerado la idea de aplastarle el cráneo con un adoquín, pero eso carecía de importancia. Imaginó su cuerpo joven y desnudo, tal como lo había visto en su sueño. La había tomado por una idiota como los demás, con la cabeza llena de odios y mentiras y el vientre gélido. ¡Lo dominó una especie de fiebre al pensar que podía perderla y que ese cuerpo blanco y juvenil podía escapársele de entre los dedos! Su mayor preocupación era que cambiara de opinión si no se ponía en contacto con ella cuanto antes. Pero la dificultad física de verla era enorme. Era como intentar mover una ficha de ajedrez después de un jaque mate. Mirases donde mirases había una telepantalla. En realidad, todas las maneras de comunicarse con ella se le habían ocurrido cinco minutos después de leer la nota; pero ahora, con tiempo para pensar, los repasó uno por uno, como si fuese dejando herramientas sobre una mesa.

Obviamente el encuentro que habían tenido esa mañana no podía repetirse. Si la joven hubiese trabajado en el Departamento de Archivos habría sido relativamente fácil, pero Winston solo tenía una idea muy vaga de en qué parte del edificio se encontraba el Departamento de Ficción, y carecía de una excusa para ir. De haber sabido dónde vivía la joven, y a qué hora terminaba el trabajo, podría habérselas arreglado para coincidir con ella al volver a casa; pero tratar de seguirla no era prudente porque implicaría tener que esperarla a la salida del Ministerio, lo cual llamaría sin duda la atención. En cuanto a enviarle una carta por correo, estaba descartado. Por una rutina que ni siquiera era secreta, todas las cartas se abrían en tránsito. De hecho, muy poca gente escribía cartas. Para los mensajes que había que enviar de vez en cuando, tenían tarjetas postales con listas de frases impresas, de las que uno tachaba las que no valían. En cualquier caso, no sabía cómo se llamaba la chica y menos aún sus señas. Por fin, decidió que el sitio más seguro era el comedor. Si pudiera coincidir con ella a solas en una mesa en el centro de la sala, no demasiado cerca de las telepantallas y entre el murmullo de las voces, y esas condiciones se mantuvieran, digamos, treinta segundos, sería posible intercambiar unas palabras.

Después de aquello transcurrió una semana en la que la vida fue como un sueño agitado. Al día siguiente la joven apareció en el comedor cuando él se levantaba para irse. Presumiblemente la habían cambiado a un turno posterior. Se cruzaron sin mirarse. Un día más tarde, la joven se presentó a la hora de siempre, pero acompañada de otras tres chicas y se sentó justo debajo de una telepantalla. Luego pasaron tres días horribles en los que no hizo acto de aparición. El cuerpo y la imaginación de Winston parecían aquejados de una sensibilidad insoportable, una especie de transparencia que hacía que cada movimiento, cada sonido, cada contacto y cada palabra que tenía que pronunciar o escuchar fuesen un auténtico suplicio. Ni siquiera dormido podía librarse del todo de su recuerdo. En todos esos días no abrió el diario. Su único alivio era su trabajo, con el que a veces podía olvidarla diez minutos seguidos. No tenía ni la menor idea de qué podía haberle ocurrido, no había manera de averiguarlo. Podía haber sido vaporizada, podía haberse suicidado, podían haberla trasladado a la otra punta de Oceanía y, lo peor y lo más probable, podía haber cambiado de opinión y decidido esquivarle.

Al día siguiente reapareció. Le habían quitado el cabestrillo y tenía una tirita en la muñeca. El alivio de verla fue tan grande que no resistió la tentación de mirarla directamente varios segundos. Al día siguiente, faltó muy poco para que le hablara. Cuando Winston entró en el comedor la encontró sentada a una mesa lejos de la pared y totalmente sola. Era pronto, y la sala no estaba muy llena. La cola avanzó hasta que llegó casi al mostrador, luego se detuvo un par de minutos porque alguien se quejó de no haber recibido su tableta de sacarina. Pero la chica seguía sola cuando Winston cogió su bandeja y se dirigió hacia su mesa. Fue hacia ella con naturalidad, como si buscara sitio en alguna mesa detrás de ella. Se hallaba a unos tres metros de ella. Solo le hacían falta dos segundos. En ese momento una voz gritó a sus espaldas:

«¡Smith!». Fingió no haberla oído. «¡Smith!», repitió la voz más alto. Ya no tenía remedio. Se volvió. Un joven rubio de gesto estúpido llamado Wilsher, a quien apenas conocía, le estaba invitando muy sonriente a ocupar un sitio vacío en su mesa. No era seguro rehusar. Después de que le hubieran reconocido, no podía ir a sentarse a una mesa con una joven. Era demasiado evidente. Se sentó con una sonrisa amistosa. El joven rubio y estúpido le miraba arrobado. Winston tuvo una alucinación en la que se vio clavándole un pico en la cara. La mesa de la chica se llenó al cabo de unos minutos.

Pero sin duda tenía que haber visto que iba hacia ella y tal vez hubiese comprendido sus intenciones. Al día siguiente, Winston se aseguró de llegar pronto al comedor. Efectivamente, la encontró sentada a la mesa, más o menos en el mismo sitio y otra vez sola. La persona que tenía delante en la cola era un hombrecillo menudo de movimientos rápidos como un escarabajo, de rostro inexpresivo y ojos suspicaces. Cuando Winston se apartó del mostrador con la bandeja, vio que el hombrecillo iba directo hacia la mesa de la chica. Otra vez se vinieron abajo sus esperanzas. Había un sitio vacío en una mesa un poco más allá, pero algo en la apariencia del hombrecillo le dio a entender que optaría por la comodidad de la mesa más despejada. Con el corazón helado, Winston le siguió. Todo sería inútil a menos que pudiese estar con la chica a solas. En ese momento se oyó un gran estrépito. El hombrecillo estaba en el suelo a gatas, la bandeja había salido volando y había dos charcos de sopa y de café en el suelo. Luego se puso de pie y le echó una mirada torva, pues evidentemente sospechaba que le había hecho la zancadilla. Pero todo acabó bien. Cinco segundos después, con el corazón acelerado, Winston se sentó en la mesa de la joven.

No la miró, sacó las cosas de la bandeja y empezó a comer. La clave estaba en hablar enseguida, antes de que llegase nadie más, pero le dominó un terrible temor. Había pasado una semana desde que se había puesto en contacto con él. Podía haber cambiado de idea, es más, ¡seguro que había cambiado de idea! Era imposible que aquel asunto acabara bien; cosas así no ocurrían en la vida real. Y muy probablemente no le hubiese dicho nada si en ese momento no hubiera visto a Ampleforth, el poeta de las orejas peludas, que vagaba sin mucho entusiasmo por la sala con una bandeja en busca de un sitio donde sentarse. A su manera, Ampleforth sentía cierto afecto por Winston y sin duda se sentaría a su mesa si llegaba a verle. Apenas tenía un minuto para actuar. Tanto Winston como la joven estaban comiendo como si tal cosa. La comida era un estofado aguado, en realidad una sopa, con judías. Con un leve murmullo, Winston empezó a hablar, ninguno de los dos movió la cabeza; siguieron engullendo aquel aguachirle y entre cucharada y cucharada intercambiaron las palabras necesarias en voz baja e inexpresiva.

—¿A qué hora sales del trabajo?

—A las dieciocho treinta.

—¿Dónde podemos vernos?

—En la plaza de la Victoria, cerca del monumento.

—Está lleno de telepantallas.

—En mitad de la multitud da igual.

—¿Alguna señal?

—No. No te acerques hasta que me veas rodeada de gente. Y no me mires. Solo sígueme de cerca.

—¿A qué hora?

—A las diecinueve horas.

—De acuerdo.

Ampleforth no vio a Winston y se sentó en otra mesa. No volvieron a hablar, y, dentro de lo posible para dos personas sentadas en lados opuestos de la misma mesa, no se miraron. La joven terminó deprisa su comida y se marchó mientras Winston se quedaba a fumar un cigarrillo.

Winston llegó a la plaza de la Victoria antes de la hora señalada. Estuvo deambulando en torno a la base de la enorme columna estriada en lo alto de la cual la estatua del Hermano Mayor miraba al sur hacia los cielos donde había vencido a la aviación de Eurasia (de Esteasia, hasta hacía unos pocos años) en la batalla de la Franja Aérea Uno. En la calle de enfrente había una estatua de un hombre a caballo que se suponía que representaba a Oliver Cromwell. Cinco minutos después de la hora señalada la chica seguía sin aparecer. Una vez más le sobrecogió aquel terrible temor. ¡No iría, había cambiado de idea! Anduvo despacio hacia el lado norte de la plaza y sintió un vago placer al identificar la iglesia de San Martín, cuyas campanas, cuando aún las tenía, habían tañido diciendo: «Me debes tres peniques». Luego vio a la chica al pie del monumento, leyendo o fingiendo leer un cartel que ascendía en espiral por la columna. No era seguro acercarse hasta que hubiese más gente. Había telepantallas en torno al pedimento. Sin embargo, en ese momento se oyó el estruendo de unos gritos y el zumbido de varios vehículos pesados a la izquierda de la plaza. De pronto, todo el mundo echó a correr. La chica rodeó con agilidad los leones de la base del monumento y se unió a la multitud. Winston la siguió. Mientras corría, entendió, por lo que gritaban algunos, que estaba pasando un convoy de prisioneros eurasiáticos.

Una nutrida muchedumbre bloqueaba ya el lado sur de la plaza. Winston, que en situaciones normales era de los que se alejan de cualquier aglomeración, empujó y se abrió paso a codazos hacia el centro de la turba. Pronto llegó cerca de la joven, pero encontró el camino bloqueado por un gigantesco prole y una mujer casi igual de grande que él, probablemente su mujer, que parecían formar un impenetrable muro de carne. Winston se escurrió para ponerse de lado y con un violento empujón se las arregló para pasar el hombro entre ellos. Por un momento, tuvo la sensación de que las dos musculosas caderas entre las que se había colado con tantos sudores acabarían reduciéndolo a pulpa. Llegó al lado de la chica. Estaban hombro con hombro, mirando fijamente hacia delante.

Una larga fila de camiones, con guardias de gesto pétreo armados con fusiles ametralladores en cada esquina, circulaba despacio por la calle. En los camiones había sentados muy apretados varios hombrecillos de tez amarilla con raídos uniformes de color verdoso. Sus tristes rostros de rasgos asiáticos miraban sin curiosidad por el costado de los camiones.

En ocasiones, cuando uno de los camiones pasaba por un bache se oía un tintineo metálico: todos los prisioneros llevaban grilletes. Un camión tras otro fueron pasando los rostros tristes. Winston era consciente de su presencia, pero solo de manera interrumpida. El hombro de la joven y su brazo derecho hasta el codo se apretaban contra los suyos. Su mejilla estaba tan cerca que casi notaba su calor. La joven tomó de inmediato las riendas de la situación igual que había hecho en el comedor. Empezó a hablar con la misma voz inexpresiva que antes, sin apenas mover los labios, con un murmullo que tapaba el ruido de las voces y los camiones.

—¿Me oyes?

—Sí.

—¿Puedes arreglártelas para tener libre la tarde del domingo?

—Sí.

—Pues escucha con atención. Tienes que recordar esto. Ve a la estación de Paddington.

Con una especie de precisión militar que le dejó perplejo, bosquejó la ruta que debía seguir. Un viaje de media hora en tren; girar a la izquierda al salir de la estación; seguir dos kilómetros por la carretera; una puerta a la que le faltaba la barra de arriba; un sendero por el campo; una pista cubierta de hierba, un sendero entre los arbustos; un árbol caído y cubierto de musgo. Era como si tuviera un mapa en la cabeza.

—¿Lo recordarás? —murmuró para acabar.

—Sí.

—Gira a la izquierda, luego a la derecha, luego otra vez a la izquierda. Recuerda que a la puerta le falta la barra de arriba.

—Sí. ¿A qué hora?

—A eso de las quince. A lo mejor te toca esperar. Llegaré por otro camino.

¿Seguro que te acordarás?

—Sí.

—Pues aléjate de mí lo antes posible.

No hacía falta que se lo dijera, pero de momento no pudieron librarse de la multitud. Los camiones seguían pasando, la gente continuaba mirándolos boquiabierta e insaciable. Al principio se habían oído silbidos y abucheos, pero eran solo los miembros del Partido que había entre la muchedumbre y cesaron pronto. La emoción predominante era sencillamente la curiosidad. Los extranjeros, fuesen de Eurasia o de Esteasia, eran como un animal desconocido. Literalmente no se les veía más que como prisioneros, e incluso así solo llegaba uno a vislumbrarlos un instante.

Nadie sabía qué era de ellos después, aparte de los pocos a los que ahorcaban por criminales de guerra; los demás sencillamente desaparecían, tal vez en los campos de trabajos forzados. Los rostros redondos y asiáticos habían dado paso a caras de rasgos más europeos, sucios, barbudos y agotados. Por encima de pómulos cubiertos de barba unos ojos miraban a Winston, a veces con una extraña intensidad y luego se desviaban. El convoy estaba llegando a su fin. En el último camión vio a un anciano cuyo rostro era una masa de cabello cano de pie con las muñecas cruzadas delante, como si estuviese acostumbrado a llevarlas atadas. Casi había llegado el momento de que Winston y la chica se separaran. Pero en el último instante, cuando todavía estaban oprimidos por la multitud, su mano buscó la de él y le dio un breve apretón.

No debió de durar más de diez segundos, y sin embargo fue como si estuviesen un largo tiempo cogidos de la mano. Winston tuvo tiempo de aprender todos los detalles de su mano. Exploró los largos dedos, las bien contorneadas uñas, la palma endurecida por el trabajo y cubierta de callos, la carne suave por debajo de la muñeca. Después de tocarla la habría reconocido solo con verla. En ese mismo instante cayó en que no sabía de qué color eran sus ojos. Probablemente, castaños, aunque también hay mucha gente morena que tiene los ojos azules. Volver la cabeza para mirarla habría sido una locura inconcebible. Con las manos entrelazadas, invisibles entre la muchedumbre, miraron al frente, y en lugar de los ojos de la chica, Winston contempló los del anciano prisionero que le observaron quejosos a través del cabello desgreñado.

2

Winston recorrió el camino moteado de luces y sombras, atravesó charcos de oro allí donde se apartaban las ramas. Debajo de los árboles, a su izquierda, el terreno estaba cubierto de campanillas azules. El aire parecía besarle la piel. Estaban a 2 de mayo. Del corazón del bosque llegaba el arrullo de las palomas torcaces.

Había llegado un poco pronto. El viaje no había tenido dificultades, y la chica le había parecido tan segura de sí misma que Winston estaba menos asustado de lo que lo habría estado en condiciones normales. Confiaba en que sabría encontrar un lugar seguro. Por lo general, no era prudente creerse más a salvo en el campo que en Londres. Claro que no había telepantallas, pero siempre estaba el peligro de que hubiese micrófonos ocultos capaces de grabar y reconocer tu voz; además, no era fácil hacer el viaje solo sin llamar la atención. Para distancias inferiores a cien kilómetros no era necesario un visado, pero a veces había patrullas en las estaciones de ferrocarril que examinaban la documentación de cualquier miembro del Partido a quien encontraran allí y que hacían todo tipo de preguntas comprometidas. En cualquier caso, no se había topado con ninguna patrulla, y tras salir de la estación se había asegurado con precavidas miradas de que nadie le seguía. El tren estaba abarrotado de proles con ánimo festivo debido al tiempo veraniego. El vagón con asientos de madera en que había viajado estaba ocupado hasta los topes por una sola familia muy numerosa, que incluía desde una bisabuela desdentada hasta un bebé de un mes. Iban a pasar la tarde con la «familia política» en el campo, y, como confesaron sin tapujos a Winston, a comprar un poco de mantequilla en el mercado negro.

El camino se ensanchó y al cabo de un minuto llegó al sendero del que le había hablado la joven, un mero camino de cabras que se perdía entre los arbustos. No tenía reloj, pero aún no podían ser las quince. Las campanillas eran tan abundantes que resultaba imposible no pisarlas al andar. Se arrodilló y empezó a coger unas cuantas, en parte por pasar el rato, pero también con la vaga idea de reunir un ramo de flores para regalárselo a la joven. Había recogido un ramo muy grande y estaba olisqueando su aroma vagamente empalagoso cuando un ruido a su espalda lo dejó helado: el crujido inconfundible de un pie sobre las ramas secas. Siguió recogiendo campanillas. Era lo mejor. Podía ser la chica, o que le hubiesen seguido después de todo. Darse la vuelta era como reconocer su culpabilidad. Arrancó otra y otra. Una mano se posó suavemente en su hombro.

Alzó la vista. Era ella. La chica movió la cabeza, evidentemente para indicarle que guardara silencio, luego apartó los arbustos y le guió rápidamente por el estrecho sendero en dirección al bosque. Estaba claro que había estado allí antes, pues esquivaba las zonas fangosas como por costumbre. Winston la siguió sin soltar el ramo de flores. Su primera impresión había sido de alivio, pero al ver el cuerpo esbelto y vigoroso moviéndose delante de él con la faja escarlata lo bastante ceñida para resaltar la curva de sus caderas, le oprimió el peso de su propia inferioridad. Incluso entonces le pareció probable que cuando se volviese a mirarlo cambiara de idea después de todo. La dulzura del aire y el verdor de las hojas le amedrentaban. De camino hasta allí, el sol de mayo ya había hecho que se sintiera sucio y desfallecido, una criatura de ciudad, con el hollín de Londres incrustado en todos los poros de la piel. Se le ocurrió que lo más probable era que, hasta ese momento, ella no lo hubiese visto a plena luz del día. Llegaron al árbol caído del que le había hablado. La muchacha lo saltó y apartó los arbustos en un lugar donde no parecía haber un camino. Winston la siguió y descubrió que se hallaban en un claro natural, un montículo herboso rodeado de arboles jóvenes y altos que cerraban el lugar por completo.

La chica se detuvo y se volvió.

—Ya hemos llegado. —Él se hallaba a varios pasos de distancia, como si no se atreviera a acercarse—. He preferido no decir nada en el sendero —continuó—, por si había algún micrófono oculto. No lo creo, pero nunca se sabe. Siempre cabe la posibilidad de que uno de esos cerdos reconozca tu voz. Aquí estamos a salvo.

Winston seguía sin atreverse a acercarse.

—¿A salvo? —repitió como un estúpido.

—Sí. Mira los árboles. —Eran fresnos. Alguien los había talado hacía un tiempo y habían vuelto a brotar formando un bosque de pértigas, no más gruesas que la muñeca de un hombre—. No hay nada lo bastante grande para ocultar un micrófono. Además, ya he estado antes aquí.

Solo estaban hablando. Winston se las había arreglado para acercarse un poco. Ella se plantó muy erguida ante él, con una sonrisa que parecía levemente irónica, como si se preguntara por qué actuaba de manera tan lenta.

Las campanillas se habían esparcido por el suelo como si tuviesen voluntad propia. Winston le cogió la mano.

—¿Podrás creer —dijo— que hasta este momento no he sabido de qué color eran tus ojos? —Vio que eran castaños, un poco más claros que marrones, con pestañas oscuras—. Ahora que has visto cómo soy en realidad, ¿todavía soportas mirarme?

—Sí, es fácil.

—Tengo treinta y nueve años, una mujer de la que no consigo librarme, varices y cinco dientes postizos.

—Me trae totalmente sin cuidado —respondió la joven.

Un instante después, sin que fuese fácil decir quién de los dos hizo el primer movimiento, ella estaba entre sus brazos. Al principio Winston solo sintió incredulidad. Aquel cuerpo joven estaba apretado contra el suyo, la masa de cabello oscuro se arremolinaba contra su rostro, y ¡sí!, de verdad ella había alzado la cabeza y él le había besado la boca grande y roja. La muchacha le había rodeado el cuello con los brazos y le estaba llamando cariño, adorado, amor. La tumbó en el suelo sin encontrar resistencia, podía hacer con ella lo que quisiera. Sin embargo, lo cierto es que Winston no tuvo ninguna sensación física aparte del mero contacto. Lo único que sintió fue incredulidad y orgullo. Se alegraba de que estuviese ocurriendo aquello, pero no sentía deseo físico. Era demasiado pronto, la belleza y la juventud de la chica le habían asustado, estaba demasiado acostumbrado a vivir sin mujeres… no sabía el motivo. Ella se incorporó y se quitó una campanilla del pelo. Se sentó a su lado y le pasó el brazo por la cadera.

—No te preocupes, cariño. No hay prisa. Tenemos toda la tarde. ¿No te parece un escondite estupendo? Lo encontré una vez que me perdí en una excursión comunitaria. Si viniese alguien lo oiríamos a cien metros.

—¿Cómo te llamas? —preguntó Winston.

—Julia. Yo sí sé cómo te llamas. Winston… Winston Smith.

—¿Cómo lo has averiguado?

—Creo que averiguar cosas se me da mejor que a ti, cariño. Dime, ¿qué pensabas de mí antes de que te pasara la nota?

Él no sintió la tentación de mentirle. Incluso le pareció que empezar diciéndole lo peor era una especie de ofrenda amorosa.

—Te odiaba —respondió—. Quería violarte y luego asesinarte. Hace dos semanas consideré seriamente la idea de partirte el cráneo con un adoquín. Ya que quieres saberlo, creía que tenías algo que ver con la Policía del Pensamiento.

La chica se echó a reír encantada, evidentemente le parecía un halago a su habilidad para el disimulo.

—¡Con la Policía del Pensamiento! ¿No lo creerías en serio?

—Bueno, tal vez no exactamente. Pero a juzgar por tu aspecto… como eres tan joven, lozana y saludable, ya me entiendes… pensé que probablemente…

—¿Pensaste que era una buena miembro del Partido. Pura de hecho y de palabra. Banderas, desfiles, consignas, juegos, excursiones comunitarias y demás… y que, a la menor oportunidad, te denunciaría por criminal mental y haría que te mataran?

—Sí, algo por el estilo. Ya sabes que muchas jóvenes son así.

—La culpa la tiene esta maldita faja —dijo arrancándose el cinturón escarlata de la Liga Juvenil Antisexo y arrojándolo a una rama. Luego, como si al tocarse la cadera se hubiese acordado de algo, hurgó en el bolsillo del mono y sacó una tableta de chocolate. La partió por la mitad y le dio uno de los trozos a Winston. Incluso antes de aceptarlo, supo por su aroma que era un chocolate muy especial. Era oscuro y brillante e iba envuelto en papel de plata. Normalmente el chocolate era una sustancia de color pardo que se deshacía entre las manos y sabía, no había mejor descripción, como el humo de la hoguera de un vertedero. Pero en alguna ocasión había probado chocolate como el que acababa de darle. Su aroma despertó algún recuerdo que no acertó a identificar, aunque era muy vivo e inquietante.

—¿De dónde lo has sacado? —preguntó.

—Del mercado negro —respondió ella con indiferencia—. La verdad es que cualquiera que me vea pensará que eso es lo que soy. Se me dan bien los juegos. Fui jefe de tropa en los Espías. Hago trabajo voluntario tres tardes a la semana en la Liga Juvenil Antisexo. He pasado horas y horas pegando sus puñeteros carteles por todo Londres. Siempre llevo un extremo de la bandera en los desfiles. Siempre parezco alegre y nunca me escaqueo. Mi lema es: grita con la multitud. Es la única forma de estar a salvo.

El primer trozo de chocolate se había desecho en la lengua de Winston. El sabor era delicioso. Pero aquel recuerdo siguió rondando los límites de su conciencia por más que no pudiera reducirlo a una forma definida, como si lo viese por el rabillo del ojo. Lo apartó de su memoria y solo acertó a comprender que era el recuerdo de algo que habría preferido no haber hecho y ya no tenía remedio.

—Eres muy joven —dijo—. Te saco al menos diez o quince años. ¿Qué pudiste ver en un hombre como yo que te resultara atractivo?

—Algo en tu expresión. Decidí arriesgarme. Se me da bien identificar a quienes no acaban de encajar. En cuanto te vi, supe que estabas en contra de ellos.

Al parecer, ellos eran el Partido, y por encima de todo el Partido Interior, del que hablaba con un odio tan poco disimulado que hizo que Winston se sintiera incómodo, aunque sabía que allí estaban a salvo. Lo que más le sorprendió de ella fue la crudeza de su lenguaje. Se suponía que los miembros del Partido no debían utilizar palabras malsonantes, y Winston lo hacía muy raras veces y nunca en voz alta. Julia, en cambio, parecía incapaz de hablar del Partido, y sobre todo del Partido Interior, sin utilizar esas palabras que uno veía pintarrajeadas en los más sórdidos callejones. No le molestó. Era solo un síntoma de su rebeldía contra el Partido y sus métodos, y en cierto sentido resultaba natural y saludable, igual que el estornudo de un caballo que huele a paja podrida. Habían abandonado el claro y estaban paseando entre las sombras salpicadas de luz, cogidos de la cintura siempre que había sitio para pasar los dos juntos. Winston reparó en lo suave que era su cintura ahora que se había quitado el cinturón. Seguían hablando con susurros. Fuera del claro, le advirtió Julia, era mejor guardar silencio. Pronto llegaron a la linde del bosquecillo. Ella le obligó a detenerse.

—No salgas al descampado. Podría haber alguien mirando. Ocultos detrás de las ramas estaremos más seguros.

Estaban a la sombra de unos avellanos. La luz del sol se filtraba a través de las hojas y les calentaba la cara. Winston miró hacia el prado que había más allá y experimentó una curiosa y creciente sorpresa al reconocerlo. Lo había visto antes. Un prado viejo con la hierba mordisqueada, atravesado por un sendero y con alguna que otra topera aquí y allá. En el seto descuidado que había al otro lado del prado las ramas de los olmos se cimbreaban de manera imperceptible bajo la brisa, y el follaje se estremecía como el cabello de una mujer. Sin duda cerca de allí, aunque no pudiera verlo, debía de haber un riachuelo con pozas verdes donde nadaban los mújoles.

—¿No hay un río cerca de aquí? —susurró.

—Sí, hay un riachuelo. En realidad, está detrás de aquel campo. Hay peces muy grandes. Si te tumbas en las pozas bajo los sauces se les ve nadar moviendo la cola.

—Es el País Dorado… o casi —murmuró.

—¿El País Dorado?

—No es nada. Solo un paisaje que he visto a veces en sueños.

—¡Mira! —susurró Julia.

Un zorzal se había posado en una rama a menos de cinco metros de distancia, casi a la altura de su cara. Tal vez no los hubiera visto. Estaba al sol y ellos a la sombra. Extendió las alas, volvió a cerrarlas con cuidado, agachó la cabeza un momento como rindiendo homenaje al sol y luego empezó a verter un torrente de gorjeos. En el silencio de la tarde, el volumen de aquel sonido resultaba sobrecogedor. Winston y Julia se abrazaron fascinados. La música siguió y siguió, un minuto tras otro, con sorprendentes variaciones, sin repetirse una sola vez, casi como si el pájaro estuviera haciendo deliberadamente un alarde de virtuosismo. A veces se interrumpía unos segundos, extendía las alas y volvía a cerrarlas, luego hinchaba el pecho moteado y volvía a cantar. Winston lo observó con una especie de vaga reverencia. ¿Para quién y para qué cantaba aquel pájaro? No tenía ninguna pareja ni rival cerca. ¿Qué le impulsaba a posarse en la linde del bosque y verter su música en el vacío? Se preguntó si no habría, después de todo, algún micrófono oculto cerca de allí. Julia y él habían hablado solo entre susurros y ningún micrófono habría podido registrar lo que decían, pero sí el canto del zorzal. Puede que al otro extremo de aquel artilugio un hombrecillo con aspecto de escarabajo estuviera escuchando atentamente. Pero, poco a poco, el fluir de la música apartó todas esas especulaciones de su imaginación. Fue como si estuviese vertiendo sobre él una especie de líquido que se mezclaba con la luz del sol que se colaba entre las hojas. Dejó de pensar y se limitó solo a sentir. La cintura de la chica en el hueco de su brazo era suave y cálida. La obligó a volverse de modo que quedaron frente a frente; el cuerpo de la joven pareció fundirse con el suyo. Pusiera donde pusiera las manos todo era tan flexible como el agua. Sus bocas se unieron de un modo muy diferente a los besos acartonados que se habían dado antes. Los dos apartaron la cara y suspiraron profundamente. El pájaro se asustó y voló con un aleteo.

Winston acercó los labios a su oído.

—Ahora —susurró.

—Aquí no —respondió ella con un murmullo—. Volvamos al escondrijo. Es más seguro.

Deprisa, entre los crujidos ocasionales de las ramas, recorrieron el camino de regreso al claro. Una vez en el círculo de árboles, Julia se volvió hacia él. Los dos estaban jadeantes, pero en la comisura de sus labios había reaparecido la sonrisa. Se quedó mirándolo un instante, luego toqueteó la cremallera del mono. Y, ¡sí!, ocurrió casi como en su sueño. Casi con la misma habilidad que había imaginado, se quitó la ropa y la arrojó a un lado con aquel gesto majestuoso que parecía aniquilar a toda una civilización. Su cuerpo brilló blanco al sol. Pero por un instante Winston no se fijó en su cuerpo; sus ojos estaban clavados en el rostro pecoso y en aquella sonrisa vaga y descarada. Se arrodilló ante ella y cogió sus manos entre las suyas.

—¿Has hecho esto antes?

—Pues claro. Cientos de veces…, o más bien decenas.

—¿Con miembros del Partido?

—Sí, siempre con miembros del Partido.

—¿Con miembros del Partido Interior?

—No, con esos cerdos no. Aunque muchos no dudarían si tuviesen la menor ocasión. No son tan santurrones como pretenden.

A Winston se le aceleró el corazón. Lo había hecho decenas de veces: deseó que hubiesen sido cientos… miles.

Cualquier cosa que oliera a corrupción le llenaba de una absurda esperanza. Quién sabe, tal vez el Partido estuviera corrompido bajo la superficie y su culto al esfuerzo y la negación de uno mismo fuese una tapadera que ocultase su iniquidad.

¡Si hubiera podido contagiarles a todos la lepra o la sífilis, con qué gusto lo habría hecho! ¡Cualquier cosa con tal de que los pudriera, minara y debilitara! Tiró de ella y los dos quedaron arrodillados cara a cara.

—Escucha. Con cuantos más hombres hayas estado, tanto mejor. ¿Lo entiendes?

—Sí, perfectamente.

—¡Odio la pureza y la bondad! No quiero que exista virtud en ningún sitio.

Quiero que todo el mundo esté corrompido hasta el tuétano.

—Pues has dado con la persona adecuada, cariño, porque lo estoy.

—¿Te gusta hacerlo? No quiero decir conmigo, sino a hacerlo.

—Me encanta.

Era más de lo que necesitaba oír. La fuerza que haría pedazos al Partido no era el amor de una persona, sino el puro instinto animal, el deseo indiferenciado. La empujó contra la hierba, entre las campanillas desparramadas por el suelo. Esta vez no hubo problemas. Pronto el jadeo de sus pechos recuperó su ritmo normal y se separaron con una especie de agradable indefensión. El sol parecía calentar más que antes. Los dos estaban adormilados. Winston cogió el mono que ella se había quitado y se lo echó por encima. Se quedaron dormidos casi enseguida y durmieron una media hora.

Él se despertó primero. Se sentó y observó el rostro pecoso de la joven, que seguía plácidamente dormida, apoyada en la palma de la mano. Aparte de la boca, no podía decirse que fuese guapa. Si la mirabas de cerca, tenía una o dos arrugas en torno a los ojos. El cabello corto y moreno era muy suave y espeso. Winston cayó de pronto en que no sabía su apellido ni dónde vivía.

El cuerpo joven y fuerte, indefenso mientras dormía, despertó en él un sentimiento compasivo y protector. Aunque no había vuelto a sentir aquella ternura instintiva que había sentido debajo del castaño al oír cantar al zorzal. Apartó el mono y contempló sus caderas blancas y suaves. En los viejos tiempos, pensó, uno miraba el cuerpo de una chica, veía que era deseable y ahí terminaba la historia. Pero ahora ya no había amor ni deseo puros. Ninguna emoción era pura, porque todo se mezclaba con el miedo y el odio. Su abrazo había sido una batalla; su clímax, una victoria. Era un golpe contra el Partido. Un acto político.

3

—Podemos volver otro día —dijo Julia—. Por lo general es seguro utilizar dos veces el mismo escondrijo. Pero no un mes o dos, claro.

Nada más despertar había cambiado de actitud. Adoptó un aire precavido y frío, se puso la ropa, se ciñó la faja escarlata en torno a la cintura y empezó a disponer los detalles del viaje de vuelta. A Winston le pareció natural dejarle a ella ese cometido. Era evidente que poseía una astucia práctica de la que él carecía, y también daba la impresión de conocer con detalle el campo de los alrededores de Londres tras innumerables excursiones comunitarias. La ruta que le dio era muy distinta de la que había utilizado para llegar allí y le llevó a una estación de tren diferente.

—Nunca vuelvas por donde has venido —dijo, como si enunciara un importante principio general.

Ella se iría primero, y Winston tendría que esperar media hora antes de seguirla. Le había dicho un sitio donde podían verse después del trabajo, cuatro días después. Se hallaba en una calle de uno de los barrios más pobres, donde había un mercado al aire libre muy ruidoso y concurrido. Julia le esperaría entre los puestos como si buscara cordones para los zapatos o hilo de coser. Si juzgaba que no había moros en la costa, se sonaría la nariz al verle. De lo contrario, Winston seguiría su camino sin reconocerla. No obstante, con un poco de suerte, en mitad de la multitud sería seguro charlar un cuarto de hora y concertar un nuevo encuentro.

—Ahora tengo que irme —dijo Julia en cuanto terminó de darle las instrucciones —. Debo estar de vuelta a las diecinueve treinta. He de pasar dos horas en la Liga Juvenil Antisexo, repartiendo folletos o algo por el estilo. ¿No es horrible? Sacúdeme un poco la espalda, ¿te importa? ¿Tengo ramitas en el pelo? ¿No? ¡Pues adiós, amor mío, adiós!

Se lanzó entre sus brazos, le besó casi con violencia, y un momento después se abría paso entre los árboles y desaparecía en el bosque sin hacer apenas ruido. Seguía sin saber su apellido o sus señas. Pero daba igual, porque era inimaginable que pudieran verse en alguna casa o escribirse.

De hecho, nunca volvieron al claro en el bosque. Durante el mes de mayo solo hubo otra ocasión en que pudieran hacer el amor. Fue en otro escondrijo que conocía Julia, el campanario de una iglesia en ruinas en una zona casi despoblada del campo donde había caído una bomba atómica treinta años antes. Era un buen escondite, pero el viaje hasta allí resultaba muy peligroso. El resto de ocasiones solo pudieron verse en la calle, en un sitio distinto cada tarde y nunca más de media hora. Por lo general, en la calle se podía hablar más o menos. Mientras deambulaban por las aceras abarrotadas, nunca a la misma altura y sin mirarse jamás, sostenían curiosas conversaciones intermitentes que destellaban como el haz de luz de un faro, se callaban de pronto al ver acercarse a alguien con el uniforme del Partido o ante la proximidad de una telepantalla, minutos después proseguían a mitad de frase, luego se interrumpían bruscamente al separarse en el lugar convenido y continuaban casi sin introducción al día siguiente. Julia parecía estar acostumbrada a ese tipo de conversaciones, que llamaba «hablar a plazos». También se le daba sorprendentemente bien hablar sin mover los labios. Solo una vez en casi un mes de encuentros nocturnos pudieron darse un beso. Estaban pasando en silencio por un callejón (Julia jamás hablaba si se hallaban lejos de las calles principales) cuando se oyó un estruendo ensordecedor, la tierra tembló y el aire se oscureció. Winston cayó de lado, magullado y muerto de miedo. Una bomba volante debía de haber caído cerca. De pronto vio a Julia a unos pocos centímetros mortalmente pálida y blanca como la pared. Hasta tenía lívidos los labios. ¡Estaba muerta! La abrazó y comprobó que estaba besando una cara viva y cálida. No obstante, una sustancia pulverulenta se interpuso entre sus labios: los dos tenían el rostro cubierto de yeso.

Había tardes en que al llegar al lugar de la cita tenían que pasar de largo sin cruzar palabra, porque una patrulla acababa de doblar la esquina o les sobrevolaba un helicóptero. Incluso aunque hubiese sido menos peligroso, les habría costado encontrar tiempo para verse. Winston trabajaba sesenta horas a la semana y la jornada de Julia aún era más larga. Sus días libres variaban según el trabajo que hubiese y pocas veces coincidían. En todo caso, Julia casi nunca tenía una tarde totalmente libre. Pasaba muchísimo tiempo asistiendo a conferencias y manifestaciones, distribuyendo literatura para la Liga Juvenil Antisexo, preparando pancartas para la Semana del Odio, haciendo colectas para la campaña de ahorro y otras actividades parecidas. Según decía, valía la pena porque era un buen camuflaje. Si observabas las pequeñas reglas, podías quebrantar las grandes. Incluso convenció a Winston de que sacrificara otra de sus tardes ofreciéndose voluntario para fabricar munición a tiempo parcial, como hacían los miembros más fanáticos del Partido. Así, Winston dedicó una tarde a la semana a atornillar entre un tedio paralizante piececitas de metal, que probablemente fuesen partes de fusibles de bombas, en un taller mal iluminado y plagado de corrientes de aire donde el golpeteo de los martillos se mezclaba horriblemente con la música de las telepantallas.

Cuando se vieron en el campanario de la iglesia, aprovecharon para llenar los huecos de su conversación fragmentaria. Era una tarde muy calurosa. El aire en el cuartito de encima de las campanas era cálido y asfixiante y olía a excrementos de paloma. Pasaron horas hablando en el suelo polvoriento y cubierto de ramas, levantándose de vez en cuando para asomarse por rendijas y asegurarse de que no llegaba nadie.

Julia tenía veintiséis años. Vivía en un albergue con otras treinta chicas («¡Siempre apesta a mujeres! ¡No sabes cuánto las odio!», decía entre paréntesis) y trabajaba, tal como él había adivinado, en las máquinas de escribir novelas del Departamento de Ficción. Le gustaba su trabajo, que consistía básicamente en manejar y mantener a punto un potente pero complicado motor eléctrico. No se creía «inteligente», pero era hábil con las manos y le encantaba reparar máquinas. Conocía a la perfección el proceso de composición de una novela, desde la directiva general emitida por el Comité de Planificación hasta los últimos retoques de la Brigada de Reescritura. Pero no le interesaba mucho el producto final. No era «una gran lectora», decía. Los libros eran solo una mercancía que era necesario producir, como la mermelada o los cordones para los zapatos.

No recordaba nada ocurrido antes de principios de los años sesenta, y la única persona a la que había conocido que hablara a menudo de la época anterior a la Revolución era un abuelo suyo que había desaparecido cuando ella tenía ocho años. En el colegio había sido capitana del equipo de hockey y había ganado el trofeo de gimnasia dos años seguidos. Había sido jefe de tropa en los Espías y secretaria de una rama de la Liga Juvenil antes de apuntase a la Liga Juvenil Antisexo. Siempre había tenido un comportamiento intachable. Incluso la habían elegido (lo cual era un indicio infalible de su buena reputación) para trabajar en la Pornosec, la subsección del Departamento de Ficción que producía pornografía barata para distribuirla entre los proles. La gente que trabajaba allí la llamaba la «Casa de las Guarrerías», observó. Había estado allí un año, ayudando a producir folletos en paquetes cerrados con títulos como *Azotainas* o *Una noche en el internado femenino*, que los jóvenes proletarios compraban a escondidas, convencidos de estar cometiendo una ilegalidad.

—¿Qué tal son esos libros? —preguntó Winston con curiosidad.

—¡Oh!, malísimos. En realidad, son muy aburridos. No tienen más que seis argumentos, aunque siempre los mezclan un poco. Claro que yo trabajaba solo en los calidoscopios. Nunca trabajé en la brigada de reescritura. Lo mío no es la literatura, cariño, ni siquiera para eso.

Winston supo con sorpresa que todos los trabajadores de la Pornosec, con la excepción del jefe de departamento, eran chicas. La teoría era que los instintos sexuales de los hombres eran más difíciles de controlar que los de las mujeres, por lo que corrían mayor peligro de corromperse con aquellas porquerías.

—Ni siquiera quieren mujeres casadas —añadió—. Se supone que las solteras son más puras. Pero aquí tienes a una que no lo es.

Había tenido su primera aventura amorosa a los dieciséis años con un miembro del Partido de sesenta que se había suicidado cuando iban a detenerlo.

—Y menos mal —dijo Julia—, de lo contrario mi nombre habría salido a relucir cuando hubiese confesado.

Desde entonces había habido varios. La vida, tal como ella la veía, era muy sencilla. Tú querías pasar un buen rato; «ellos», refiriéndose al Partido, querían impedírtelo, así que tenías que infringir las normas como buenamente pudieras. Daba la impresión de que le parecía tan natural que «ellos» quisieran privarte de placeres como que tú quisieras impedir que te pillaran. Odiaba al Partido y lo decía con palabras muy crudas, pero no lo criticaba en general. Salvo en lo referente a su vida personal, no parecía interesarle su doctrina. Winston reparó en que nunca utilizaba palabras en nuevalengua, con la excepción de las que habían pasado a ser de uso cotidiano. Nunca había oído hablar de la Hermandad, y se negaba a creer en su existencia. Cualquier tipo de rebeldía organizada contra el Partido le parecía condenada al fracaso y una estupidez. Lo único inteligente era infringir las normas y arreglárselas para seguir con vida. Se preguntaba vagamente cuántos como ella habría en la generación más joven, entre quienes habían crecido en el mundo de la Revolución sin conocer ninguna otra cosa, que aceptaran la existencia del Partido como algo inalterable, igual que el cielo, y no se rebelasen contra su autoridad sino que se limitaran a esquivarla, igual que un conejo al huir de un perro.

No se plantearon la posibilidad de casarse. Era demasiado remota para que valiera la pena pararse a pensarlo. Ningún comité aprobaría ese matrimonio ni aunque dieran con un modo de librarse de Katharine, la mujer de Winston. Era un sueño inútil.

—¿Qué tal era tu mujer? —preguntó Julia.

—Pues… ¿te suena la palabra «bienpiensa» en nuevalengua para referirse a alguien que es ortodoxo por naturaleza e incapaz de tener un mal pensamiento?

—No, no la había oído, pero conozco muy bien a ese tipo de gente.

Empezó a relatarle su vida conyugal, aunque ella parecía saber lo más esencial. Le describió, casi como si lo hubiera visto o sentido, la rigidez que adquiría el cuerpo de Katharine en cuanto la tocaba, el modo en que parecía apartarlo de su lado con todas sus fuerzas aunque estuviera abrazándolo. Con Julia no le costaba hablar de esas cosas: además, hacía mucho que Katharine había dejado de ser un recuerdo doloroso para convertirse en uno desagradable.

—Lo habría soportado de no haber sido por una cosa —dijo. Le contó la pequeña y frígida ceremonia que Katharine le había obligado a celebrar la misma noche todas las semanas—. Ella lo odiaba, pero por nada del mundo habría dejado de hacerlo. Lo llamaba… No lo adivinarías.

—«Nuestro deber con el Partido» —respondió de inmediato Julia.

—¿Cómo lo sabías?

—Yo también he ido a la escuela, cariño. Charlas de sexo una vez al mes para las alumnas de más de dieciséis años. Y en el Movimiento Juvenil. Te lo restriegan durante años. Casi seguro que funciona en muchos casos. Aunque, claro, nunca se sabe, la gente es muy hipócrita.

Siguió hablando del asunto. Para Julia todo se reducía a su propia sexualidad. En cuanto salía a relucir la cuestión era capaz de razonar con mucha agudeza. A diferencia de Winston, había comprendido el significado último del puritanismo sexual del Partido. No era solo que el instinto sexual creara un mundo propio que quedaba fuera del control del Partido y que por tanto debía ser destruido en lo posible. Lo verdaderamente importante era que la privación sexual conducía a la histeria, y eso era muy deseable porque podía transformarse en ardor guerrero y adoración al líder. Su forma de expresarlo era la siguiente:

—Cuando haces el amor consumes energía; luego estás a gusto y todo te trae sin cuidado. No soportan que te sientas así. Quieren que estés repleto de energía a todas horas. Tanto desfile de aquí para allá, todos esos vítores y ondear de banderas no son más que sexo frustrado. Si uno es feliz, ¿por qué iba a exaltarse tanto con el Hermano Mayor, los Planes Trienales, los Dos Minutos de Odio y todas esas puñeteras estupideces?

Era cierto, pensó Winston.

Había una conexión íntima y directa entre la castidad y la ortodoxia política.

¿Cómo iban a mantener vivos el miedo, el odio y la demencial credulidad que el Partido exigía de sus miembros si no era reprimiendo un poderoso instinto y utilizándolo como fuerza impulsora? El deseo sexual era peligroso para el Partido, así que lo había utilizado en su propio beneficio. Algo parecido había hecho con el instinto de paternidad. La familia no podía abolirse, y, de hecho, se animaba a la gente a querer a sus hijos casi a la manera antigua. Pero, por otro lado, se ponía sistemáticamente a los niños en contra de los padres y se les enseñaba a espiarles y a informar de sus desviaciones. La familia se había convertido en una extensión de la Policía del Pensamiento. Era un medio de tener a todo el mundo rodeado día y noche de informantes que los conocían íntimamente.

De pronto volvió a pensar en Katharine. Katharine lo habría denunciado sin dudarlo a la Policía del Pensamiento si no hubiese sido demasiado estúpida para reparar en la heterodoxia de sus opiniones. Pero lo que verdaderamente hizo que la recordase fue el sofocante calor de aquella tarde que le había perlado la frente de sudor. Empezó a contarle a Julia algo que había ocurrido, o más bien que no había llegado a ocurrir, otra asfixiante tarde de verano, once años atrás.

Llevaban tres o cuatro meses casados. Se habían perdido durante una excursión comunitaria en Kent. Solo se habían entretenido un par de minutos, pero siguieron un desvío equivocado y al poco rato les cortó el paso el borde de una vieja cantera. Había una caída de unos diez o veinte metros hasta los peñascos del fondo. No había nadie a quien preguntar el camino. En cuanto comprendió que se habían perdido, Katharine se puso muy nerviosa. Separarse, siquiera por un momento, del ruidoso grupo de excursionistas le daba la sensación de estar haciendo algo malo. Quiso desandar cuanto antes el camino para buscarlos en otra parte. Pero en ese momento

Winston reparó en unas matas de salicaria que crecían en las grietas del acantilado que tenían a sus pies. Una mata era de dos colores, magenta y rojo ladrillo y por lo visto tenía la misma raíz. Winston nunca había visto nada parecido y llamó a Katharine para enseñárselo.

—¡Mira, Katharine! Mira esas flores. Las de esa mata que crece al pie de la cantera. ¿Te has fijado en que son de dos colores diferentes?

Ella había dado ya media vuelta para marcharse, pero volvió un momento con él. Incluso se inclinó al borde del acantilado para ver lo que señalaba. Winston estaba detrás y le pasó la mano por la cintura para sujetarla. En ese momento se le ocurrió de pronto que estaban totalmente solos. No había nadie, no se movía una hoja ni se oía cantar a un pájaro. En un sitio como ese el peligro de que hubiese un micrófono oculto era muy bajo, e incluso si lo hubiera no podría captar más que sonidos. Era la hora más calurosa de la tarde. El sol lucía abrasador sobre sus cabezas, el sudor le caía por la frente. Y pensó…

—¿Por qué no darle un buen empujón? —preguntó Julia—. Es lo que yo habría hecho.

—Sí, amor mío, lo sé. Y yo también, si hubiese sido la misma persona que soy ahora. O tal vez… no estoy seguro.

—¿Lamentas no haberlo hecho?

—Sí. La verdad es que sí.

Estaban sentados uno al lado del otro en el suelo polvoriento. Él la atrajo hacia sí. Julia apoyó la cabeza en su hombro, el agradable aroma de su cabello se impuso al olor de los excrementos de paloma. Era muy joven, pensó Winston, todavía esperaba algo de la vida, no entendía que empujar a una persona molesta por un acantilado no resuelve nada.

—En realidad, no habría supuesto ninguna diferencia —dijo.

—¿Entonces por qué te arrepientes de no haberla empujado?

—Solo porque prefiero un positivo a un negativo. En este juego que estamos jugando no podemos ganar. Ciertos tipos de fracaso son preferibles que otros, solo es eso.

Notó que ella encogía los hombros en desacuerdo. Siempre le llevaba la contraria cuando decía algo parecido. No aceptaba como ley natural que el individuo siempre acaba siendo derrotado. En cierto sentido, comprendía que estaba condenada, que más tarde o más temprano la Policía del Pensamiento la atraparía y la mataría, pero, al mismo tiempo, creía posible construir un mundo secreto en el que uno pudiese vivir como quisiera. Lo único que hacía falta era suerte, astucia y valor. No entendía que la felicidad no existe, que la única victoria aguardaba en un futuro lejano, mucho después de que hubiesen muerto, y que desde el momento en que uno le declaraba la guerra al Partido más valía saber que era como un cadáver en vida.

—Los muertos somos nosotros —dijo.

—Aún no estamos muertos —respondió Julia en tono prosaico.

—Físicamente no. Es cuestión de seis meses, un año, tal vez cinco. Me da miedo la muerte. Tú eres joven, así que es probable que te dé más miedo que a mí. Por supuesto que retrasaremos el momento todo lo que podamos. Pero no supone una gran diferencia. Mientras los seres humanos sigan siendo humanos, la muerte y la vida serán la misma cosa.

—¡Bobadas! ¿Prefieres acostarte conmigo o con un esqueleto? ¿Es que no te gusta estar vivo? ¿No te gusta tocarme?: Esta soy yo, esta es mi mano, esta es mi pierna, soy real, de carne y hueso, ¡estoy viva! ¿Es que no te gusta esto?

Se volvió y apretó su seno contra él. Winston notó sus pechos, maduros pero firmes, a través del mono. Su cuerpo pareció verter parte de su vigor y juventud en el suyo.

—Sí, me gusta —dijo.

—Pues deja ya de hablar de morir. Y escucha, amor mío, tenemos que concertar el próximo encuentro. Si quieres, podemos volver al claro del bosque. Hace mucho que no hemos ido por allí. Pero esta vez tendrás que seguir una ruta distinta. Lo tengo planeado. Cogerás el tren... pero mira, te lo dibujaré.

Y con aquel sentido práctico suyo juntó un poco de polvo y empezó a dibujar un mapa en el suelo con una ramita de un nido de paloma.

4

Winston contempló el cuartucho de la tienda del señor Charrington. Al lado de la ventana, la enorme cama estaba hecha, con unas mantas deshilachadas y una almohada sin funda. El anticuado reloj con la esfera de doce horas seguía marcando su tictac en la repisa de la chimenea. En el rincón, sobre la mesa de alas abatibles, el pisapapeles de cristal que había comprado en su última visita brillaba tenuemente en la penumbra.

En la rejilla de la chimenea había un infiernillo abollado, un cazo y dos tazas, que les había proporcionado el señor Charrington. Winston encendió el infiernillo y puso agua a hervir. Había llevado un sobre lleno de café de la Victoria y unas tabletas de sacarina. Las manecillas del reloj marcaban las siete y veinte: en realidad eran las diecinueve veinte. Ella tenía que llegar a las diecinueve treinta.

«Es una locura, una locura», le decía su corazón: una locura consciente, suicida y gratuita. De todos los crímenes que podía cometer un miembro del Partido, este era probablemente el más difícil de ocultar. En realidad, la idea se le había ocurrido como una visión del pisapapeles de cristal reflejado en la superficie de la mesa de alas abatibles. Como había previsto, el señor Charrington no había puesto ninguna pega para alquilarle la habitación. Era evidente que le alegraba ganar aquellos pocos dólares. Tampoco pareció escandalizarse ni ofenderse cuando quedó claro que Winston quería alquilar el cuarto para un asunto amoroso. En lugar de eso se mantuvo a prudente distancia y habló de generalidades en un tono tan delicado que dio la impresión de haberse vuelto casi invisible. La intimidad, dijo, era algo muy valioso. A todo el mundo le gustaba tener un sitio donde estar a solas de vez en cuando. Y cuando alguien lo tenía, la más elemental cortesía obligaba a cualquiera que lo supiese a no contárselo a nadie. Incluso añadió, mientras daba la sensación de desvanecerse, que había dos entradas a la casa, una a través del patio trasero que daba a un callejón.

Alguien estaba cantando al pie de la ventana. Winston se asomó, aprovechando la protección de los visillos. El sol de junio seguía alto en el cielo, y en el patio inundado de sol, una mujer monstruosa, robusta como una columna normanda, con antebrazos fornidos y rubicundos y un delantal de tela de saco a la cintura, iba y venía de un barreño a la cuerda de tender la ropa, colgando una serie de paños blancos que Winston pensó que eran pañales. Cada vez que se quitaba las pinzas de la boca cantaba con poderosa voz de contralto:

Fue solo una ilusión sin esperanzas
que pasó como un día de abril,
¡pero una mirada, una palabra
y los sueños que despertaron
me han robado el corazón!

La tonadilla llevaba oyéndose semanas por todo Londres. Era una de tantas canciones parecidas publicadas a beneficio de los proles por una subsección del Departamento de Música. Las letras de aquellas canciones se escribían sin la menor intervención humana con un instrumento conocido como versificador. Pero la mujer cantaba tan melodiosamente que convertía aquellos ripios tan espantosos en un sonido casi agradable. Oía cantar a la mujer y el roce de sus zapatos sobre las losas del patio, los gritos de los niños en la calle y el estruendo del tráfico a lo lejos, y no obstante la habitación parecía curiosamente silenciosa, gracias a la ausencia de telepantalla.

«¡Qué locura, qué locura, qué locura!», pensó otra vez. Era inconcebible que pudieran frecuentar aquel lugar más de dos semanas sin que los descubriesen. Pero la tentación de disponer de un escondrijo propio, bajo techo y relativamente cerca había sido demasiado grande para ambos. Después de su visita al campanario de la iglesia les había sido imposible concertar otro encuentro durante un tiempo. Las horas de trabajo habían aumentado drásticamente en previsión de la Semana del Odio. Aún faltaba más de un mes, pero los enormes y complejos preparativos que requería suponían trabajo extra para todos. Por fin, los dos se las arreglaron para coincidir una tarde libre. Habían acordado volver al claro del bosque y la noche anterior se vieron un momento en la calle. Como de costumbre, Winston apenas miró a Julia mientras se acercaba entre la multitud, pero le bastó mirarla de soslayo para reparar en que estaba más pálida de lo habitual.

—Tenemos que cancelar la cita —murmuró ella en cuanto juzgó que era prudente hablar.

—¿Qué?

—Lo de mañana por la tarde. No puedo ir.

—¿Por qué?

—Pues, por lo de siempre. Esta vez han empezado pronto.

Por un instante, a Winston lo dominó un violento enfado. A lo largo de aquel mes el deseo que ella le inspiraba había cambiado de naturaleza. Al principio apenas había poseído verdadera sensualidad. La primera vez que habían hecho el amor había sido poco más que un acto de voluntad. Pero a partir de la segunda vez había sido diferente. El olor de su pelo, el sabor de su boca y el roce de su piel parecían habérsele metido dentro, o impregnado el aire que le rodeaba. Se había convertido en una necesidad física, en algo que no solo quería sino a lo que creía tener derecho. Cuando le dijo que no podría ir, se había sentido engañado. Pero en ese momento la muchedumbre se arremolinó un poco y sus manos se rozaron por casualidad. Ella le acarició fugazmente la yema de los dedos de un modo que parecía invitar no al deseo sino al afecto. Winston reparó en que cuando uno vivía con una mujer, esa clase de decepciones debían de ser normales; y de pronto lo dominó una profunda ternura que hasta ese momento no había sentido por ella. Le habría gustado llevar diez años casado con ella, pasear por la calle con ella igual que hacían en ese momento, pero sin miedo ni necesidad de ocultarse, y hablar de trivialidades y comprar cosas sin importancia para la casa. Sobre todo le habría gustado tener un lugar donde pudieran estar solos sin sentir la obligación de hacer el amor cada vez que se veían. En realidad no fue entonces, sino al día siguiente, cuando se le ocurrió la idea de alquilar el cuarto del señor Charrington. Cuando se lo propuso a Julia, ella aceptó de manera inesperada. Los dos sabían que era una locura. Era como si avanzaran conscientemente hacia la tumba. Mientras esperaba sentado al borde de la cama, volvió a pensar en los sótanos del Ministerio del Amor. Era curioso cómo ese horror predestinado entraba y salía de la conciencia. Estaba ahí, fijo en el futuro, precediendo a la muerte con tanta exactitud como el 99 al 100. Era imposible evitarlo, aunque tal vez fuese posible posponerlo: y, sin embargo, de vez en cuando, mediante un acto consciente de voluntad, uno escogía acortar aquel plazo.

En ese momento se oyeron unos pasos apresurados en las escaleras. Julia irrumpió en el cuarto. Llevaba una bolsa marrón de tela de saco, como la que Winston le había visto a veces en el Ministerio. Se levantó para abrazarla, pero ella se soltó, en parte porque aún seguía con la bolsa a cuestas.

—Un segundo —dijo—. Espera a ver lo que tengo. ¿Has traído ese asqueroso café de la Victoria? Lo imaginaba. Ya puedes tirarlo, porque no nos va a hacer falta. Mira.

Se arrodilló, abrió la bolsa y sacó unas llaves inglesas y un destornillador que llevaba encima. Debajo había varios paquetes pulcramente envueltos en papel. Cuando le dio el primero a Winston, este tuvo una sensación extraña aunque vagamente familiar. Estaba lleno de una sustancia pesada y arenosa que cedía al tacto.

—¿Es azúcar? —preguntó.

—Azúcar auténtica. No sacarina, sino azúcar de verdad. Y aquí tengo una barra de pan... pan blanco, no esa puñetera porquería que nos dan a nosotros... y un botecito de mermelada. Y aquí tengo un lata de leche... ¡pero mira! De lo que estoy verdaderamente orgullosa es de esto. He tenido que envolverlo en un trozo de tela porque...

Pero no hizo falta que le explicara por qué había tenido que envolverlo. Su aroma llenaba ya la habitación, un olor profundo y cálido que parecía una emanación de su primera infancia y que uno reconocía a veces en un pasillo antes de que se cerrase una puerta, o se extendía misteriosamente en una calle abarrotada sin que apenas diera tiempo a olisquearlo y luego volvía a disiparse.

—Es café —murmuró—, café auténtico.

—Café del Partido Interior. Un kilo entero —dijo ella.

—¿De dónde has sacado todo esto?

—Son cosas del Partido Interior. Esos cerdos tienen de todo. Pero claro, los camareros, los criados y la gente les roban algunas cosas y... mira, también tengo un paquete de té.

Winston se había acuclillado a su lado. Abrió el paquete.

—Es té de verdad. No hojas de arándano.

—Últimamente es fácil de conseguir. Han conquistado la India o algo por el estilo —dijo vagamente Julia—. Pero escucha, cariño. Quiero que te des la vuelta tres minutos. Ve a sentarte al otro lado de la cama. No te acerques mucho a la ventana. Y no te vuelvas hasta que yo te lo diga.

Winston miró abstraído a través del visillo. En el patio, la mujer de los brazos rubicundos seguía yendo y viniendo del barreño a la cuerda de tender la ropa. Se sacó dos pinzas de la boca y cantó con mucho sentimiento:

Dicen que el tiempo lo cura todo,
dicen que siempre se puede olvidar,
¡pero pasan los años
y las lágrimas y las sonrisas

aún hacen que se me encoja el corazón!

Por lo visto, se sabía aquella tonta cancioncilla de memoria. Su voz flotó en el dulce aire veraniego, melodiosa y cargada de una especie de feliz melancolía. Daba la sensación de que habría sido totalmente feliz, si la tarde de junio no hubiera concluido nunca y la ropa que tenía que tender no se hubiese agotado, se habría quedado allí mil años, colgando pañales y cantando bobadas. Le pareció curioso no haber oído nunca a un miembro del Partido cantando a solas y de manera espontánea. Habría parecido levemente heterodoxo, una peligrosa excentricidad, como hablar para tus adentros. Tal vez uno solo encontrara motivos para cantar cuando estaba al borde de la inanición.

—Ya puedes volverte —dijo Julia.

Él se volvió y por un instante casi no la reconoció. En realidad, había esperado encontrársela desnuda. Pero no lo estaba. La transformación sufrida era mucho más sorprendente. Se había pintado la cara. Debía de haberse colado en alguna tienda de un barrio proletario a comprar un estuche completo de maquillaje. Tenía los labios muy rojos, las mejillas pintadas con colorete, la nariz empolvada, incluso llevaba algo debajo de los ojos que hacía que brillaran más. No lo había hecho con demasiada habilidad, pero Winston no entendía de esas cosas. Nunca había visto ni imaginado a una mujer del Partido con cosméticos en la cara. La mejora era notable. Con unos toques de color en los sitios adecuados no solo se había vuelto más guapa, sino, sobre todo, muchísimo más femenina. Su cabello corto y el mono masculino contribuían a realzar el efecto. Cuando la rodeó con sus brazos un aroma de violetas sintéticas inundó sus fosas nasales. Recordó la penumbra de una cocina en un sótano, y la boca cavernosa de una mujer. Era exactamente el mismo perfume, pero en ese momento no le concedió mayor importancia.

—¡Si hasta te has puesto perfume! —dijo.

—Sí, cariño, también perfume. ¿Y sabes lo que voy a hacer ahora? Voy conseguir donde sea un verdadero vestido de mujer y me lo pondré en lugar de esos puñeteros pantalones. ¡Llevaré medias de seda y zapatos de tacón! En este cuarto voy a ser una mujer y no una camarada del Partido.

Se quitaron la ropa y treparon a la enorme cama de caoba. Era la primera vez que él se desnudaba en su presencia. Hasta ese momento le había avergonzado demasiado su cuerpo pálido y escuálido, con las varices asomando en las pantorrillas y la herida descolorida en el tobillo. No había sábanas, pero la manta sobre la que estaban tumbados estaba muy gastada y era bastante suave, el tamaño y lo mullido de la cama les sorprendió a los dos.

—Seguro que está llena de chinches, pero ¿qué más da? —dijo Julia.

En esos tiempos solo se veían camas dobles en las casas de los proles. De niño Winston había dormido alguna vez en una. Julia no, al menos que ella recordara.

Poco después se quedaron dormidos un rato. Cuando Winston despertó, las manecillas del reloj marcaban casi las nueve. No se movió, porque Julia tenía la cabeza apoyada en el hueco de su brazo. Casi todo el maquillaje estaba ahora en su propia cara o en la almohada, pero un poco de colorete todavía resaltaba la belleza de sus pómulos. Un rayo amarillo del sol poniente rozaba el pie de la cama e iluminaba la chimenea, donde el agua hervía en el cazo. En el patio, la mujer había dejado de cantar, pero los gritos apagados de los niños llegaban flotando de la calle. Se preguntó vagamente si en el pasado borrado había sido una vivencia normal que un hombre y una mujer estuviesen tumbados en una cama como esa en el frescor de la tarde veraniega, haciendo el amor cuando les apetecía, hablando de lo que les venía en gana, sin sentir la obligación de levantarse y limitándose a pasar el rato tumbados tranquilamente mientras escuchaban los ruidos de la calle. Sin duda era imposible que lo hubiera sido. Julia se despertó, se frotó los ojos y se apoyó en el codo para mirar el infiernillo.

—La mitad del agua se ha evaporado —dijo—. Me levantaré y prepararé un poco de café. Aún tenemos una hora. ¿A qué hora apagan las luces en tu edificio?

—A las veintitrés treinta.

—En el albergue las apagan a las veintitrés. Pero hay que llegar antes porque…

¡eh, largo de ahí bicho asqueroso!

De pronto se retorció en la cama, cogió un zapato del suelo y lo lanzó al rincón con un ademán masculino, exactamente igual que le había visto lanzar el diccionario contra Goldstein aquella mañana durante los Dos Minutos de Odio.

—¿Qué era eso? —preguntó sorprendido.

—Una rata. La he visto asomar el hocico por detrás del panel. Hay un agujero.

Pero le he dado un buen susto.

—¡Ratas! —murmuró Winston—. ¡En esta habitación!

—Están por todas partes —respondió Julia con indiferencia mientras volvía a acostarse—. Nosotras tenemos hasta en la cocina del albergue. Hay barrios de Londres que están invadidos. ¿Sabías que atacan a los niños? Pues sí. Hay calles donde a ninguna mujer se le ocurriría dejar a un bebé ni un par de minutos. Las pardas son las peores. Y lo malo es que las muy asquerosas…

—¡No sigas! —exclamó Winston cerrando los ojos con fuerza.

—¡Cariño! Te has puesto pálido. ¿Qué pasa? ¿Te dan asco?

—¡No se me ocurre nada más horrible que una rata!

Ella lo atrajo hacia sí y lo rodeó con los brazos y las piernas, como para tranquilizarlo con el calor de su cuerpo. Winston no abrió los ojos hasta al cabo de un rato. Le había parecido revivir una pesadilla que había tenido toda su vida. Siempre era más o menos igual: se hallaba ante una pared oscura sabiendo que al otro lado había algo insoportable, algo demasiado horrible para enfrentarse a ello. En el sueño el sentimiento predominante era de estar engañándose a sí mismo, como si de hecho supiera lo que había detrás de la pared oscura. Haciendo un esfuerzo ímprobo, como si se arrancara un pedazo del cerebro, incluso podría haber sacado aquello a la luz. Siempre despertaba antes de descubrir lo que era, pero sabía que de algún modo estaba relacionado con lo que estaba diciendo Julia cuando la interrumpió.

—Lo siento —dijo—, no es nada, no soporto a las ratas.

—No te preocupes, cariño, no dejaremos que entren. Antes de irnos, taparé el agujero con un trozo de tela. Y la próxima vez que vengamos traeré un poco de yeso y lo repararé como es debido.

El negro instante de pánico estaba olvidado ya. Ligeramente avergonzado, se recostó contra el cabezal de la cama. Julia se levantó, se puso el mono y preparó el café. El aroma que salía del cazo era tan fuerte e intenso que cerraron la ventana, no fuese a despertar la curiosidad de alguien de fuera. Mejor aún que el sabor del café era la textura sedosa que le daba el azúcar, Winston lo había olvidado después de años tomando sacarina. Con una mano metida en el bolsillo y una rebanada de pan con mermelada en la otra, Julia deambuló por la habitación mientras contemplaba con indiferencia la estantería, sugería el modo de reparar la mesita de alas abatibles, se sentaba en el desvencijado sillón para comprobar si era cómodo, y estudiaba el reloj con la esfera de doce horas con un gesto divertido y tolerante. Llevó el pisapapeles de cristal a la cama para verlo a la luz. Él se lo quitó de las manos, fascinado, como siempre, por la apariencia suave como de agua de lluvia del cristal.

—¿Qué crees que debe ser? —preguntó Julia.

—No creo que sea nada…, es decir, no creo que tuviese utilidad alguna. Por eso me gusta. Es un pedazo de historia que han olvidado alterar. Un mensaje de hace un siglo, aunque no sepamos interpretarlo.

—Y ese cuadro de ahí —señaló con un gesto la pared de enfrente—, ¿también tiene un siglo?

—Más. Dos, diría yo. Vete a saber. Hoy es imposible saber la edad de nada. Julia se acercó a mirarlo.

—Por ahí asomó el hocico ese bicho —dijo dando una patada al panel que había justo debajo del cuadro—. ¿Qué sitio es este? Me parece haberlo visto antes.

—Es una iglesia, o al menos lo era. Se llamaba San Clemente de los Daneses. Volvió a recordar el fragmento de la cancioncilla infantil que le había enseñado el señor Charrington y añadió en tono nostálgico: «"¡Naranjas y limones", dicen las campanas de San Clemente!».

Para su sorpresa, ella terminó el verso:

> «*Me debes tres peniques*», *dicen las de San Martín.*
> «*¿Cuándo me pagarás?*», *preguntan las campanas de Old Bailey.*

—No recuerdo cómo sigue, aunque sí sé cómo termina: «¡Aquí tienes una bujía para alumbrarte y aquí un hacha para cortarte la cabeza!».

Eran como las dos partes de un santo y seña. Aunque debía de haber otro verso después de «las campanas de Old Bailey». Tal vez podría arrancársele de la memoria al señor Charrington, si le interrogaba con habilidad.

—¿Quién te la ha enseñado? —preguntó.

—Mi abuelo. Me la cantaba cuando era niña. Lo vaporizaron cuando yo tenía ocho años… o en todo caso, desapareció. Me gustaría saber lo que era un limón — añadió con incoherencia—. He visto naranjas. Es una especie de fruta redonda de color amarillento y con la piel gruesa.

—Recuerdo los limones —respondió Winston—. En los años cincuenta eran muy comunes. Eran tan agrios que solo de verlos te dolían los dientes.

—Seguro que detrás del cuadro hay chinches —dijo Julia—. Un día de estos lo descolgaré y le daré una buena limpieza. Ya casi debe de ser hora de marcharse. Tengo que empezar a quitarme el maquillaje. ¡Qué pesadez! Luego te limpiaré el lápiz de labios.

Winston no se levantó hasta al cabo de unos minutos. La habitación estaba ya casi a oscuras. Se volvió hacia la luz y se quedó mirando el pisapapeles de cristal. Lo que despertaba su interés de forma inagotable no era el fragmento de coral, sino el interior mismo del cristal. Era muy profundo y al mismo tiempo casi tan transparente como el aire. Era como si su superficie fuese la bóveda del cielo y englobara un mundo minúsculo con su atmósfera y todo. Tuvo la impresión de que era posible colarse dentro y de que en realidad estaba ya dentro de él, junto a la cama de caoba y la mesa de alas abatibles, el reloj, el grabado y el propio pisapapeles. El pisapapeles era la habitación en la que se hallaban y el coral su vida y la de Julia fijas en una especie de eternidad en el corazón del cristal.

5

Syme había desaparecido. Una mañana no se presentó a trabajar; unos cuantos comentaron su ausencia con indiferencia. Al día siguiente, nadie preguntó por él. El tercer día, Winston fue al vestíbulo del Departamento de Archivos para comprobar el tablón de anuncios. Uno de los avisos incluía una lista de los miembros del Comité de Ajedrez del que Syme había formado parte. Estaba casi exactamente igual que antes —no había ninguna tachadura—, pero faltaba un nombre. Con eso era suficiente. Syme había dejado de existir. Nunca había existido.

Hacía un calor asfixiante. Las salas sin ventanas y con aire acondicionado del laberíntico Ministerio seguían a temperatura normal, pero en la calle las aceras quemaban y el hedor del metro a la hora punta era horroroso. Estaban en plenos preparativos para la Semana del Odio y los funcionarios de todos los Ministerios tenían que hacer horas extra. Había que organizarlo todo, los desfiles, los mítines, las paradas militares, las conferencias, las exposiciones de figuras de cera, las películas y los programas de la telepantalla; había que erigir estrados, construir efigies, acuñar consignas, escribir canciones, poner rumores en circulación y falsificar fotografías. La unidad de Julia en el Departamento de Ficción había dejado de producir novelas y estaba publicando a toda prisa una serie de panfletos sobre las atrocidades del enemigo. Winston, además de su trabajo habitual, pasaba largas horas al día repasando archivos del *Times* y alterando y adornando noticias que iban a citarse en los discursos. A última hora de la noche, cuando multitudes alborotadas de proles recorrían las calles, la ciudad tenía un aire curiosamente febril. Las bombas volantes caían con más frecuencia que nunca y a veces en la lejanía se oían enormes explosiones que nadie sabía explicar y sobre las que circulaban toda suerte de rumores descabellados.

La nueva melodía que iba a ser el himno de la Semana del Odio («La Canción del Odio», se llamaba) ya se había compuesto y sonaba constantemente en las telepantallas. Tenía un ritmo tosco y primitivo que apenas podía considerarse música y recordaba al sonido de un tambor. Cantada a gritos por cientos de voces al ritmo de las pisadas en los desfiles resultaba aterradora. A los proles les gustaba y a medianoche competía en las calles con la todavía popular «Fue solo una ilusión sin esperanzas». Los niños de los Parsons la interpretaban de un modo insoportable a todas horas del día y de la noche con un peine y un trozo de papel higiénico. Winston tenía las tardes más ocupadas que nunca. Brigadas de voluntarios, organizadas por Parsons, estaban preparando la calle para la Semana del Odio, cosían pancartas, pintaban carteles, erigían postes para las banderas en los tejados y tendían peligrosamente alambres a través de la calle para colgar banderitas. Parsons alardeaba de que solo las Casas de la Victoria exhibirían cuatrocientos metros de banderitas. Se notaba que estaba en su elemento y parecía más alegre que unas castañuelas. El calor y el trabajo manual incluso le habían proporcionado una excusa para volver a ponerse los pantalones cortos y una camisa abierta por las tardes. Iba y venía por doquier, empujaba, tiraba, aserraba, daba martillazos, improvisaba, animaba a todo el mundo con exhortaciones en nombre de la camaradería y exudaba por cada pliegue de su cuerpo una inagotable reserva de sudor de olor acre.

De la noche a la mañana, Londres había aparecido cubierta con un cartel nuevo. No tenía lema y mostraba solo la figura monstruosa de un soldado de Eurasia, de tres o cuatro metros de altura, que avanzaba con un rostro inexpresivo de mongol, unas botas enormes y un subfusil ametrallador apoyado en la cadera. Desde cualquier ángulo desde el que se contemplara el cartel, la boca del arma, ampliada por la perspectiva, parecía estar apuntándole a uno directamente. Lo habían pegado en todos los huecos que había en las paredes e incluso superaba en número a los retratos del Hermano Mayor. Estaban fustigando a los proles, que por lo general mostraban poco interés por la guerra, para arrastrarlos a uno de sus periódicos paroxismos patrióticos. Como para sintonizar mejor con el ambiente general, en los últimos tiempos las bombas volantes habían mata do a más gente de lo habitual. Una cayó en un cine abarrotado de Stepney y enterró a cientos de víctimas entre los cascotes. Todos los habitantes del barrio habían salido en un largo desfile fúnebre que duró horas y horas y que fue una auténtica muestra de indignación. Otra bomba cayó en un descampado que se utilizaba como parque infantil y varias docenas de niños volaron en pedazos. Hubo más manifestaciones airadas. Se quemó la efigie de Goldstein, se arrancaron y echaron a las llamas cientos de copias del cartel del soldado eurasiático y se saquearon varias tiendas durante los tumultos; luego corrió el rumor de que había espías que dirigían las bombas volantes mediante ondas inalámbricas, y a una pareja de ancianos de quienes se sospechaba que eran de origen extranjero les quemaron la casa y murieron asfixiados.

Cuando conseguían escapar a la habitación de encima de la tienda del señor Charrington, Julia y Winston se tumbaban el uno al lado del otro en la cama sin sábanas debajo de la ventana abierta, desnudos para estar más frescos. La rata no había vuelto a aparecer, pero las chinches se habían multiplicado con el calor. No parecía importarles. Sucia o limpia, la habitación era el paraíso. En cuanto llegaban, lo esparcían todo de pimienta comprada en el mercado negro, se arrancaban la ropa y hacían el amor sudorosos, luego se dormían y despertaban para descubrir que las chinches se estaban reagrupando para el contraataque.

Cuatro, cinco, seis... hasta siete veces se vieron el mes de junio. Winston había dejado de beber ginebra a todas horas. Ya no lo necesitaba. Había engordado, su úlcera varicosa había cicatrizado y había dejado solo una mancha marrón en la piel por encima del tobillo, y ya no tenía accesos de tos al despertarse por las mañanas. La vida había dejado de parecerle intolerable, ya no tenía la tentación de ponerse a hacer muecas delante de la telepantalla o de gritar palabrotas. Ahora que tenían un escondite seguro, casi un hogar, ni siquiera le parecía una molestia que solo pudieran verse de vez en cuando un par de horas. Lo importante era que existiera aquella habitación. Saber que seguía allí, inviolada, casi equivalía a estar en ella. La habitación era un mundo, un reducto del pasado donde había animales extinguidos. Winston pensaba que el señor Charrington era otro animal extinguido. Muchas veces se entretenía a hablar con él unos minutos antes de subir. El anciano apenas salía de casa y casi no tenía clientes. Llevaba una existencia fantasmal entre la oscura y minúscula tienda y una cocina trasera aún más minúscula donde preparaba sus comidas y donde guardaba, entre otras cosas, un gramófono increíblemente antiguo con una gigantesca bocina. Parecía alegrarse de tener la oportunidad de hablar. Mientras deambulaba entre sus baratijas, con aquella nariz larga y las gafas gruesas, con los hombros encorvados y la chaqueta de terciopelo, daba la vaga impresión de ser un coleccionista y no un vendedor. Señalaba sin entusiasmo algún objeto sin valor —un tapón de porcelana, la tapa pintada de una cajita rota de rapé o un guardapelo de hojalata con un mechón de los cabellos de algún bebé que debía de llevar mucho tiempo muerto— y nunca le pedía a Winston que lo comprara, solo que lo admirase. Hablar con él era como escuchar el tintineo de una destartalada cajita de música.

Había rescatado del fondo de su memoria más fragmentos de cancioncillas olvidadas. Había una sobre veinticuatro mirlos, otra sobre una vaca con el cuerno roto y otra sobre la muerte del pobre petirrojo.

—He pensado que le interesaría… —decía con una risita burlona cada vez que le cantaba un nuevo fragmento. Pero nunca recordaba más que unos versos de cada canción.

Tanto Winston como Julia sabían —en cierto modo, lo tenían siempre presente— que lo que les estaba ocurriendo no podía durar mucho. Había ocasiones en que la inminencia de la muerte les parecía tan palpable como la cama en la que estaban tumbados y se abrazaban con una especie de sensualidad desesperada, como un alma condenada aferrándose a su último instante de placer cuando el reloj está a punto de dar la hora. En cambio, otras veces tenían la ilusión no solo de la seguridad, sino de la permanencia. Mientras siguieran en aquella habitación, los dos tenían la impresión de que no podría ocurrirles nada malo. Llegar allí era difícil y peligroso, pero la habitación era un santuario. Igual que cuando Winston se había quedado mirando el interior del pisapapeles con la sensación de que sería posible introducirse en aquel mundo cristalino, y de que una vez dentro el tiempo se detendría. A menudo se dejaban arrastrar por ensoñaciones en las que lograban escapar. Su suerte duraba eternamente y seguían con su intriga, como hasta entonces, el resto de su vida. O bien Katharine moría y, mediante sutiles manejos, Winston y Julia lograban casarse. O se suicidaban juntos. O desaparecían, cambiaban de aspecto hasta ser irreconocibles, aprendían a imitar el acento de los proletarios, conseguían un trabajo en una fábrica y vivían el resto de su vida en una casa en algún callejón. Eran tonterías y ambos lo sabían. En realidad, no había escapatoria. Ni siquiera tenían intención de poner en práctica el único plan posible: el suicidio.

Vivir día a día, y semana a semana, devanando un presente sin futuro, era un instinto irresistible, igual que los pulmones inhalan siempre una última bocanada mientras quede aire disponible.

En otras ocasiones hablaban de implicarse en la rebelión activa contra el Partido, aunque no tenían ni idea de cómo dar el primer paso. Incluso si la mítica Hermandad era real, estaba la dificultad de entrar en contacto con ella. Winston le habló a Julia de la extraña intimidad que había, o parecía haber, entre él y O'Brien, y de la tentación que sentía a veces de ir a verle, anunciar que era un enemigo del Partido y pedirle ayuda. Curiosamente, a ella no le pareció tan descabellado. Estaba acostumbrada a juzgar a la gente por su rostro, y le pareció natural que Winston confiara en O'Brien por una simple mirada. Además, Julia daba por sentado que todo o casi todo el mundo odiaba secretamente el Partido e infringiría las normas si creyera poder hacerlo con impunidad. Sin embargo, se resistía a creer que existiera, o pudiera existir, una oposición extendida y organizada. Según creía, las historias sobre Goldstein y su ejército clandestino no eran más que una sarta de mentiras inventadas por el Partido para favorecer sus propios fines y en las que había que fingir creer. Cuántas veces, en los mítines del Partido y en las manifestaciones espontáneas, había pedido a voz en grito que se ejecutara a personas cuyos nombres no había oído jamás y en cuyos supuestos crímenes no creía lo más mínimo. Siempre que se celebraban juicios públicos, ocupaba su puesto en los grupos de la Liga Juvenil que rodeaban los tribunales de la mañana a la noche y gritaban a coro: «¡Muerte a los traidores!». Durante los Dos Minutos de Odio siempre destacaba entre los demás a la hora de gritarle insultos a Goldstein. Sin embargo, solo tenía una idea muy vaga de quién era Goldstein y de las doctrinas que supuestamente representaba. Se había educado después de la Revolución y era demasiado joven para recordar las disputas ideológicas de los años cincuenta y sesenta. La idea de un movimiento político independiente le resultaba inconcebible; y en cualquier caso, el Partido era invencible. Siempre existiría y siempre sería igual. Uno solo podía rebelarse desobedeciéndolo en secreto o, a lo sumo, mediante actos aislados de violencia como matar a alguien o poner una bomba en alguna parte.

En ciertos aspectos era más lúcida que Winston, y menos susceptible a la propaganda del Partido. En una ocasión en que él sacó a relucir la guerra contra Eurasia, le sorprendió al afirmar sin inmutarse que, en su opinión, no había ninguna guerra. Lo más probable era que las bombas volantes que caían a diario sobre Londres las estuviera lanzando el propio gobierno de Oceanía, «para meterle el miedo en el cuerpo a la gente». Era algo que nunca se le había ocurrido. También le produjo cierta envidia cuando le contó que durante los Dos Minutos de Odio tenía que hacer un gran esfuerzo para no estallar en carcajadas. Sin embargo, solo cuestionaba las enseñanzas del Partido cuando afectaban de algún modo a su vida privada. A menudo se mostraba dispuesta a aceptar la mitología oficial porque la diferencia entre la verdad y la mentira parecía traerle sin cuidado. Creía, por ejemplo, tal como le habían enseñado en la escuela, que el Partido había inventado el aeroplano. (Winston recordaba que en sus días de colegial, a finales de los años cincuenta, el Partido solo se atribuía la invención del helicóptero; doce años después, cuando Julia iba a la escuela, ya afirmaba haber inventado el aeroplano; una generación más, y afirmaría haber inventado la máquina de vapor). Y, cuando le contó que los aeroplanos ya existían antes de nacer él, y mucho antes de la Revolución, a Julia le pareció algo carente de interés. Al fin y al cabo, ¿qué más daba quién hubiera inventado el aeroplano? A Winston aún le sorprendió más descubrir que había olvidado que, cuatro años antes, Oceanía hubiera estado en guerra con Esteasia y en paz con Eurasia. Estaba convencida de que lo de la guerra era un camelo, pero no había reparado siquiera en que el nombre del enemigo hubiese cambiado.

—Yo creía que siempre habíamos estado en guerra con Eurasia —dijo sin prestar demasiada atención.

A Winston le asustó un poco. La invención del aeroplano databa de mucho antes de que naciera Julia, pero el cambio en la guerra se había producido hacía solo cuatro años, cuando ya era adulta. Estuvo hablándolo con ella casi un cuarto de hora. Al final, consiguió que recordara vagamente que en otra época el enemigo había sido Esteasia y no Eurasia. Pero la cuestión siguió pareciéndole carente de interés.

—¿Qué más da? —dijo con impaciencia—. Tanto da una puñetera guerra como otra y lo que cuentan las noticias es una sarta de mentiras.

A veces, Winston le hablaba del Departamento de Archivos y de las descaradas falsificaciones que perpetraba. Pero a ella no parecía escandalizarle. Era como si no reparase en el abismo que se abría a sus pies cuando las mentiras se convertían en verdades. Le contó la historia de Jones, Aaronson y Rutheford, y del revelador pedazo de papel que había tenido en sus manos. No la impresionó lo más mínimo. De hecho, al principio ni siquiera entendió lo que le decía.

—¿Eran amigos tuyos? —preguntó.

—No, no eran amigos míos. Eran miembros del Partido Interior. Además, eran mucho mayores que yo. Gente de otra época, de antes de la Revolución. Solo los conocía de vista.

—Entonces ¿qué más te da? Matan a gente todo el tiempo, ¿no?

Winston intentó hacérselo comprender.

—Fue un caso excepcional. No fue solo que mataran a alguien. ¿No ves que el pasado, empezando por el día de ayer, ha sido eliminado? Si sobrevive en alguna parte, es solo en algunos objetos sin etiquetas, como ese pedazo de cristal. Ya casi no sabemos nada de la Revolución y de los años previos a la Revolución. Todos los archivos han sido destruidos o falsificados, han reescrito los libros, han vuelto a pintar los cuadros, las estatuas, las calles y los edificios han cambiado de nombre, han modificado las fechas. Y ese proceso continúa día a día y minuto a minuto. La historia se ha detenido. No existe nada más que un presente infinito en el que el Partido siempre tiene razón. Por supuesto, sé que han falsificado el pasado, pero me sería imposible demostrarlo, aunque yo mismo haya hecho la falsificación. Una vez hecha, no queda el menor rastro. Las únicas pruebas están en mi cabeza, y no estoy seguro de que nadie más comparta mis recuerdos. Solo en ese único caso, en toda mi vida, tuve una prueba concreta después de que el hecho ocurriera... años después.

—¿Y de qué te sirvió?

—No me sirvió de nada porque tiré el papel al cabo de unos minutos. Pero si volviese a suceder hoy, lo guardaría.

—¡Pues yo no! —exclamó Julia—. Estoy dispuesta a correr riesgos, pero solo por algo que valga la pena, no por un pedazo de periódico viejo. ¿Qué habrías sacado en limpio de haberlo conservado?

—Tal vez no demasiado. Pero era una prueba. Podría haber sembrado algunas dudas aquí y allá, suponiendo que me hubiese atrevido a enseñárselo a alguien. No creo que podamos cambiar nada en nuestra vida. Pero no deja de ser concebible que vayan surgiendo pequeños núcleos de resistencia... grupos de personas que se vayan juntando y sean cada vez más numerosos, que incluso dejen tras ellos algún testimonio para que la siguiente generación pueda seguir donde ellos lo dejaron.

—No me interesa la siguiente generación, cariño. Lo único que me interesa somos nosotros.

—Eres una rebelde solo de cintura para abajo —le dijo. A ella le pareció graciosísimo y le abrazó complacida.

Las ramificaciones de la doctrina del Partido no le interesaban. Cada vez que Winston empezaba a hablarle de los principios del Socing, el doblepiensa, la mutabilidad del pasado y la negación de la realidad objetiva, y a utilizar palabras en nuevalengua, ella se aburría y no le entendía y decía que nunca había prestado atención a esas cosas. Estaba claro que era un montón de patrañas, así que ¿por qué molestarse en perder el tiempo con ellas? Lo único necesario era saber cuándo vitorear y cuándo abuchear. Si insistía en hablarle de esas cosas, ella tenía la desconcertante costumbre de quedarse dormida. Era de esas personas que son capaces de quedarse dormidas en cualquier postura y en cualquier momento del día. Al conversar con ella, Winston se percató de lo fácil que resultaba dar la impresión de ortodoxia sin tener la menor idea de lo que significaba esa ortodoxia. En cierto sentido, la visión del mundo que tenía el Partido se imponía con éxito a gente incapaz de entenderla. Se les podía convencer de que aceptaran las más flagrantes violaciones de la realidad, porque nunca llegaban a entender del todo la enormidad de lo que se les pedía, y no estaban lo bastante interesados en los acontecimientos públicos para reparar en lo que ocurría. Su falta de comprensión les permitía conservar la cordura. Se limitaban a tragárselo todo y nunca se les indigestaba porque lo que tragaban no dejaba ningún residuo, igual que un grano de trigo puede pasar por el cuerpo de un pájaro sin ser digerido.

6

Por fin había sucedido. Había llegado el ansiado mensaje. Winston tenía la impresión de haberse pasado la vida esperando que ocurriera.

Iba andando por el largo pasillo del Ministerio y casi al llegar al sitio donde Julia le había pasado la nota reparó en que había alguien más robusto que él a su espalda. Quienquiera que fuese aquella persona había carraspeado, evidentemente como preludio antes de hablarle. Winston se detuvo en seco y se volvió. Era O'Brien.

Por fin se hallaban cara a cara, y su primer impulso fue salir corriendo. El corazón le latía con violencia. Habría sido incapaz de decir nada. No obstante, O'Brien le había puesto la mano en el brazo con gesto amistoso sin detenerse y los dos habían seguido andando uno al lado del otro. Empezó a hablarle con la cortesía grave y peculiar que lo diferenciaba de la mayoría de los miembros del Partido Interior.

—Estaba esperando tener una ocasión para hablar contigo —dijo—. El otro día leí en el *Times* uno de tus artículos en nuevalengua. Imagino que la nuevalengua te interesa desde un punto de vista erudito, ¿no?

Winston había recobrado en parte el dominio de sí mismo.

—No exactamente erudito —respondió—. Solo soy un aficionado. No es mi especialidad. No he participado en la verdadera creación del idioma.

—Pero lo escribes con mucha elegancia —dijo O'Brien—. Y no es que lo diga solo yo. Hace poco hablé con un amigo tuyo que es todo un experto. Ahora mismo no recuerdo cómo se llama.

Una vez más el corazón de Winston se agitó penosamente. Sin duda se refería a Syme. Pero Syme no solo estaba muerto, sino eliminado, era una «nopersona». Cualquier referencia identificable a él habría sido mortalmente peligrosa. La observación de O'Brien debía de ser una señal, una clave. Al compartir con él un pequeño acto de crimental los había convertido en cómplices. Habían seguido andando lentamente por el pasillo, pero de pronto O'Brien se detuvo. Con la misma curiosa cordialidad capaz de desarmar a cualquiera que siempre imprimía a aquel gesto, se colocó las gafas sobre la nariz. Luego prosiguió:

—Lo que quería decirte era que noté que en tu artículo habías utilizado dos palabras que se han quedado obsoletas. Aunque desde hace muy poco. ¿Has visto la décima edición del *Diccionario de nuevalengua*?

—No —contestó Winston—. No sabía que la hubiesen publicado. En el Departamento de Archivos todavía utilizamos la novena.

—Creo que no se publicará hasta dentro de unos meses. Pero han puesto ya en circulación algunos ejemplares. Yo tengo uno. ¿Te interesaría hojearlo?

—Desde luego —respondió Winston, reparando enseguida en cuáles eran sus intenciones.

—Algunos de los cambios introducidos son muy ingeniosos. Creo que lo que te resultará más interesante será la reducción del número de verbos. Veamos, ¿quieres que te envíe el Diccionario por mensajero? Aunque me temo que esas cosas siempre se me olvidan. ¿No podrías pasar a recogerlo por mi piso cuando te vaya bien? Espera. Te daré mis señas.

Estaban delante de una telepantalla. Con aire distraído, O'Brien se hurgó en los bolsillos y sacó un bloc de notas forrado de cuero y un tintalápiz de oro. Justo debajo de la telepantalla, de modo que cualquiera que estuviese observándole al otro lado del aparato pudiera leer lo que estaba escribiendo, anotó una dirección, arrancó la hoja y se la dio a Winston.

—Por las tardes casi siempre estoy en casa —dijo—. De lo contrario, mi criado te dará el Diccionario.

Se marchó, y dejó a Winston con el trozo de papel en la mano, que en esta ocasión no había necesidad de ocultar. No obstante, memorizó cuidadosamente lo que había escrito en él y, unas horas más tarde, lo arrojó con otros documentos al agujero de memoria.

A lo sumo habrían hablado un par de minutos. Aquel encuentro solo podía significar una cosa: era un medio ideado para que O'Brien pudiera darle sus señas. Era necesario porque el único modo de averiguar dónde vivía alguien era preguntarle directamente. No había guías de direcciones. Lo que O'Brien le había dicho era: «Si alguna vez necesitas verme, ya sabes dónde encontrarme». Tal vez incluso descubriera algún mensaje oculto en el Diccionario. En todo caso, estaba claro que la conspiración con que había soñado existía y que había entrado en contacto con su periferia.

Sabía que antes o después obedecería a la llamada de O'Brien. Tal vez al día siguiente, o puede que dejara transcurrir un tiempo…

no estaba seguro. Lo que estaba ocurriendo era solo la puesta en práctica de un proceso que había empezado hacía años. El primer paso había sido un pensamiento secreto e involuntario; el segundo, el inicio del diario. Había pasado de los pensamientos a las palabras, y ahora de las palabras a los hechos. El último paso sucedería en el Ministerio del Amor. Lo había aceptado. El final estaba implícito en el principio. Aun así le asustaba, o, para ser más exactos, era como un anticipo de la muerte, como estar un poco menos vivo. Incluso mientras hablaba con O'Brien, y a medida que el significado de sus palabras iba calando en él, le había recorrido un escalofrío. Tuvo la sensación de adentrarse en la humedad de una tumba, y saber que la tumba siempre había estado ahí esperándole no le supuso ningún consuelo.

7

Winston se había despertado con los ojos llenos de lágrimas. Julia rodó adormilada hacia él, y murmuró algo que sonó como «¿Qué te ocurre?».

—Estaba soñando que... —empezó y se detuvo en seco. Era demasiado complicado para expresarlo con palabras. Por un lado estaba el sueño y por otro un recuerdo que había flotado hasta su memoria segundos después de despertarse.

Se quedó tumbado con los ojos cerrados, empapado aún en la atmósfera del sueño. Era un sueño vasto y luminoso en el que toda su vida parecía extenderse ante él como un paisaje una tarde estival después de la lluvia. Todo había sucedido dentro del pisapapeles de cristal, pero la superficie de este era la bóveda del cielo, y dentro todo estaba inundado por una luz clara y suave bajo la cual alcanzaba a ver distancias interminables. El sueño lo abarcaba también —de hecho, en gran parte había consistido en eso— en un gesto que había hecho su madre con el brazo y que, treinta años más tarde, había repetido la mujer judía que había visto en el noticiario del cine para tratar de proteger a su hijo de las balas antes de que los helicópteros los hicieran pedazos.

—¿Sabes que hasta este momento creía haber asesinado a mi madre? —dijo.

—¿Por qué la asesinaste? —preguntó Julia medio dormida.

—No la asesiné. Al menos, no físicamente.

En el sueño había recordado la última vez que había visto a su madre, y, nada más despertar, había acudido también a su memoria la serie de acontecimientos sin importancia sucedidos en aquella ocasión. Era un recuerdo que debía de haber apartado deliberadamente de su conciencia durante muchos años. No estaba seguro de la fecha, pero sin duda rondaría los diez años, o tal vez los doce, cuando ocurrió.

Su padre había desaparecido poco antes, no sabía con exactitud cuándo. Recordaba mucho mejor las incómodas y precarias circunstancias de la época: el pánico periódico por los ataques aéreos y las prisas para refugiarse en las estaciones de metro, los montones de cascotes que había por todas partes, las proclamas ininteligibles colgadas en las esquinas, las pandillas de jóvenes con camisas del mismo color, las largas colas a las puertas de las panaderías, los disparos intermitentes de las ametralladoras a lo lejos... y, sobre todo, la falta de comida. Recordaba las largas tardes pasadas con otros chicos hurgando en los cubos de la basura, recogiendo hojas de col, mondaduras de patata e incluso mendrugos de pan duro a los que quitaban cuidadosamente la ceniza; y también esperando a que pasaran los camiones cargados de comida para el ganado y de los que, al pasar por los baches, a veces caía algún trozo de torta de linaza.

Cuando su padre desapareció, su madre no pareció muy sorprendida ni apenada, aunque experimentó un cambio inesperado. Fue como si la embargara un absoluto desánimo. Era evidente, incluso para Winston, que estaba esperando que sucediera algo que sabía inevitable. Hacía todo lo necesario: cocinaba, lavaba y remendaba la ropa, hacía las camas, barría el suelo, quitaba el polvo de la repisa de la chimenea... todo muy despacio y como si economizara sus movimientos, igual que un maniquí articulado que hubiese cobrado vida. Luego su cuerpo bien proporcionado parecía volver de forma natural a la inactividad. Pasaba horas sentada en la cama casi sin moverse, acunando a su hija pequeña, una niña diminuta, enfermiza y muy callada de dos o tres años con un rostro tan delgado que casi parecía simiesco. Muy de vez en cuando, cogía a Winston en brazos y lo abrazaba un largo rato sin decir nada. A pesar del egoísmo de la niñez, él sabía que tenía algo que ver con aquel acontecimiento del que nunca hablaba y que estaba a punto de ocurrir.

Recordaba la habitación donde vivían, un cuarto oscuro que olía a cerrado y que ocupaba casi por completo una cama con una colcha blanca. En la rejilla de la chimenea había un infiernillo de gas, y un estante donde guardaban la comida, y fuera, en el rellano de la escalera, un fregadero marrón que compartían con los otros inquilinos. Recordaba el cuerpo estatuario de su madre inclinado sobre el infiernillo para remover algo en la cazuela. Por encima de todo recordaba el hambre constante y las sórdidas y feroces discusiones a la hora de las comidas. Una y otra vez le preguntaba a su madre por qué no tenían más comida, le gritaba y le hacía reproches (incluso recordaba el tono de su voz, que en aquel entonces estaba empezando a cambiar prematuramente y a veces resonaba de un modo peculiar), o probaba con un poco de patetismo llorón para intentar conseguir un poco más de lo que le correspondía. Su madre estaba más que dispuesta a dárselo. Aceptaba que él, «el chico», tenía que llevarse el trozo más grande; pero por mucho que le diera siempre pedía más. En cada comida ella le imploraba que no fuese egoísta y recordara que su hermanita estaba enferma y también necesitaba comer, pero era inútil. Él lloraba de rabia cuando dejaba de servirle, intentaba quitarle el cucharón y el cazo de la mano y cogía comida del plato de su hermana. Sabía que por su culpa ellas pasaban hambre, pero no podía evitarlo; incluso se creía en su derecho. El hambre que le agujereaba el estómago parecía justificarlo. Entre comidas, si su madre no iba con cuidado, le robaba las escasas reservas de comida del estante.

Un día, repartieron una ración de chocolate. Llevaban semanas sin repartir. Recordaba muy bien aquel precioso pedacito de chocolate. Era una tableta de dos onzas (en aquellos tiempos seguían utilizando las onzas) para repartir entre los tres. Era evidente que lo natural era repartirla a partes iguales. De pronto, como si fuese otra persona, Winston se oyó a sí mismo exigiendo en voz alta que se la dieran entera a él. Su madre le pidió que no fuese tan egoísta. Se produjo una larga discusión con gritos, gimoteos, lágrimas, quejas y regateos. Su hermana pequeña se aferraba a su madre con ambas manos, exacta mente igual que una cría de mono, y lo contemplaba con ojos grandes y lastimeros. Al final, su madre le dio tres cuartos de la tableta a Winston y el cuarto restante a su hermana. La niña lo cogió y lo observó, sin saber muy bien qué era. Winston la miró un momento. Luego, con un gesto rápido, le arrebató el trozo de chocolate de la mano y salió corriendo por la puerta.

—¡Winston, Winston! —le llamó su madre—. ¡Ven aquí! ¡Devuélvele el chocolate a tu hermana!

Él se detuvo, pero no volvió. Los ojos angustiados de su madre le miraban con fijeza. Incluso entonces seguía sin saber qué era lo que estaba a punto de suceder. Su hermana, consciente de que le habían robado algo, se puso a lloriquear. Su madre la rodeó con el brazo y la apretó contra su pecho. De algún modo aquel gesto le dio a entender a Winston que su hermanita se estaba muriendo. Dio media vuelta y huyó por las escaleras con el chocolate medio derretido en la mano.

Nunca volvió a ver a su madre. Después de devorar el chocolate sintió vergüenza y pasó varias horas deambulando por las calles, hasta que el hambre le hizo regresar. Cuando llegó, su madre había desaparecido. Por entonces eso ya empezaba a ser normal. En la habitación no faltaba nada, solo su madre y su hermana. No se habían llevado la ropa, ni siquiera el abrigo. Ni siquiera ahora podía estar seguro de que su madre hubiese muerto. Era muy posible que solo la hubiesen enviado a un campo de trabajos forzados. En cuanto a su hermana, tal vez la hubieran enviado, como hicieron con el propio Winston, a una de las colonias para niños sin hogar (Centros de Reclamación, se llamaban) que habían surgido con la guerra civil; o quizá la hubiesen enviado al campo de trabajo con su madre, o la hubieran dejado morir en algún sitio.

El sueño seguía muy presente en su imaginación, sobre todo el gesto protector del brazo que parecía contener todo su significado. Recordó otro sueño que había tenido dos meses antes. La había visto en el barco naufragado, exactamente igual que cuando se sentaba abrazada a la niña sobre la colcha blanca y mugrienta, solo que muy por debajo de él, hundiéndose sin remedio y sin dejar de mirarlo a través del agua cada vez más oscura.

Le contó a Julia la historia de la desaparición de su madre. Sin abrir los ojos, ella se dio la vuelta y se puso más cómoda.

—Menudo cerdo debías de estar hecho en esa época —dijo con voz neutra—.

Como todos los niños.

—Sí, pero la auténtica clave de la historia...

Comprendió, por el ritmo de su respiración, que se estaba quedando dormida. Le habría gustado seguir hablándole de su madre. No creía, por lo que recordaba de ella, que hubiese sido una mujer excepcional, y mucho menos inteligente; no obstante, poseía cierta nobleza, y una especie de integridad, aunque solo fuese porque tenía sus propios valores y sentimientos, que no podían cambiarse desde fuera. Jamás se le habría ocurrido que una acción careciera de sentido solo porque no tuviera éxito. Si querías a alguien, lo querías, y, si no tenías otra cosa que darle, le dabas cariño. Cuando se acabó el chocolate, su madre había abrazado a su hija entre sus brazos. Era un gesto inútil, que no cambiaba nada, no producía más chocolate, ni podría evitar la muerte de su hija ni la suya, pero parecía lo más natural. La refugiada del bote también había intentado proteger a su hijo con el brazo, aunque fuese una protección tan inútil contra las balas como una hoja de papel. Lo más terrible que había hecho el Partido era convencer a la gente de que los impulsos y los meros sentimientos eran inútiles, al tiempo que la había despojado de cualquier poder sobre el mundo material. Una vez en manos del Partido, lo que sintieras o dejaras de sentir, lo que hicieses o no, era sencillamente indiferente. Pasara lo que pasara, desaparecías y nadie se acordaba de ti ni de tus actos. Te sacaban sin más del torrente de la historia. Y aun así, a la gente de hacía solo dos generaciones eso no le habría parecido tan importante porque no estaban intentando cambiar la historia. Se regían por lealtades privadas que no cuestionaban. Lo que importaba eran las relaciones personales, y un gesto inútil, un abrazo, una lágrima, una palabra dicha a un moribundo podían tener valor en sí mismos. Los proles, comprendió de pronto, seguían aún en ese estado. No eran leales a un partido, un país o una idea, sino unos a otros. Por primera vez en su vida, no sintió desprecio por los proles ni pensó en ellos solo como una fuerza inerte que un día cobraría vida y regeneraría el mundo. Los proles habían seguido siendo humanos. En su fuero interno no se habían endurecido. Se habían aferrado a las emociones primitivas que él mismo había tenido que volver a aprender haciendo un esfuerzo consciente. Y al pensarlo recordó, como algo sin relevancia aparente, que unas semanas antes había visto una mano cortada en la acera y la había echado al arroyo como si fuese un tallo de col.

—Los proles son seres humanos —dijo en voz alta—. Nosotros, no.

—¿Por qué no? —preguntó Julia, que había vuelto a despertarse.

Winston se quedó pensando un instante.

—¿No se te ha ocurrido nunca que lo mejor que podríamos hacer es irnos de aquí antes de que sea demasiado tarde y no volver a vernos?

—Sí, cariño, se me ha ocurrido muchas veces. Pero aun así no voy a hacerlo.

—Hemos tenido suerte —objetó él—, pero no puede durar mucho. Eres joven. Pareces normal e inocente. Si te apartas de la gente como yo, podrías vivir otros cincuenta años.

—No. Ya lo he pensado. Haré lo que tú hagas. Y no te desanimes. Se me da muy bien seguir con vida.

—Tal vez podamos seguir juntos otros seis meses... un año... ¿quién sabe? Pero al final no nos quedará más remedio que separarnos. ¿Te das cuenta de lo solos que estaremos? Una vez que nos detengan, no podremos hacer nada, absolutamente nada, el uno por el otro. Si confieso, te matarán, y si me niego a confesar te matarán de todos modos. Nada que pueda hacer, decir o callar podrá demorar tu muerte ni cinco minutos. Ninguno sabrá si el otro está vivo o muerto. Estaremos totalmente impotentes. Lo más importante es que no nos traicionemos, aunque eso tampoco suponga la menor diferencia.

—Si te refieres a confesar —dijo—, puedes estar seguro de que lo haremos. Todo el mundo confiesa. Es inevitable. Te torturan.

—No me refería a confesar. La confesión no es una traición. Lo que hagas o digas carece de importancia: lo único que importa son los sentimientos. Si lograsen que dejara de quererte... eso sería una auténtica traición.

Ella reflexionó un instante.

—No —dijo por fin—. Es lo único que no pueden hacer. Pueden obligarte a decir cualquier cosa, lo que sea, pero no obligarte a que lo creas. No se pueden meter en tu cabeza.

—No —respondió él un poco más esperanzado—, no; tienes razón. No se pueden meter en tu cabeza. Si seguimos sintiendo que vale la pena seguir siendo humanos, incluso aunque no sirva de nada, les habremos derrotado.

Pensó en la telepantalla siempre encendida. Podían espiarte día y noche, pero si conservabas la cabeza fría aún era posible engañarles. A pesar de todas sus mañas, no habían llegado a dominar el secreto de averiguar lo que estaba pensando otra persona. Tal vez eso no fuese tan cierto cuando de verdad estabas en sus manos. Nadie sabía lo que ocurría en el interior del Ministerio del Amor, pero no era difícil conjeturarlo: torturas, drogas, delicados instrumentos capaces de registrar las reacciones nerviosas, un agotamiento progresivo fruto de la soledad, la falta de sueño y los constantes interrogatorios. Los hechos, en cualquier caso, no podían ocultarse. Podían averiguarlos haciendo indagaciones o arrancártelos mediante la tortura. Pero si el objetivo no era seguir vivo, sino seguir siendo humano, ¿qué más daba al fin y al cabo? No podían conseguir que cambiaras tus sentimientos: de hecho, ni tú mismo podías cambiarlos por más que quisieras. Podían averiguar hasta el último detalle de lo que habías hecho, dicho o pensado; pero el interior de tu corazón, cuyo funcionamiento era un misterio incluso para ti, seguía siendo inexpugnable.

8

¡Lo habían hecho, por fin lo habían hecho!

La sala en que se encontraban era alargada y estaba tenuemente iluminada. Habían oscurecido la telepantalla hasta reducirla a un leve murmullo; la alfombra de color azul oscuro era tan gruesa que daba la impresión de andar sobre terciopelo. O'Brien estaba sentado al fondo ante una mesa a la luz de una lámpara de pantalla verde con un montón de papeles a cada lado. Ni siquiera se había molestado en alzar la mirada cuando el criado hizo pasar a Julia y a Winston.

A Winston el corazón le latía con tanta fuerza que dudó que pudiera hablar. Lo habían hecho, por fin lo habían hecho, era lo único que podía pensar. Presentarse allí ya había sido una temeridad, pero haber ido juntos solo podía tildarse de locura inimaginable, por más que hubiesen ido por caminos diferentes y no se hubieran encontrado hasta llegar al umbral de O'Brien. Aun así, hacía falta aplomo para entrar en un sitio como ese. Solo en contadas ocasiones entraba uno en el domicilio de un miembro del Partido Interior, o incluso pasaba por los barrios donde vivían. El ambiente del enorme bloque de pisos, la suntuosidad y la amplitud de todo, los olores desconocidos a buena comida y buen tabaco, los silenciosos y rapidísimos ascensores que se deslizaban arriba y abajo, los criados con chaqueta blanca que iban y venían... todo resultaba intimidatorio. Aunque tenía un buen pretexto para ir allí, a cada paso le había dominado el temor de que apareciera un guardia uniformado de negro a la vuelta de la esquina, le pidiera los papeles y le diera la orden de marcharse. No obstante, el criado de O'Brien les había hecho pasar sin la menor dilación. Era un hombre bajo, de cabello negro, con una chaqueta blanca y un rostro adamantino y achinado totalmente inexpresivo. El pasillo por el que les llevó estaba tapizado por una mullida moqueta y las paredes empapeladas de color crema y los rodapiés blancos estaban exquisitamente limpios. Eso también resultaba intimidatorio. Winston no recordaba haber visto un pasillo cuyas paredes no estuvieran mugrientas por el contacto con el cuerpo de la gente.

O'Brien tenía un papelito entre los dedos y parecía estar observándolo atentamente. Su rostro serio, tan inclinado que se veía la línea de la nariz, parecía temible e inteligente al mismo tiempo.

Pasó unos veinte segundos sin moverse. Luego se acercó el hablascribe y tecleó un mensaje en la jerga híbrida de los ministerios:

Referencia uno coma cinco coma siete aprobado totalmente punto sugerencia contenida en referencia seis doblemás ridículo roza crimental cancelar punto noproceder construcción anteconseguir plusmás cálculos maquinaria punto fin del mensaje.

Se levantó despacio de la silla y fue hacia ellos desde el otro lado de la silenciosa alfombra. Parecía haber dejado de lado parte de su actitud oficial con las palabras en nuevalengua, pero su gesto era más sombrío de lo habitual, como si le desagradara que le hubieran molestado. Una vena de timidez se añadió al miedo que sentía Winston. Le pareció muy posible que hubiese cometido una estupidez. ¿Qué pruebas tenía él en realidad de que O'Brien fuese una especie de conspirador político? Tan solo un cruce de miradas y una observación equívoca: lo demás eran únicamente sus propias lucubraciones basadas en un sueño. Ni siquiera podía utilizar la excusa de haber ido a recoger el diccionario, porque en ese caso la presencia de Julia resultaba inexplicable. Cuando O'Brien pasó por delante de la telepantalla, pareció ocurrírsele una idea. Se detuvo, se volvió y accionó un interruptor en la pared. Se oyó un brusco chasquido. La voz había cesado.

Julia soltó una leve exclamación, una especie de gritito de asombro. Winston se sorprendió tanto que fue incapaz de contenerse.

—¡No puedes apagarla! —dijo.

—Sí —respondió O'Brien—, tenemos ese privilegio.

Estaba justo delante de ellos. Su corpulenta silueta se cernía sobre los dos, y la expresión de su rostro seguía siendo indescifrable. Estaba esperando, con gesto severo, a que hablara Winston, pero ¿de qué? Incluso entonces resultaba concebible que fuese solo un hombre muy ocupado que estuviera preguntándose irritado por qué le habían interrumpido. Nadie dijo nada. Justo después de apagar la telepantalla se había hecho un silencio mortal en la sala. Los segundos transcurrieron interminables. Con gran esfuerzo, Winston continuó mirando fijamente a O'Brien. Luego, de pronto, su rostro sombrío esbozó lo que podría ser el inicio de una sonrisa. O'Brien volvió a colocarse las gafas en la nariz con aquel gesto suyo tan característico.

—¿Lo digo yo o prefieres decirlo tú? —dijo.

—Lo diré yo —respondió enseguida Winston—. ¿De verdad está

apagado ese trasto?

—Sí, todo está apagado. Estamos solos.

—Hemos venido porque... —Se interrumpió al reparar por primera vez en la vaguedad de sus motivos. En realidad, no sabía qué ayuda podía esperar de O'Brien y le resultaba difícil explicarle por qué había ido a verle. Continuó, consciente de que sus palabras eran tan endebles como presuntuosas—. Creemos que hay una conspiración, una especie de organización secreta que actúa contra el Partido y que tú formas parte de ella. Queremos unirnos a dicha organización y colaborar con vosotros. Somos criminales mentales. También somos adúlteros. Te lo digo porque queremos ponernos a tu merced. Si quieres que nos incriminemos de cualquier otro modo, estamos dispuestos.

Se interrumpió y miró por encima del hombro, con la sensación de que alguien había abierto la puerta. En efecto, el hombrecillo de rostro cetrino había entrado sin llamar. Winston vio que llevaba una bandeja con una licorera y varias copas.

—Martin es de los nuestros —dijo O'Brien sin inmutarse—. Trae aquí las bebidas, Martin. Ponlas en la mesa redonda. ¿Hay sillas suficientes? Pues sentémonos a hablar cómodamente. Trae otra para ti, Martin. Esto es serio. Los próximos diez minutos puedes dejar de ser un criado.

El hombrecillo se puso cómodo, aunque sin desprenderse del todo de su actitud servil, como un criado a quien han concedido un privilegio. Winston lo observó con el rabillo del ojo. Tuvo la impresión de que la vida de aquel hombre consistía en interpretar un papel y que intuía que dejar de lado su personalidad fingida, siquiera por un momento, podía ser peligroso. O'Brien cogió la botella por el cuello y llenó las copas de un líquido de color rojo oscuro. Winston recordó vagamente algo que había visto en una pared o una valla publicitaria: una botella gigantesca hecha con luces eléctricas que daba la impresión de moverse arriba y abajo y verter su contenido en unas copas. Visto desde arriba, el líquido casi parecía negro, pero en la licorera brillaba como un rubí. Tenía un aroma agridulce. Vio a Julia coger su copa y olisquearla con franca curiosidad.

—Se llama vino —dijo O'Brien con una vaga sonrisa—. Seguro que lo habréis leído en los libros. Me temo que no llega mucho al Partido Exterior. —Volvió a adoptar una expresión solemne y alzó su copa—. Creo que lo más adecuado es empezar por un brindis. A la salud de nuestro líder: Emmanuel Goldstein.

Winston cogió la copa con ansiedad. Había leído y fantaseado mucho acerca del vino. Como el pisapapeles o las cancioncillas medio olvidadas del señor Charrington, formaba parte de un pasado novelesco y desaparecido, la época dorada, como le gustaba llamarlo en secreto para sus adentros. Por alguna razón, siempre había creído que tendría un sabor dulce muy intenso, como la mermelada de moras, y un efecto embriagador casi instantáneo. Sin embargo, al beberlo le pareció de lo más decepcionante. La verdad era que después de tantos años bebiendo ginebra apenas fue capaz de saborearlo. Apartó la copa vacía.

—¿Entonces, el tal Goldstein existe? —preguntó.

—Sí, y está vivo. Aunque no sé dónde.

—Y la conspiración… la organización. ¿Es real? ¿No es solo una invención de la Policía del Pensamiento?

—No, es real. La llamamos la Hermandad. No llegarás a saber mucho más, solo que existe y que formas parte de ella. Luego hablaremos de eso. —Miró su reloj de pulsera—. No es prudente, ni siquiera para un miembro del Partido Interior, tener apagada la telepantalla más de media hora. No deberíais haber venido juntos, y tendréis que marcharos por separado. Tú, camarada —señaló con un gesto a Julia—, te irás primero. Disponemos de unos veinte minutos. Comprenderéis que tengo que empezar por haceros unas preguntas. En general, ¿qué estáis dispuestos a hacer?

—Cualquier cosa que esté en nuestra mano —respondió Winston.

O'Brien se había vuelto un poco hacia Winston. Casi le daba la espalda a Julia, como si diera por sentado que Winston podía hablar en su nombre. Por un momento, cerró los párpados. Luego empezó a hacerles preguntas con voz grave e inexpresiva, como si fuesen una rutina, una especie de catecismo cuyas respuestas conociera en su mayor parte.

—¿Estáis dispuestos a dar la vida?

—Sí.

—¿A asesinar?

—Sí.

—¿A cometer actos de sabotaje que podrían causar la muerte de cientos de personas inocentes?

—Sí.

—¿A traicionar a vuestro país ante una potencia extranjera?

—¿Sí?

—¿A engañar, falsificar, chantajear, pervertir a los niños,

distribuir drogas adictivas, fomentar la prostitución, extender enfermedades venéreas... y hacer cualquier cosa que pueda corromper y minar el poder del Partido?

—Sí.

—Si, por ejemplo, favoreciese nuestros intereses arrojar ácido sulfúrico a la cara de un niño... ¿lo haríais?

—Sí.

—¿Estáis dispuestos a renunciar a vuestra identidad y pasar el resto de vuestra vida como camareros o estibadores en el puerto?

—Sí.

—¿Y a suicidaros cuando así se os ordene?

—Sí.

—¿Estáis dispuestos a separaros y no volver a veros jamás?

—¡No! —exclamó Julia.

Winston tuvo la sensación de que pasó mucho tiempo hasta que acertó a dar a su vez una respuesta. Por un instante, le pareció estar privado incluso del habla. Su lengua se movió sin emitir ningún sonido, formando las silabas iniciales primero de una palabra y luego de otra, una y otra vez. Hasta que lo dijo, no supo qué era lo que iba a decir.

—No —respondió por fin.

—Habéis hecho bien en decírmelo —observó O'Brien—. Necesitamos saberlo todo.

Se volvió hacia Julia y añadió en un tono ligeramente más expresivo:

—¿Entiendes que, aunque él sobreviva, sería una persona distinta? Podemos vernos obligados a proporcionarle una nueva identidad. Su rostro, su manera de moverse, la forma de sus manos, el color de su cabello... incluso su voz sería diferente. Y tú misma podrías haberte convertido en otra persona. Nuestros cirujanos pueden cambiar a la gente hasta hacerla irreconocible. A veces es necesario. En ocasiones incluso amputamos un miembro.

Winston no pudo evitar echar otra mirada de reojo al rostro achinado de Martin.

No vio ninguna cicatriz. Julia se había puesto pálida y se le notaban más las pecas, pero miró a O'Brien con decisión y murmuró algo como si expresara su conformidad.

—Muy bien. En ese caso, está decidido.

Sobre la mesa había una pitillera de plata. Con aire distraído, O'Brien se la ofreció a sus invitados, luego cogió también él un cigarrillo, se incorporó y empezó a ir de aquí para allá muy despacio, como si así pudiera pensar mejor. Eran cigarrillos muy buenos: gruesos, bien liados y con un papel sedoso nada frecuente. O'Brien volvió a mirar el reloj de pulsera.

—Más vale que vuelvas a tus quehaceres, Martin —dijo—. Volveré a encender la telepantalla en un cuarto de hora. Fíjate bien en estos camaradas antes de irte. Pronto volverás a verlos. Puede que yo no.

Tal como habían hecho a su llegada, los ojos oscuros del hombrecillo recorrieron sus caras. No había ni el menor rastro de cordialidad en sus modales. Estaba memorizando sus rasgos, pero sin sentir el menor interés, o al menos eso parecía. A Winston se le ocurrió que tal vez un rostro artificial fuese así de inexpresivo. Sin decir palabra ni siquiera para despedirse, Martin salió y cerró con cuidado la puerta a sus espaldas. O'Brien seguía paseando arriba y abajo, con una mano metida en el bolsillo de su mono negro y el cigarrillo en la otra.

—Comprenderéis —dijo— que vais a tener que luchar en la oscuridad. Estaréis siempre en la oscuridad. Recibiréis órdenes y las obedeceréis, sin saber por qué. Después os enviaré un libro en el que aprenderéis la verdadera naturaleza de la sociedad en la que vivimos, y la estrategia mediante la que la destruiremos. Cuando lo hayáis leído, seréis miembros de pleno derecho de la Hermandad. Pero no sabréis nada de lo que media entre los objetivos generales por los que luchamos y las tareas inmediatas de cada momento. Ya os he dicho que la Hermandad existe, pero no puedo deciros si la integran cien o diez millones de miembros. Por lo que llegaréis a saber jamás podréis decir si son más de una docena. Tendréis tres o cuatro contactos, que cambiarán cada vez que les hagan desaparecer. Ya que yo he sido vuestro primer contacto, lo seguiré siendo. Cuando recibáis órdenes, procederán de mí. Si juzgamos necesario comunicarnos con vosotros, lo haremos a través de Martin. Cuando por fin os detengan, os obligarán a confesar. Es inevitable. Pero tendréis muy poco que contarles, aparte de vuestros propios actos. No podréis traicionar más que a un puñado de personas sin importancia. Probablemente, ni siquiera me traicionéis a mí. Para entonces, puede que haya muerto o me haya convertido en una persona distinta con un rostro diferente.

Siguió yendo y viniendo sobre la alfombra. A pesar de su corpulencia, imprimía a sus movimientos una notable elegancia, que se apreciaba incluso en el gesto con que se metía la mano en el bolsillo o manipulaba el cigarrillo. Más que de fuerza, daba impresión de confianza y de complicidad teñida de ironía. Por muy en serio que hablara, no tenía la obcecación del fanático. Cuando aludía a los asesinatos, los suicidios, las enfermedades venéreas, los miembros amputados y los rostros cambiados, lo hacía con una leve frivolidad. «Es inevitable —parecía decir su voz—, tenemos que pasar por esto. Pero no es lo que haremos cuando otra vez valga la pena vivir». Winston se dejó arrastrar por una oleada de admiración por O'Brien. Por un momento, incluso olvidó la sombría figura de Goldstein. Al ver los fuertes hombros de O'Brien y su rostro decidido, tan feo y al mismo tiempo tan civilizado, era imposible creer que pudiera ser derrotado. No había estratagema capaz de vencerle, ni peligro que no pudiera prever. Hasta Julia parecía impresionada. Había dejado que se le apagara el cigarrillo y estaba escuchando atentamente. O'Brien prosiguió:

—Habréis oído rumores sobre la existencia de la Hermandad. Sin duda habréis sacado vuestras propias conclusiones. Probablemente penséis que se trata de una gigantesca organización clandestina de conspiradores que se reúnen en secreto en sótanos, escriben mensajes en las paredes y se reconocen unos a otros por palabras en clave o movimientos de la mano. Nada de eso. Los miembros de la Hermandad no tienen forma de reconocerse unos a otros, y es imposible que ningún miembro conozca más que a unos pocos. El propio Goldstein, si cayera en manos de la Policía del Pensamiento, no podría darles una lista completa, ni ninguna información que les condujera a ella porque sencillamente no existe. La Hermandad no puede ser eliminada porque no es una organización en el sentido habitual de la palabra. Lo único que la mantiene unida es una idea indestructible. Solo podréis apoyaros en esa idea. Nada de ánimos, ni de camaradería. Cuando por fin os atrapen, nadie os ayudará. Nunca ayudamos a nuestros miembros. Como mucho, cuando es absolutamente necesario silenciar a alguien, podemos colar una cuchilla de afeitar en la celda de un prisionero. Tendréis que acostumbraros a vivir sin resultados y sin esperanzas. Trabajaréis durante un tiempo, os atraparán, confesaréis y moriréis. Son los únicos resultados que veréis. No hay posibilidad de que ningún cambio perceptible suceda en el tiempo que dure nuestra vida. Somos los muertos. Nuestra única vida verdadera está en el futuro. Participaremos en ella como puñados de polvo y astillas de hueso. Pero es imposible saber lo lejos que está ese futuro. Podrían pasar mil años. De momento, lo único que podemos hacer es ir extendiendo poco a poco la cordura. No se puede actuar colectivamente. Nuestra única posibilidad es extender el conocimiento de individuo a individuo, de generación en generación. Teniendo enfrente a la Policía del Pensamiento, no hay otra manera.

Se detuvo y miró por tercera vez el reloj de pulsera.

—Ya casi va siendo hora de que te vayas, camarada —le dijo a Julia—. Espera. La licorera todavía está por la mitad. —Llenó las copas y alzó la suya cogiéndola por el tallo—. ¿Por qué brindaremos esta vez? —preguntó sin dejar aquella especie de ironía—. ¿Por que podamos confundir a la Policía del Pensamiento? ¿Por la muerte del Hermano Mayor? ¿Por la humanidad? ¿Por el futuro?

—Por el pasado —dijo Winston.

—Sí, el pasado es más importante —coincidió solemne O'Brien. Vaciaron las copas y un instante después Julia se levantó para marcharse. O'Brien sacó una cajita de lo alto de un armario, le dio una tableta blanca y le pidió que se la pusiera debajo de la lengua. Era importante, según dijo, no salir oliendo a vino: los ascensoristas eran muy perspicaces. En cuanto la puerta se cerró tras ella, pareció olvidarse de su existencia. Dio un par de pasos más arriba y abajo, luego se detuvo—. Aún quedan por aclarar algunos detalles — señaló—. Supongo que tendréis algún escondite. — Winston le contó lo de la habitación sobre la tienda del señor Charrington—. Eso bastará de momento. Después ya os buscaremos alguna otra cosa. Es importante cambiar con frecuencia de escondite. Entretanto, os enviaré un ejemplar del *libro*. — Winston reparó en que incluso O'Brien parecía pronunciar las palabras como si estuviesen escritas en letra cursiva—. El libro de Goldstein, ya me entiendes, lo antes posible. Puede que tarde unos días en conseguirlo. Ya supondrás que no hay muchos ejemplares en circulación. La Policía del Pensamiento los busca y destruye casi a la misma velocidad que nosotros los producimos. Aunque no tiene mayor importancia. El libro es indestructible. Aunque destruyeran el último ejemplar, podríamos reproducirlo casi palabra por palabra. ¿Llevas un maletín al trabajo? —añadió.

—Por lo general, sí.

—¿Cómo es?

—Negro, muy rozado, con dos correas.

—Negro, muy rozado, con dos correas… Bien. Un día, dentro de poco, no puedo darte la fecha exacta, uno de los mensajes en el trabajo incluirá una palabra mal escrita, y tendrás que pedir que te la repitan. Al día siguiente, irás al trabajo sin el maletín. En algún momento a lo largo del día, en la calle, un hombre te dará un golpecito en el brazo y dirá: «Creo que se le ha caído el maletín». El que te entregue contendrá un ejemplar del libro de Goldstein. Lo devolverás al cabo de catorce días.

—Se quedaron callados un momento—. Faltan un par de minutos para que te vayas —dijo O'Brien—. Hasta la vista... si es que volvemos a vernos... Winston alzó la mirada hacia él.

—¿Donde no hay oscuridad? —dijo en tono dubitativo. O'Brien asintió sin sorprenderse.

—Donde no hay oscuridad —respondió como si reconociera la alusión—. Entretanto, ¿hay algo que quieras decirme antes de irte? ¿Algún mensaje? ¿Alguna pregunta?

Winston reflexionó. No se le ocurrió ninguna pregunta y menos aún sintió el impulso de decir alguna banalidad altisonante. En lugar de algo directamente relacionado con O'Brien o la Hermandad, acudió a su imaginación una especie de imagen compuesta del oscuro dormitorio donde su madre había pasado sus últimos días y el cuartito sobre la tienda del señor Charrington, el pisapapeles de cristal y el grabado en su marco de palisandro. Casi por azar dijo:

—¿Alguna vez has oído una cancioncilla antigua que empieza «"Naranjas y limones", dicen las campanas de San Clemente»?

Una vez más, O'Brien asintió. Con una especie de solemne cortesía completó la estrofa:

«Naranjas y limones», dicen las campanas de San Clemente.
«Me debes tres peniques», dicen las de San Martín.
«¿Cuándo me pagarás?», preguntan las campanas de Old Bailey.
«Cuando sea rico», responden las de Shoreditch.

—¡Conocías el último verso! —exclamó Winston.

—Sí, lo conocía. Y ahora me temo que ya es hora de que te vayas. Pero espera, deja que te dé otra tableta.

Cuando Winston se puso en pie, O'Brien le tendió la mano. Su poderoso apretón hizo que a Winston le crujieran los dedos. Al llegar a la puerta, Winston volvió la vista atrás, pero O'Brien parecía estar ya a punto de olvidarle. Estaba esperando con la mano en el interruptor que controlaba la telepantalla. Detrás de él Winston vio el escritorio con la lámpara de pantalla verde, el hablascribe y las bandejas de alambre llenas de papeles hasta el borde. El incidente estaba cerrado. Al cabo de treinta segundos, pensó, O'Brien reanudaría su interrumpido e importante trabajo a las órdenes del Partido.

9

Winston se sentía gelatinoso por el cansancio. Gelatinoso era la palabra. Se le había ocurrido así sin más. Su cuerpo parecía no solo tener la debilidad de la gelatina, sino su translucidez. Tenía la impresión de que, si alzaba la mano, podría ver la luz a través de ella. Era como si el exceso de trabajo le hubiese absorbido toda la sangre y la linfa y solo quedara una frágil estructura de nervios, piel y huesos. Todas las sensaciones parecían haberse intensificado. El mono le rozaba los hombros, la acera le hacía cosquillas en los pies e incluso abrir y cerrar la mano suponía un esfuerzo que hacía que le crujieran las articulaciones.

Había trabajado más de noventa horas en cinco días. Igual que todos en el Ministerio. Ahora ya había terminado, y literalmente no tenía nada que hacer, ningún trabajo del Partido hasta el día siguiente por la mañana. Podía pasar seis horas en su escondrijo y otras nueve en la cama. Despacio, bajo el tibio sol de la tarde, recorrió una calle sucia en dirección a la tienda del señor Charrington, iba atento a la presencia de patrullas, pese a que estaba irracionalmente convencido de que esa tarde no había peligro de que nadie se entrometiera en sus asuntos. El pesado maletín que llevaba le golpeaba la rodilla a cada paso y una sensación de cosquilleo le recorría la pierna arriba y abajo. Dentro estaba «el libro», que hacía seis días que estaba en su poder aunque todavía no lo había abierto, ni siquiera para hojearlo.

El sexto día de la Semana del Odio, después de las procesiones, los discursos, los vítores, los cánticos, las pancartas, los carteles, las películas, las figuras de cera, el redoble de los tambores y el resonar de las trompetas, las pisadas de los soldados en los desfiles, el crujido de las orugas de los tanques, el rugido de las escuadrillas aéreas y el estampido de los cañonazos… después de seis días así, cuando el gigantesco orgasmo se acercaba tembloroso a su clímax y el odio generalizado contra Eurasia se había calentado hasta extremos tan delirantes que si la multitud hubiese podido echar mano a los dos mil criminales de guerra eurasiáticos a quienes iban a ahorcar en público el último día de los festejos, sin duda los habrían hecho pedazos, justo en ese momento se había anunciado que, después de todo, Oceanía no estaba en guerra con Eurasia sino con Esteasia. Eurasia era un aliado.

Por supuesto, nadie reconoció que se hubiese producido ningún cambio. Sencillamente se dio a conocer, de manera totalmente inesperada y en todas partes al mismo tiempo, que Esteasia y no Eurasia era el enemigo. Winston estaba en una manifestación en una de las plazas principales de Londres cuando sucedió. Era de noche y una iluminación chillona destacaba las caras pálidas y las pancartas escarlatas. La plaza estaba abarrotada por varios miles de personas, entre ellas un grupo de unos mil escolares con el uniforme de los Espías. Desde una tribuna forrada de escarlata un orador del Partido Interior, un hombrecillo flaco con brazos desproporcionadamente largos y un cráneo grande y calvo con algunos mechones lacios de cabello, estaba arengando a la multitud. La pequeña figura a lo Rumpelstilskin, convulsionada por el odio, sujetaba el micrófono con una mano mientras la otra, gigantesca al extremo del brazo huesudo, arañaba amenazadoramente el aire por encima de su cabeza. Su voz, que sonaba metálica por culpa de los amplificadores, enumeraba a gritos un inacabable catálogo de las atrocidades, las masacres, las deportaciones, los saqueos, las violaciones, las torturas a los prisioneros, los bombardeos de civiles, la propaganda insidiosa, las agresiones injustificadas y los tratados incumplidos. Era casi imposible escucharle sin convencerse primero y enloquecer después. A cada momento aumentaba la rabia de la multitud y la voz del orador quedaba ahogada por el aullido bestial que se alzaba de miles de gargantas. Los gritos más salvajes procedían de los escolares. El discurso duraba ya unos veinte minutos cuando un mensajero subió a la tribuna y entregó un pedazo de papel al orador, quien lo desdobló y lo leyó sin dejar de hablar. No se produjo ningún cambio en su voz ni en su actitud ni en el contenido de lo que estaba diciendo, pero de pronto los nombres fueron distintos. Sin necesidad de más palabras, una oleada de comprensión recorrió la muchedumbre. ¡Oceanía estaba en guerra con Esteasia! Instantes después se produjo una tremenda conmoción. ¡Las pancartas y los carteles que decoraban la plaza estaban equivocados! Más de la mitad de aquellos rostros no eran de sus enemigos. ¡Sabotaje! ¡Los agentes de Goldstein habían vuelto a actuar! Se produjo un interludio descontrolado mientras arrancaban los carteles de las paredes y hacían jirones las pancartas y las pisoteaban. Los Espías demostraron una prodigiosa actividad trepando a los tejados y cortando las banderitas que aleteaban en las chimeneas. Al cabo de dos o tres minutos, todo había terminado. El orador, aferrándose todavía al micrófono, con los hombros encorvados y la mano libre arañando el aire, había proseguido con su discurso. Pasado un minuto, la muchedumbre volvió a emitir sus bestiales rugidos de rabia. El Odio continuaba exactamente igual que antes, pero había cambiado de objetivo.

Lo que más impresionaba a Winston al hacer memoria era que el orador había modificado su discurso a mitad de la frase y no solo sin hacer una pausa, sino sin siquiera alterar la sintaxis. Sin embargo, en aquel momento tenía otras cosas en las que pensar. Justo en mitad del alboroto, mientras la gente estaba entretenida rasgando los carteles, un hombre cuyo rostro no había llegado a ver le había golpeado en el hombro y le había dicho: «Disculpe, creo que se le ha caído el maletín». Winston lo había cogido abstraído, sin decir nada. Sabía que pasarían días hasta que tuviese ocasión de mirar en su interior. En cuanto concluyó la manifestación fue directo al Ministerio de la Verdad, aunque aún no eran las veintitrés horas. Todo el personal del Ministerio había hecho lo mismo. Las órdenes que emitían las telepantallas pidiéndoles que volvieran a sus puestos apenas fueron necesarias.

Oceanía estaba en guerra con Esteasia: Oceanía siempre había estado en guerra con Esteasia. Gran parte de la literatura política de los últimos cinco años se había vuelto totalmente caduca. Informes y registros de todas clases, periódicos, libros, panfletos, películas, bandas sonoras, fotografías: todo había que rectificarlo cuanto antes. Pese a que no se había emitido ninguna directriz, todo el mundo sabía que los jefes de departamento querían que al cabo de una semana no quedara una sola referencia a la guerra con Eurasia o la alianza con Esteasia. En ninguna parte. El trabajo era abrumador, tanto más porque los procesos implicados no podían llamarse por su verdadero nombre. Todo el personal del Departamento de Archivos trabajó dieciocho horas diarias robándole dos o tres horas al sueño. Subieron colchones de los sótanos y los instalaron en los pasillos: las comidas consistían en café de la Victoria y bocadillos que les llevaban en carritos unos empleados del comedor. Cada vez que Winston interrumpía su trabajo para dormir un poco, procuraba dejar la mesa despejada, y cada vez que volvía, dolorido y con los ojos legañosos, era para descubrir que una nueva lluvia de cilindros de papel había cubierto su escritorio, como nieve empujada por la ventisca, hasta casi tapar el hablascribe y desparramarse por el suelo, de forma que su primera obligación consistía en amontonarlos en una pulcra pila para disponer de espacio para trabajar. Lo peor de todo era que su labor no era ni mucho menos puramente mecánica.

A menudo consistía solo en sustituir un nombre por otro, pero los informes más detallados exigían cuidado e imaginación. Incluso hacían falta considerables conocimientos geográficos para trasladar la guerra de una a otra parte del mundo.

Al tercer día los ojos le dolían de manera insoportable y cada poco tiempo tenía que limpiarse las gafas. Era como debatirse con una tarea física abrumadora, algo que podías negarte a hacer y que un impulso neurótico te obligaba a terminar. Que él recordara, no le había contrariado lo más mínimo que todas las palabras que murmuraba en el hablascribe y todos los trazos de su tintalápiz fuesen mentiras descaradas. Estaba tan deseoso como cualquier otro funcionario del Departamento de que la falsificación fuese perfecta. A la mañana del sexto día, la lluvia de cilindros disminuyó. Pasó media hora sin que saliera nada del tubo; luego llegó otro cilindro, y después nada. El trabajo concluyó más o menos en todas partes al mismo tiempo. Un profundo y, por así decirlo, secreto suspiro recorrió todo el Departamento. Habían llevado a cabo una proeza portentosa de la que nunca podrían presumir. A partir de ese momento era imposible que nadie demostrara con pruebas documentales que alguna vez hubiese habido una guerra con Eurasia. A las doce cero cero se anunció inesperadamente que todos los trabajadores del Ministerio podían tomarse el día libre hasta la mañana siguiente. Winston, cargado todavía con el maletín que había tenido entre las piernas mientras trabajaba y bajo la almohada mientras dormía, volvió a casa, se afeitó y estuvo a punto de quedarse dormido en la bañera, a pesar de que el agua apenas estaba tibia.

Con una especie de crujido voluptuoso de las articulaciones subió las escaleras que conducían al cuartito de la tienda del señor Charrington. Estaba cansado, pero ya no se sentía tan soñoliento. Abrió la ventana, encendió el sucio infiernillo de aceite y puso a calentar un cazo para preparar el café. Julia llegaría enseguida: entretanto, tenía el libro. Se sentó en el sillón desvencijado y desabrochó las correas del maletín.

Era un volumen negro y grueso, encuadernado por aficionados, sin nombre ni título en la cubierta. La impresión también era un poco irregular. Las páginas estaban rasgadas por los bordes y se soltaban con facilidad, como si el libro hubiese pasado por muchas manos. La inscripción en la portada decía: «Teoría y práctica del Colectivismo Oligárquico, por Emmanuel Goldstein». Winston empezó a leer:

Capítulo I
La ignorancia es la fuerza

A lo largo de la historia, y probablemente desde finales del Neolítico, ha habido en el mundo tres clases de personas: las de clase alta, las de clase media y las de clase baja. Se les ha subdividido de muchas maneras, han ostentado nombres muy diferentes, y su número relativo y las actitudes demostradas con los demás han variado de una época a otra, pero la estructura esencial de la sociedad no se ha modificado nunca. Incluso después de enormes revueltas y de cambios en apariencia irrevocables, ha vuelto a establecerse el mismo orden, igual que un giróscopo siempre vuelve a la posición de equilibrio por más que lo empujemos a un lado o a otro.

Los objetivos de esos tres grupos son totalmente irreconciliables…

Winston interrumpió la lectura, más que nada para saborear el hecho de que estaba leyendo, cómodo y seguro. Solo, sin telepantallas, ni gente con la oreja pegada a la pared, sin sentir el impulso nervioso de mirar por encima del hombro o de tapar la página con la mano. El dulce aire veraniego le acariciaba la mejilla. De algún lugar a lo lejos llegaban los gritos débiles de los niños y en la propia habitación no se oía más que la voz de insecto del reloj. Se arrellanó en el sillón y apoyó los pies en la rejilla de la chimenea. Era una bendición, era la eternidad. De pronto, como se hace a veces con uno de esos libros que uno sabe que leerá y releerá hasta la última letra, lo abrió por otra página y se encontró con el tercer capítulo. Continuó leyendo:

Capítulo III
La guerra es la paz

La división del mundo en tres grandes superestados fue un acontecimiento que podía haberse previsto, y de hecho se previó, a mediados del siglo XX. Con la absorción de Europa por Rusia y del Imperio británico por Estados Unidos, dos de las tres potencias existentes, Eurasia y Oceanía, cobraron existencia real. La tercera, Esteasia, solo surgió como unidad clara transcurrido otro decenio de luchas confusas. Las fronteras de los tres superestados son arbitrarias en algunos sitios, y en otros fluctúan según los avatares de la guerra, pero por lo general siguen líneas geográficas. Eurasia comprende la parte septentrional de las tierras europeas y asiáticas, desde Portugal hasta el estrecho de Bering. Oceanía abarca las dos Américas, las islas del Atlántico, entre ellas las Islas Británicas, Australasia y la parte meridional de África. Esteasia, más pequeña que los otros y con una frontera occidental peor definida, incluye a China y los países al sur de la misma, las islas japonesas y una enorme, aunque fluctuante, parte de Manchuria, Mongolia y el Tíbet.

En una u otra combinación, los tres superestados se hallan constantemente en guerra y así ha sido los últimos veinticinco años. La guerra, no obstante, ya no es la lucha desesperada y aniquiladora que fue en los primeros decenios del siglo XX. Se trata de un conflicto de objetivos limitados entre combatientes incapaces de destruirse el uno al otro, que no tienen causas materiales para combatir y a quienes no separa ninguna genuina diferencia ideológica. Lo cual no significa que el modo en que se lleva a cabo la guerra, o las actitudes en torno a ella, se hayan vuelto menos sangrientas o más caballerosas. Al contrario, la histeria bélica es constante y universal en todos los países, y actos como las violaciones, los saqueos, las matanzas de niños, la reducción de poblaciones enteras a la esclavitud y las represalias contra los prisioneros, que incluyen hervirlos y enterrarlos vivos, se consideran normales, y, cuando las comete nuestro propio bando y no el enemigo, meritorias. Sin embargo, en un sentido físico, la guerra implica a un número reducido de personas muy especializadas, y causa relativamente pocas víctimas. Los combates, allí donde hay, acontecen en vagas fronteras que el común de los mortales apenas sabe donde están, o en torno a las Fortalezas flotantes que vigilan los puntos estratégicos de las rutas marítimas. En los centros de civilización la guerra supone poco más que una constante escasez de los bienes de consumo y el ocasional estallido de una bomba volante que puede causar una veintena de víctimas. La guerra, de hecho, ha cambiado de carácter. Más exactamente, las razones por las que se lleva a cabo la guerra han cambiado de orden de importancia. Los motivos que estaban ya presentes hasta cierto punto en las grandes guerras de inicios del siglo XX han pasado a ser dominantes y se los reconoce y se actúa en consecuencia.

Para entender la naturaleza de la guerra presente —pues a pesar de los reagrupamientos que se producen cada pocos años, se trata siempre de la misma— debemos reparar en primer lugar en que es imposible que sea decisiva. Ninguno de los tres superestados podría ser conquistado definitivamente, ni siquiera mediante una alianza de los otros dos. Están demasiado igualados, y sus defensas naturales son demasiado formidables. Eurasia está protegida por sus vastos espacios abiertos, Oceanía por la extensión del Atlántico y el Pacífico, Esteasia por la fecundidad y la laboriosidad de sus habitantes. En segundo lugar, ya no hay, en un sentido material, nada por lo que combatir. Con el establecimiento de las economías autárquicas, en las que la producción y el consumo se engranan el uno en el otro, la lucha por hacerse con los mercados que causó las guerras anteriores ha llegado a su fin, y la competencia por las materias primas ha dejado de ser una cuestión de vida o muerte. Los tres superestados son lo bastante extensos para obtener todos los materiales necesarios en el interior de sus propias fronteras. Suponiendo que la guerra tenga un propósito económico directo, se trata de una lucha por la fuerza de trabajo. Entre las cambiantes fronteras de los superestados, hay un tosco cuadrilátero, cuyas esquinas son Tánger, Brazzaville, Darwin y Hong Kong, que contiene una quinta parte de la población mundial. Los tres superestados combaten constantemente por el dominio de esas regiones tan pobladas, y del casquete polar ártico. En la práctica, ninguna potencia controla totalmente el área en disputa. Partes de ella cambian de manos una y otra vez, y la oportunidad de conquistar este o aquel fragmento mediante un ataque por sorpresa o un acto de traición dicta los infinitos cambios de alianzas.

Todos los territorios disputados contienen minerales valiosos y algunos proporcionan importantes productos vegetales como el caucho, que en climas más fríos es necesario sintetizar con métodos comparativamente más caros. Pero, por encima de todo, contienen una inagotable reserva de trabajo barato. Cualquier potencia que controle África ecuatorial, los países de Oriente Medio, el sur de la India o el archipiélago indonesio dispone también de decenas o centenares de millones de culis trabajadores y mal pagados. Los habitantes de esas zonas, reducidos de manera más o menos clara al estatus de esclavos, pasan continuamente de un conquistador a otro, y se consumen como si fuesen carbón o petróleo en la carrera para producir más armamento, conquistar más territorio, controlar más fuerza de trabajo, producir más armamento, conquistar más territorio y así indefinidamente. Vale la pena subrayar que los combates nunca van más allá de los límites de las áreas en disputa.

Las fronteras de Eurasia se mueven entre la cuenca del Congo y la orilla norte del Mediterráneo; Oceanía y Esteasia conquistan y reconquistan constantemente las islas del océano Índico y el Pacífico; en Mongolia la línea divisoria entre Eurasia y Esteasia nunca es estable; las tres potencias reclaman vastos territorios en torno al Polo que en realidad se hallan deshabitados y no han sido explorados nunca, pero el equilibrio de poder se mantiene, el territorio que forma el centro de cada superestado es inviolable. Más aún, el trabajo de los pueblos explotados en torno al Ecuador ni siquiera es verdaderamente necesario para la economía mundial. No añade nada a la riqueza del mundo, pues todo lo que producen se utiliza con propósitos bélicos, y el objeto de la guerra es siempre estar en mejor situación para librar otra guerra. Mediante su trabajo, las poblaciones de esclavos permiten que el tiempo de la guerra continua se acelere. Pero, si no existiesen, la estructura de la sociedad mundial, y el proceso por el que esta se mantiene, no serían en esencia distintos.

La principal finalidad de la guerra moderna (y, de acuerdo con los principios del *doblepiensa*, los cerebros rectores del Partido Interior reconocen y niegan al mismo tiempo dicha finalidad) es utilizar los productos de las máquinas sin elevar al mismo tiempo el nivel de vida. Desde finales del siglo XIX, el problema del exceso de bienes de consumo ha estado latente en la sociedad industrial. En la actualidad, cuando muy pocas personas tienen suficiente para comer, este problema obviamente no es tan acuciante, y podría no haber llegado a serlo incluso sin la participación de los mecanismos artificiales de destrucción. El mundo es hoy un lugar hambriento, yermo y baldío, si lo comparamos con el que existía antes de 1914, y aún más si lo comparamos con el futuro al que aspiraba la gente en esa época. A principios del siglo XX, la imagen de una sociedad futura increíblemente rica, ociosa, ordenada y eficiente —un mundo aséptico y reluciente de cristal, acero e impoluto hormigón blanco — era el ideal de casi todas las personas cultivadas. La ciencia y la tecnología se estaban desarrollando a una velocidad vertiginosa, y parecía natural que continuaran haciéndolo. No fue así, en parte por el empobrecimiento causado por una larga serie de guerras y revoluciones y porque el progreso técnico y científico dependía de la costumbre empírica del pensamiento, que no podía sobrevivir en una sociedad rígidamente reglamentada. En conjunto, el mundo es más primitivo hoy que hace cincuenta años. Se han producido avances en algunas áreas retrasadas y se han desarrollado diversos aparatos relacionados de un modo u otro con la guerra y el espionaje policíaco, pero la experimentación y las invenciones se han interrumpido en gran parte, y los destrozos de la guerra atómica de los años cincuenta nunca han llegado a repararse del todo. No obstante, los peligros inherentes a las máquinas siguen ahí. Desde el momento en que hicieron su aparición, pareció evidente para cualquiera que se parase a pensarlo que la servidumbre del trabajo, y por tanto las desigualdades, habían llegado a su fin. Si las máquinas se hubiesen utilizado conscientemente con ese propósito, el hambre, el exceso de trabajo, la suciedad, el analfabetismo y las enfermedades habrían podido eliminarse en unas cuantas generaciones. Y, de hecho, incluso sin que llegaran a emplearse con dicho propósito, y gracias a una especie de proceso automático —mediante la producción de riqueza que a veces era imposible no distribuir—, las máquinas elevaron enormemente el nivel de vida de la gente durante un período de unos cincuenta años, a finales del siglo XIX y principios del XX.

Sin embargo, no era menos evidente que el aumento general de la riqueza amenazaba con destruir —y en cierto sentido implicaba la destrucción— de las sociedades jerárquicas. En un mundo en el que todo el mundo trabajase pocas horas, tuviese comida suficiente, viviera en una casa con cuarto de baño y nevera, y poseyera un automóvil e incluso un aeroplano, la forma más evidente y tal vez más importante de desigualdad ya habría desaparecido. Si la riqueza llegaba a extenderse, ya no supondría ninguna diferencia. Era posible, sin duda, imaginar una sociedad en la que la riqueza, en el sentido de los lujos y las posesiones personales, se distribuyera de manera equitativa, mientras el *poder* seguía en manos de una casta privilegiada. Pero, en la práctica, una sociedad semejante no podía ser estable mucho tiempo. Pues si todo el mundo disfrutara del ocio y la seguridad, la gran masa de personas que por lo general están embrutecidas por la pobreza terminarían cultivándose y aprendiendo a pensar por sí mismas; y, más tarde o más temprano, repararían en que dicha minoría privilegiada carecía de función y acabarían con ella. A largo plazo, una sociedad jerárquica solo era posible si se basaba en la pobreza y la ignorancia. Volver al pasado agrícola, como soñaron algunos pensadores a principios del siglo XX, no era una solución viable. Estaba en conflicto con la tendencia hacia la mecanización que se había vuelto casi instintiva en el mundo entero, y además cualquier país que se quedara industrialmente atrasado estaría indefenso en el sentido militar y acabaría siendo dominado, directa o indirectamente, por sus rivales más avanzados.

Tampoco era posible mantener a las masas en la pobreza restringiendo la producción de bienes tal como se hizo, hasta cierto punto, a finales de la última fase del capitalismo, más o menos entre 1920 y 1940. Se permitió que se estancara la economía de muchos países, la tierra quedó sin cultivar, no se proporcionó el equipo necesario, se impidió el acceso al trabajo a grandes grupos de la población y se les mantuvo apenas con vida y a merced de la caridad del Estado. Sin embargo, eso también conllevaba una debilidad militar, y puesto que las privaciones así impuestas eran evidentemente innecesarias, hacía inevitable la oposición. La dificultad estribaba en conseguir que los engranajes de la industria siguieran girando sin aumentar la riqueza real del mundo. Debían producirse mercancías, pero sin llegar a distribuirlas. Y, en la práctica, la única manera de lograrlo es la guerra constante.

El acto esencial de la guerra es la destrucción, no necesariamente de vidas humanas, sino de los productos del trabajo de la gente. La guerra es un modo de hacer pedazos, lanzar a la estratosfera o hundir en las profundidades del mar materiales que podrían utilizarse para mejorar la vida de las masas y por tanto, a largo plazo, volverlas más inteligentes. Incluso cuando las armas no llegan a destruirse, su fabricación continúa siendo un modo muy práctico de utilizar la fuerza de trabajo sin producir nada que pueda consumirse. Una Fortaleza flotante, por ejemplo, requiere invertir un trabajo con el que podrían construirse varios barcos mercantes. Cuando se queda anticuada, se abandona sin que haya producido el menor beneficio a nadie y se construye otra con esfuerzos aún más arduos. En principio, el esfuerzo bélico se planifica siempre para que consuma cualquier exceso de producción que pudiera producirse una vez cubiertas las necesidades básicas de la población. En la práctica, dichas necesidades siempre se subestiman, lo que conlleva una carencia crónica —que curiosamente se considera ventajosa— de la mayoría de las cosas necesarias para la vida. La estrategia de mantener incluso a los grupos favorecidos al borde de la necesidad es una táctica deliberada porque un estado general de escasez aumenta la importancia de los pequeños privilegios y aumenta así la diferencia entre un grupo y otro. De acuerdo con los estándares de principios del siglo XX, incluso los miembros del Partido Interior llevan una vida austera y laboriosa. No obstante, los escasos lujos de que disfrutan —sus pisos grandes y céntricos, la telas más suaves de su ropa, la mejor calidad de su comida, su bebida y su tabaco, sus dos o tres criados y su coche o helicóptero privado— los sitúan en un mundo diferente del de los miembros del Partido Exterior, igual que estos disponen de ventajas similares en comparación con las masas subterráneas conocidas como «los proles». El ambiente social es el de una ciudad sitiada, donde la posesión de un trozo de carne de caballo supone la diferencia entre la riqueza y la pobreza. Y, al mismo tiempo, la conciencia de estar en guerra, y por tanto en peligro, hace que ceder todo el poder a una pequeña casta parezca una condición natural e inevitable para la supervivencia.

Ya se verá que la guerra no solo permite la necesaria destrucción, sino que lo hace de un modo psicológicamente aceptable. En principio, sería muy fácil malgastar el exceso de trabajo del mundo construyendo templos y pirámides, excavando agujeros en el suelo y volviéndolos a tapar, o incluso produciendo grandes cantidades de mercancías y pegándoles fuego después. Pero eso proporcionaría solo un fundamento económico y no emocional a la sociedad jerárquica. Lo importante no es tanto la moral de las masas, cuya actitud resulta irrelevante con tal de que sigan trabajando, sino la moral del propio Partido. Hasta del miembro más humilde se espera que sea competente, trabajador e incluso inteligente dentro de unos límites, pero también es necesario que sea un fanático crédulo e ignorante cuyos estados de ánimo predominantes sean el miedo, el odio, la adulación y el triunfo orgiástico. En otras palabras, es necesario que tenga la mentalidad apropiada para un estado de guerra. Poco importa que la guerra suceda o no en realidad, y, puesto que una victoria decisiva es imposible, también carece de importancia que la lucha vaya bien o mal. Lo único que hace falta es que exista un estado de guerra. La escisión de la inteligencia que exige el Partido a sus miembros, y que se consigue más fácilmente en un ambiente bélico, se ha vuelto casi universal, pero a medida que ascendemos en la jerarquía se vuelve más marcada. Es en el Partido Interior donde más intensos son la histeria y el odio al enemigo. A menudo es inevitable que, en el desempeño de sus funciones administrativas, un miembro del Partido Interior sepa que esta o aquella noticia sobre la guerra es falsa, y es frecuente que lleguen a ser conscientes de que la guerra entera es una falsedad que o no está sucediendo o se libra con fines muy distintos a los declarados: pero ese conocimiento se neutraliza fácilmente por la técnica del doblepiensa. De ese modo, ningún miembro del Partido Interior se desvía ni por un instante de su creencia mística de que la guerra es real y de que acabará necesariamente con una victoria que convertirá a Oceanía en el amo y señor del mundo entero.

Todos los miembros del Partido Interior creen en esa victoria futura como en un artículo de fe. Están convencidos de que se alcanzará mediante la conquista gradual de más y más territorios hasta llegar a acumular un poder abrumador, o gracias a la invención de algún arma nueva e invencible. La búsqueda de nuevas armas continúa incesante, y es una de las pocas actividades en las que aún encuentran salida la inteligencia inventiva o especulativa. En la Oceanía de nuestros días, la ciencia en un sentido antiguo casi ha dejado de existir. En nuevalengua no hay ninguna palabra que signifique «ciencia». El método empírico del pensamiento, en el que se basaron todos los logros científicos del pasado, se opone a la mayoría de los principios fundamentales del Socing. E incluso el progreso tecnológico se permite solo cuando sus productos pueden aplicarse de algún modo a disminuir la libertad humana. En todas las artes aplicadas el mundo se ha detenido o ha retrocedido. Los campos se cultivan con arados tirados por bestias y los libros los escriben máquinas. Sin embargo, en las cuestiones de importancia vital —la guerra y el espionaje policíaco— aún se fomenta, o al menos se tolera, el enfoque empírico. Los dos fines del Partido son conquistar toda la superficie de la tierra y acabar de una vez por todas con la posibilidad del pensamiento independiente. Hay, por tanto, dos grandes problemas que el Partido debe resolver. Uno es cómo descubrir, contra la voluntad del interesado, lo que piensa otra persona, y el otro cómo asesinar a varios cientos de millones de personas en unos segundos y sin previo aviso. He ahí el verdadero campo de investigación de la ciencia. El científico de hoy o bien es una mezcla de psicólogo e inquisidor, que estudia con extraordinaria minuciosidad el significado de las expresiones faciales, los gestos y tonos de voz, e investiga los efectos de las drogas, la terapia de choque, la hipnosis y la tortura física para arrancar la verdad a los prisioneros; o es un químico, físico o biólogo dedicado solo a aquellas ramas de su especialidad que sean relevantes para matar. En los enormes laboratorios del Ministerio de la Paz, y en los centros de investigación ocultos en las selvas brasileñas, en los desiertos australianos o en las islas perdidas del Antártico, los equipos de científicos trabajan sin cesar. Unos se dedican solo a planificar la logística de las guerras futuras; otros diseñan bombas volantes cada vez más grandes y blindajes más resistentes; otros desarrollan gases más mortíferos, o venenos solubles que puedan producirse en cantidades suficientes para destruir la vegetación de continentes enteros, o cepas de gérmenes resistentes a cualquier anticuerpo; otros se esfuerzan en producir vehículos que se abran paso bajo tierra igual que un submarino bajo el agua, o aeroplanos con la misma autonomía que un barco de vela; otros exploran posibilidades más remotas como concentrar los rayos del sol mediante lentes suspendidas a miles de kilómetros en el espacio, o producir terremotos y maremotos artificiales utilizando el calor del centro de la tierra.

Sin embargo, ninguno de esos proyectos llega a realizarse nunca, y ninguno de los tres superestados adquiere la menor preponderancia sobre los demás. Lo más notable es que las tres potencias poseen en la bomba atómica un arma mucho más poderosa que cualquiera de las que sus investigaciones actuales puedan llegar a descubrir. Aunque, como de costumbre, el Partido se atribuya su invención, las bombas atómicas aparecieron ya en los años cuarenta, y se utilizaron por primera vez a gran escala unos diez años después. En esa época se lanzaron varios cientos de bombas en los centros industriales, sobre todo de la Rusia europea, Europa occidental y Norteamérica. El efecto fue que los gobernantes de todos los países se convencieron de que unas cuantas bombas atómicas más supondrían la desaparición de la sociedad organizada, y por tanto de su propio poder. Desde entonces, aunque no se haya alcanzado ni sugerido ningún acuerdo formal, no se han vuelto a utilizar. Las tres potencias se han limitado a seguir produciéndolas y acumulándolas en espera de la oportunidad decisiva que, según creen, acabará presentándose más tarde o más temprano. Y entretanto el arte de la guerra se ha estancado durante unos treinta o cuarenta años. Los helicópteros se utilizan más que antes, los bombarderos se han sustituido por los proyectiles autopropulsados, y los frágiles barcos de guerra han dado paso a las casi insumergibles Fortalezas flotantes; pero por lo demás apenas se han producido avances. El tanque, el submarino, el torpedo, la ametralladora e incluso el fusil y la bomba de mano siguen utilizándose. Y a pesar de las incontables matanzas de las que informan la prensa y las telepantallas, las desesperadas batallas de las guerras pretéritas, en las que morían cientos de miles o incluso millones de personas en unas pocas semanas, no han vuelto a repetirse.

Ninguno de los tres superestados intenta jamás ninguna maniobra que conlleve el riesgo de una grave derrota. Cuando se acomete una operación a gran escala, suele tratarse de un ataque por sorpresa contra un aliado. La estrategia que siguen, o fingen seguir, las tres potencias es la misma. Su plan es adquirir, mediante una combinación de combates, acuerdos y bien calculadas traiciones, un anillo de bases que rodee por completo a uno u otro de los Estados rivales, para firmar a continuación un pacto de no agresión con dicho rival y respetar la paz durante unos años a fin de acallar cualquier sospecha. En ese tiempo se instalarán misiles cargados de bombas atómicas en los puntos estratégicos; por último se dispararán todos de manera simultánea, con unos efectos tan devastadores que hagan imposible cualquier represalia. Después será la ocasión de firmar un pacto de no agresión con la otra potencia y de prepararse para un nuevo ataque. Dicho plan, casi huelga decirlo, no es más que una ensoñación imposible. Además, los únicos combates ocurren en las áreas disputadas en torno al Ecuador y al Polo: nunca se invaden los territorios enemigos. Lo cual explica el hecho de que, en algunos sitios, las fronteras entre los superestados sean tan arbitrarias. Eurasia, por ejemplo, podría conquistar fácilmente las Islas Británicas, que, geográficamente, forman parte de Europa, del mismo modo que Oceanía podría llevar sus fronteras hasta el Rin o incluso el Vístula. Pero eso violaría el principio, respetado por todas las partes, por más que no se haya formulado nunca, de la integridad cultural. Si Oceanía conquistase las áreas antes conocidas como Francia y Alemania, sería necesario o bien exterminar a sus habitantes, lo cual implicaría una gran dificultad física, o asimilar una población de unos cien millones de personas, que, en lo que se refiere al desarrollo técnico, no están a la altura del nivel oceánico. El problema es idéntico para los tres superestados. Es absolutamente necesario para su estructura que no haya ningún contacto con extranjeros, excepto, hasta cierto punto, con los prisioneros de guerra y los esclavos de color. Incluso el aliado oficial del momento despierta las sospechas más sombrías. Aparte de los prisioneros de guerra, el ciudadano medio de Oceanía no llega a ver jamás a un ciudadano de Eurasia o Esteasia, y se le prohíbe el estudio de las lenguas extranjeras. Si se le permitiese entrar en contacto con forasteros, descubriría que son similares a él y que casi todo lo que le han contado sobre ellos son mentiras. El mundo estanco en que vive se rompería y el miedo, el temor, el odio y el fariseísmo de los que depende su moral podría evaporarse. Los tres bandos coinciden, por tanto, en que por mucho que Persia, Egipto, Java o Ceilán cambien de manos, solo las bombas deben cruzar las fronteras principales.

Por debajo de todo esto subyace un hecho nunca reconocido en voz alta, pero tácitamente admitido: que las condiciones de vida en los tres superestados son muy similares. En Oceanía la ideología predominante se denomina Socing; en Eurasia, neobolcheviquismo; y en Esteasia se utiliza un término chino que a menudo se traduce por «adoración a la muerte», aunque tal vez sea más exacto traducirlo como «aniquilación del ser». Al ciudadano de Oceanía no se le permite conocer los principios de las otras dos ideologías y se le enseña a execrarlas como si fuesen bárbaros ataques a la moralidad y el sentido común. En realidad, apenas hay diferencias entre ellas, y los sistemas sociales que propugnan son idénticos. En los tres casos encontramos la misma estructura piramidal, la misma adoración a un líder semidivino y la misma economía basada exclusivamente en la guerra constante. De ello se deduce que los tres superestados no solo no pueden conquistarse unos a otros, sino que además no obtendrían la menor ventaja de hacerlo. Al contrario, mientras sigan en guerra se sostienen unos a otros como los haces de una gavilla de trigo. Y, como de costumbre, los gobernantes de las tres potencias actúan de manera al mismo tiempo consciente e inconsciente. Consagran su vida a la conquista del mundo, pero también saben que es necesario que la guerra continúe eternamente y sin lograr ninguna victoria. Entretanto, el hecho de que no haya un peligro real de conquista permite la negación de la realidad que constituye el rasgo esencial del Socing y los demás sistemas rivales de pensamiento. Vale la pena repetir lo que ya hemos dicho: al transformarse en continua, la guerra ha cambiado de carácter.

En otro tiempo, la guerra era, casi por definición, algo que terminaba antes o después, por lo general con una victoria o derrota decisivas. En el pasado, fue también uno de los principales mecanismos con los que las sociedades humanas se mantenían en contacto con la realidad física. Los gobernantes siempre han procurado imponer a los gobernados una falsa visión del mundo, pero no podían permitirse defender una ilusión que favoreciera la ineficacia militar. Mientras la derrota conllevara la pérdida de la independencia o algún otro resultado desagradable, había que precaverse en serio contra ella. Era imposible pasar por alto los hechos físicos. En la filosofía, la religión, la ética o la política, dos y dos podían sumar cinco, pero al diseñar un cañón o un aeroplano tenían que sumar cuatro. Las naciones ineficaces acababan siendo conquistadas más tarde o más temprano y la eficacia era enemiga de las ilusiones. Además, para conseguir dicha eficacia era necesario aprender del pasado, lo que implicaba saber con exactitud lo que había ocurrido en aquel entonces.

Por supuesto, los periódicos y los libros de historia han sido siempre tendenciosos y partidistas, pero una falsificación como la que se lleva a cabo hoy en día habría sido imposible. La guerra era una salvaguarda de la cordura, y, en lo que se refiere a la clase dirigente, probablemente la más importante de las salvaguardas. Mientras las guerras pudieran ganarse o perderse, ninguna clase gobernante podía ser totalmente irresponsable.

Pero a partir del instante en que la guerra se vuelve literalmente continua, también deja de ser peligrosa. Cuando la guerra es constante, deja de haber necesidades militares. El progreso técnico puede interrumpirse y es posible negar o pasar por alto los hechos más palpables. Como hemos visto, sigue habiendo investigación que podríamos denominar científica con propósitos bélicos, pero se trata de una especie de ensoñación, y su falta de resultados carece de importancia. La eficacia, incluso militar, ha dejado de ser necesaria.

Lo único eficaz en Oceanía es la Policía del Pensamiento. Dado que los tres superestados son inconquistables, cada uno de ellos es en realidad un universo separado, en el que puede llevarse a la práctica con seguridad casi cualquier perversión del pensamiento. La realidad solo ejerce su presión sobre las necesidades de la vida diaria: comer, beber, buscar ropa y cobijo, no ingerir veneno ni saltar por la ventana de un edificio alto y otras cosas por el estilo. Sigue habiendo diferencias entre la vida y la muerte, y entre el placer y el dolor físicos, pero nada más. Aislado de cualquier contacto con el mundo exterior, y con el pasado, el ciudadano de Oceanía es como un hombre en el espacio interestelar, que ignora cómo ir arriba o abajo. Los gobernantes de un Estado semejante ejercen un poder absoluto como no conocieron los faraones ni los césares. Tienen la obligación de impedir que sus seguidores mueran de hambre en números tan grandes que pudiera resultar escandaloso, y deben mantenerse al ínfimo nivel de técnica militar de sus rivales; pero una vez alcanzado ese mínimo, pueden retorcer la realidad y darle la forma que se les antoje.

La guerra, por tanto, si la juzgamos por los patrones de las guerras anteriores, no es más que una impostura. Recuerda a los combates entre algunos rumiantes cuyos cuernos están en ángulo para que no puedan hacerse daño. Pero que sea irreal no significa que carezca de sentido. Sirve para consumir el exceso de bienes consumibles y ayuda a conservar el particular ambiente mental necesario para el mantenimiento de una sociedad jerárquica. Se comprende así que la guerra sea un asunto puramente interno. En el pasado, las clases dirigentes de todos los países, por más que pudieran reconocer sus intereses comunes y limitasen la capacidad destructiva de la guerra, no dejaban de luchar entre sí y el vencedor siempre saqueaba al vencido. En nuestros días, ya no combaten. La guerra la lleva a cabo cada grupo gobernante contra sus propios gobernados, y el objetivo de la guerra no es hacer o impedir conquistas territoriales, sino conservar intacta la estructura de la sociedad. La misma palabra «guerra», por tanto, se ha vuelto equívoca. Probablemente sea acertado afirmar que, al convertirse en continua, la guerra ha dejado de existir. La peculiar presión que ejerció sobre las personas desde el Neolítico hasta principios del siglo XX ha desaparecido y se ha sustituido por algo muy diferente. El efecto es muy similar a si los tres superestados, en lugar de combatir entre sí, hubiesen acordado una paz perpetua a fin de vivir inviolables en el interior de sus fronteras. En ese caso, cada uno de ellos sería un universo contenido en sí mismo, libre para siempre de la atemperante influencia del peligro exterior. Ese y no otro —aunque la mayoría de los miembros del Partido lo entiendan solo de manera muy superficial— es el significado último del eslogan del Partido: «La guerra es la paz».

Winston dejó de leer un instante. En algún lugar a lo lejos estalló una bomba volante. La plácida sensación de estar solo con el libro prohibido, en una habitación sin telepantalla, no se había disipado. La soledad y la seguridad eran sensaciones físicas, mezcladas en cierto modo con la fatiga del cuerpo, la comodidad del sillón, el roce de la leve brisa que entraba por la ventana y le acariciaba la mejilla. El libro le fascinaba, o más exactamente le tranquilizaba. En cierto sentido no le decía nada nuevo, pero ahí radicaba parte de su magia. Decía lo mismo que habría dicho él, si hubiese podido poner en orden sus dispersas ideas. Era el producto de una inteligencia similar a la suya, solo que enormemente más poderosa y sistemática, y menos acobardada. Los mejores libros, comprendió, son los que te cuentan lo que ya sabías. Acababa de volver al capítulo uno cuando oyó los pasos de Julia en las escaleras y se levantó de un salto del sillón para ir a su encuentro. Ella soltó la bolsa de herramientas marrón en el suelo y se lanzó entre sus brazos. Llevaban más de una semana sin verse.

—Tengo «el libro» —dijo cuando se soltaron.

—¡Ah! ¿Ya lo tienes? Bien —respondió Julia sin demasiado interés, y casi inmediatamente después se arrodilló al lado del infiernillo para preparar café.

No volvieron a hablar del asunto hasta después de pasar media hora en la cama. La tarde había refrescado lo bastante para que valiera la pena cerrar la ventana. De abajo llegaba el sonido familiar de la voz que canturreaba y el roce de las botas sobre las losas. La mujer de brazos fornidos y rubicundos a quien Winston había visto la primera vez daba la impresión de pasarse la vida entera en el patio. No había hora del día en que no estuviese yendo y viniendo del barreño a la cuerda de tender, metiéndose pinzas de la ropa en la boca y entonando alegres canciones. Julia se había acomodado en su lado de la cama y estaba a punto de quedarse dormida. Él alargó el brazo para coger el libro que estaba en el suelo y se recostó contra el cabezal.

—Tenemos que leerlo —dijo—. Tú también. Igual que todos los miembros de la Hermandad.

—Léemelo tú —respondió ella con los ojos cerrados—. Léelo en voz alta. Es mejor. Así podrás explicármelo sobre la marcha.

Las manecillas del reloj marcaban las seis, es decir, las dieciocho. Tenían tres o cuatro horas por delante. Winston apoyó el libro sobre las rodillas y empezó a leer.

Capítulo I
La ignorancia es la fuerza

A lo largo de la historia, y probablemente desde finales del Neolítico, ha habido en el mundo tres clases de personas: las de clase alta, las de clase media y las de clase baja. Se les ha subdividido de muchas maneras, han ostentado nombres muy diferentes, y su número relativo y las actitudes demostradas con los demás han variado de una época a otra, pero la estructura esencial de la sociedad no se ha modificado nunca. Incluso después de enormes revueltas y de cambios en apariencia irrevocables, ha vuelto a establecerse el mismo orden, igual que un giróscopo siempre vuelve a la posición de equilibrio por más que lo empujemos a un lado o a otro.

—Julia, ¿estás despierta? —preguntó Winston.

—Sí, amor mío, te escucho. Sigue. Es maravilloso. Él continuó leyendo:

Los objetivos de esos tres grupos son totalmente irreconciliables. El de la clase alta consiste en continuar donde está. La clase media pretende quitarle su sitio a la clase alta. El objetivo de la clase baja, cuando lo tiene —pues una característica constante de la clase baja es que está tan abrumada por el trabajo excesivo que solo de manera intermitente puede ser consciente de cualquier cosa que no sea su vida cotidiana—, es abolir todas las diferencias y crear una sociedad en la que todas las personas sean iguales. Así, a lo largo de la historia, se ha repetido una y otra vez una lucha a grandes rasgos idéntica. Durante largos períodos la clase alta parece estar segura en el poder, pero antes o después llega un momento en que pierde la fe en sí misma, la capacidad de gobernar con eficacia o ambas cosas al mismo tiempo. Entonces la desplaza la clase media, que atrae a su bando a la clase baja fingiendo luchar por la libertad y la justicia. Nada más lograr su objetivo, la clase media devuelve a la baja a su antigua situación de servidumbre y se convierte en una nueva clase alta. Pronto una nueva clase media se escinde de uno de los otros grupos, o de ambos, y la lucha vuelve a empezar. De los tres grupos, la clase baja es la única que nunca consigue, ni siquiera de forma temporal, sus objetivos. Sería exagerado decir que a lo largo de la historia no se ha producido ningún progreso de tipo material. Incluso hoy, en una época de decadencia, la gente vive físicamente mejor que hace unos siglos. Pero ningún avance en la riqueza, ninguna moderación de los modales, ni ninguna reforma ni revolución ha acercado ni un milímetro la igualdad entre la gente. Desde el punto de vista de la clase baja, ningún cambio histórico ha significado mucho más que un cambio en el nombre de los señores.

A finales del siglo XIX, la repetición de ese patrón se había hecho evidente para muchos. Aparecieron entonces escuelas de pensadores que interpretaron la historia como un proceso cíclico e intentaron demostrar que la desigualdad era una ley inalterable de la vida. Dicha doctrina, por supuesto, siempre había tenido sus partidarios, pero la manera de formularla supuso un cambio significativo. En el pasado, la necesidad de una sociedad jerárquica había sido la doctrina de la clase alta, defendida por los reyes y los aristócratas, y por los curas y los abogados que vivían de ellos como parásitos, y por lo general dulcificada con promesas de compensación en un mundo imaginario más allá de la tumba. La clase media, en su lucha por el poder, siempre había utilizado términos como libertad, justicia y fraternidad. No obstante, a partir de entonces, el concepto de hermandad entre los hombres empezó a ser atacado por gente que no ocupaba aún posiciones de mando, pero esperaba hacerlo en poco tiempo. En el pasado la clase media había hecho revoluciones bajo la bandera de la igualdad, y a continuación había establecido una nueva tiranía nada más expulsar a la anterior. Los nuevos grupos de clase media proclamaban la tiranía de antemano. El socialismo, una teoría que apareció a principios del siglo XIX y fue el último eslabón de una cadena de pensamiento que se remontaba a las revueltas de los esclavos en la Antigüedad, seguía profundamente influenciado por el pensamiento utópico de eras pasadas. Pero todas las variantes del socialismo aparecidas después de 1900 abandonaron de forma más abierta el objetivo de establecer la libertad y la igualdad. Los nuevos movimientos surgidos a mediados de siglo, el Socing en Oceanía, el neobolcheviquismo en Eurasia y la adoración a la muerte, como suele llamarse, en Esteasia, tenían como objetivo declarado perpetuar la desigualdad y la falta de libertad. Esos nuevos movimientos, por supuesto, evolucionaron a partir de los anteriores y tendieron a conservar sus nombres y respetar de palabra su ideología. Sin embargo, el propósito de todos ellos era interrumpir el progreso y paralizar la historia en un momento determinado. El consabido movimiento del péndulo debía producirse una vez más y luego detenerse. Como de costumbre, la clase alta debía ser expulsada por la clase media, que pasaría a convertirse en la alta; pero en esta ocasión, mediante una estrategia deliberada, la clase alta conservaría su posición de forma permanente.

Las nuevas doctrinas surgieron en parte por la acumulación de conocimiento histórico, y por el aumento del sentido histórico, que apenas habían existido antes del siglo XIX. El movimiento cíclico de la historia se volvió entonces inteligible, o al menos eso parecía; y si podía comprenderse, también podía alterarse. No obstante, la causa subyacente y principal era que, a principios del siglo XX, la igualdad humana se había hecho técnicamente posible. Seguía siendo cierto que unos no tenían el mismo talento ni las mismas habilidades que otros, y que había que establecer funciones especializadas que favorecieran a algunos individuos; pero la distinción de clase y las grandes diferencias económicas habían dejado de ser necesarias. En épocas anteriores, las diferencias de clase no solo habían sido inevitables, sino deseables. La desigualdad era el precio de la civilización. No obstante, con el desarrollo de la producción industrial, la situación cambió. Aunque siguiera siendo necesario que las personas desempeñaran trabajos diferentes, ya no lo era que viviesen en niveles sociales o económicos distintos. Por eso, desde el punto de vista de los nuevos grupos que estaban a punto de conquistar el poder, la igualdad había dejado de ser un ideal deseable y se había convertido en un peligro que era necesario evitar. En épocas más primitivas, cuando una sociedad justa y pacífica era de hecho imposible, había sido muy fácil creer en él. La idea de un paraíso terrenal en el que los hombres vivieran en un estado de hermandad, sin leyes ni trabajo físico, había obsesionado la imaginación de la humanidad durante miles de años y había calado incluso en los grupos que sacaban provecho de cada cambio histórico. Los herederos de las revoluciones francesa, inglesa y americana habían creído en parte sus propias frases sobre los derechos del hombre, la libertad de expresión, la igualdad ante la ley y otras cosas parecidas e incluso habían dejado que influenciaran hasta cierto punto su conducta. Pero, al llegar el cuarto decenio del siglo XX, todas las corrientes principales del pensamiento político eran autoritarias. El paraíso terrenal empezó a ponerse en duda justo en el momento en que se volvió realizable. Todas las nuevas teorías políticas, con independencia de cómo se llamasen, conducían a la jerarquía y la reglamentación. Y, con la radicalización general que se produjo en torno a los años treinta, prácticas abandonadas desde hacía tiempo, en algunos casos cientos de años, como el encarcelamiento sin juicio previo, el uso de los prisioneros de guerra como esclavos, las ejecuciones públicas, la tortura como medio para obtener confesiones, el uso de rehenes y la deportación de poblaciones enteras, no solo volvieron a ser de uso común, sino que pasaron a ser toleradas e incluso defendidas por personas que se consideraban ilustradas y progresistas.

El Socing y las ideologías rivales no emergieron como teorías totalmente elaboradas hasta transcurrido un decenio de guerras nacionales y civiles, y revoluciones y contrarrevoluciones en todo el mundo, aunque sus antecesores fueron los diversos sistemas, por lo general llamados totalitarios, que habían aparecido a principios de siglo, y hacía mucho que eran evidentes los principales rasgos del mundo que surgiría de aquel caos. No menos evidente era qué clase de personas controlaría dicho mundo. La nueva aristocracia estaba compuesta sobre todo por burócratas, científicos, técnicos, organizadores de sindicatos, expertos en publicidad, sociólogos, profesores, periodistas y políticos profesionales. Esa gente, cuyos orígenes estaban en la clase media asalariada y los escalones más altos de la clase obrera, había entrado en contacto y se había unido por la esterilidad del monopolio industrial y el gobierno centralizado. En comparación con las clases dirigentes de otras épocas, eran menos avariciosos y les tentaba menos el lujo y más el poder en estado puro, y, sobre todo, eran más conscientes de lo que estaban haciendo y más implacables a la hora de aplastar a la oposición. Esa última diferencia era crucial. Comparadas con las que hoy existen, todas las tiranías del pasado eran blandas e ineficaces. Los grupos gobernantes siempre estaban contaminados hasta cierto punto por ideas liberales, no les preocupaba dejar cabos sueltos ni lo que pudieran pensar sus súbditos. Incluso la Iglesia católica en la Edad Media era tolerante según los patrones modernos. En parte se debía a que en el pasado ningún gobierno tuvo la posibilidad de mantener a sus ciudadanos bajo vigilancia constante. La invención de la imprenta, no obstante, facilitó la manipulación de la opinión pública, y el cine y la radio acentuaron ese proceso. Con el desarrollo de la televisión, y de los avances técnicos que hicieron posible transmitir y recibir por el mismo aparato, la vida privada llegó a su fin. La policía pudo observar veinticuatro horas al día a todos los ciudadanos, al menos a los que valía la pena vigilar, y someterlos al sonido de la propaganda oficial, al tiempo que se cerraban todos los demás canales de comunicación. Por primera vez, fue posible imponer no solo una completa obediencia a la voluntad del Estado, sino una absoluta uniformidad de opinión a todos los súbditos.

Tras el período revolucionario de los años cincuenta y sesenta, la sociedad se reagrupó, como siempre, en clase alta, media y baja. Pero la nueva clase alta, a diferencia de sus antecesores, no actuó por instinto, sino que supo lo que hacía falta para salvaguardar su posición. Hacía mucho que había comprendido que la única base segura para la oligarquía es el colectivismo. La riqueza y los privilegios se defienden más fácilmente cuando se comparten. La supuesta «abolición de la propiedad privada» que se produjo a mediados de siglo supuso, en realidad, la concentración de la propiedad en muchas menos manos que antes, pero con la siguiente diferencia: los nuevos propietarios pasaron a ser un grupo en lugar de una masa de individuos. De forma individual, ningún miembro del Partido posee nada, salvo algunas pertenencias personales. De manera colectiva, el Partido lo posee todo en Oceanía, porque lo controla todo y dispone de los productos como considera más conveniente. En los años que siguieron a la Revolución, pudo ocupar esa posición de mando casi sin oposición, porque el proceso entero se presentó como un acto de colectivización. Siempre se había dado por supuesto que, si se expropiaba a la clase capitalista, se impondría el socialismo, y era indudable que se había expropiado a los capitalistas. Las fábricas, las minas, las tierras, las casas, los medios de transporte... todo se les había arrebatado y, puesto que había dejado de ser propiedad privada, lo lógico era que fuese propiedad pública. El Socing, que derivaba del antiguo movimiento socialista y había heredado su fraseología, ha llevado a cabo de hecho el punto principal de su programa; con el resultado, previsible e intencionado, de que las desigualdades económicas se han vuelto permanentes.

Sin embargo, las dificultades de perpetuar una sociedad jerárquica van mucho más allá. Solo hay cuatro maneras en las que un grupo gobernante puede perder el poder. O bien es conquistado desde fuera, o gobierna con tanta ineficacia que las masas se rebelan, o permite que surja una clase media fuerte y descontenta o pierde la confianza en sí mismo y el deseo de gobernar. Dichas causas nunca operan aisladas, y por lo general las cuatro están presentes en mayor o menor grado. Una clase dirigente que pudiera precaverse contra todas ellas podría continuar en el poder de forma permanente. El factor determinante, a fin de cuentas, es la actitud mental de la propia clase dirigente.

Desde mediados de siglo, el primer peligro ha desaparecido. Cada una de las tres potencias en las que se divide hoy el mundo es imposible de conquistar y solo podría conquistarse mediante cambios demográficos muy lentos que un gobierno dotado de amplios poderes puede evitar con suma facilidad. El segundo peligro también es solo teórico. Las masas nunca se rebelan por decisión propia ni solo porque estén oprimidas. De hecho, si no se les permite tener nada con lo que compararse, ni siquiera llegan a saber que lo están. Las crisis recurrentes de los últimos tiempos eran totalmente innecesarias y ya no se permite que ocurran, pero pueden darse, y de hecho se dan, otros trastornos no menos importantes sin que ello acarree consecuencias políticas, porque no hay manera de que el descontento pueda llegar a expresarse de manera articulada. En cuanto al problema del exceso de producción, que ha estado latente en nuestra sociedad desde el desarrollo de las máquinas, se ha resuelto mediante el recurso a la guerra continua (véase el Capítulo III), que también resulta de gran eficacia para mantener alta la moral de la gente. Por todo ello, desde el punto de vista de los actuales gobernantes, los únicos peligros verdaderos son la aparición de un nuevo grupo de personas subempleadas que ambicionen el poder, y el aumento del liberalismo y el escepticismo en sus propias filas. Se trata, por decirlo así, de un problema de educación que requiere moldear continuamente la conciencia, tanto de la clase dirigente como del grupo ejecutivo más numeroso que hay inmediatamente por debajo de ella. En cuanto a las masas, basta con influenciarlas de forma negativa. A partir de ese trasfondo, podríamos deducir, si no la conociéramos ya, la estructura general de la sociedad de Oceanía. En el vértice de la pirámide se encuentra el Hermano Mayor, que es infalible y todopoderoso. Cualquier éxito, logro, victoria o descubrimiento científico, cualquier conocimiento, sabiduría, felicidad y virtud se atribuyen directamente a su liderazgo e inspiración. Nadie ha visto jamás al Hermano Mayor. Es una cara en las vallas publicitarias y una voz en las telepantallas. Podemos estar razonablemente seguros de que nunca morirá y hay considerables incertidumbres sobre cuándo nació. El Hermano Mayor es el modo en que el Partido ha escogido mostrarse al mundo. Su función es ser un foco de amor, miedo y respeto, emociones que es más fácil sentir por un individuo que por una organización. Por debajo del Hermano Mayor está el Partido Interior, cuyos miembros están limitados a seis millones, algo menos del dos por ciento de la población total de Oceanía. Por debajo del Partido Interior se halla el Partido Exterior, que, si el Partido Interior puede describirse como el cerebro del Estado, podría compararse a su vez con las manos. Por debajo se encuentran las masas ciegas que normalmente denominamos «los proles», que suman cerca del ochenta y cinco por ciento de la población. En los términos de nuestra anterior clasificación, los proles son la clase baja, pues las poblaciones esclavas de las zonas ecuatoriales, que pasan constantemente de un conquistador a otro, no constituyen un parte permanente o necesaria de la estructura.

En principio, la pertenencia a cualquiera de los tres grupos no es hereditaria. El hijo de unos padres del Partido Interior en teoría no ingresa automáticamente en él. La admisión a cualquiera de las ramas del Partido pasa por un examen, que se lleva a cabo a los dieciséis años de edad. Tampoco hay discriminación racial, ni dominio de una provincia sobre otra. Entre los cargos más altos del Partido hay judíos, negros y sudamericanos de pura sangre india, y los administradores de cada área concreta se escogen entre los habitantes de dicha área. En ningún lugar de Oceanía los habitantes tienen la sensación de ser una población colonial gobernada desde una lejana metrópoli. Oceanía no tiene capital y su jefe supremo es una persona cuyo paradero nadie conoce. Si no fuese porque el inglés es la *lingua franca* y la nuevalengua el lenguaje oficial, no podría hablarse de centralización ninguna. Sus dirigentes no están unidos por lazos de sangre, sino por su adhesión a una doctrina común. Es cierto que nuestra sociedad está rígidamente estratificada, según lo que a primera vista parecen normas hereditarias. Hay mucha menos movilidad entre los distintos grupos de la que había en el capitalismo o incluso en las eras preindustriales. Entre las dos ramas del Partido se producen ciertos intercambios, pero solo para garantizar que los más débiles acaben siendo excluidos del Partido Interior y para neutralizar, mediante su ascenso, el peligro de los miembros más ambiciosos del Partido Exterior. A los proletarios, en principio, no se les permite ingresar en el Partido. Los más dotados, que podrían convertirse en un núcleo de descontentos, sencillamente son identificados por la Policía del Pensamiento y eliminados. Pero dicha situación no tiene por qué ser permanente, ni tampoco es una cuestión de principio. El Partido no es una clase en el antiguo sentido de la palabra. No tiene como fin transmitir el poder a sus hijos; y si no tuviese otra manera de mantener en el poder a los más capaces, estaría totalmente dispuesto a reclutar una generación entera entre las filas del proletariado. En los años cruciales, el hecho de que el Partido no fuese una estructura hereditaria resultó de gran ayuda a la hora de neutralizar a la oposición. Los socialistas más antiguos, que habían sido formados para combatir los «privilegios de clase», daban por sentado que lo que no era hereditario no podía ser permanente. No comprendían que la continuidad de una oligarquía no tiene por qué ser física, ni se pararon a pensar que las aristocracias hereditarias han durado siempre poco tiempo, mientras que las organizaciones basadas en la adopción, como la Iglesia católica, a veces han durado cientos o miles de años. La esencia del gobierno oligárquico no es la herencia de padres a hijos, sino la persistencia de cierta visión del mundo y cierto modo de vida, impuestos a los vivos por los muertos. Un grupo dirigente lo es solo en tanto sea capaz de nombrar a sus sucesores. Al Partido no le preocupa perpetuar su sangre, sino perpetuarse a sí mismo. Quién ejerza el poder carece de importancia con tal de que la estructura jerárquica continúe siendo siempre la misma.

Todas las creencias, las costumbres, los gustos, las emociones y las actitudes mentales que caracterizan nuestro tiempo están diseñados en realidad para preservar la mística del Partido e impedir que pueda percibirse la verdadera naturaleza de la sociedad actual. La rebelión física, o cualquier movimiento preliminar que pudiera favorecerla, son imposibles en la actualidad. Los proletarios no constituyen ninguna amenaza. Si se les deja en paz, seguirán trabajando, reproduciéndose y muriendo generación tras generación y siglo tras siglo, no solo sin sentir el impulso de rebelarse, sino sin llegar a entender que el mundo podría ser diferente. Solo podrían llegar a ser peligrosos si el avance de la técnica industrial hiciese necesario proporcionarles una educación mejor; pero puesto que la rivalidad comercial y militar ha dejado de tener importancia, el nivel de la educación popular está decayendo. Lo que opinen o dejen de opinar las masas se considera falto de importancia. Se les puede conceder la libertad intelectual porque carecen de intelecto. En cambio, entre los miembros del Partido no puede tolerarse ni la más mínima desviación de opinión sobre la cuestión más irrelevante.

Los miembros del Partido viven, desde que nacen hasta que mueren, bajo la vigilancia de la Policía del Pensamiento. Ni siquiera cuando están solos pueden estar seguros de estarlo de verdad. Dondequiera que se encuentren, dormidos o despiertos, trabajando o descansando, en el baño o en la cama, pueden ser inspeccionados, sin previo aviso y sin saber que los están inspeccionando. Nada de lo que hacen es indiferente. Sus amistades, sus aficiones, su comportamiento con la mujer y los hijos, las expresiones de su cara cuando están a solas, las palabras que murmuran en sueños, incluso los movimientos característicos de su cuerpo son celosamente analizados. No solo cualquier falta, sino cualquier excentricidad, por pequeña que sea, cualquier cambio de costumbres, cualquier tic nervioso que pudiera ser síntoma de una lucha interior, es detectado inevitablemente. Carecen, en todos los sentidos, de libertad de elección. Por otro lado, sus actos no están regulados por la ley ni por ningún otro código de comportamiento formulado con claridad. En Oceanía no hay leyes. Los pensamientos y los actos que, en caso de ser detectados, implican la muerte segura no están prohibidos formalmente, y las incontables purgas, detenciones, torturas, encarcelamientos y vaporizaciones no se infligen como castigo por delitos cometidos en realidad, sino que son la forma de eliminar a personas que en el futuro tal vez pudieran llegar a cometer un crimen. A los miembros del Partido se les exige no solo que tengan las opiniones correctas, sino los instintos correctos. Muchas de las creencias y las actitudes que se les exigen no se expresan con claridad, y no podrían expresarse sin poner en evidencia las contradicciones inherentes al Socing. Si se trata de alguien ortodoxo por naturaleza (en nuevalengua, un «bienpiensa»), sabrá en cualquier circunstancia, sin pararse a reflexionar, cuál es la creencia verdadera o la emoción deseable. Pero, en cualquier caso, el elaborado entrenamiento mental, llevado a cabo desde la infancia y concentrado en torno a las palabras en nuevalengua «antecrimen», «blanconegro» y «doblepiensa», le vuelven incapaz de pensar con demasiada profundidad en nada.

Se espera que los miembros del Partido no tengan emociones privadas y que su entusiasmo no decaiga. Se supone que viven en un continuo frenesí de odio a los enemigos y los traidores internos, de triunfalismo ante las victorias y de humillación ante el poder y la sabiduría del Partido. El descontento producido por esa vida vacía e insatisfactoria se elimina y disipa mediante recursos como los Dos Minutos de Odio, y las especulaciones que podrían inducir una actitud rebelde o escéptica se eliminan por anticipado gracias a una disciplina interior adquirida desde la infancia. El paso primero y más sencillo de dicha disciplina, que puede enseñárseles incluso a los niños pequeños, se denomina en nuevalengua «antecrimen», y se refiere a la facultad de detenerse, como por instinto, en el umbral de cualquier pensamiento peligroso. Incluye la capacidad de no captar las analogías, de no reparar en los errores lógicos, de no entender los argumentos más sencillos si van en contra del Socing, y de sentir repulsión y tedio ante cualquier concatenación de pensamientos que conduzca a una herejía. El antecrimen es, en suma, una estupidez defensiva. Pero la estupidez no es suficiente. Al contrario, la ortodoxia en sentido amplio exige un control de los propios procesos mentales tan completo como el de un contorsionista sobre su cuerpo. La sociedad de Oceanía se basa en la creencia de que el Hermano Mayor es omnipotente y el Partido infalible. Pero, como en realidad no lo son, se hace necesaria una flexibilidad constante e implacable a la hora de tratar los hechos. La palabra clave es «negroblanco». Como tantas otras palabras en nuevalengua, tiene dos sentidos contradictorios. Aplicado a un oponente, se refiere a la costumbre de llamar descaradamente blanco a lo negro, en contradicción con los hechos evidentes. Aplicado a un miembro del Partido, alude a su leal disposición a afirmar que lo negro es blanco cuando la disciplina del Partido así lo exige. Pero también significa la capacidad de creer que lo negro es blanco y, más aún, de saber que lo negro es blanco, y de olvidar que alguna vez uno creyó lo contrario. Lo cual exige una constante alteración del pasado, posible gracias a un sistema de pensamiento, que engloba a todo lo demás, y que se conoce en nuevalengua como «doblepiensa».

La alteración del pasado es necesaria por dos motivos, uno de ellos es subsidiario y, por así decirlo, preventivo. Consiste en que los miembros del Partido, al igual que los proletarios, toleran las condiciones presentes solo porque carecen de un patrón de comparación. Es necesario aislarlos del pasado, igual que de los países extranjeros, porque es preciso que crean que viven mejor que sus antepasados y que el nivel de vida está aumentando constantemente. Pero, con diferencia, la razón más importante de ese reajuste del pasado es la necesidad de salvaguardar la infalibilidad del Partido.

No solo hay que poner constantemente al día los discursos, las estadísticas y los registros de todo tipo para demostrar que las predicciones del Partido siempre han sido correctas, sino que no puede admitirse el menor cambio en la doctrina o los alineamientos políticos, pues cambiar de opinión, o incluso de política, implica una confesión de debilidad. Si, por ejemplo, Eurasia o Esteasia (cualquiera de las dos) es hoy el enemigo, deberá haberlo sido siempre. Y si los hechos dicen lo contrario, entonces es necesario alterarlos. De ese modo, la historia se reescribe continuamente. Esta falsificación diaria del pasado, llevada a cabo por el Ministerio de la Verdad, es tan necesaria para la estabilidad del régimen como la labor de espionaje y represión que realiza el Ministerio del Amor.

La mutabilidad del pasado es el principio central del Socing. Los acontecimientos pasados, se argumenta, carecen de existencia objetiva y solo perduran en los registros escritos y el recuerdo de las personas. El pasado es lo que dicen los archivos y la memoria de la gente. Y, puesto que el Partido controla todos los archivos, y lo que piensa cada uno de sus miembros, se deduce que el pasado es cualquier cosa que quiera el Partido. También se deduce que, aunque el pasado es alterable, nunca se ha alterado en un caso concreto. Pues, cuando se recrea del modo en que se considere necesario en un momento dado, la nueva versión se convierte en el pasado, y ningún otro puede haber existido jamás. Y eso es así incluso cuando, como ocurre a menudo, se hace necesario alterar el mismo suceso hasta volverlo irreconocible varias veces a lo largo del año. En todo momento, el Partido está en posesión de la verdad absoluta, y está claro que el absoluto jamás ha podido ser diferente del que es hoy. Ya se entenderá que el control del pasado depende, por encima de todo, del entrenamiento de la memoria. Asegurarse de que los registros escritos coinciden con la ortodoxia del momento es un acto puramente mecánico. Pero también es necesario recordar que los sucesos ocurrieron de la forma deseada. Y, si hace falta reorganizar los recuerdos o manipular los archivos, también hay que olvidar que se ha hecho tal cosa, lo cual puede aprenderse como cualquier otra técnica mental. La mayor parte de los miembros del Partido lo aprenden, sobre todo los más inteligentes y ortodoxos. En viejalengua se llama, con bastante franqueza, «control de la realidad». En nuevalengua se denomina «doblepiensa», aunque el doblepiensa comprende también otras muchas cosas.

El doblepiensa se refiere a la capacidad de sostener dos creencias contradictorias de manera simultánea y aceptar ambas a la vez. El intelectual del Partido sabe en qué dirección debe alterar sus recuerdos, por tanto sabe que está modificando la realidad; pero, mediante el ejercicio del doblepiensa, también se convence de que no está violando la realidad. El proceso debe ser consciente, o no se llevaría a cabo con la precisión suficiente, pero también inconsciente, o conllevaría una sensación de falsedad y, por tanto, de culpa. El doblepiensa constituye la verdadera esencia del Socing, pues el acto fundamental del Partido es utilizar el engaño consciente al tiempo que se conserva la firmeza de las intenciones característica de la honradez. Decir mentiras descaradas creyendo sinceramente en ellas, olvidar cualquier hecho que se haya vuelto incómodo, y luego, cuando vuelva a hacerse necesario, sacarlo del olvido el tiempo que haga falta, negar la existencia de la realidad objetiva y al mismo tiempo reparar en la realidad que uno niega resulta imprescindible. Incluso para utilizar la palabra «doblepiensa» hace falta ejercer el doblepiensa, pues emplearla equivale a admitir que uno está modificando la realidad; mediante un nuevo acto de doblepiensa, uno borra ese conocimiento y así sucesivamente, de modo que la mentira siempre va un paso por delante de la verdad. En último extremo, el doblepiensa es lo que ha permitido —y podría continuar permitiendo durante miles de años— al Partido detener el curso de la historia.

Todas las oligarquías pasadas perdieron el poder o bien porque acabaron anquilosándose o porque se volvieron blandas. O bien se volvieron estúpidas y arrogantes, no supieron adaptarse a las circunstancias cambiantes y acabaron siendo derrocadas; o se volvieron liberales y cobardes, hicieron concesiones cuando hubieran debido recurrir a la fuerza, y eso condujo a su derrocamiento. Cayeron, por así decirlo, o bien por conciencia o por inconsciencia. El logro del Partido es haber inventado un sistema de pensamiento en el que ambas condiciones pueden existir simultáneamente. Su dominio no podría ser permanente bajo ninguna otra base intelectual. Si uno quiere gobernar, y seguir gobernando, tiene que poder dislocar el sentido de la realidad. El secreto del gobierno es combinar la fe en la propia infalibilidad con la capacidad de aprender de los errores pasados.

No hace falta decir que los más sutiles cultivadores del doblepiensa son quienes lo inventaron y saben que se trata de un vasto sistema de engaño mental. En nuestra sociedad, quienes mejor saben lo que está ocurriendo son también quienes más lejos están de ver el mundo tal como es en realidad. En general, cuanto más saben, más se engañan; cuanto más inteligentes son, menos cuerdos están. Un ejemplo claro es el hecho de que la histeria bélica aumente su intensidad a medida que se asciende por la escala social. Los pueblos sometidos de los territorios disputados mantienen una actitud casi racional ante la guerra. Para ellos, no es más que una calamidad constante que les pasa por encima una y otra vez, como cuando sube y baja la marea. Quién salga victorioso les es por completo indiferente. Saben que, aunque cambien los señores, tendrán que seguir haciendo el mismo trabajo con los nuevos amos, que les tratarán igual que los otros. Los trabajadores ligeramente más favorecidos a quienes llamamos «proles» solo son intermitentemente conscientes de estar en guerra. Si hace falta, es posible exaltarlos hasta un frenesí de miedo y odio, pero, si se les deja tranquilos, llegan a olvidar la guerra durante mucho tiempo. El verdadero entusiasmo bélico se da en las filas del Partido, y sobre todo en las del Partido Interior. Los que más firmemente creen en la conquista del mundo son precisamente quienes saben que es imposible. Esa peculiar unión de contrarios —el conocimiento con la ignorancia, el cinismo con el fanatismo— es uno de los rasgos distintivos de la sociedad de Oceanía. La ideología oficial abunda en contradicciones incluso cuando no hay razones prácticas que las justifiquen. Por eso el Partido rechaza y vilipendia los principios defendidos por el socialismo en sus inicios y además lo hace en nombre del propio socialismo. Predica un desprecio por la clase obrera que no tiene parangón en los últimos siglos y viste a sus miembros con un uniforme que era típico de los trabajadores manuales, y que se adoptó justamente por ese motivo. Socava de manera sistemática la solidaridad de la familia, y al mismo tiempo llama a su líder con un nombre que es un claro llamamiento a la solidaridad familiar. Incluso los nombres de los cuatro Ministerios que nos gobiernan exhiben con descaro esa tergiversación intencionada de la verdad. El Ministerio de la Paz promueve la guerra; el Ministerio de la Verdad miente; el Ministerio del Amor tortura; y el Ministerio de la Abundancia favorece el hambre. Dichas contradicciones no son casuales ni el resultado de una vulgar hipocresía: son ejercicios premeditados de doblepiensa. Pues el poder solo puede conservarse de manera indefinida mediante la reconciliación de las contradicciones. De ninguna otra manera es posible romper el antiguo círculo vicioso. Si se quiere impedir para siempre la igualdad humana —si la clase alta, como suele llamársela, ha de conservar su sitio para siempre—, la condición mental predominante debe ser una demencia controlada.

Pero hay una cuestión que hasta el momento hemos pasado por alto: ¿por qué iban a querer impedir la igualdad? Suponiendo que hayamos descrito correctamente la mecánica del proceso, ¿cuál es el motivo para ese enorme esfuerzo minuciosamente planeado para paralizar la historia en un momento concreto?

Llegamos así al secreto clave. Como hemos visto, la mística del Partido, y sobre todo del Partido Interior, se basa en el doblepiensa. Pero por debajo de él subyace el motivo original, el instinto nunca puesto en duda, que llevó por primera vez a la toma del poder y trajo consigo el doblepiensa, la Policía del Pensamiento, la guerra constante y demás parafernalia. Dicho motivo consiste en realidad en…

Winston reparó en el silencio como quien repara en un nuevo sonido. Tuvo la impresión de que Julia llevaba un rato muy quieta. Estaba tumbada de costado, desnuda de cintura para arriba, con la mejilla apoyada en la mano y un mechón de cabello oscuro sobre los ojos. Su pecho se alzaba y bajaba de forma regular.

—Julia.

No hubo respuesta.

—Julia, ¿estás despierta?

No hubo respuesta. Se había quedado dormida. Winston cerró el libro, lo dejó con cuidado en el suelo, se tumbó y echó la colcha sobre los dos.

Entonces cayó en la cuenta de que no había llegado a saber cuál era el último secreto. Había entendido el cómo, pero no el porqué. El Capítulo I, como el Capítulo III, no le había contado en realidad nada que no supiera, era solo una sistematización de lo que ya sabía. Sin embargo, después de leerlo, estaba más seguro de no estar loco. Formar parte de la minoría, aunque fuese una minoría de uno solo, no te convertía en loco. Había la verdad y la mentira, y aferrarse a la verdad, aunque fuese en contra del mundo entero, no era sinónimo de estar loco. Un rayo amarillo del sol poniente entraba inclinado por la ventana y caía sobre la almohada. Cerró los ojos. El sol en la cara y el cuerpo suave de la chica en contacto con el suyo le produjeron sueño, fuerza y confianza. Estaba a salvo, todo iba bien. Se quedó dormido murmurando «la cordura no es estadística», convencido de que la frase contenía una profunda sabiduría.

10

Cuando despertó tuvo la sensación de haber dormido mucho rato, pero una mirada al anticuado reloj le dijo que eran solo las veinte treinta. Adormilado, se quedó un rato más en la cama; luego oyó en el patio la acostumbrada tonadilla cantada a todo pulmón:

Fue solo una ilusión sin esperanzas que pasó como un día de abril,
¡pero, ay, una mirada, una palabra y los sueños que despertaron
me han robado el corazón!

La bobalicona canción parecía haber conservado su popularidad. Aún se oía por todas partes. Había sobrevivido a «La Canción del Odio». Julia se despertó al oírla, bostezó perezosa y se levantó.

—Tengo hambre —dijo—. Haré un poco de café. ¡Demonios! El infiernillo se ha apagado y el agua está fría. —Cogió el infiernillo y lo sacudió—. No queda aceite.

—Seguro que el viejo Charrington nos dará un poco.

—Lo raro es que antes comprobé que estuviese lleno. Voy a vestirme. Parece que ha refrescado.

Winston también se levantó y se vistió. La voz cantó infatigable:

Dicen que el tiempo lo cura todo,
que siempre se puede olvidar,
¡pero pasan los años
y las lágrimas y las sonrisas
aún hacen que se me encoja el corazón!

Se asomó a la ventana mientras se ajustaba el cinturón del mono. El sol debía de haberse ocultado detrás de las casas, porque el patio ya no estaba iluminado. Las losas estaban húmedas como si acabaran de fregarlas, y el cielo estaba tan limpio y pálido entre las chimeneas que también parecía recién lavado. Incansable, la mujer iba y venía tapándose y destapándose la boca, cantando y guardando silencio, sin parar de colgar más y más y más pañales. A Winston le habría gustado saber si se ganaba la vida lavando o si sencillamente era la esclava de veinte o treinta nietos. Julia fue a su lado; juntos contemplaron con una especie de fascinación la fornida figura de abajo. Al mirar a la mujer en su pose característica, con los rollizos brazos alzados hacia la cuerda de tender y las poderosas nalgas de yegua, Winston reparó por vez primera en que era guapa. Nunca se le había ocurrido que el cuerpo de una mujer de cincuenta años, hinchado por las muchas veces que había dado a luz hasta adquirir dimensiones monstruosas y tan endurecido por el trabajo que parecía un nabo demasiado maduro, pudiera ser hermoso. Pero lo era, y después de todo, ¿por qué no iba a serlo?, pensó. Aquel cuerpo macizo, con menos curvas que un bloque de granito y de piel áspera y roja, comparado con el de una joven era como un escaramujo al lado de una rosa. ¿Por qué iba a ser el fruto inferior a la flor?

—Es guapa —murmuró.

—Tiene unas caderas de un metro de anchura —dijo Julia.

—Es su estilo de belleza —respondió Winston.

Rodeó la fina cintura de Julia con el brazo. De la cadera a la rodilla sus costados se rozaron. Ningún niño saldría de sus cuerpos. Era lo único que nunca podrían hacer. Solo de palabra y por medio de la imaginación podrían transmitir aquel secreto. La mujer del patio carecía de imaginación, solo tenía brazos fuertes, un corazón afectuoso y un vientre fértil. Se preguntó cuántos niños habría traído al mundo. Tal vez quince. Habría tenido su momento de esplendor, tal vez un año de belleza como la del rosal silvestre, y luego se había hinchado como una fruta fertilizada, se había vuelto dura, tosca y rubicunda, y había dedicado treinta años de su vida a lavar, frotar, remendar, cocinar, barrer, limpiar, zurcir, frotar y lavar, primero para los hijos y luego para los nietos. Pero seguía cantando. La mística reverencia que sintió por ella se mezcló con la apariencia del cielo pálido y sin nubes, que se extendía más allá de las chimeneas a una distancia interminable. Era curioso pensar que el cielo fuese igual para todos, en Eurasia y en Esteasia igual que allí. Y la gente bajo el cielo también era muy parecida en todas partes —en todo el mundo, cientos de miles de millones de personas como ella ignoraban la existencia de los demás, separados por muros de odio y mentiras, y, sin embargo, eran casi exactamente iguales—, gente que no había aprendido a pensar, pero que atesoraba en su corazón, su vientre y sus músculos la fuerza que algún día cambiaría por completo el mundo. ¡Si quedaba alguna esperanza, estaba en los proles! Sin haber terminado de leer «el libro», sabía que ese debía ser el mensaje final de Goldstein. El futuro pertenecía a los proles.

¿Podía estar seguro de que, cuando llegara su momento, no construirían un mundo tan ajeno a él, Winston Smith, como el mundo del Partido? Sí, porque al menos sería un mundo cuerdo. Donde hay igualdad puede haber cordura. Antes o después tomarían conciencia de su fuerza. Los proles eran inmortales, bastaba con ver a la valiente figura del patio para darse cuenta. Al final acabarían despertando. Y hasta que ocurriera, aunque fuese dentro de un millar de años, seguirían vivos contra toda probabilidad, como los pájaros, transmitiendo de unos cuerpos a otros la vitalidad que el Partido no compartía y que no podía erradicar.

—¿Recuerdas —preguntó— el zorzal que cantó para nosotros el primer día, en el lindero del bosque?

—No cantó para nosotros —objetó Julia—. Cantaba porque le apetecía. Ni siquiera eso. Cantaba sin más.

Los pájaros cantaban y los proles también, el Partido no. En todo el mundo, en Londres, en Nueva York, en África y en Brasil, y en las tierras prohibidas y misteriosas más allá de las fronteras, en las calles de París y Berlín, en los pueblos de las interminables estepas rusas, en los bazares de China y Japón… en todas partes estaba esa figura maciza e invencible, monstruosamente transformada por el trabajo y por traer niños al mundo, trabajando desde el nacimiento a la muerte y que aun así seguía cantando. De aquellos poderosos vientres surgiría un día una raza de seres conscientes. Vosotros erais los muertos; el futuro era de ellos. Sin embargo, era posible participar de dicho futuro conservando viva la inteligencia, igual que ellos mantenían vivo el cuerpo, y transmitiendo la doctrina de que dos y dos son cuatro.

—Nosotros somos los muertos —observó.

—Nosotros somos los muertos —repitió obediente Julia.

—Vosotros sois los muertos —dijo una férrea voz a sus espaldas.

Se soltaron con un respingo. A Winston se le helaron las entrañas. Vio el blanco de los ojos en torno a los iris de los ojos de Julia. Su tez había adquirido un color amarillento lechoso. El colorete que llevaba en las mejillas destacaba como si no estuviese en contacto con la piel de debajo.

—Vosotros sois los muertos —repitió la voz férrea.

—Estaba detrás del cuadro —suspiró Julia.

—Estaba detrás del cuadro —dijo la voz—. Quedaos exactamente donde estáis.

No hagáis el menor movimiento hasta que se os ordene.

¡Había empezado, había empezado por fin! No podían hacer

nada, solo mirarse a los ojos. Ni siquiera se les ocurrió huir para salvar la vida, salir de aquella casa antes de que fuese demasiado tarde. Les pareció inconcebible desobedecer a la voz férrea de la pared. Se oyó un chasquido como si hubiesen soltado un pestillo y un ruido de cristales rotos. El cuadro había caído al suelo, dejando a la vista la telepantalla que había detrás.

—Ahora pueden vernos —dijo Julia.

—Ahora podemos veros —dijo la voz.

—Quedaos en el centro de la habitación. Espalda con espalda. Las manos en la nuca. Sin tocaros.

No se tocaron, pero Winston creyó notar el temblor del cuerpo de Julia. O tal vez fuese solo el suyo. Se las arregló para impedir que le castañetearan los dientes, pero no pudo controlar sus rodillas. Abajo se oyeron las pisadas de unas botas, dentro y fuera de la casa. El patio parecía lleno de gente. Estaban arrastrando algo sobre las losas del suelo. La mujer había dejado de cantar. Se oyó un largo y ruidoso estrépito, como si hubiesen lanzado el barreño dando tumbos por el patio, y luego una confusión de gritos de enfado que concluyeron con un chillido de dolor.

—La casa está rodeada —dijo Winston.

—La casa está rodeada —dijo la voz. Oyó a Julia que entrechocaba los dientes.

—Más vale que nos despidamos —dijo.

—Más vale que os despidáis —dijo la voz. Y luego otra voz muy distinta, fina y cultivada, que Winston tuvo la impresión de haber oído antes, añadió:

—Y, a propósito, ya que viene a cuento: «¡Aquí tienes una bujía para alumbrarte y aquí un hacha para cortarte la cabeza!».

Algo golpeó contra la cama a espaldas de Winston. Habían apoyado una escalera contra el cristal de la ventana y habían roto el marco. Estaban entrando por la ventana. Se oyeron más pisadas de botas en las escaleras de la casa. La habitación estaba llena de hombres musculosos que llevaban porras en la mano, uniformes negros y botas de suela metálica.

Winston había dejado de temblar. Ni siquiera movía los ojos. ¡Estaba concentrado en estarse quieto y no darles ninguna excusa para que le golpearan! Un hombre con mandíbula de boxeador cuya boca era poco más que una ranura se detuvo ante él y balanceó pensativo la porra entre el pulgar y el índice. Winston lo miró a los ojos. La sensación de desnudez, con las manos en la nuca y el cuerpo y el rostro vulnerables, le resultó casi insoportable. El hombre sacó la punta blanquecina de la lengua, se lamió el sitio donde deberían haber estado los labios y pasó de largo. Se oyó un nuevo estrépito. Alguien había cogido el pisapapeles de cristal de la mesita y lo había hecho añicos contra la chimenea.

El fragmento de coral, un minúsculo y frágil pedacito rosado como una flor de azúcar en un pastel, rodó sobre la alfombra. Qué pequeño, pensó Winston, ¡qué pequeño había sido siempre! Se oyó un golpe y una boqueada a sus espaldas, y recibió una violenta patada en el tobillo que a punto estuvo de hacerle perder el equilibrio. Uno de los hombres le había dado un puñetazo en la boca del estómago a Julia, que se había doblado como una regla de bolsillo. Estaba retorciéndose en el suelo sin aliento. Winston no osó mover la cabeza ni siquiera un milímetro, pero a veces el rostro lívido y jadeante de la joven quedaba dentro de su ángulo de visión. A pesar del terror que sentía, era como si pudiese sentir el dolor en su propio cuerpo, un dolor terrible que, no obstante, era menos acuciante que los esfuerzos por recobrar el aliento. Winston lo conocía: un dolor terrible y agónico que aún no podía sufrir, porque antes que nada era necesario respirar. Luego dos de los hombres la levantaron por los hombros y las rodillas y se la llevaron de la habitación como si fuese un saco. Winston vislumbró su cara lívida y contraída, con los ojos cerrados y un poco de colorete en las mejillas, y ya no la vio más.

Siguió inmóvil. Nadie le había golpeado aún. Acudieron a su imaginación cosas sin interés en las que le resultaba inevitable pensar. Le habría gustado saber si habían detenido también al señor Charrington. Y qué le habían hecho a la mujer del patio. Reparó en que tenía muchas ganas de orinar, lo cual le produjo una vaga sorpresa, porque apenas hacía dos o tres horas que lo había hecho. Vio que el reloj de la repisa de la chimenea indicaba las nueve, es decir las veintiuna. Pero la luz era demasiado intensa. ¿No debería estar declinando a las veintiuna de una tarde de agosto? Se preguntó si Julia y él no habrían confundido la hora; tal vez hubiesen dormido más de veinticuatro horas y hubieran pensado que eran las veinte treinta cuando en realidad eran las ocho treinta de la mañana siguiente. Pero no le dio más vueltas. Era irrelevante.

Se oyeron otros pasos más leves en el pasillo. El señor Charrington entró en la habitación. La actitud de los hombres uniformados de negro se volvió de pronto más sumisa. Algo había cambiado también en la apariencia del señor Charrington. Su mirada se posó sobre los fragmentos del pisapapeles de cristal.

—Recoged esos cristales —dijo secamente.

Un hombre se agachó para obedecerle. El acento *cockney* había desaparecido; Winston comprendió de pronto que era la misma voz que había oído hacía unos instantes en la telepantalla. El señor Charrington llevaba todavía su vieja chaqueta de terciopelo, pero su cabello, que era casi blanco, se había vuelto negro. Tampoco llevaba las gafas. Echó un rápido vistazo a Winston, como para verificar su identidad, y no le prestó más atención. Seguía siendo reconocible, pero ya no era la misma persona. Su cuerpo se había erguido y parecía haberse vuelto más corpulento. Su rostro había sufrido cambios minúsculos que, no obstante, habían obrado una transformación completa. Las cejas negras eran menos pobladas, las arrugas habían desaparecido, todos los rasgos de su rostro parecían haber cambiado; incluso la nariz parecía más corta. Era el rostro frío y despierto de un hombre de unos treinta y cinco años. Winston cayó en que, por primera vez en su vida, estaba viendo conscientemente a un miembro de la Policía del Pensamiento.

TERCERA PARTE

1

No sabía dónde estaba. Probablemente, en el Ministerio del Amor, pero no había forma de estar seguro.

Se hallaba en una celda de techo alto, sin ventanas y con paredes de reluciente porcelana blanca. Unas luces ocultas la inundaban de luz fría y se oía un leve y continuo zumbido que supuso que tendría que ver con el suministro de aire. Un banco o estante, lo bastante ancho para sentarse en él, corría a lo largo de la pared, interrumpido solo por la puerta y, en el extremo opuesto, un váter sin asiento de madera. Había cuatro telepantallas, una en cada pared.

Notaba un sordo dolor en el estómago. Había empezado cuando lo metieron en la furgoneta cerrada para llevárselo. Pero también tenía hambre, un hambre punzante y malsana. Debía de llevar veinticuatro horas sin comer, o tal vez fuesen treinta y seis. Seguía sin saber, y probablemente no sabría nunca, si lo habían detenido por la mañana o por la tarde. Desde el momento de su detención no había probado bocado.

Se sentó muy quieto en el banco estrecho, con las manos cruzadas sobre la rodilla. Había aprendido a sentarse y quedarse inmóvil. Si hacías algún movimiento inesperado te gritaban desde la telepantalla. Pero las ganas de comer iban en aumento. Lo que más le apetecía era un pedazo de pan. Pensó que tal vez tuviera unas cuantas migas en el bolsillo del mono. Incluso era posible —de vez en cuando, algo le cosquilleaba la pierna— que hubiese un trozo de corteza. Al final, pudo más la tentación que el miedo: metió la mano en el bolsillo.

—¡Smith! —chilló una voz desde la telepantalla—. ¡6079 Smith W! ¡En las celdas, las manos fuera de los bolsillos!

Volvió a sentarse inmóvil, con las manos cruzadas sobre la rodilla. Antes de llevarlo allí, lo habían trasladado a otro sitio que debía de ser una cárcel normal o unos calabozos temporales utilizados por las patrullas. Ignoraba cuánto tiempo había pasado en aquel lugar; varias horas, en cualquier caso; sin relojes, ni luz del día, era difícil medir el tiempo. Era un sitio ruidoso y maloliente. Lo habían metido en una celda similar a la que ocupaba ahora, pero mucho más sucia y abarrotada en todo momento por diez o quince personas. La mayor parte eran criminales comunes, aunque entre ellos había algunos criminales políticos. Se había sentado en silencio contra la pared, entre los cuerpos sucios, demasiado angustiado por el miedo y el dolor de estómago para interesarse por lo que le rodeaba. No obstante, reparó en la diferencia de actitud de los prisioneros del Partido y los otros. Los primeros guardaban silencio aterrorizados, mientras que a los criminales comunes todo parecía traerles sin cuidado. Chillaban e insultaban a los guardias, se resistían cuando les requisaban sus pertenencias, escribían palabras obscenas en el suelo, comían alimentos que habían colado ocultos en misteriosos bolsillos entre la ropa e incluso gritaban a la telepantalla cuando esta intentaba restablecer el orden. Por otra parte, algunos parecían llevarse bien con los guardias, les llamaban por sus apodos e intentaban colar cigarrillos por la mirilla de la puerta. Los guardias también trataban a los criminales comunes con cierta tolerancia, incluso aunque tuviesen que recurrir a la violencia. Se hablaba mucho de los campos de trabajos forzados a los que iban a ser enviados casi todos los detenidos. En los campos todo «iba bien», dedujo Winston, siempre que tuvieses buenos contactos y conocieras las normas. Había sobornos, favoritismo y chanchullos de todo tipo, homosexualidad y prostitución, e incluso alcohol ilegal destilado de patatas. Los puestos de confianza se otorgaban solo a los criminales comunes, sobre todo a los gánsteres y asesinos, que formaban una especie de aristocracia. Todos los trabajos desagradables los hacían los presos políticos.

No paraban de entrar y salir detenidos de todo tipo: traficantes de droga, ladrones, atracadores, estraperlistas, borrachos y prostitutas. Algunos borrachos eran tan violentos que los demás detenidos tenían que colaborar para dominarlos. Una mujer gigantesca y hecha un guiñapo, que debía de tener unos sesenta años y tenía grandes pechos caídos y espesas greñas de cabello blanco, llegó chillando y pateando arrastrada por cuatro guardias que le quitaron las botas con las que había intentado darles de patadas y se la echaron encima a Winston, que creyó que le habían partido un hueso. La mujer se incorporó y les gritó a los guardias: «¡Cabrones de m…!». Luego reparó en que estaba sentada sobre una superficie irregular, se bajó de las rodillas de Winston y se sentó en el banco.

—Perdona, cariño —dijo—, no me habría sentado encima de ti si no me hubiesen empujado esos cerdos. No saben tratar a una dama, ¿a que no? —Se interrumpió, se dio unos golpecitos en el pecho y eructó—. Perdón —dijo—, no me encuentro muy bien. — Se inclinó hacia delante y vomitó copiosamente en el suelo—. Ya estoy mejor —dijo recostándose con los ojos cerrados—. Siempre he dicho que más vale echarlo fuera cuando todavía está reciente en el estómago.

Se recuperó, se volvió para mirar otra vez a Winston y pareció encariñarse enseguida con él. Le echó un brazo enorme por encima del hombro y lo acercó hacia sí, echándole el aliento de cerveza y vómito en la cara.

—¿Cómo te llamas, guapo? —preguntó.

—Smith —respondió Winston.

—¿Smith? —repitió la mujer—. Qué raro. Yo también me llamo Smith. Caramba —añadió en tono sentimental—. ¡Si hasta podría ser tu madre!

Winston pensó que podría serlo. Tendría más o menos su edad y se le parecía, y era probable que la gente cambiara después de veinte años en un campo de trabajos forzados.

Nadie más le había hablado. Sorprendentemente, la mayor parte de los criminales comunes despreciaba a los prisioneros del Partido. Los llamaban «polits» con una especie de desdeñosa falta de interés. Los prisioneros del Partido parecían aterrados de hablar con nadie, y sobre todo entre ellos. Solo una vez, cuando dos miembros del Partido, ambos mujeres, se sentaron muy cerca en el banco, oyó entre el bullicio de las voces unas breves palabras susurradas; y, en particular, una alusión a algo llamado la «habitación uno–cero–uno» que no acabó de entender.

Debía de hacer dos o tres horas que lo habían trasladado adonde se encontraba ahora, el dolor sordo que sentía en el estómago no había desaparecido en ningún momento, aunque a veces mejoraba y a veces empeoraba, y sus pensamientos se expandían o contraían en consecuencia. Cuando empeoraba, pensaba solo en su propio dolor y en comer algo. Cuando mejoraba, le dominaba el pánico. Había momentos en que preveía con tanto realismo lo que le iba a ocurrir que el corazón se le aceleraba y se quedaba casi sin aliento. Sentía el golpe de las porras en los codos y las botas claveteadas en las espinillas; se veía retorciéndose en el suelo e implorando clemencia con los dientes rotos. Apenas pensaba en Julia. No lograba concentrarse en ella. La quería y no la traicionaría, pero eso era solo un hecho que sabía como quien conoce las reglas de la aritmética. No sentía amor por ella y apenas le interesaba lo que pudiera estar ocurriéndole. Pensaba más a menudo en O'Brien con una chispa de esperanza. Seguro que se habría enterado de que le habían detenido. Les había dicho que la Hermandad nunca intentaba salvar a sus miembros. Pero si podían le harían llegar una cuchilla de afeitar. Los guardias tardarían al menos cinco segundos en entrar en la celda. La cuchilla le mordería con una especie de frialdad ardiente, e incluso los dedos que la sujetaran se cortarían hasta el hueso. Todo se reducía a su cuerpo enfermo, que temblaba ante el dolor más ínfimo. Ni siquiera estaba seguro de que llegase a utilizar la cuchilla si tenía ocasión. Era más natural seguir existiendo un instante, aceptar otros diez minutos de vida aun con la certeza de que después le esperaba la tortura.

A veces intentaba calcular el número de ladrillos de porcelana de las paredes de la celda. Debería haber sido fácil, pero siempre acababa perdiendo la cuenta. A menudo, se preguntaba dónde se encontraba y qué momento del día sería. Había ocasiones en que tenía la seguridad de que afuera era de día y en otras de que reinaba la más completa penumbra. Sabía por instinto que allí nunca se apagaban las luces. Era el lugar donde no había oscuridad: comprendió entonces por qué O'Brien parecía haber reconocido la alusión. En el Ministerio del Amor no había ventanas. Su celda lo mismo podía hallarse en el centro del edificio que junto a la pared exterior, a diez pisos bajo tierra o treinta por encima de la superficie. Se trasladó mentalmente de un sitio a otro, y trató de determinar por las sensaciones de su cuerpo si estaba en alto o enterrado bajo tierra.

Fuera se oyeron las pisadas de unas botas. La puerta de acero se abrió con estrépito. Un joven oficial, una pulcra figura uniformada de negro que daba la impresión de brillar con tanto cuero bruñido y cuyo rostro serio y pálido era como una máscara de cera, cruzó elegantemente el umbral. Hizo un gesto a los guardias de fuera para que hicieran pasar al prisionero. El poeta Ampleforth entró a trompicones en la celda. La puerta volvió a cerrarse con estrépito.

Ampleforth fue inseguro de aquí para allá, como buscando otra puerta, y luego empezó a deambular por la celda. Aún no había reparado en la presencia de Winston. Sus ojos intranquilos contemplaban la pared un metro por encima de la cabeza de Winston. Iba sin zapatos; los dedos gordos de los pies asomaban, grandes y sucios, por los agujeros de los calcetines. Llevaba varios días sin afeitarse. La barba incipiente le cubría la cara hasta los pómulos y le daba un aire canallesco que no acababa de encajar con su aspecto corpulento y débil y sus movimientos nerviosos.

Winston despertó un poco de su letargo. Tenía que hablarle a Ampleforth y correr el riesgo de que le chillaran por la telepantalla. Incluso era concebible que Ampleforth fuese el portador de la cuchilla.

—Ampleforth —dijo.

Ningún chillido llegó de la telepantalla. Ampleforth se detuvo sobresaltado. Poco a poco, fijó la mirada en Winston.

—¡Ah, Smith! —dijo—. ¡Tú también!

—¿Qué has hecho?

—Para serte sincero... —Se sentó torpemente en el banco enfrente de Winston—.

No hay más que un delito... ¿no crees?

—¿Y lo has cometido?

—Se ve que sí. —Se puso la mano en la frente y se apretó un momento las sienes, como si intentara recordar alguna cosa—. Estas cosas ocurren... —empezó vagamente—. He podido recordar una razón... una posible razón. Fue una indiscreción, sin duda. Estábamos preparando la edición definitiva de los poemas de Kipling y dejé la palabra «Dios» al final de un verso. ¡No pude evitarlo! —añadió casi indignado al tiempo que alzaba la vista para mirar a Winston—. Era imposible cambiarlo. El verso tenía que rimar con «dos». ¿Sabes cuántas palabras riman con dos? Estuve días devanándome los sesos. No había otra posibilidad. —La expresión de su rostro cambió. Se le pasó el enfado y por un momento casi pareció animarse. Una especie de calor intelectual, la alegría del pedante que ha descubierto un hecho inútil, brilló entre la suciedad y las greñas de su cabello—. ¿Se te ha ocurrido pensar —dijo— que toda la historia de la poesía inglesa se ha visto influenciada porque en inglés no abundan las rimas?

No, semejante idea nunca se le había pasado por la cabeza a Winston. Y, dadas las circunstancias, tampoco entonces le pareció muy importante o interesante.

—¿Sabes si es de día o de noche? Ampleforth pareció sobresaltarse de nuevo.

—No se me había ocurrido pensarlo. Me detuvieron hará dos días... tal vez tres.

—Sus ojos recorrieron las paredes como con la esperanza de encontrar una ventana —. Aquí no hay diferencia entre el día y la noche. No se puede calcular el paso del tiempo.

Hablaron sin entusiasmo unos minutos, luego, sin razón aparente, un chillido de la telepantalla les ordenó guardar silencio. Winston se quedó inmóvil con las manos cruzadas. Ampleforth, demasiado corpulento para sentarse con comodidad en el estrecho banco, no paraba de moverse y rodeaba una rodilla y luego la otra con las manos finas. La telepantalla le gritó que se estuviera quieto. Pasó el tiempo. Veinte minutos, una hora… Era difícil juzgarlo. Una vez más se oyeron las pisadas de unas botas. A Winston se le encogió el estómago. Pronto, muy pronto, tal vez en cinco minutos, quizá incluso en ese mismo instante, las pisadas indicarían que le había llegado el turno.

La puerta se abrió. El oficial del rostro impasible entró en la celda, con un breve ademán señaló a Ampleforth. —Habitación 101 —dijo.

Ampleforth se marchó andando con torpeza entre los guardias, con un vago gesto de preocupación en el rostro, pero sin acabar de entender lo que ocurría.

Winston tuvo la impresión de que pasaba mucho tiempo. El dolor de estómago había vuelto a empezar. Su imaginación daba vueltas y vueltas a lo mismo, como una bola que cayese una y otra vez por las mismas ranuras. Solo pensaba en seis cosas: su dolor de estómago, un pedazo de pan, la sangre y los gritos, O'Brien, Julia y la cuchilla de afeitar. Notó otro espasmo en las entrañas, las pisadas se acercaban. Al abrirse la puerta, la corriente de aire arrastró un intenso olor a sudor frío. Parsons entró en la celda. Llevaba sus pantalones cortos de color caqui y una camisa deportiva.

Winston se llevó tal sorpresa que se olvidó de sí mismo.

—¡Tú aquí! —dijo.

Parsons le echó una mirada carente de interés o de sorpresa, que solo expresaba lástima. Empezó a ir y venir arriba y abajo, incapaz de estarse quieto. Cada vez que enderezaba las rollizas rodillas era evidente que le temblaban. Sus ojos miraban fijos y muy abiertos, como si contemplara algo a media distancia.

—¿De qué te acusan? —preguntó Winston.

—¡De crimental! —balbució Parson. El tono de su voz implicaba al mismo tiempo una total admisión de su culpa y una especie de horror incrédulo de que semejante palabra pudiera aplicársele a él. Se detuvo enfrente de Winston y empezó a hablarle angustiado—: No me matarán, ¿verdad, chico? Solo te matan si has hecho algo… pero no por pensar algo que no se puede evitar. Seguro que tendremos un juicio justo. ¡Oh, no me cabe duda! Tendrán mi historial, ¿no? Ya sabes cómo he sido siempre. No soy mal tipo, a mi manera. Claro que no soy muy listo, pero sí un hombre despierto. Hice cuanto pude por el Partido, ¿verdad? A lo sumo me caerán cinco años, ¿no crees? O puede que diez. Alguien como yo podría ser muy útil en un campo de trabajo. No me matarán por haberme descarriado una sola vez, ¿verdad?

—¿Eres culpable? —preguntó Winston.

—¡Pues claro! —gritó Parsons, a la vez que echaba una mirada servil a la telepantalla—. No pensarás que el Partido iba a detener a un inocente, ¿no? —Su cara de rana se tranquilizó e incluso adoptó una expresión santurrona—. Chico, el crimental es una cosa terrible —dijo poniéndose grandilocuente—. Es insidioso. Se adueña de ti sin que te des cuenta. ¿Sabes cómo me ocurrió a mí? ¡Mientras dormía! Sí, así es. Siempre me he limitado a trabajar y he intentado aportar mi granito de arena… sin sospechar que hubiese nada malo en mi interior. Y luego empecé a hablar en sueños. ¿Sabes lo que me oyeron decir? —Bajó la voz, como quien tiene que aludir a una obscenidad por motivos médicos—. ¡Abajo el Hermano Mayor! ¡Sí, eso mismo! Por lo visto, lo repetí una y otra vez. Entre tú y yo, chico, te diré que me alegro de que me detuvieran antes de que la cosa fuese a peor. ¿Sabes lo que voy a decirles cuando me lleven ante el tribunal? «Gracias». Les voy a dar las gracias por salvarme antes de que fuese demasiado tarde.

—¿Quién te denunció? —preguntó Winston.

—Mi hija pequeña —respondió Parsons con una especie de triste orgullo—. Me espió por el ojo de la cerradura. Oyó lo que decía y al día siguiente le fue con el soplo a una patrulla. Muy lista para ser solo una mocosa de siete años, ¿eh? No le guardo rencor. La verdad es que estoy orgulloso de ella. Demuestra que la he educado como es debido.

Hizo unos cuantos movimientos bruscos más arriba y abajo y miró anhelante varias veces el váter. Luego se bajó de pronto los pantalones.

—Perdona, chico —dijo—. No aguanto más. Es que llevo mucho rato esperando.

Instaló su enorme trasero sobre la taza del váter. Winston se tapó la cara con las manos.

—¡Smith! —chilló la voz de la telepantalla—. ¡6079 Smith W! Descúbrete la cara. ¡En las celdas, la cara descubierta!

Winston se descubrió la cara. Parsons utilizó el váter ruidosa y abundantemente. Luego resultó que la cadena estaba estropeada y un hedor espantoso impregnó la celda varias horas.

Se llevaron a Parsons. Otros detenidos llegaron y se fueron de manera misteriosa. A uno de ellos, una mujer, la enviaron a la «habitación 101», y Winston reparó en que su rostro mudaba de color y parecía marchitarse al oír aquellas palabras. Llegó un momento en que, si lo hubieran llevado allí por la mañana, habría sido por la tarde; o si lo hubiesen llevado por la tarde, habría sido medianoche. Había seis detenidos en la celda, hombres y mujeres. Todos muy quietos. Delante de Winston había un hombre dentudo y sin mentón que parecía un gigantesco e inofensivo roedor. Sus gruesas y moteadas mejillas estaban tan hinchadas que era difícil no creer que guardaba en ellas pequeñas reservas de comida. Sus ojos de color gris pálido se movían timoratos de una cara a otra y se apartaban rápidamente cada vez que alguien le devolvía la mirada.

La puerta se abrió, y llevaron a otro detenido cuyo aspecto le causó un escalofrío a Winston. Era un hombre vulgar e insignificante que podría haber sido un ingeniero o algún tipo de técnico. Lo que más llamaba la atención era lo demacrado que estaba su rostro. Parecía un cráneo. Debido a su extremada delgadez, la boca y los ojos parecían tener un tamaño desproporcionado, y su mirada expresaba un odio inagotable y criminal contra algo o alguien.

Se sentó en el banco cerca de Winston, que no volvió a mirarlo, aunque su cara esquelética y atormentada siguió tan viva en su imaginación como si lo tuviera delante de los ojos. De pronto, reparó en lo que sucedía. Aquel hombre se estaba muriendo de hambre. Todos los presentes parecieron caer en la cuenta al mismo tiempo. Se produjo una leve agitación en el banco. Los ojos del hombre sin mentón se fijaban, una y otra vez, en el hombre con cara de cráneo, luego se apartaban con culpabilidad y volvían a mirarlo con una atracción irresistible. Poco después, empezó a moverse en el asiento. Por fin se levantó, cruzó con paso torpe la celda, se hurgó en el bolsillo del mono y, con aire abatido, le ofreció un mohoso mendrugo al hombre con cara de cráneo.

Se oyó un furioso y ensordecedor chillido procedente de la telepantalla. El hombre sin mentón retrocedió. El de la cara de cráneo se echó las manos a la espalda, como para demostrar a todos que había rechazado el regalo.

—¡Bumstead! —rugió la voz—. ¡2713 Bumstead J! Suelta ese trozo de pan. El hombre sin mentón arrojó el mendrugo al suelo.

—Quédate donde estás —ordenó la voz—. Mirando a la puerta.

No hagas ningún movimiento.

El hombre sin mentón obedeció, sus hinchadas mejillas temblaban de forma incontrolable. La puerta se abrió con estrépito. El joven oficial entró y se hizo a un lado, tras él apareció un hombre bajo y fornido de brazos y hombros enormes. Se colocó delante del hombre sin mentón y luego, a un gesto del oficial, le propinó un puñetazo terrible en plena boca, con todo el peso de su cuerpo. La fuerza del golpe pareció suficiente para noquearlo. Su cuerpo salió despedido al otro lado de la celda y se golpeó contra la base del váter. Por un momento, se quedó aturdido mientras le salía sangre negra de la nariz y la boca. Soltó un levísimo quejido o gimoteo que casi parecía inconsciente. Luego, rodó sobre sí mismo y se incorporó tambaleante sobre las manos y las rodillas. Entre un chorro de sangre y saliva, escupió las dos mitades de dentadura postiza.

Los detenidos siguieron muy quietos, con las manos cruzadas sobre las rodillas. El hombre sin mentón volvió a ocupar su sitio. Se le estaba amoratando un lado de la cara. La boca se le había hinchado hasta convertirse en un bulto informe de color cereza con un agujero en el centro. De vez en cuando le goteaba un poco de sangre sobre la pechera del mono. Sus ojos grises seguían yendo de cara en cara, con un aire aún más culpable que antes, como si estuviese intentando descubrir cuánto le despreciaban los demás después de aquella humillación.

La puerta se abrió. Con un escueto gesto el oficial señaló al de la cara de cráneo.

—Habitación 101 —dijo.

Al lado de Winston se produjo cierta ahogada agitación. El hombre se había hincado de rodillas con las manos juntas.

—¡Camarada! ¡Oficial! —gritó—. ¡No me lleves ahí! ¿No os he dicho ya todo?

¿Qué más queréis saber? ¡Estoy dispuesto a confesarlo todo! ¡Lo que sea! Dime lo que quieres y lo confesaré. Escríbelo y lo firmaré… ¡Cualquier cosa! ¡Pero no me envíes a la habitación 101!

—Habitación 101 —repitió el oficial.

El rostro del hombre, que estaba ya casi lívido, se volvió de un color que Winston no habría creído posible. Sin duda, era de un tono verde.

—¡Hazme lo que quieras! —chilló—. Lleváis semanas matándome de hambre. Acabad de una vez y dejadme morir. Fusiladme. Ahorcadme. Sentenciadme a veinticinco años. ¿Hay alguien más a quien queráis que delate? Dime quién es y os lo diré todo. No me importa quién sea, ni lo que le hagáis. Tengo mujer y tres hijos. El mayor aún no ha cumplido los seis años. Cortadles el cuello ante mis ojos y no diré nada. ¡Pero no me llevéis a la habitación 101!

—Habitación 101 —dijo el oficial.

El hombre miró frenético a los demás detenidos, como si hubiese caído en que podía poner a otro en su lugar. Sus ojos se posaron en la cara tumefacta del hombre sin mentón. Alargó el brazo delgado.

—¡A él es a quien tenéis que llevaros y no a mí! —gritó—. No habéis oído lo que ha dicho cuando le golpearon. Dadme una oportunidad y os lo repetiré palabra por palabra. Es él quien está en contra del Partido y no yo. —Los guardias se adelantaron. La voz del hombre se convirtió en un chillido—. ¡No le habéis oído! —repitió—. La telepantalla no funciona bien. Es a él a quien queréis. ¡Lleváoslo a él y no a mí!

Los dos corpulentos guardias se habían detenido para sujetarlo por los brazos. Pero en ese instante, se lanzó al suelo y se agarró a una de las patas de hierro que sostenían el banco. Se había puesto a aullar como un animal. Los guardias lo agarraron para soltarlo, pero él se aferró con una fuerza sorprendente. Estuvieron unos veinte segundos forcejeando. Los detenidos continuaron sin moverse, con las manos cruzadas sobre las rodillas y mirando hacia delante. Los aullidos cesaron; al hombre solo le quedaban fuerzas para seguir agarrándose. Luego se oyó un grito distinto. Uno de los guardias le había roto los dedos de la mano de una patada. Le obligaron a ponerse en pie.

—Habitación 101 —dijo el oficial.

Se llevaron al hombre, tambaleándose, con la cabeza hundida y sujetándose la mano, desaparecida ya toda resistencia.

Pasó un largo rato. Si se habían llevado al hombre con cara de cráneo a medianoche, sería ya por la mañana; y, si se lo habían llevado por la mañana, sería por la tarde. Winston llevaba varias horas solo. El banco estrecho era tan incómodo que le dolían los huesos y a menudo se ponía en pie y deambulaba por la celda sin que la telepantalla se lo impidiera. El mendrugo seguía donde lo había tirado el hombre sin mentón. Al principio tuvo que hacer un gran esfuerzo para no mirarlo, pero pronto la sed reemplazó al hambre. Tenía la lengua pastosa y mal sabor de boca. El zumbido y la constante luz blanca le producían una especie de mareo, una sensación de vacío en el interior de la cabeza. Cuando el dolor de huesos se hacía insoportable se levantaba y luego volvía a sentarse porque estaba demasiado desfallecido para seguir en pie. Cada vez que controlaba un poco sus sensaciones físicas volvía a dominarlo el miedo. A veces pensaba con una vaga esperanza en O'Brien y la cuchilla de afeitar. Tal vez se la hiciesen llegar oculta con la comida, si es que llegaban a darle de comer. En Julia pensaba menos. Estaría sufriendo en alguna parte, tal vez mucho más que él. Quizá estuviese gritando de dolor en ese mismo instante. Pensó: «Si pudiera salvar a Julia duplicando mi propio dolor, ¿lo haría? Sí». Pero era solo una decisión intelectual tomada porque sabía que debía tomarla. En realidad, no la sentía. En aquel lugar era imposible sentir nada que no fuese dolor y la anticipación del dolor. Además, ¿sería posible desear, cuando estabas sufriendo, que por uno u otro motivo aumentara tu sufrimiento? De momento, la pregunta carecía de respuesta.

Las botas volvieron a acercarse. La puerta se abrió. Entró O'Brien.

Winston se puso en pie. La sorpresa le hizo olvidar toda precaución. Por primera vez en muchos años, olvidó la presencia de la telepantalla.

—¡También te han atrapado a ti! —gritó.

—Hace ya mucho que me atraparon —respondió O'Brien con una leve y casi pesarosa ironía. Se apartó a un lado. Detrás de él apareció un guardia de espaldas anchas con una larga porra negra en la mano—. Lo sabías, Winston —dijo O'Brien —. No te engañes. Lo sabías… Siempre lo has sabido.

Sí, comprendió, siempre lo había sabido. Pero no tuvo tiempo de pararse a pensarlo. Solo tenía ojos para la porra que llevaba el guardia en la mano. Podía golpearle en cualquier parte: en la coronilla, en la punta de la oreja, en la parte superior del brazo, en el codo…

¡El codo! Cayó de rodillas, casi paralizado, y se sujetó con la otra mano el codo golpeado. Todo había estallado en una luz amarilla. ¡Era inconcebible, inconcebible que un único golpe pudiera causar tanto dolor! La luz se despejó y vio a los otros dos mirándolo desdeñosos. El guardia se burló al ver cómo se retorcía. Al menos ya tenía respuesta a su pregunta. Nunca, por nada en el mundo, podía uno desear que su dolor aumentara. Del dolor solo puede desearse una cosa: que cese. No hay nada peor que el dolor físico. Ante el dolor no hay héroes, no hay héroes, pensó una y otra vez mientras se retorcía en el suelo sujetándose el inutilizado brazo izquierdo.

2

Estaba en una especie de camilla colocada a bastante altura del suelo y debían de haberle maniatado, porque no podía moverse. Sobre su cara caía una luz que parecía más intensa de lo habitual. O'Brien se hallaba de pie a su lado mirándolo fijamente. Al otro lado había un hombre con una bata blanca y una jeringa hipodérmica.

Incluso después de abrir los ojos, tardó en comprender dónde se encontraba. Tuvo la impresión de salir a la superficie desde un mundo distinto, una especie de mundo subacuático que hubiera muy por debajo. Ignoraba cuánto tiempo llevaba allí. Desde el momento de su detención no había vuelto a ver la oscuridad ni la luz del día. Además, sus recuerdos no eran continuos. Había habido veces en que la conciencia, incluso esa que uno tiene en sueños, había cesado por completo y luego había vuelto a empezar tras un espacio en blanco. Pero era imposible saber si esos intervalos habían durado días, semanas o solo segundos.

La pesadilla había empezado con aquel primer golpe en el codo. Luego comprendería que todo lo que había venido a continuación no era más que un interrogatorio rutinario y preliminar al que sometían a casi todos los detenidos. Había una larga serie de crímenes —espionaje, sabotaje y otras cosas por el estilo— que se daba por sentado que debía confesar todo el mundo. La confesión era una formalidad, pero la tortura era real. No recordaba cuántas veces le habían golpeado, ni cuánto habían durado las palizas. Siempre había habido cinco o seis hombres de uniforme pegándole al mismo tiempo. Unas veces con los puños, otras con porras, otras con barras de acero y otras con las botas. En ocasiones, se había tirado al suelo con la despreocupación de un animal y se había retorcido en un infinito e inútil esfuerzo por esquivar las patadas que solo había servido para que le golpearan aún más: en las costillas, en el estómago, en los codos, en las espinillas, en la entrepierna, en los testículos. Había veces en que había durado tanto tiempo que lo que le había parecido cruel, perverso e imperdonable no era que los guardias siguieran golpeándole, sino no haber llegado a perder la conciencia. Otras, había perdido de tal manera el dominio de sí mismo que se había puesto a gritar pidiendo clemencia antes incluso de que empezara la paliza, le había bastado con ver un puño cerrado y a punto de pegarle para confesar toda suerte de crímenes, reales e imaginarios. En otros momentos había decidido no confesar nada y habían tenido que sacarle cada palabra entre boqueadas de dolor, en otros había optado por una especie de término medio y se había dicho:

«Confesaré, pero aún no. Esperaré a que el dolor sea insoportable. Tres patadas más, dos y les diré lo que quieren saber».

A veces le habían golpeado hasta que apenas se tenía en pie y luego lo habían dejado unas horas tirado como un saco de patatas en el suelo de piedra de una celda hasta que habían vuelto a sacarlo para reanudar la paliza. También había habido períodos de recuperación más largos. Aunque apenas los recordaba, porque los había pasado dormido o aturdido. Recordaba una celda con un camastro, una especie de estante que salía de la pared y un lavabo metálico, y sopa caliente, pan y a veces café. Recordaba a un hosco barbero que había llegado para afeitarle la cara y cortarle el pelo, y a hombres fríos y profesionales con bata blanca que le habían tomado el pulso, habían comprobado su reflejos, le habían levantado los párpados, le habían examinado en busca de huesos rotos y le habían clavado agujas en el brazo para hacerle dormir.

Luego las palizas se habían vuelto menos frecuentes y se habían convertido solo en una amenaza, el horror al que podían volver a enviarle si no daba las respuestas debidas. Los interrogadores ya no habían sido matones de uniforme negro, sino intelectuales del Partido, hombrecillos corpulentos de movimientos rápidos y gafas relucientes, que lo acosaban a preguntas durante períodos que habían durado —o eso pensaba él, porque no había modo de estar seguro— entre diez y doce horas seguidas. Dichos interrogadores se habían asegurado de que sufriera un dolor leve y constante, aunque ese no era su único recurso. Le habían abofeteado, retorcido las orejas, tirado del pelo y obligado a sostenerse sobre una sola pierna, no le habían dado permiso para orinar y le habían deslumbrado con luces muy potentes hasta hacerle llorar a lágrima viva; sin embargo, su verdadero objetivo era humillarle y destruir su capacidad de argumentación y razonamiento. Su verdadera arma había sido el implacable interrogatorio que había durado y durado, hora tras hora, y en el que le habían tendido trampas, habían tergiversado todo lo que decía y le habían acusado a cada paso de mentir y contradecirse, hasta que se echaba a llorar no solo de agotamiento nervioso sino de vergüenza, en ocasiones hasta una docena de veces por sesión. La mayor parte del tiempo le habían insultado y amenazado con volver a entregarlo a los guardias cada vez que dudaba aunque fuese por un instante; otras veces habían cambiado de registro y le habían llamado camarada, habían apelado a él en nombre del Socing y el Hermano Mayor, y le habían preguntado en tono compasivo si no le quedaba lealtad suficiente al Partido para querer reparar el daño que había causado. Después de horas de interrogatorio, con los nervios destrozados, bastaba con esa pregunta para reducirle a lágrimas y lloriqueos. Los reproches habían acabado hundiéndole más que las botas y los puños de los guardias. Se había convertido en una boca que denunciaba y una mano que firmaba todo lo que le pedían. Su única preocupación había sido averiguar qué era lo que querían que confesara, para confesarlo enseguida y que no volviesen a empezar las amenazas. Había confesado haber asesinado a prominentes miembros del Partido, distribuido panfletos sediciosos, malversado fondos públicos, traficado con secretos militares y cometido sabotajes de toda índole. Había confesado ser un espía a sueldo del gobierno de Esteasia desde 1968. Había confesado ser religioso, un admirador del capitalismo y un pervertido sexual. Había confesado haber asesinado a su mujer, aunque sabía, y quienes le interrogaban también debían de saberlo, que su mujer seguía viva. Había confesado haber mantenido contactos personales con Goldstein durante años y haber sido miembro de una organización secreta que había incluido a casi todos sus conocidos. Lo más fácil era confesarlo todo e implicar a todo el mundo. Además, en parte era verdad. Era cierto que había sido un enemigo del Partido, y que para este no había diferencia entre el pensamiento y los hechos. También tenía recuerdos de otro tipo, que pasaban por su imaginación de manera inconexa, como fotografías rodeadas de oscuridad.

Se hallaba en una celda que tanto podía haber estado a oscuras como iluminada, porque solo veía un par de ojos. Cerca, se oía el tictac lento y regular de algún tipo de instrumento. Los ojos se volvían más grandes y luminosos. De pronto salía flotando de su asiento y se sumergía en los ojos que acababan devorándolo.

Estaba atado a una silla rodeado de indicadores, bajo una luz cegadora. Un hombre con bata blanca estaba leyendo los indicadores. Fuera se oían las pisadas de unas botas. La puerta se abría de golpe. El oficial de rostro céreo entraba seguido de dos guardias.

—Habitación 101 —decía el oficial.

El de la bata blanca ni siquiera se daba la vuelta. Tampoco se molestaba en mirar a Winston: seguía leyendo los indicadores como si tal cosa.

Caía rodando por un enorme pasillo de un kilómetro de anchura, inundado de luz dorada y deslumbrante, se reía a carcajadas y chillaba confesiones a voz en grito. Lo confesaba todo, incluso lo que había logrado callarse bajo tortura. Relataba la historia de su vida a un público que ya la conocía. Con él estaban los guardias, los demás interrogadores, los hombres de la bata blanca, O'Brien, Julia y el señor Charrington, todos rodaban juntos por el pasillo entre risas y carcajadas. Había escapado de algo que le esperaba en el futuro y que no había llegado a ocurrir. Todo iba bien, no había más dolor, había expuesto hasta los últimos detalles de su vida y habían sido comprendidos y perdonados.

Se incorporó en la cama de campaña con la certidumbre de haber oído la voz de O'Brien. A lo largo del interrogatorio no lo había visto nunca, pero había tenido la sensación de que estaba a su lado. Era O'Brien quien lo dirigía todo. Había sido él quien le había echado encima a los guardias y quien había impedido que lo mataran. Él había decidido cuándo debía aullar de dolor, cuándo debía descansar, cuándo había que alimentarle, cuándo necesitaba dormir y cuándo había que inyectarle drogas en el brazo. Él hacía las preguntas y sugería las respuestas. Él había sido el torturador, el protector, el inquisidor y el amigo. En determinado momento — Winston no recordaba si durante el sueño inducido por las drogas, el sueño normal o en un instante de lucidez—, una voz le había susurrado al oído: «Tranquilo, Winston: yo cuidaré de ti. Llevo siete años vigilándote. Ahora ha llegado el momento decisivo. Te salvaré y haré que seas perfecto». No estaba seguro de que hubiese sido la voz de O'Brien; pero sí la misma que le había dicho: «Nos encontraremos donde no hay oscuridad», en aquel otro sueño, hacía siete años.

No recordaba cuándo había concluido el interrogatorio. Se produjo un período de oscuridad y luego la celda, o la habitación, en la que se encontraba en ese momento se había ido materializando poco a poco en torno a él. Estaba casi de espaldas y no podía moverse. Su cuerpo estaba sujeto por todas partes. Incluso le habían atado de algún modo la nuca. O'Brien le miraba serio y un poco triste. Su rostro, visto desde abajo, parecía tosco y fatigado, con bolsas debajo de los ojos y arrugas de cansancio de la nariz a la barbilla. Era mayor de lo que había pensado Winston; tal vez rondara los cuarenta y ocho o cincuenta años. Apoyaba la mano en una palanca con un indicador y unos números.

—Te advertí que, si alguna vez volvíamos vernos, sería aquí —dijo O'Brien.

—Sí —respondió Winston.

Sin más aviso que un leve movimiento de la mano de O'Brien, una oleada de dolor inundó su cuerpo. Era un dolor aterrador, porque no veía lo que le estaba ocurriendo, y le daba la sensación de que le estaban produciendo alguna herida mortal. Ignoraba si estaba sucediendo en realidad o si era un efecto inducido eléctricamente, pero su cuerpo estaba perdiendo la forma y se le estaban descoyuntando poco a poco las articulaciones. El dolor le había perlado la frente de sudor, pero lo peor era el miedo a que se le quebrara la espina dorsal. Apretó los dientes y respiró con fuerza por la nariz, en un esfuerzo por seguir callado todo el tiempo posible.

—Te asusta —dijo O'Brien, observando su rostro— que en cualquier momento se te rompa algo. Sobre todo temes que sea la espina dorsal. Imaginas con total claridad las vertebras quebrándose y el líquido raquídeo saliendo de ellas, ¿verdad, Winston?

—Winston no respondió. O'Brien bajó la palanca del indicador. La ola de dolor cesó tan deprisa como había empezado—. Eso han sido cuarenta —dijo O'Brien—. Ya ves que los números del indicador llegan a cien. ¿Tendrás presente, durante nuestra conversación, que en cualquier momento puedo infligirte tanto dolor como quiera? Si me mientes, si intentas confundirme de cualquier modo o incluso si disminuye tu nivel normal de inteligencia, gritarás de dolor al instante. ¿Lo has entendido?

—Sí —dijo Winston.

Los modales de O'Brien se volvieron menos severos. Volvió a colocarse las gafas pensativo y dio uno o dos pasos arriba y abajo. Su voz sonaba amable y paciente. Parecía un médico, un profesor o incluso un cura, más deseoso de convencer que de castigar.

—Me estoy tomando muchas molestias contigo, Winston —dijo—. Porque creo que lo mereces. Sabes muy bien lo que te ocurre. Lo has sabido durante años, pero te has rebelado siempre contra esa idea. Padeces una enfermedad mental. Tienes fallos de memoria. Eres incapaz de recordar lo sucedido en realidad y te convences de otras cosas que no han sucedido. Por suerte, tiene cura. Si hasta ahora no te has curado es porque no has querido. Era necesario un esfuerzo de la voluntad que no estabas dispuesto a hacer. Incluso ahora, sé que te aferras a tu enfermedad con el convencimiento de que es una virtud. Veamos un ejemplo. ¿Con qué potencia está en guerra Oceanía en este momento?

—Cuando me detuvieron, estaba en guerra con Esteasia.

—Con Esteasia. Bien. Y siempre ha sido así, ¿no? —Winston contuvo el aliento. Abrió la boca para hablar y no dijo nada. No podía apartar la vista del indicador—. La verdad, por favor, Winston. Tu verdad. Di lo que crees recordar.

—Recuerdo que una semana antes de que me detuvieran no estábamos en guerra con Esteasia, sino que eran nuestros aliados. La guerra era contra Eurasia. Y duraba ya cuatro años. Y antes…

O'Brien le interrumpió con un gesto.

—Otro ejemplo —dijo—. Hace unos años sufriste una alucinación grave. Creíste que tres antiguos miembros del Partido, llamados Jones, Aaronson y Rutheford, que habían sido ejecutados por traición y sabotaje después de una confesión completa, no eran culpables de los crímenes de los que se les acusaba. Creíste haber visto pruebas irrefutables que demostraban que su confesión era falsa. Sufriste una alucinación respecto a cierta fotografía. Te convenciste de haberla tenido en la mano. Era una fotografía como esta.

Entre los dedos de O'Brien había aparecido un recorte de periódico. Estuvo unos cinco segundos dentro del ángulo de visión de Winston. Era una fotografía y no cabía duda de cuál se trataba. Era «la» fotografía. Una copia de la instantánea que retrataba a Jones, Aaronson y Rutheford en la reunión del Partido en Nueva York, que había caído por casualidad en sus manos once años antes y que había destruido enseguida. Ahora no la había vislumbrado más que un instante antes de volver a perderla de vista. Pero la había visto, ¡no había ninguna duda! Hizo un esfuerzo agónico y desesperado por soltarse. Era imposible moverse un centímetro. Por un segundo había olvidado incluso el indicador. Lo único que quería era tener la fotografía entre los dedos, o al menos verla.

—¡Existe! —gritó.

—¡No! —respondió O'Brien.

Fue al otro lado de la habitación. En la pared había un agujero de memoria. O'Brien levantó la rejilla. La corriente de aire arrastró la frágil tira de papel antes de que pudiera verla y la fotografía se deshizo en una fugaz llamarada. O'Brien se apartó de la pared.

—Cenizas —dijo—. Ni siquiera cenizas identificables. Polvo. No existe. No ha existido nunca.

—¡Sí! ¡Claro que existe! Existe en la memoria. Yo la recuerdo y tú también.

—Yo no —dijo O'Brien.

A Winston se le encogió el corazón. Eso era doblepiensa. Le embargó un absoluto desamparo. Si pudiera haber estado seguro de que O'Brien mentía, no le habría importado. Pero era muy posible que O'Brien hubiese olvidado de verdad que había visto la fotografía. Y, en ese caso, también habría olvidado que hubiese negado recordarlo. ¿Cómo estar seguro de que no era más que un truco? Tal vez pudiera producirse de verdad esa delirante dislocación mental, eso era lo que más le desanimaba.

O'Brien le miraba con gesto inquisitivo. Parecía más que nunca un maestro esforzándose por devolver al buen camino a un niño prometedor, pero descarriado.

—Hay una consigna del Partido a propósito del control del pasado —dijo—.

Repítela, si no te importa.

—Quien controla el pasado controla el futuro. Quien controla el presente controla el pasado —recitó obediente Winston.

—Quien controla el presente controla el pasado —dijo O'Brien asintiendo despacio con aprobación—. ¿Y de verdad crees, Winston, que el pasado tiene existencia real? —Una vez más, Winston volvió a tener una sensación de desamparo. Sus ojos miraron el indicador. No solo no sabía si la respuesta que le salvaría del dolor sería un «sí» o un «no», sino en cuál de las dos creía en realidad. O'Brien esbozó una vaga sonrisa—. No eres metafísico, Winston. Hasta este momento no te habías parado a pensar en qué se entiende por existencia. Te lo preguntaré de manera más clara. ¿Tiene el pasado existencia concreta, en el espacio? ¿Hay algún sitio, un mundo de objetos sólidos, donde el pasado esté sucediendo todavía?

—No.

—Entonces, ¿dónde existe el pasado, si es que existe?

—En los archivos. Está escrito.

—En los archivos. ¿Y...?

—En la mente. En la memoria de la gente.

—En la memoria. Muy bien. Nosotros, el Partido, controlamos todos los archivos, y la memoria de todo el mundo. Por tanto, puede decirse que controlamos el pasado, ¿no es así?

—Pero ¿cómo vais a impedir que la gente recuerde las cosas? —gritó Winston, que había vuelto a olvidar el indicador por un instante—. La memoria es involuntaria. Está fuera de uno mismo. ¿Cómo vais a controlar la memoria? ¡No habéis controlado la mía!

O'Brien volvió a ponerse serio. Puso la mano en la palanca del indicador.

—Al contrario —dijo—, eres tú quien no la ha controlado. Por eso estás aquí. Porque careces de humildad y no sabes dominarte. No has querido aceptar que el precio de la cordura es la sumisión. Has preferido ser un loco, una minoría de uno solo. Solo la mente disciplinada puede ver la realidad, Winston. Tú crees que la realidad es algo objetivo, externo, que existe por derecho propio. También crees que la naturaleza de la realidad es evidente por sí misma. Cuando te engañas y crees que has visto algo, das por sentado que todo el mundo lo ve. Pero te aseguro, Winston, que la realidad no es externa. La realidad existe solo en la imaginación. Aunque no en la imaginación individual, que es falible y perecedera, sino en la del Partido, que es colectiva e inmortal. Lo que el Partido diga que es cierto es cierto. Es imposible ver la realidad si no es a través de los ojos del Partido. Eso es lo que tienes que volver a aprender, Winston. Pero hace falta un acto de autodestrucción, un esfuerzo de la voluntad. Debes humillarte antes de volver a estar cuerdo. —Hizo una pausa, como para dejar que sus palabras calaran más hondo—. ¿Recuerdas haber escrito en tu diario «La libertad consiste en poder decir que dos y dos son cuatro»?

—Sí —admitió Winston.

O'Brien alzó la mano izquierda, con el dorso hacia Winston, el pulgar oculto y los cuatro dedos extendidos.

—¿Cuántos dedos hay aquí, Winston?

—Cuatro.

—Y si el Partido dijera que no son cuatro sino cinco... ¿cuántos habría?

—Cuatro.

La palabra concluyó en una boqueada de dolor. La aguja del indicador había subido a cincuenta y cinco. El cuerpo de Winston se había cubierto de sudor. El aire le desgarraba los pulmones al tomar aliento y salía en profundos gemidos que no podía contener por más que apretara los dientes. O'Brien le observó con los dedos aún extendidos. Bajó la palanca. En esta ocasión el dolor solo disminuyó un poco.

—¿Cuántos dedos, Winston?

—Cuatro.

La aguja subió a sesenta.

—¿Cuántos dedos, Winston?

—¡Cuatro! ¡Cuatro! ¿Qué quieres que diga? ¡Cuatro!

La aguja debía de haber vuelto a subir, pero Winston no la miró.

El rostro tosco y serio y los cuatro dedos extendidos llenaban su campo de visión. Los dedos se alzaban como enormes pilares borrosos que daban la impresión de vibrar, pero seguían siendo cuatro.

—¡Cuatro! ¡Para, para! ¿Cómo puedes seguir? ¡Cuatro, cuatro!

—¿Cuántos dedos, Winston?

—¡Cinco, cinco, cinco!

—No, Winston; así no vale. Estás mintiendo. Sigues creyendo que hay cuatro.

¿Cuántos dedos, por favor?

—¡Cuatro! ¡Cinco! ¡Cuatro! Los que tú quieras. ¡Pero para ya, pon fin a este dolor!

De pronto, estaba sentado con el brazo de O'Brien en torno a sus hombros. Tal vez hubiese perdido la conciencia unos segundos. Las ligaduras que lo sujetaban daban la impresión de haberse aflojado. Tenía mucho frío, temblaba de forma incontrolable, le castañeteaban los dientes y las lágrimas corrían por sus mejillas. Por un instante, se abrazó a O'Brien como un bebé, reconfortado por el fuerte brazo que tenía sobre los hombros. Le daba la sensación de que O'Brien era su protector, de que el dolor llegaba de fuera, de alguna otra parte, y de que O'Brien le salvaría.

—Aprendes despacio, Winston —dijo con amabilidad O'Brien.

—¿Y qué quieres que haga? —balbució—. ¿Cómo quieres que no vea lo que tengo delante de la cara? Dos y dos son cuatro.

—A veces, Winston. En ocasiones, son cinco. O las dos cosas al mismo tiempo.

Tienes que esforzarte más. No es fácil recobrar la cordura.

Volvió a tumbar a Winston en la camilla. Las ligaduras volvieron a apretarse, pero el dolor había cesado y había dejado de temblar, aunque aún estaba débil y seguía teniendo frío. O'Brien hizo un gesto con la cabeza al hombre de la bata blanca, que no se había movido en todo ese rato, el hombre se agachó y le miró de cerca a los ojos, le tomó el pulso, le puso la oreja en el pecho, dio unos golpecitos aquí y allá y luego miró a O'Brien y asintió con la cabeza.

—Otra vez —dijo O'Brien.

El dolor fluyó en el cuerpo de Winston. La aguja debía de marcar setenta o setenta y cinco. Esa vez había cerrado los ojos. Sabía que los dedos aún estaban allí y que seguían siendo cuatro. Lo único que le importaba era seguir con vida hasta que pasara aquel espasmo. Ignoraba si estaba llorando o no. El dolor volvió a disminuir. Abrió los ojos. O'Brien había bajado la palanca.

—¿Cuántos dedos, Winston?

—Cuatro. Creo que hay cuatro. Vería cinco, si pudiera. Me esfuerzo por ver cinco.

—¿Qué prefieres: convencerme de que ves cinco o verlos de verdad?

—Verlos de verdad.

—Otra vez —dijo O'Brien.

Puede que la aguja llegara a ochenta o noventa. Winston solo pudo recordar de manera intermitente por qué sufría aquel dolor. Detrás de los párpados apretados, un bosque de dedos parecía moverse en una especie de baile, entrelazándose, desapareciendo unos detrás de otros y volviendo a aparecer. Estaba intentando contarlos, aunque no recordaba por qué. Solo sabía que era imposible debido a la misteriosa identidad entre el cinco y el cuatro. El dolor disminuyó otra vez. Cuando abrió los ojos, descubrió que seguía viendo lo mismo. Un montón de dedos, como árboles que iban y venían, cruzándose una y otra vez, en todas las direcciones. Volvió a cerrar los ojos.

—¿Cuántos dedos tengo extendidos, Winston?

—No lo sé. No lo sé. Si vuelves a hacer eso me matarás. Cuatro, cinco, seis… La verdad es que no lo sé.

—Mejor —dijo O'Brien.

Una aguja se deslizó en el brazo de Winston. Instantes después un calor maravilloso y curativo inundó todo su cuerpo. Casi había olvidado el dolor. Abrió los ojos y miró agradecido a O'Brien. Al ver el rostro tosco y surcado de arrugas, tan feo e inteligente, el corazón le dio un vuelco. Si hubiese podido moverse habría alargado la mano para ponerla sobre el brazo de O'Brien. Nunca le había apreciado tanto como en ese momento, y no solo porque hubiese puesto fin a su dolor. La antigua sensación, de que en el fondo era indiferente que O'Brien fuese un amigo o un enemigo, había vuelto a dominarlo. O'Brien era alguien con quien se podía hablar. Puede que uno no deseara tanto que le quisieran como que le entendiesen. O'Brien le había torturado casi hasta hacerle enloquecer y estaba seguro de que no tardaría en matarle. Daba igual. En cierto sentido, su intimidad iba más allá de la amistad: de un modo u otro, aunque no llegaran a decírselo, había un lugar en el que podían encontrarse y hablar.

O'Brien le estaba mirando con una expresión que daba a entender que era de la misma opinión. Le habló en un tono distendido e informal:

—¿Sabes dónde te encuentras, Winston? —preguntó.

—No, aunque lo imagino: en el Ministerio del Amor.

—¿Sabes cuánto tiempo llevas aquí?

—No. Días, semanas, meses… Creo que meses.

—¿Y por qué crees que traemos a la gente aquí?

—Para hacerles confesar.

—No, esa no es la razón. Prueba otra vez.

—Para castigarlos.

—¡No! —exclamó O'Brien. Su voz había cambiado extraordinariamente, y su rostro se había puesto de pronto serio y animado al mismo tiempo—. ¡No! No es solo para haceros confesar, ni para castigaros. ¿Quieres que te lo diga? ¡Para curaros!

¡Para que recuperéis la cordura! ¿Entiendes que de aquí no sale nadie sin curarse? No nos interesan los estúpidos crímenes que podáis haber cometido. Al Partido no le interesan los actos manifiestos: lo único que nos preocupa es el pensamiento. No nos limitamos a destruir a nuestros enemigos, sino que los cambiamos. ¿Entiendes a lo que me refiero?

Se había inclinado hacia Winston. Visto de cerca y desde abajo, su rostro parecía enorme y horriblemente feo. Además, estaba dominado por una especie de exaltación, una intensidad demencial. Una vez más, a Winston se le encogió el corazón. De haber podido, se habría acurrucado en la camilla. Estaba convencido de que, de un momento a otro, O'Brien accionaría la palanca por puro capricho. No obstante, un instante después, O'Brien se apartó. Dio un paso o dos y prosiguió con menos vehemencia:

—Lo primero que tienes que entender es que aquí no hay sitio para mártires. Habrás leído acerca de las persecuciones religiosas del pasado. En la Edad Media estaba la Inquisición. Fue un fracaso. Pretendía erradicar la herejía y solo sirvió para perpetuarla. Por cada hereje quemado en la pira, se alzaron miles. ¿Y por qué? Porque la Inquisición mataba a sus enemigos públicamente cuando aún no se habían arrepentido: de hecho, los mataba porque no se habían arrepentido. La gente moría porque se negaba a abandonar sus creencias. Como es natural, toda la gloria era para la víctima y toda la deshonra para el inquisidor. Luego, en el siglo xx, llegaron los llamados totalitarismos. Los nazis alemanes y los comunistas rusos. Los rusos persiguieron la herejía con mayor crueldad que la Inquisición. Y creyeron haber aprendido de los errores del pasado; comprendieron, en cualquier caso, que es necesario no crear mártires. Antes de someter a sus víctimas a un juicio público, procuraron destruir de manera metódica su dignidad. Los sometieron mediante la tortura y el aislamiento hasta convertirlos en criaturas quejosas y despreciables, dispuestas a confesar cualquier cosa, a cubrirse de oprobio, a protegerse acusándose unos a otros y a gimotear pidiendo clemencia. Y, no obstante, al cabo de unos años volvió a suceder lo mismo. Los muertos se convirtieron en mártires y su degradación cayó en el olvido. Una vez más, ¿por qué? En primer lugar, porque era evidente que las confesiones habían sido forzadas y, por tanto, falsas. Nosotros no cometemos ese error. Todas las confesiones que se hacen aquí son ciertas. Hacemos que lo sean. Y, por encima de todo, no permitimos que los muertos se alcen contra nosotros. Así que no cuentes con que la posteridad te reivindique, Winston. Ni siquiera oirá hablar de ti. Te sacaremos sin más de la corriente histórica. Te convertiremos en gas y te disolveremos en la estratosfera. No quedará nada de ti; ni un nombre en un registro, ni un recuerdo en el cerebro de nadie. Te erradicaremos tanto del pasado como del futuro. No habrás existido.

«Entonces, ¿por qué tomarse la molestia de torturarme?», pensó Winston con una momentánea amargura. O'Brien se detuvo como si hubiera oído lo que pensaba Winston. Acercó el rostro, grande y feo, con los ojos apenas entornados.

—Estás pensando —dijo— que si tenemos intención de acabar contigo, nada de lo que digas o hagas posee la menor importancia… y en tal caso, ¿para qué nos molestamos en interrogarte? ¿Verdad que lo piensas?

—Sí —respondió Winston. O'Brien esbozó una leve sonrisa.

—Eres un fallo en la trama, Winston. Una mancha que hay que borrar. ¿No acabo de decirte que somos diferentes de los torturadores del pasado? No nos contentamos con una obediencia negativa, ni siquiera con la sumisión más abyecta. Cuando finalmente te rindas ante nosotros, será por propia voluntad. No destruimos a los herejes porque se resistan: mientras lo hagan, no los destruimos. Los convertimos, conquistamos el interior de sus mentes y les reformamos. Eliminamos cualquier mal y toda ilusión que pueda haber en ellos; los atraemos a nuestro bando, no en apariencia, sino de verdad, en cuerpo y alma. Los convertimos en uno de los nuestros antes de matarlos. Nos resulta intolerable que pueda existir un pensamiento erróneo en el mundo, por muy secreto e impotente que sea. Ni siquiera en el instante de la muerte, podemos tolerar la menor desviación. En los viejos tiempos, el hereje caminaba a la hoguera siendo todavía un hereje, proclamando su herejía y regocijándose en ella. Incluso la víctima de las purgas rusas podía llevar la rebelión oculta en el interior del cráneo mientras recorría el pasillo esperando la bala. En cambio, nosotros hacemos que el cerebro sea perfecto antes de eliminarlo. El mandamiento de los antiguos despotismos era: «No harás esto y lo otro». El mandamiento de los totalitarios fue: «Harás esto y aquello». El nuestro es: «Eres esto». Nadie que llega a este lugar se rebela jamás. Todos acaban limpiando su conciencia. Incluso esos tres traidores miserables en cuya inocencia creíste un día, Jones, Aaronson y Rutheford; al final, logramos doblegarlos. Yo mismo participé en el interrogatorio. Los vi rendirse poco a poco, gimoteando, implorando, llorando, hasta que al final no era miedo ni dolor, sino solo penitencia. Cuando acabamos con ellos no eran más que tres hombres vacíos. No quedaba en ellos más que pesar por lo que habían hecho, y afecto por el Hermano Mayor. Era conmovedor ver lo mucho que le amaban. Rogaron que los matáramos cuanto antes para poder morir con la conciencia limpia.

Su voz casi se había vuelto soñadora. En su rostro seguían pintadas la exaltación y el entusiasmo del loco. «No está fingiendo —pensó Winston—; no es un hipócrita; cree todo lo que dice». Lo que más le agobiaba era la conciencia de su inferioridad intelectual. Observaba la silueta corpulenta pero elegante ir de aquí para allá, entrar y salir de su campo de visión. O'Brien era mayor que él en todos los sentidos. No había nada que Winston hubiese pensado, o que pudiera ocurrírsele, que O'Brien no hubiese considerado y descartado hacía mucho tiempo. Su inteligencia contenía la de Winston. Pero, en tal caso, ¿cómo podía ser que O'Brien estuviera loco? El loco debía de ser él, Winston. O'Brien se detuvo y le miró. Su voz se había vuelto seria de nuevo.

—No confíes en salvarte por más que te rindas, Winston. No perdonamos a ningún descarriado. Incluso aunque te permitiéramos vivir lo que te queda de vida natural, no podrías escapar de nosotros. Lo que ocurre aquí es para siempre. Más vale que lo entiendas de antemano. Te aplastaremos de tal modo que no habrá marcha atrás. Te ocurrirán cosas de las que no podrías recuperarte ni aunque vivieras mil años. No volverás a tener sentimientos humanos y normales. Estarás muerto por dentro. Serás incapaz de amar, de sentir amistad, de disfrutar de la vida, de reírte, de sentir curiosidad, valor o integridad. Estarás hueco. Te estrujaremos hasta vaciarte y luego te llenaremos de nosotros.

Se detuvo y le hizo un gesto al hombre de la bata blanca. Winston reparó en que estaban colocando un enorme aparato detrás de su cabeza. O'Brien se había sentado junto a la camilla, con la cara casi a la altura de la de Winston.

—Tres mil —dijo, dirigiéndose al hombre de la bata blanca. — Winston gimió al notar que le pegaban dos almohadillas, ligeramente húmedas, en las sienes. Intuyó que estaba a punto de sufrir un dolor distinto. O'Brien le cogió de la mano para tranquilizarle—. Esta vez no te dolerá —dijo—. Mírame a los ojos.

En ese momento se produjo una explosión devastadora, o algo parecido, aunque Winston no tuvo la certeza de haber oído ningún ruido. Lo que sí notó fue un cegador fogonazo. No sintió dolor, solo postración. Pese a que estaba acostado cuando ocurrió, tuvo la extraña sensación de que lo habían tumbado de un empujón. Como si un golpe terrible e indoloro hubiese dado con él en tierra. Algo había ocurrido también en el interior de su cabeza. A medida que fue recobrando la vista, recordó quién era y dónde se encontraba, y reconoció el rostro que le observaba; no obstante, era como si hubiese un espacio en blanco, como si le hubiesen arrancado un trozo de cerebro.

—No durará mucho —dijo O'Brien—. Mírame a los ojos. ¿Con qué país está en guerra Oceanía?

Winston pensó. Sabía lo que era Oceanía, y que él mismo era ciudadano de dicho país. También recordaba que existían Eurasia y Esteasia; pero ignoraba con cuál de los dos estaban en guerra. De hecho, no sabía que hubiese ninguna guerra.

—No lo recuerdo.

—Oceanía está en guerra con Esteasia. ¿Lo recuerdas ahora?

—Sí.

—Siempre lo ha estado. Desde los inicios del Partido, desde el principio de la historia, la guerra ha seguido sin interrupción, siempre la misma. ¿Lo recuerdas?

—Sí.

—Hace once años, inventaste una historia sobre tres hombres que habían sido condenados a muerte por traición. Creíste haber visto un trozo de papel que demostraba su inocencia. Dicho papel nunca existió. Lo inventaste y llegaste a creer en su existencia. Ahora recuerdas el momento en que lo inventaste. ¿Lo recuerdas?

—Sí.

—Hace un rato te mostré los dedos de la mano. Viste cinco dedos. ¿Lo recuerdas?

—Sí.

O'Brien alzó la mano izquierda con el pulgar oculto.

—Aquí hay cinco dedos. ¿Los ves?

—Sí.

Y así fue, por un fugaz instante, antes de que cambiara la imagen en su cerebro. Vio cinco dedos sin ninguna alteración. Luego, todo volvió a la normalidad, y regresaron el miedo, el odio y la incertidumbre. Pero había habido un momento — ignoraba cuánto había durado, tal vez treinta segundos— de luminosa certeza, en el que las sugerencias de O'Brien habían llenado un hueco en blanco y se habían convertido en verdades absolutas, y en el que dos y dos podían haber sido tres o cinco, en caso necesario. Desapareció en cuanto O'Brien volvió a bajar la mano; pero aunque no pudo volver a sentirlo, sí pudo recordarlo, como quien recuerda una vivencia muy intensa en algún momento remoto de su vida cuando era de hecho una persona distinta.

—Ya ves —dijo O'Brien— que es posible.

—Sí —dijo Winston.

O'Brien se puso en pie con aire satisfecho. A su izquierda, Winston vio al hombre de la bata blanca romper una ampolla de vidrio y aspirar el contenido con el émbolo de una jeringa. O'Brien sonrió a Winston y se ajustó las gafas casi como hacía antes.

—¿Recuerdas haber escrito en tu diario que daba igual que yo fuese amigo o enemigo, porque al menos era alguien capaz de entenderte y con quien podías hablar? Tenías razón. Me gusta hablar contigo. Tu inteligencia me interesa. Se parece a la mía, la única diferencia es que no estás cuerdo. Antes de dar por concluida la sesión, puedes hacerme unas preguntas, si quieres.

—¿Las que quiera?

—Cualquier cosa. —Reparó en que Winston tenía la mirada fija en el indicador

—. Está apagado. ¿Cuál es la primera pregunta?

—¿Qué le habéis hecho a Julia? —preguntó Winston. O'Brien volvió a sonreír.

—Te traicionó, Winston. Enseguida… sin reservas. Pocas veces he visto rendirse a nadie tan rápido. Si la vieras, te costaría reconocerla. Toda su rebeldía, su engaño, su locura y la suciedad de su mente han sido erradicadas por completo. Ha sido una conversión absoluta, un caso de manual.

—¿La habéis torturado? O'Brien no respondió.

—La siguiente pregunta —dijo.

—¿Existe el Hermano Mayor?

—Pues claro. El Partido existe. El Hermano Mayor es la encarnación del Partido.

—¿Existe del mismo modo en que existo yo?

—Tú no existes —respondió O'Brien.

Una vez más, le invadió aquel desamparo. Sabía, o podía imaginar, los argumentos que demostraban su falta de existencia, pero eran absurdos, tan solo un juego de palabras. ¿Acaso no era la propia frase «No existes» una contradicción en términos? ¿De qué servía decir una cosa así? Tembló al pensar en los argumentos demenciales e irrebatibles con que O'Brien demolería esa idea.

—Yo creo que existo —dijo fatigado—. Soy consciente de mi identidad. Nací y moriré. Tengo brazos y piernas. Ocupo un sitio concreto en el espacio. Ningún objeto sólido puede ocupar el mismo lugar simultáneamente. ¿Existe el Hermano Mayor en ese mismo sentido?

—Eso carece de importancia. El caso es que existe.

—¿Morirá algún día el Hermano Mayor?

—Pues claro que no. ¿Cómo iba a morir? Siguiente pregunta.

—¿Existe la Hermandad?

—Eso no lo sabrás nunca. Aunque decidiéramos liberarte cuando terminemos contigo y vivieras noventa años, seguirías sin saber si la respuesta es sí o no. Mientras vivas, será un enigma para ti.

Winston guardó silencio. Su pecho se alzó y bajó un poco más deprisa. Aún no le había planteado la pregunta que se le había ocurrido al principio. Tenía que preguntarlo, pero era como si su lengua se resistiese a pronunciarla. El rostro de O'Brien parecía levemente divertido. Incluso sus gafas parecían brillar con ironía.

«¡Lo sabe —se dijo de pronto Winston—, sabe lo que voy a preguntarle!». Pensarlo hizo que brotaran las palabras:

—¿Qué hay en la habitación 101?

La expresión en el rostro de O'Brien siguió imperturbable. Respondió con sequedad:

—Lo sabes, Winston. Todo el mundo sabe qué hay en el habitación 101.

Alzó un dedo hacia el hombre de la bata blanca. Era evidente que la sesión había terminado. Una aguja penetró en el brazo de Winston. Al instante se sumió en un profundo sueño.

3

—Tu reintegración consta de tres etapas —dijo O'Brien—. La primera es de aprendizaje, la segunda de comprensión y la tercera de aceptación. Ya es hora de que pases a la segunda.

Como siempre, Winston estaba tumbado de espaldas. Aunque últimamente no le ataban tan fuerte. Seguía sujeto a la camilla, pero podía mover un poco las rodillas, volver la cabeza de lado a lado y doblar el codo. El indicador también le inspiraba cada vez menos miedo: O'Brien accionaba la palanca solo cuando demostraba estupidez y Winston podía esquivar los espasmos de dolor si era lo bastante listo. A veces pasaban una sesión entera sin utilizar el indicador. No recordaba cuántas sesiones llevaban. El proceso parecía extenderse de manera indefinida — posiblemente durase ya varias semanas— y los intervalos entre sesiones quizá fueran días o a veces una o dos horas.

—Mientras yaces ahí —dijo O'Brien—, has querido saber muchas veces, e incluso me has preguntado, por qué el Ministerio del Amor dedica tanto tiempo y se toma tantas molestias contigo. Y cuando eras libre te extrañaba esencialmente lo mismo. Entendías la mecánica de la sociedad en que vivías, pero no los motivos subyacentes. ¿Recuerdas haber escrito en tu diario «Entiendo cómo, no entiendo por qué»? Cuando pensaste en el porqué, dudaste de tu propia cordura. Has leído el libro de Goldstein, o al menos parte de él. ¿Acaso te ha enseñado algo que no supieras?

—¿Lo has leído? —preguntó Winston.

—Lo escribí yo. Es decir, colaboré en su redacción. Ya sabes que ningún libro se produce individualmente.

—¿Es cierto lo que dice?

—Como descripción, sí. Pero el programa que plantea es absurdo. La acumulación secreta de conocimientos... la paulatina extensión del saber... la rebelión de los proletarios... el derrocamiento del Partido. Imaginabas que sería eso lo que diría. Un puro sinsentido. Los proletarios no se rebelarán ni en un millar ni en un millón de años. No pueden. No hace falta que te explique el motivo: ya lo sabes. Si alguna vez has abrigado el sueño de una insurrección violenta, puedes descartarlo. No hay forma de derrocar al Partido. El gobierno del Partido es eterno. Todos tus pensamientos deben partir de ahí. —Se acercó a la camilla—. ¡Eterno! —repitió—

Y ahora volvamos a la cuestión del cómo y el porqué. Entiendes muy bien cómo se mantiene el Partido en el poder. Dime ahora por qué nos aferramos a él. ¿Cuáles son nuestros motivos? ¿Por qué nos atrae el poder? Vamos, habla —añadió al ver que Winston guardaba silencio.

No obstante, Winston siguió callado unos instantes. Lo había invadido una sensación de fatiga. El rostro de O'Brien volvía a estar encendido de fanático entusiasmo. Supo de antemano lo que le diría O'Brien. Que el Partido no ambiciona el poder para sus propios fines, sino por el bien de la mayoría. Que si aspiraba al poder era porque los hombres de la masa eran criaturas frágiles y cobardes incapaces de soportar la libertad o enfrentarse a la verdad, por lo que debían ser dominados y engañados de forma sistemática por otros más fuertes que ellos. Que la humanidad tenía que elegir entre la libertad y la felicidad, y que la mayoría prefería la felicidad. Que el Partido era el eterno protector de los débiles, una secta consagrada a causar el mal para producir el bien, aun a costa de su propia felicidad. Lo terrible, pensó Winston, era que cuando O'Brien decía todo aquello lo creía a pies juntillas. Se le notaba en la cara. O'Brien lo sabía todo. Sabía mil veces mejor que Winston cómo era el mundo en realidad, la degradación en que vivían sumidas las masas y mediante qué mentiras y barbaridades el Partido las mantenía en ese estado. Lo había comprendido y meditado todo, y le daba igual: todo lo justificaba el fin último. ¿Qué se puede hacer, pensaba Winston, contra un loco que es más inteligente que tú, que escucha tus argumentos y luego persiste en su locura?

—Nos estáis gobernando por nuestro propio bien —dijo con voz débil—. Creéis que la gente no puede gobernarse a sí misma y por eso…

Dio un respingo y a punto estuvo de gritar. Una punzada de dolor había recorrido todo su cuerpo. O'Brien había empujado la palanca del indicador hasta treinta y cinco.

—¡No me vengas con tonterías, Winston! —dijo—. Más te valdría ser más sensato. —Volvió a bajar la palanca y prosiguió—: Te diré la respuesta a mi pregunta. Es la siguiente: el Partido ambiciona el poder en sí mismo. No nos interesa el bienestar ajeno, sino únicamente el poder. Ni la riqueza, ni el lujo, ni la longevidad, ni la felicidad: solo el poder en estado puro. Enseguida entenderás en qué consiste el poder en estado puro. Somos distintos de todas las oligarquías del pasado, porque sabemos lo que hacemos. Las demás, incluso las que más se nos parecían, eran cobardes e hipócritas. Los nazis alemanes y los comunistas rusos utilizaron métodos muy similares a los nuestros, pero nunca tuvieron el valor de reconocer sus motivos. Fingían, y tal vez incluso creyeran, haber tomado el poder contra su voluntad y por un tiempo limitado, y que a la vuelta de la esquina esperaba un paraíso en el que la gente sería libre e igual. Nosotros no somos así. Sabemos que nadie toma el poder con la intención de renunciar a él. El poder no es un medio, sino un fin. Nadie instaura una dictadura para salvaguardar una revolución, sino que la revolución se hace para instaurar una dictadura. El objetivo de las persecuciones son las persecuciones. El de la tortura, la tortura. Y el del poder, el poder. ¿Lo vas entendiendo? —A Winston le sorprendió, igual que le había ocurrido otras veces, la fatiga que revelaba el rostro de O'Brien. Era fuerte, carnal y despiadado, desbordaba inteligencia y una especie de pasión controlada ante la que él se sentía inerme; pero estaba cansado. Tenía bolsas debajo de los ojos y le colgaba la piel de los pómulos. O'Brien se inclinó hacia él y acercó su rostro fatigado—. Estás pensando que mi cara parece vieja y cansada. Que no paro de hablar del poder y ni siquiera soy capaz de impedir la decrepitud de mi propio cuerpo. ¿Es que no ves que el individuo no es más que una célula? La fatiga de una célula es la que da vigor al organismo. ¿Acaso mueres después de cortarte las uñas? —Se apartó de la camilla y empezó otra vez a andar de aquí para allá con una mano en el bolsillo—. Somos sacerdotes del poder — prosiguió—. Dios es poder. Pero, de momento, el poder es solo una palabra para ti. Ya es hora de que te hagas una idea de lo que significa el poder. Lo primero que debes comprender es que el poder es colectivo. El individuo solo tiene poder cuando cesa de ser un individuo. Conoces el eslogan del Partido: «La libertad es la esclavitud». ¿Nunca te has parado a pensar que la frase es reversible? La esclavitud es la libertad. El ser humano siempre acaba siendo derrotado cuando está solo y es libre. Es inevitable que sea así, porque todo ser humano está condenado a morir, lo cual es el mayor de los fracasos. Pero si uno es capaz de llevar a cabo una sumisión completa y total, si puede escapar de su identidad, si logra fundirse con el Partido hasta ser el Partido, se convierte en todopoderoso e inmortal. Lo segundo que debes entender es que el poder se ejerce sobre las personas. Sobre el cuerpo, pero, ante todo, sobre el espíritu. El poder sobre la materia, o la realidad externa, como la llamarías tú, carece de importancia. Nuestro control sobre la materia ya es absoluto.

Por un momento, Winston olvidó el indicador. Hizo un violento esfuerzo por sentarse y tan solo logró retorcerse dolorido.

—Pero ¿cómo puedes decir que controláis la materia? —estalló—. Ni siquiera controláis el clima o la ley de la gravedad. Hay enfermedades, dolor, muerte...

O'Brien le hizo callar con un gesto.

—Controlamos la materia porque controlamos la mente. La realidad está en el interior del cráneo. Ya lo irás aprendiendo, Winston. Podemos conseguir lo que se nos antoje. La invisibilidad, la levitación... cualquier cosa. Si quisiera, podría elevarme flotando como una pompa de jabón. Y si no quiero es porque el Partido no lo desea. Debes olvidar esas ideas decimonónicas sobre las leyes de la Naturaleza. Nosotros hacemos las leyes de la Naturaleza.

—¡No es cierto! Ni siquiera sois dueños del planeta. ¿Qué me dices de Eurasia y Esteasia? Aún no las habéis conquistado.

—Eso no importa. Las conquistaremos cuando nos convenga. Y, en caso contrario, ¿qué más da? Podemos borrarlas de la existencia. Oceanía es el mundo.

—El mundo apenas es una mota de polvo. ¡Y nosotros somos minúsculos... y vulnerables! ¿Cuánto tiempo hace que existimos? La Tierra estuvo deshabitada millones de años.

—Bobadas. La Tierra es tan antigua como nosotros, ni más ni menos. ¿Cómo iba a ser más antigua? Nada existe si no es a través de la conciencia humana.

—Pero las rocas están llenas de huesos de animales extinguidos: mamuts, mastodontes y enormes reptiles que vivieron mucho antes que el hombre.

—¿Tú los has visto, Winston? Claro que no. Los inventaron los biólogos del siglo XIX. Antes del hombre no había nada. Y, si llegáramos a extinguirnos, tampoco habría nada. Fuera del hombre no hay nada.

—¡Pero si el universo entero está fuera de nosotros! ¡Mira las estrellas! Algunas se encuentran a millones de años luz. Se hallan totalmente fuera de nuestro alcance.

—¿Qué son las estrellas? —preguntó con indiferencia O'Brien—. Pequeñas llamaradas a unos cuantos kilómetros de aquí. Si se nos antojara, podríamos alcanzarlas. O borrarlas del firmamento. La tierra es el centro del universo. El sol y las estrellas giran en torno a ella. —Winston hizo otro movimiento convulso. Esta vez no dijo nada, pero O'Brien continuó hablando como si respondiera a una objeción que le hubiera planteado Winston—: Claro que, para ciertos propósitos, eso no es cierto. Cuando navegamos por el océano, o predecimos un eclipse, a veces resulta conveniente pensar que la tierra gira alrededor del sol y que las estrellas están a millones y millones de kilómetros. Pero ¿qué más da eso? ¿Acaso crees que no podemos organizar un sistema de astronomía dual? Las estrellas pueden estar cerca o lejos, según sea necesario. ¿Te parece que eso supondría algún esfuerzo para nuestros matemáticos? ¿Has olvidado el doblepiensa?

Winston se encogió en la camilla. Dijera lo que dijese, una rápida respuesta le aplastaba como una cachiporra. Y, sin embargo, sabía que estaba en lo cierto. Sin duda, debía haber algún modo de demostrar que la creencia de que no existe nada fuera de la propia conciencia es falsa. ¿No se había probado hacía mucho que era una falacia? Incluso tenía un nombre, que había olvidado. Una vaga sonrisa asomó en la comisura de los labios de O'Brien cuando se agachó a mirarle.

—Te lo dije, Winston. La metafísica no es tu fuerte. La palabra que buscas es «solipsismo». Pero te equivocas. Aquí no hay ningún solipsismo. O, si lo prefieres, se trata de un solipsismo colectivo, lo cual es muy diferente: de hecho, todo lo contrario. No obstante, todo esto no es más que una digresión —añadió en un tono distinto—. El verdadero poder, el poder por el que luchamos noche y día, no es el poder sobre las cosas, sino sobre las personas. —Se interrumpió, y por un instante volvió a adoptar aquel aire de maestro examinando a un alumno aventajado—: ¿Cómo impone un hombre a otro su poder, Winston?

Winston pensó.

—Haciéndole sufrir.

—Exacto. Haciéndole sufrir. La obediencia no es suficiente. Si no sufre, ¿cómo puedes estar seguro de que la otra persona obedece a tu voluntad y no a la suya? El poder se basa en infligir dolor y humillación. El poder consiste en hacer pedazos el espíritu humano y darle la forma que elijamos. ¿Empiezas a ver ahora el mundo que estamos creando? Es justo lo contrario de las bobas utopías hedonistas que imaginaron los antiguos reformistas. Un mundo de miedo, traición y torturas, en el que pisoteas y te pisotean, y que se volverá más despiadado a medida que vaya refinándose. En nuestro mundo, el progreso será un progreso hacia el dolor. Las civilizaciones antiguas decían estar basadas en el amor o la justicia. La nuestra se funda en el odio. En nuestro mundo no habrá más emociones que el miedo, la rabia, el triunfo y la degradación. Destruiremos todo lo demás… todo. Ya hemos empezado a destruir las formas de pensar que han sobrevivido a la Revolución. Hemos cortado los vínculos entre hijos y padres, entre los hombres y entre los hombres y las mujeres. Nadie osa confiar ya en su mujer, en un hijo o en un amigo. En el futuro no habrá esposas ni amigos. Separaremos a los niños de sus madres al nacer, igual que se recogen los huevos de una gallina. El instinto sexual será erradicado. La procreación se convertirá en una formalidad anual como la renovación de una cartilla de racionamiento. Aboliremos el orgasmo. Nuestros neurólogos ya están trabajando en ello. No habrá otra lealtad que la profesada al Partido. No habrá más amor que el que se siente por el Hermano Mayor. No habrá más risas que las risas triunfales al derrotar a un enemigo. No habrá arte, ni literatura, ni ciencia. Cuando seamos omnipotentes, no nos hará falta la ciencia. Dejará de haber diferencias entre la belleza y la fealdad. Desaparecerá la curiosidad y el disfrute de la vida. Todos los placeres serán destruidos. Pero siempre, más vale que no lo olvides, Winston, persistirá la embriaguez del poder que cada vez será mayor y más sutil. Siempre, en todo momento, existirá la emoción de la victoria, la sensación de pisotear a un enemigo indefenso. Si quieres hacerte una imagen del futuro, imagina una bota aplastando una cara humana… eternamente. —Se interrumpió, como esperando oír una respuesta, pero Winston solo intentó acurrucarse en la camilla. No podía hablar. Era como si se le hubiese helado el corazón. O'Brien prosiguió—: Y recuerda que es para siempre. El rostro siempre estará ahí para pisotearlo. El hereje, el enemigo de la sociedad, seguirá ahí para que podamos derrotarle y humillarle una y otra vez. Todo lo que has sufrido desde que caíste en nuestras manos continuará y empeorará. El espionaje, las traiciones, las detenciones, las torturas, las ejecuciones y las desapariciones proseguirán eternamente. Será un mundo tan aterrador como triunfal. Cuanto más poderoso se haga el Partido, menos tolerante será; cuanto más débil se vuelva la oposición, mayor será el despotismo. Goldstein y sus herejías vivirán siempre. Serán derrotadas, desacreditadas, ridiculizadas y escupiremos en ellas a diario, pero perdurarán eternamente. La tragedia que hemos interpretado estos siete años se representará una y otra vez, generación tras generación, de formas cada vez más sutiles. Siempre tendremos al hereje a nuestra merced, chillando de dolor, quebrantado, despreciable y, en último extremo, arrepentido, salvado de sí mismo, arrastrándose ante nuestros pies por su propia voluntad. He ahí el mundo que preparamos, Winston. Un mundo de victoria tras victoria, de triunfo, tras triunfo, tras triunfo: una presión y presión y presión constante sobre el nervio del poder. Veo que ya empiezas a entender cómo será ese mundo. Pero al final harás mucho más que entenderlo. Lo aceptarás, serás el primero en darle la bienvenida y formarás parte de él.

Winston se había recuperado lo bastante para decir con voz débil:

—¡No lo conseguiréis!

—¿Qué quieres decir?

—Que no podréis crear un mundo como el que acabas de describir. Es una quimera. Un imposible.

—¿Por qué?

—Porque no se puede fundar una civilización en el miedo, el odio y la crueldad.

No duraría.

—¿Por qué?

—Carecería de vitalidad. Se desintegraría. Acabaría suicidándose.

—Bobadas. Crees que el odio es más fatigoso que el amor. ¿Por qué había de serlo? Y, si lo fuese, ¿qué más daría? Imagina que decidiéramos deteriorarnos más deprisa. Supón que acelerásemos el ritmo de la vida de manera que a los treinta años la gente fuese anciana. ¿Qué diferencia habría? ¿No ves que la muerte del individuo no es la muerte? El Partido es inmortal.

Como de costumbre, la voz había dejado sin respuesta a Winston. Además, temía que, si insistía en expresar su desacuerdo, O'Brien pudiera accionar la palanca. No obstante, fue incapaz de contenerse. Débilmente, sin argumentos, sin nada en lo que apoyarse que no fuese el horror inexpresable que le inspiraban las palabras de O'Brien, volvió a la carga:

—No lo sé... No me importa. Algo acabaría fallando y os derrotaría. La vida terminaría derrotándoos.

—Controlamos la vida, Winston, en todos los aspectos. Estás convencido de que hay algo llamado naturaleza humana que se rebelaría indignada por lo que hacemos. Pero nosotros creamos la naturaleza humana. La gente es infinitamente maleable. O tal vez hayas vuelto a tu antigua idea de que los proletarios o los esclavos se alzarán y acabarán derrotándonos. Quítatelo de la cabeza. Son inofensivos, como los animales. La humanidad es el Partido. Los demás están fuera, son irrelevantes.

—Me da igual. Al final, acabarán venciéndoos. Antes o después, verán lo que sois y os harán pedazos.

—¿Ves algún indicio de que esté ocurriendo tal cosa? ¿O alguna razón por la que debiera suceder?

—No. Pero lo creo. Sé que fracasaréis. Hay algo en el universo… no sé, un espíritu, un principio… al que no podréis vencer.

—¿Crees en Dios, Winston?

—No.

—Entonces, ¿qué principio es ese que acabará venciéndonos?

—No lo sé. El espíritu del Hombre.

—¿Y te consideras tú un hombre?

—Sí.

—Si lo eres, debes de ser el último. Tu especie se ha extinguido; nosotros somos tus herederos. ¿Te das cuenta de que estás solo? Estás fuera de la historia, no existes.

—Cambió de tono y añadió con aspereza—: ¿Te consideras superior a nosotros por nuestras mentiras y nuestra crueldad?

—Sí, así es.

O'Brien no dijo nada. Se oyeron otras dos voces. Al cabo de un instante, Winston reparó en que una de ellas era la suya. Era una grabación de la conversación que había tenido con O'Brien la noche que le había reclutado para formar parte de la Hermandad. Se oyó a sí mismo comprometiéndose a mentir, robar, falsificar, asesinar, fomentar el consumo de drogas y la prostitución, extender enfermedades venéreas y arrojar vitriolo a la cara de un niño. O'Brien hizo un breve gesto de impaciencia, como insinuando que no valía la pena seguir con la demostración. Luego pulsó un interruptor y las voces se detuvieron.

—Baja de la camilla. —Las ligaduras se habían soltado. Winston bajó al suelo y se puso de pie, aunque un poco inestable—. Eres el último hombre. Ahora te verás tal como eres. Quítate la ropa.

Winston deshizo el nudo que sujetaba el mono. Hacía mucho que habían eliminado las cremalleras. No recordaba haberse quitado la ropa desde el momento de su detención. Debajo del mono llevaba unos harapos sucios y amarillentos, en los que apenas reconoció su ropa interior. Al echarlos al suelo vio que había un espejo de tres lunas al fondo de la habitación. Se acercó y se detuvo en seco. Sin querer, soltó un grito.

—Ve —dijo O'Brien—. Ponte entre las lunas del espejo. Así también podrás verte de lado.

Se había detenido paralizado por el miedo. Una especie de esqueleto encogido y grisáceo se estaba aproximando a él. Su apariencia era aterradora, y no solo porque supiera que era él. Se acercó al espejo. Estaba tan encorvado que la cara de aquella criatura parecía sobresalir de un modo extraño. Era una cara triste de presidiario con la frente cubierta de bultos y el cuero cabelludo calvo, la nariz ganchuda, los pómulos machacados y la mirada feroz y alerta. Las mejillas tenían varios costurones y la boca parecía tensa. Sin duda, era su cara, pero le pareció que había cambiado por fuera aún más que por dentro. Las emociones que registraba eran distintas de las que sentía. Se había quedado en parte calvo. Al principio había pensado que había encanecido, pero solo porque tenía el cuero cabelludo de color gris. A excepción de las manos y el círculo de la cara, su cuerpo parecía grisáceo porque estaba cubierto de suciedad incrustada. Aquí y allá, entre la mugre, se veían las rojas cicatrices de sus heridas, y cerca del tobillo, la úlcera varicosa se había convertido en una masa inflamada de la que se caía la piel a tiras. Pero lo verdaderamente espantoso era la delgadez de su cuerpo. La caja torácica era tan estrecha como el resto del esqueleto; las piernas habían adelgazado tanto que las rodillas eran más gruesas que los muslos. Entonces entendió por qué O'Brien había insistido en que se viese también de lado. La curvatura de su columna vertebral era sorprendente. Los hombros estaban tan encorvados hacia delante que el pecho era una cavidad y el cuello delgado se había doblado bajo el peso del cráneo. Si le hubiesen preguntado, habría dicho que era el cuerpo de un hombre de unos sesenta años aquejado por una enfermedad maligna.

—En ocasiones has pensado —dijo O'Brien— que mi cara, la cara de un miembro del Partido Interior, parece vieja y fatigada. ¿Qué opinas ahora de tu propio rostro?

Cogió a Winston del hombro y le obligó a volverse hacia él.

—¡Mira en qué estado te encuentras! —dijo—. Fíjate en la mugre que cubre tu cuerpo, en la roña que tienes entre los dedos de los pies. Mira esa repugnante herida de la pierna, que no para de supurar. ¿Sabes que hueles como un cerdo? Probablemente ni te des cuenta. Mira lo delgado que estás. ¿Lo ves? Podría rodearte el bíceps con el pulgar y el índice. Y partirte el cuello como una zanahoria. ¿Sabes que has perdido veinticinco kilos desde que estás en nuestras manos? Hasta el pelo se te cae a puñados. ¡Mira! —Le tiró del pelo y arrancó un mechón—. Abre la boca. Nueve, diez, te quedan once dientes. ¿Cuántos tenías al llegar? Y los que faltan están a punto de caerse. ¡Mira!

Sujetó con fuerza entre el pulgar y el índice uno de los dientes de delante que le quedaban a Winston. Una punzada de dolor le recorrió la mandíbula. O'Brien le había arrancado el diente de raíz.

Lo tiró al otro extremo de la celda.

—Te estás pudriendo —dijo—, te caes a pedazos. ¿Qué eres? Un saco de inmundicia. Gírate y vuelve a mirarte en el espejo. ¿Ves lo que tienes delante? Al último hombre. Si eres humano, eso es la Humanidad. Vamos, vuelve a vestirte.

Winston empezó a vestirse con movimientos rígidos y lentos. Hasta ese momento no había reparado en lo débil y delgado que estaba. Solo podía pensar en una cosa: que debía llevar en aquel lugar más tiempo de lo que pensaba. De pronto, mientras se ponía aquellos tristes harapos, lo dominó un sentimiento de lástima por su cuerpo decrépito. Sin saber lo que hacía, se desplomó en un pequeño taburete que había al lado y rompió a llorar. Era consciente de su fealdad, de su falta de elegancia, de ser un saco de huesos que lloraba a plena luz con la ropa interior sucia, pero no podía contenerse. O'Brien le puso la mano en el hombro casi con amabilidad.

—No durará siempre —dijo—. Puedes escapar cuando quieras. Todo depende de ti.

—¡Has sido tú! —sollozó Winston—. Tú me has reducido a este estado.

—No, Winston, has sido tú. Lo aceptaste cuando te pusiste en contra del Partido.

Todo estaba incluido en ese primer acto de rebeldía. No ha ocurrido nada que no intuyeras. —Hizo una pausa, y luego prosiguió—: Te hemos golpeado y machacado. Ya has visto cómo está tu cuerpo. Tu espíritu está igual de quebrantado. No creo que te quede mucho orgullo. Te han pateado, azotado e insultado, has gritado de dolor, te has retorcido en el suelo entre tu sangre y tu vómito. Has gimoteado pidiendo piedad, has traicionado a todos y a todo. ¿Se te ocurre alguna degradación que no hayas sufrido?

Winston había parado de llorar, aunque las lágrimas seguían brotando de sus ojos.

Miró a O'Brien.

—No he traicionado a Julia —dijo. O'Brien le miró pensativo.

—No —reconoció por fin—, no, tienes razón. No la has traicionado.

El corazón de Winston volvió a inundarse de aquella peculiar reverencia que sentía por O'Brien, y que nada parecía capaz de destruir. ¡Qué inteligente era!, pensó, ¡qué inteligente! Siempre entendía lo que le decía. Cualquier otro habría respondido que sí la había traicionado. ¿Acaso se lo habían sacado todo bajo tortura? Les había contado todo lo que sabía de ella: sus costumbres, su personalidad, su vida pasada; había confesado hasta el detalle más trivial todo lo que había ocurrido durante sus encuentros, todo lo que se habían dicho, las comidas a base de productos del mercado negro, los adulterios, sus vagas conspiraciones contra el Partido… todo. Y, sin embargo, en el sentido en que él lo decía, no la había traicionado. No había dejado de quererla; sus sentimientos seguían siendo los mismos. Y O'Brien lo había entendido sin necesidad de que se lo explicase.

—Dime una cosa —preguntó—, ¿cuándo me matarán?

—Puede que aún tarden mucho —respondió O'Brien—. Eres un caso difícil. Pero no pierdas la esperanza. Todo el mundo se cura, antes o después. Al final, te mataremos.

4

Se encontraba mucho mejor. Estaba engordando y ganando fuerzas día a día, si es que podía hablarse de días.

La luz blanca y el zumbido seguían siendo los mismos de siempre, pero la celda era un poco más confortable que las otras en las que había estado. La cama de tablas tenía un colchón y una almohada y también había un taburete donde sentarse. Le habían bañado y le habían permitido lavarse con cierta frecuencia en un lavabo de metal. Incluso le habían proporcionado agua tibia. Le habían dado ropa interior limpia y un mono nuevo. Le habían untado con ungüento la úlcera de la pierna. Le habían arrancado los dientes que le quedaban para ponerle una dentadura postiza.

Habían pasado meses o semanas. De haber querido, habría podido calcular el paso del tiempo, pues le daban de comer a intervalos regulares. Le estaban dando tres comidas cada veinticuatro horas; a veces dudaba si se las estarían dando por la mañana o por la noche. Sorprendentemente, la comida era muy buena y una de cada tres era a base de carne. En una ocasión incluso le dieron un paquete de cigarrillos. No tenía cerillas, pero el silencioso guardia que le llevaba la comida siempre le ofrecía fuego. La primera vez que intentó fumar sintió náuseas, pero perseveró y el paquete le duró mucho tiempo, pues fumaba solo medio cigarrillo después de cada comida.

Le habían dado una pizarra blanca con un lápiz atado a una esquina. Al principio, no la utilizó. Se sentía aletargado aunque estuviese despierto. A menudo, pasaba el rato entre comidas tumbado en la cama sin moverse, a veces dormido y en ocasiones sumido en vagas ensoñaciones en las que no se molestaba en abrir los ojos. Hacía mucho que se había acostumbrado a dormir bajo aquella luz tan intensa. No parecía tener importancia, aunque los sueños eran más coherentes. En todo ese tiempo soñó mucho, y siempre fueron sueños felices. Se hallaba en el País Dorado, o sentado entre ruinas enormes y gloriosas iluminadas por el sol, con su madre, con Julia, con O'Brien… sin hacer nada más que tomar el sol y hablar de cosas agradables. Cuando estaba despierto, pensaba sobre todo en lo que había soñado. Desaparecido el estímulo del dolor, parecía haber perdido la capacidad intelectual. No se aburría, ni le apetecía conversar o distraerse. Solo quería estar solo, se contentaba con que no le pegaran ni interrogaran, con tener comida suficiente y con estar limpio.

Poco a poco, fue dedicando menos tiempo al sueño, aunque siguió sin ganas de levantarse. Lo único que le apetecía era estar echado y notar cómo iba recobrando las fuerzas. Se tocaba aquí y allá, tratando de asegurarse de que no era una ilusión que sus músculos estuviesen cada vez más redondeados y su piel más tersa. Por fin, concluyó sin lugar a dudas que estaba engordando. Sus muslos eran ya mucho más gruesos que sus rodillas. Después, aunque sin muchas ganas, empezó a hacer ejercicio de manera regular. Al cabo de poco tiempo, llegó a andar tres kilómetros yendo y viniendo por la celda y se le fue enderezando la espalda. Intentó hacer ejercicios más complicados, y le sorprendió y humilló descubrir la gran cantidad de cosas que no podía hacer. No podía correr, ni levantar el taburete a la altura del brazo, ni mantenerse sobre una sola pierna sin caerse. Se acuclilló y descubrió que levantarse le causaba un dolor lacerante en el muslo y las pantorrillas. Se tendió boca abajo y trató de levantar su peso apoyándose en las manos. Fue inútil, no pudo alzarse ni un centímetro. Pero al cabo de unos días, y de unas cuantas comidas más, logró incluso esa proeza. Llegó un día en que consiguió hacer seis flexiones seguidas. Empezó a enorgullecerse de su cuerpo y a abrigar el convencimiento de que su rostro también empezaba a ser normal. Solo al ponerse la mano en la cabeza pelada recordó la cara machacada y llena de costurones que le había devuelto la mirada en el espejo.

Su inteligencia se volvió más activa. Se sentó en la cama de tablas, con la espalda apoyada en la pared y la pizarra sobre las rodillas, y se aplicó a la tarea de reeducarse. Estaba claro que había capitulado. En realidad, se dio cuenta de que había estado dispuesto a rendirse mucho antes de haber tomado la decisión. Desde el momento en que entró en el Ministerio del Amor —y, sí, durante aquellos minutos en que Julia y él habían esperado impotentes mientras la voz férrea de la telepantalla les decía lo que debían hacer—, había comprendido la frivolidad y la inutilidad de sus esfuerzos por resistirse al poder del Partido. Ahora sabía que la Policía del Pensamiento lo había estado vigilando como a un escarabajo a través de una lupa. Ningún acto físico, ni ninguna palabra dicha en voz alta, les había pasado desapercibida, y habían deducido todas sus asociaciones de ideas. Incluso habían reemplazado cuidadosamente la mota de polvo blanco de la cubierta de su diario. Le habían hecho oír grabaciones, le habían mostrado fotografías. Algunas de Julia y él. Sí, incluso cuando… No podía seguir enfrentándose al Partido. Además, el Partido tenía razón. Tenía que ser así: ¿cómo iba a equivocarse un cerebro colectivo e inmortal? ¿Con qué patrón externo podía uno contrastar sus juicios? La cordura era cuestión de estadística. No había más que aprender a pensar como hacían ellos. ¡Claro que…!

Cogió el lápiz entre los dedos entumecidos. Empezó a escribir las ideas que se le ocurrían. Primero escribió con torpes letras mayúsculas:

LA LIBERTAD ES LA ESCLAVITUD.

Luego, casi enseguida, escribió debajo:

DOS Y DOS SON CINCO.

Pero luego no pudo continuar. Su inteligencia pareció incapaz de concentrarse, como si se resistiera. Sabía lo que iba a continuación, pero por un instante no pudo recordarlo. Y cuando lo consiguió fue mediante un esfuerzo y un razonamiento conscientes, no porque acudiera sin más a su memoria. Escribió:

DIOS ES PODER.

Lo aceptaba todo. El pasado podía alterarse y nunca se había alterado. Oceanía estaba en guerra con Esteasia y siempre lo había estado. Jones, Aaronson y Rutheford eran culpables de los crímenes de los que se les acusaba. Nunca había visto la fotografía que demostraba su inocencia. Jamás había existido y había sido una invención suya. Recordaba haber recordado lo contrario, pero eran falsos recuerdos producto de su ofuscación. ¡Qué fácil era! Bastaba con rendirse y todo venía por sí solo. Era como nadar contra una corriente sin avanzar ni un centímetro por mucho que te esforzaras, y de pronto decidir dar la vuelta y dejarse arrastrar por ella en lugar de oponerse. Lo único que había cambiado era su actitud: lo que estaba predestinado ocurría en cualquier caso. Apenas sabía por qué se había rebelado. ¡Todo era fácil, excepto…!

Todo podía ser cierto. Las llamadas leyes de la Naturaleza carecían de sentido. La ley de la gravedad era absurda. «Si quisiera —había dicho O'Brien—, podría elevarme flotando del suelo como una pompa de jabón». Winston hizo un esfuerzo.

«Si él cree que se eleva flotando del suelo, y al mismo tiempo yo creo que le estoy viendo flotar, es que está ocurriendo». De pronto, como un fragmento de un naufragio que sale a flote a la superficie, pensó: «No estaría ocurriendo. Lo estaríamos imaginando. Sería una alucinación». Apartó esa idea de su cabeza al instante. La falacia era evidente. Daba por sentado que, de un modo u otro, fuera de uno mismo, había un mundo «real» en el que ocurrían cosas «reales». Pero ¿cómo iba a haber un mundo así? ¿Qué sabemos nosotros de nada si no está filtrado por nuestra inteligencia? Todo lo que sucede está en la imaginación. Y lo que ocurre en la imaginación de todos ocurre realmente.

No le fue difícil echar por tierra aquella falacia sin correr el peligro de sucumbir a ella. No obstante, comprendió que ni siquiera debería habérsele ocurrido. La inteligencia debía desarrollar un punto ciego cada vez que se le ocurría una idea peligrosa. El proceso tenía que ser automático e instintivo. «Antecrimen», lo llamaban en nuevalengua.

Decidió ejercitarse en el antecrimen. Formuló varias proposiciones —«El Partido afirma que la Tierra es plana», «El Partido dice que el hielo pesa más que el agua»— y se esforzó en no ver o entender los argumentos que las contradecían. No era fácil. Hacía falta mucha capacidad de raciocinio e improvisación. Los problemas aritméticos planteados, por ejemplo, por una frase como «Dos y dos son cinco» escapaban a su capacidad intelectual. También hacía falta una especie de atletismo de la inteligencia, una habilidad para utilizar la lógica con gran finura en un momento determinado y acto seguido pasar por alto los errores lógicos más palmarios. La estupidez era tan necesaria como la inteligencia, e igual de difícil de adquirir.

Todo ese tiempo, una parte de su cerebro se preguntaba cuánto tardarían en matarle. «Todo depende de ti», le había dicho O'Brien, pero Winston sabía que no había ningún acto consciente con el que pudiera acortar la espera. Podían ser diez minutos o diez años. Podían dejarlo años aislado, enviarlo a un campo de trabajo o liberarle por un tiempo, como hacían en ocasiones. Era muy posible que, antes de matarle, le hicieran pasar de nuevo por todo el drama de su detención e interrogatorio. Lo único seguro era que la muerte llegaba cuando no te la esperabas. La tradición —la tradición no hablada y conocida por todos aunque nadie lo dijera— aseguraba que siempre te pegaban un tiro en la nuca sin previo aviso, mientras te llevaban por un pasillo de una celda a otra.

Un día, aunque «un día» no era la expresión correcta: lo más probable es que fuese en plena noche, una vez cayó en una especie de ensoñación extraña y dichosa. Iba andando por un pasillo esperando recibir el balazo. Sabía que era inminente. Todo se había solucionado, limado y reconciliado. No había más dudas, discusiones, dolor ni temor. Su cuerpo era tan fuerte como saludable. Se movía con desenvoltura, imprimiendo alegría a sus movimientos, con la sensación de estar andando a plena luz del sol. Ya no se encontraba en los estrechos pasillos del Ministerio del Amor, sino en un pasillo enorme y soleado, de un kilómetro de anchura, al que parecía haber llegado en un delirio inducido por las drogas. Se hallaba en el País Dorado, en el sendero que recorría el prado mordisqueado por los conejos. Notaba la hierba corta y mullida bajo sus pies y el calor del sol en la cara. Al otro lado el prado, estaban los olmos estremecidos apenas por la brisa y, más allá, el río donde nadaban los mújoles en las verdes pozas bajo los sauces.

De pronto, despertó con un sobresalto horrorizado. El sudor le recorrió la espina dorsal. Se había oído gritar en voz alta:

—¡Julia, Julia, Julia, amor mío! ¡Julia!

Por un instante, le había embargado la sobrecogedora alucinación de su presencia. Había sido como si hubiese estado no solo con él, sino dentro de él, como si se hubiese colado debajo de su piel. En ese momento, la había amado mucho más que cuando estaban juntos y eran libres. También supo que estaba viva en alguna parte y que necesitaba su ayuda.

Volvió a tumbarse en la cama y trató de dominarse. ¿Qué había hecho? ¿Cuántos años de esclavitud se habría echado encima por aquel momento de debilidad?

Al cabo de un instante, oiría los pasos de las botas detrás la puerta. No permitirían que semejante estallido de emoción quedara sin castigo. Ahora sabrían, si es que no lo sabían ya, que había roto el acuerdo al que había llegado con ellos. Obedecía al Partido, pero todavía lo odiaba. En los viejos tiempos había ocultado sus opiniones heréticas tras una apariencia de conformismo. Después, había retrocedido un paso: había sometido su inteligencia, pero conservaba la esperanza de conservar inviolada la parte más íntima de su corazón. Sabía que estaba equivocado, pero prefería estarlo. Ahora ellos lo sabrían, y O'Brien también. Lo había confesado con ese grito absurdo. Tendría que volver a empezar. Tal vez durase años. Se pasó la mano por la cara, intentando familiarizarse con su nueva forma. Profundas arrugas surcaban sus mejillas, los pómulos parecían más marcados, tenía la nariz aplastada. Además, desde la última vez que se había visto en el espejo, le habían puesto una dentadura postiza. No era fácil adoptar una expresión inescrutable cuando no sabías como era tu cara. En cualquier caso, el mero control de los rasgos faciales no era suficiente. Por primera vez, comprendió que si uno quiere guardar un secreto debe ocultárselo también a sí mismo. Debe saber que está ahí, pero no dejarlo emerger a la conciencia en modo alguno. De ahora en adelante, no solo tendría que pensar bien, sino también sentir y soñar bien. Y guardar su odio en su interior como una bola de materia que formase parte y al mismo tiempo estuviese desconectada de él, como un quiste.

Un día decidirían matarle. No había forma de saber cuándo, pero unos segundos antes tal vez fuese posible intuirlo. Siempre lo mataban a uno por la espalda, mientras iba por un pasillo. Diez segundos bastarían. En ese tiempo, podría darle la vuelta al mundo en su interior. Y luego de pronto, sin decir una palabra, sin detener sus pasos, sin modificar lo más mínimo la expresión de su cara, se despojaría del camuflaje y, ¡bang!, se dispararían los cañones de su odio. El odio lo inundaría como una llamarada rugiente y gigantesca. Y casi en el mismo instante, ¡bang!, saldría la bala, demasiado tarde o demasiado pronto. Le habrían volado los sesos antes de adueñarse de su cerebro. El pensamiento herético quedaría sin castigo, no se habría arrepentido y estaría fuera de su alcance para siempre. El disparo habría abierto una brecha en su propia perfección. Morir odiándolos, en eso consistía la libertad.

Cerró los ojos. Era más difícil que aceptar la disciplina intelectual. Tenía que degradarse y mutilarse. Tenía que sumergirse en la porquería más repugnante. ¿Qué era lo más horrible y repulsivo? Pensó en el Hermano Mayor. Su enorme rostro (siempre lo había visto en los carteles e imaginaba que tenía un metro de anchura), con su espeso bigote negro y los ojos que te seguían a todas partes, pareció flotar hasta su imaginación por voluntad propia. ¿Cuáles eran sus verdaderos sentimientos por el Hermano Mayor?

Se oyeron las pisadas de las botas en el pasillo. La puerta de acero se abrió de golpe. O'Brien entró en la celda. Detrás estaban el oficial de rostro céreo y los guardias uniformados de negro.

—Levántate —dijo O'Brien—. Ven aquí. —Winston se puso en

pie enfrente de él. O'Brien le cogió por los hombros con las manazas y le observó de cerca—. Estabas pensando en engañarme —dijo—. Menuda estupidez. Ponte más recto. Mírame a la cara. —Hizo una pausa, y prosiguió en tono más amable—: Estás mejorando. Desde el punto de vista intelectual, todo ha ido bien, en lo que no has avanzado es en lo emocional. Dime, Winston, y recuerda: nada de mentiras, sabes que siempre noto cuándo intentas mentirme, ¿cuáles son tus verdaderos sentimientos por el Hermano Mayor?

—Le odio.

—Le odias. Bien. Eso es que ha llegado el momento de dar el último paso. Debes amar al Hermano Mayor. Con obedecerle no es suficiente: debes amarle.

Soltó a Winston y le empujó levemente hacia los guardias.

—Habitación 101 —dijo.

5

En cada momento de su encarcelamiento había sabido, o creído saber, en qué parte del edificio sin ventanas se encontraba. Es posible que hubiese pequeñas diferencias en la presión del aire. Las celdas donde le habían golpeado los guardias estaban bajo tierra. La sala donde le había interrogado O'Brien estaba cerca del tejado. Este otro lugar estaba a muchos metros bajo tierra, lo más profundo posible.

Era mayor que la mayoría de las celdas donde había estado. Pero apenas se fijó en los detalles. Lo único que vio fue que había dos mesitas cubiertas con un tapete verde justo enfrente. Una estaba solo a uno o dos metros, la otra, un poco más lejos, cerca de la puerta. Lo habían atado a la silla, con tanta fuerza que ni siquiera podía mover la cabeza. Tenía una especie de almohadilla en la nuca que le obligaba a mirar hacia delante.

Por un instante, lo dejaron solo, luego la puerta se abrió y entró O'Brien.

—En una ocasión me preguntaste qué había en la habitación 101 —dijo—. Te respondí que ya sabías la respuesta. Todo el mundo la sabe. En la habitación 101 hay lo peor del mundo.

La puerta volvió a abrirse. Entró un guardia con una especie de caja o cesta de alambre. La dejó en la mesita más alejada. O'Brien estaba delante y Winston no pudo ver lo que era.

—Lo peor del mundo —continuó O'Brien— varía según cada persona. Puede ser morir enterrado vivo, o quemado, o ahogado, o empalado u otras cincuenta muertes diferentes. En algunos casos es algo mucho más trivial, ni siquiera mortal.

Se había desplazado un poco hacia un lado, de manera que Winston pudo ver mejor lo que había en la mesa. Era una jaula ovalada de alambre con un asa en la parte de arriba para transportarla. En un extremo había algo parecido a una careta de esgrima con la parte cóncava hacia fuera. Aunque se hallaba a tres o cuatro metros de distancia, vio que la jaula estaba dividida en dos compartimentos y que en cada uno de ellos había una especie de animal. Eran ratas.

—En tu caso —dijo O'Brien—, lo peor del mundo son las ratas.

Una especie de temblor premonitorio, un miedo a no sabía exactamente qué, había estremecido a Winston nada más ver la jaula. Pero, en ese momento, entendió lo que significaba la careta y se le revolvieron las tripas.

—No puedes hacer eso —chilló con la voz quebrada—. ¡No puedes, no puedes!

Es imposible.

—¿Recuerdas —preguntó O'Brien— el momento de pánico que se repetía tanto en tus sueños? Tenías delante una pared oscura y notabas un zumbido en los oídos. Había algo terrible al otro lado de la pared. Sabías lo que era pero no te atrevías a sacarlo a la luz. Eran ratas.

—¡O'Brien! —dijo Winston haciendo un esfuerzo por dominar su voz—. Sabes que esto no es necesario. ¿Qué quieres que haga?

O'Brien no respondió directamente. Luego adoptó, como hacía a veces, aquel tono de maestro de escuela. Miró pensativo a lo lejos, como si se dirigiese a un público que estuviera detrás de Winston.

—En sí mismo —dijo—, el dolor no siempre es suficiente. Hay ocasiones en que una persona puede resistirlo casi hasta la muerte. Pero para todo el mundo hay algo insoportable… algo en lo que ni siquiera puede pararse a pensar. No tiene nada que ver con el valor o la cobardía. Cuando uno cae desde las alturas, agarrarse a una cuerda no es una muestra de cobardía. Si emerge a la superficie desde las profundidades del agua, no es cobardía que procure llenar de aire los pulmones. Se trata tan solo de un instinto al que no puede desobedecer. Lo mismo ocurre con las ratas. A ti te resultan insoportables. Son una forma de presión que no podrías resistir ni aunque quisieras. Harás lo que se te diga.

—Pero ¿qué es, qué es? ¿Cómo voy a hacerlo si no sé lo que es?

O'Brien cogió la jaula, la llevó a la otra mesa y la dejó con cuidado sobre el tapete verde. Winston oía la sangre que le zumbaba en los oídos. Tenía la sensación de estar totalmente solo. Se encontraba en mitad de una vasta llanura, un desierto inundado de sol en el que todos los sonidos llegaban desde distancias inmensas. Sin embargo, la jaula de las ratas estaba a menos de dos metros. Eran ratas enormes. Tenían esa edad en que tienen el hocico romo y feroz y el pellejo pardo en lugar de gris.

—Las ratas —prosiguió O'Brien, dirigiéndose todavía a su público invisible—, pese a ser roedores, son carnívoras. Ya lo sabes. Habrás oído contar lo que ocurre en los barrios pobres de la ciudad. Hay calles en las que a ninguna mujer se le ocurriría dejar a su bebé solo en casa ni cinco minutos. Las ratas le atacarían. En muy poco tiempo no quedarían más que los huesos. También atacan a la gente enferma o moribunda. Tienen una sorprendente inteligencia para percibir cuándo alguien está indefenso.

Se oyeron unos chillidos procedentes de la jaula. A Winston le parecieron muy lejanos. Las ratas se estaban peleando; estaban intentando romper la separación de alambre. También oyó un profundo gemido desesperado que también parecía llegar de fuera.

O'Brien cogió la jaula y accionó un mecanismo. Se oyó un chasquido seco. Winston hizo un esfuerzo frenético por soltarse de la silla. Fue inútil, estaba totalmente inmovilizado, ni siquiera podía mover la cabeza. O'Brien acercó la jaula. Estaba a menos de un metro del rostro de Winston.

—He accionado el primer resorte —dijo—. Ya sabes cómo está construida la jaula. La careta se ajustará a tu cara sin dejar resquicio. Cuando accione este otro resorte, la puerta se abrirá. Estos bichos hambrientos saldrán disparados como balas.

¿Has visto a una rata saltar por el aire? Saltarán hacia tu cara y empezarán a mordisquearla. Unas veces atacan primero a los ojos. Otras, roen primero las mejillas y luego devoran la lengua.

La jaula estaba más cerca; se estaba acercando. Winston oyó una serie de chillidos agudos que parecían proceder del aire por encima de su cabeza. Pero luchó con todas sus fuerzas contra el pánico. Pensar, pensar, aunque fuese solo un segundo, pensar era la única esperanza. De pronto, el olor mohoso y repugnante de los animales alcanzó las aletas de su nariz. Sintió una violenta arcada y a punto estuvo de perder el conocimiento. Todo se había oscurecido. Por un instante, Winston se convirtió en un animal que chillaba enloquecido. No obstante, salió de la oscuridad aferrándose a una idea. Solo había un único modo de salvarse. Debía poner a otra persona, el cuerpo de otro ser humano, entre él y las ratas.

El círculo de la careta era lo bastante grande para ocultar de la vista todo lo demás. La puerta de alambre estaba a un par de palmos de su rostro. Las ratas sabían lo que se avecinaba. Una de ellas saltaba arriba y abajo, la otra, una vieja veterana de las alcantarillas, se había puesto de pie con las patas rosadas contra los barrotes y husmeaba el aire con ferocidad. Winston vio sus bigotes y sus dientes amarillos. De nuevo, se dejó dominar por el pánico y la oscuridad. Estaba ciego, impotente y aturdido.

—En la China imperial era un castigo corriente —dijo O'Brien, tan didáctico como siempre.

Estaban ajustándole la careta. El alambre le rozó las mejillas. Y, de pronto —no, no fue un alivio, solo una esperanza, un minúsculo fragmento de esperanza—. Tal vez fuese demasiado tarde, pero había comprendido de repente que solo había una persona a quien pudiera transferir su castigo, un cuerpo que podía colocar entre él y las ratas. Empezó a gritar frenéticamente una y otra vez:

—¡Hacédselo a Julia! ¡Hacédselo a Julia! ¡A Julia! ¡A mí no! Me da igual lo que le hagáis. Arrancadle la cara, despellejadla. ¡A mí no! ¡A Julia! ¡A mí no!

Estaba cayendo de espaldas, a enormes profundidades, lejos de las ratas. Seguía atado a la silla, pero había caído a través del suelo, a través de las paredes del edificio, a través de la tierra, a través de los océanos, a través de la atmósfera, hasta el espacio exterior y la vastedad de las estrellas… lejos, lejos, lejos de las ratas. Estaba a años luz de distancia, pero O'Brien seguía de pie a su lado. Seguía notando el frío contacto del alambre contra sus mejillas. No obstante, a través de la oscuridad que lo rodeaba, oyó otro chasquido metálico y supo que la puerta de la jaula no se había abierto sino cerrado.

6

El Café del Castaño estaba casi vacío. Un oblicuo rayo de sol se colaba amarillento por la ventana y caía sobre las mesas polvorientas. Eran las solitarias quince horas. Las telepantallas emitían música enlatada.

Sentado en su rincón de costumbre, Winston contemplaba la copa vacía. De vez en cuando alzaba la vista hacia el rostro gigantesco que le observaba desde la pared de enfrente. «El Hermano Mayor vela por ti», decía el eslogan al pie. Sin que se lo pidiera, un camarero llegó, le llenó la copa de ginebra de la Victoria y añadió unas gotas de otra botella que llevaba una espita en el corcho. Era sacarina aromatizada con clavo, la especialidad de la casa.

Winston estaba escuchando la telepantalla. En ese momento solo emitía música, pero cabía la posibilidad de que en cualquier momento diese un boletín especial del Ministerio de la Paz. Las noticias del frente africano eran muy inquietantes. Llevaba todo el día pensando en ello de vez en cuando. Un ejército de Eurasia (Oceanía estaba en guerra con Eurasia y siempre lo había estado) avanzaba hacia el sur a una velocidad aterradora. El boletín de mediodía no había aludido a ningún área concreta, pero lo más probable era que la desembocadura del Congo fuese ya un campo de batalla. Brazzaville y Leopoldville corrían peligro. No hacía falta ver el mapa para saber lo que eso significaba. No era solo que pudiesen perder África Central, sino que, por primera vez desde que empezó la guerra, el propio territorio de Oceanía estaba amenazado.

Lo dominó una violenta emoción, no exactamente de temor sino más bien de exaltación indiferenciada, y luego se le pasó. Dejó de pensar en la guerra. En esos días era incapaz de concentrar su atención en nada. Alzó la copa y se la bebió de un trago. Como siempre, se estremeció e incluso sintió náuseas. La bebida era horrible. La sacarina y el clavo, ya bastante asquerosos de por sí, no eran suficientes para disimular el olor aceitoso; y lo peor era que el olor de la ginebra, que le acompañaba día y noche, estaba inextricablemente mezclado en su imaginación con el de las…

No las nombraba, ni siquiera en sus pensamientos, y dentro de lo posible procuraba no visualizarlas. Era vagamente consciente de ellas, una presencia cercana a su cara, un olor en las ventanas de la nariz. Mientras lo inundaba el calor de la ginebra, soltó un eructo entre los labios purpúreos. Desde que lo soltaron, había engordado y recuperado su antiguo color, que incluso se había vuelto más intenso. Se le habían embotado los rasgos, la piel de la nariz y los pómulos era tosca y roja y hasta el cuero cabelludo tenía un marcado tono rosa. Un camarero, también sin que hiciera falta pedírselo, le llevó el tablero de ajedrez y el ejemplar del *Times* de ese día con la página abierta por el problema de ajedrez. Luego, al ver la copa vacía, fue a por la botella de ginebra y se la llenó. No necesitaba pedir nada. Conocían sus costumbres. El tablero de ajedrez siempre le estaba esperando y siempre tenía reservada la mesa del rincón; incluso cuando el local estaba lleno, podía disponer de ella, porque nadie quería sentarse cerca de él. Ni siquiera se preocupaba por contar las copas. A intervalos irregulares le presentaban un papelucho sucio que según ellos era la cuenta, pero tenía la impresión de que siempre le cobraban de menos. No le habría importado si hubiese sido al revés. Tenía dinero de sobra. Incluso tenía un trabajo, una sinecura mejor pagada que su antiguo empleo.

La música de la telepantalla se interrumpió y dejó paso a una voz. Winston alzó la cabeza para escuchar. No obstante, no se trataba de un boletín del frente. Era solo un breve anuncio del Ministerio de la Abundancia. Por lo visto, en el cuatrimestre anterior la cuota de cordones de botas del Décimo Plan Trienal había tenido un superávit del noventa y ocho por ciento.

Estudió el problema de ajedrez y dispuso las piezas sobre el tablero. Era un final complicado, en el que intervenían una pareja de caballos. «Juegan las blancas y dan mate en dos movimientos». Winston alzó la mirada para contemplar el retrato del Hermano Mayor. Las blancas siempre ganan, pensó con una especie de nebuloso misticismo. Siempre, sin excepción, así es el orden de las cosas. Desde el principio del mundo, en ningún problema de ajedrez han ganado las negras. ¿No simbolizaba eso el eterno y constante triunfo del Bien sobre el Mal? El rostro gigantesco le devolvió la mirada, lleno de calma y poder. Las blancas siempre ganan.

La voz de la telepantalla se interrumpió y añadió en tono distinto y mucho más solemne:

—Se os advierte que estéis preparados para oír un importante anuncio a las quince treinta. ¡A las quince treinta! Es una noticia de la mayor importancia. Tened cuidado de no perdérosla. ¡A las quince treinta!

Volvió a sonar la música enlatada.

A Winston se le aceleró el pulso. Tenía que ser el boletín del frente; el instinto le dijo que eran malas noticias. Todo el día, con pequeños brotes de emoción, le había rondado por la cabeza la idea de una derrota aplastante en África. Le parecía ver al ejército de Eurasia desbordando la hasta entonces indestructible frontera e invadiendo hasta el último extremo de África como una columna de hormigas. ¿Por qué no habrían podido atacarles por el flanco? El perfil de la costa occidental de África destacaba vívidamente en su imaginación. Cogió el caballo blanco y lo desplazó por el tablero. Ahí era. Incluso mientras imaginaba la horda negra avanzando hacia el sur le pareció ver otro ejército, misteriosamente formado a su retaguardia y dedicado a cortar las comunicaciones del enemigo por tierra y por mar. Sintió que había creado ese ejército solo con desearlo. Pero había que actuar deprisa. Si llegaban a controlar toda África, si instalaban aeródromos y bases de submarinos en el Cabo, cortarían Oceanía en dos, lo cual podría significar cualquier cosa: ¡la derrota, el hundimiento, un nuevo reparto del mundo, la destrucción del Partido! Inspiró profundamente. En su interior se debatía una extraordinaria mezcla de sentimientos; aunque no era exactamente una mezcla, sino más bien diversos sentimientos superpuestos, sin que uno pudiera saber cuál era el más profundo.

Pasado el susto, volvió a colocar el caballo blanco en su sitio, de momento no podía concentrarse en el problema de ajedrez. Sus pensamientos empezaron a divagar otra vez. Casi sin darse cuenta escribió con el dedo en el polvo de la mesa.

$$2 + 2 = 5$$

«No se pueden meter en tu cabeza», le había dicho Julia. Pero claro que podían.

«Lo que ocurre aquí es para siempre», le había advertido O'Brien. Eso sí era cierto. Había cosas, tus propios actos, de los que era imposible recuperarse. Algo moría en tu interior, quemado, cauterizado.

La había visto e incluso había hablado con ella. Ya no entrañaba ningún peligro. Sabía, como por instinto, que no les interesaba lo que hiciese. De haber querido, podían haber concertado una cita. De hecho, se habían encontrado por casualidad en el parque, un día de marzo en que hacía malísimo, la tierra estaba dura como el hierro y solo unos pocos brotes de azafrán silvestre asomaban entre la hierba muerta para ser arrancados por el viento. Él iba con prisa, con las manos heladas y los ojos llorosos, cuando la vio apenas a diez metros de distancia. En el acto pensó que había sufrido un cambio difícil de explicar. Se cruzaron casi sin saludarse, luego Winston se volvió y la siguió sin demasiado interés. Sabía que no había peligro y que nadie se fijaría en ellos. Julia no dijo nada. Se desvió en diagonal, como si quisiera librarse de él, luego pareció resignarse a tenerlo a su lado. No tardaron en llegar a un macizo de arbustos sin hojas que no servían como escondrijo ni ofrecían la menor protección contra el viento. Se detuvieron. Hacía muchísimo frío. El viento silbaba entre las ramas y agitaba los sucios brotes de azafrán. Winston le pasó el brazo por la cintura.

No había telepantallas, pero debía de haber micrófonos ocultos: además, alguien podía verles. Daba igual. Nada importaba. Podrían haberse tumbado a hacerlo en el suelo, si hubiesen querido. Se le puso la carne de gallina de frío al pensarlo. Ella no respondió al contacto de su brazo; ni siquiera trató de soltarse. Entonces Winston supo en qué consistía el cambio. Tenía la tez cetrina y una larga cicatriz, oculta en parte por el pelo, que le cruzaba la frente hasta la sien; pero no era ese el verdadero cambio. Su cintura se había vuelto sorprendentemente más gruesa y rígida. Winston recordaba que, en una ocasión, tras la explosión de una bomba volante, había ayudado a sacar a rastras un cadáver de entre las ruinas, y le había sorprendido no solo lo mucho que pesaba, sino su rigidez y lo difícil que era manejarlo, como si en lugar de ser de carne hubiese sido de piedra. Lo mismo le había ocurrido al cuerpo de Julia. Pensó que el tacto de su piel también debía de haber cambiado.

No intentó besarla y tampoco hablaron. Mientras regresaban andando por la hierba, ella le miró directamente por primera vez. No fue más que una mirada fugaz, cargada de asco y desprecio. Winston se preguntó si sería una antipatía emanada del pasado o si se la inspiraría también su rostro hinchado y las lágrimas que el viento le arrancaba de los ojos. Se sentaron en unas sillas de hierro, uno al lado del otro, aunque no demasiado cerca. Winston vio que Julia estaba a punto de hablar. La joven movió el pie con torpeza unos pocos centímetros y aplastó a propósito una ramita. Sus pies también parecían haberse vuelto más grandes.

—Te traicioné —le espetó sin más.

—Y yo a ti —respondió Winston. Julia volvió a mirarle con desagrado.

—A veces —dijo— te amenazan con algo insoportable e inconcebible. Y empiezas a decir: «No me lo hagáis a mí, hacédselo a otra persona, hacédselo a Fulano o a Mengano». Y luego intentas convencerte de que fue solo un truco, que solo lo dijiste para que te dejaran en paz y que no hablabas en serio. Pero no es cierto. En el momento en que ocurre, lo dices de verdad. Crees que no hay otra manera de salvarte y estás totalmente dispuesto a que sea de ese modo. Quieres que se lo hagan a otro. Te trae sin cuidado que sufra. No piensas más que en ti.

—No piensas más que en ti —repitió él.

—Y después, ya no vuelves a sentir lo mismo por esa persona.

—No —reconoció Winston—, ya no sientes lo mismo.

No parecía haber más que decir. El viento les aplastaba los finos monos contra el cuerpo. De pronto les resultó vergonzoso seguir allí en silencio; además, hacía demasiado frío para quedarse allí quietos. Ella dijo que tenía que coger el metro y se puso en pie para marcharse.

—Tenemos que vernos otro día —dijo Winston.

—Sí —respondió Julia—, ya nos veremos.

La siguió indeciso un rato, varios pasos por detrás. No volvieron a hablar. Ella no intentó quitárselo de encima, pero anduvo deprisa para que no pudiera alcanzarla. Winston había decidido acompañarla hasta la estación, pero de pronto la idea de seguirla con aquel frío le pareció inútil e insoportable. Le dominó el deseo no tanto de alejarse de Julia como de volver al Café del Castaño, que nunca le había parecido tan atractivo como entonces. Pensó con nostalgia en su mesa del rincón, con el periódico, el tablero de ajedrez y la inagotable provisión de ginebra. Además, allí haría calor. Un instante después, permitió que se interpusiera un grupo de personas. Hizo un vano intento por alcanzarla, luego empezó a andar más despacio, se dio la vuelta y se marchó en dirección opuesta. Cuando llevaba andados unos cincuenta metros, se volvió. Había poca gente en la calle, pero ya no se la veía. Habría podido ser cualquiera entre aquella docena de figuras apresuradas. Tal vez su cuerpo grueso y rígido ya no fuese reconocible por detrás.

«En el momento en que ocurre, lo dices de verdad». Y así era: Winston no solo lo había dicho, sino que lo había deseado. Había deseado que le echaran encima a ella las…

La música que estaba emitiendo la telepantalla cambió. Se oyó una nota quebrada, burlona, la nota amarilla. Y luego… tal vez no estuviese ocurriendo, quizá fuese solo un recuerdo en forma de sonido, se oyó una voz que cantaba:

Bajo las ramas del castaño te vendí y me vendiste.

Los ojos se le llenaron de lágrimas. Un camarero reparó al pasar en que su copa estaba vacía y volvió con la botella de ginebra.

Alzó la copa y la olisqueó. El líquido se volvía más horrible con cada trago que daba. Pero se había convertido en el elemento en que nadaba. Era su vida, su muerte y su resurrección. La ginebra le sumía en el estupor cada noche, y la ginebra lo revivía por las mañanas. Cuando despertaba, rara vez antes de las once, con los párpados pegados, la boca seca y la espalda tan dolorida que parecía que se le hubiese roto, le habría sido imposible incluso incorporarse de no ser por la botella y la taza que tenía sobre la mesita de noche. Hasta mediodía se quedaba con la mirada perdida y la botella siempre a mano escuchando la telepantalla. Desde las quince hasta la hora de cierre pasaba el tiempo en el Castaño. A nadie le importaba lo que hiciera, ya no le despertaban a toque de silbato ni le reconvenía la telepantalla. De vez en cuando, dos días a la semana, iba a un despacho polvoriento y casi olvidado en el Ministerio de la Verdad y trabajaba, o fingía trabajar, un rato. Lo habían enviado a un subcomité de un subcomité que había surgido de uno de los innumerables comités que estudiaban las dificultades menores surgidas de la compilación de la undécima edición del *Diccionario de nuevalengua*. Su misión era redactar una especie de «informe interno», aunque nunca llegó a saber acerca de qué trataba aquel informe. Tenía que ver con si las comas debían ir dentro o fuera de los paréntesis. Había otras cuatro personas como él en el comité. Algunos días se reunían y luego se despedían enseguida, tras admitir con franqueza que en realidad no tenían nada que hacer. En cambio, otros días se ponían manos a la obra casi con ansiedad, aprovechando al máximo el tiempo y redactando borradores de largos memorandos que no llegaban a concluir, pues sus argumentaciones siempre acababan volviéndose extraordinariamente intrincadas y abstrusas, llenas de sutilezas a propósito de las definiciones, interminables digresiones, disputas e incluso amenazas de apelar a una autoridad superior. Luego, de pronto, se quedaban sin fuerzas y se quedaban sentados a la mesa mirándose con ojos apagados, como fantasmas que se disiparan con el canto del gallo.

La telepantalla guardó silencio un momento. Winston volvió a levantar la cabeza.

¡El boletín! Pero no, solo era que estaban cambiando la música.

Tenía el mapa de África dibujado detrás de los párpados. Veía el movimiento de los ejércitos como un diagrama: una flecha negra que avanzaba verticalmente hacia el sur, y una blanca que se desplazaba en horizontal hacia el este y cortaba a la otra por detrás. Alzó la vista, como en busca de consuelo, hacia el rostro imperturbable del retrato. ¿Sería posible que la segunda flecha no existiera?

Su interés volvió a decaer. Bebió otro trago de ginebra, cogió el caballo blanco y probó otra jugada. Jaque. Pero sin duda no era la indicada, porque…

Involuntariamente, un recuerdo flotó hasta su memoria. Vio una habitación iluminada por una vela con una enorme cama blanca, él, un niño de nueve o diez años, estaba sentado en el suelo agitando un cubilete y se reía emocionado. Su madre estaba sentada enfrente y también se reía.

Debía de ser un mes antes de su desaparición. Era un momento de reconciliación en el que había olvidado el hambre que le roía las entrañas y había vuelto a sentir cariño por su madre. Recordaba muy bien aquel día, fuera llovía a cántaros, el agua corría por el cristal de la ventana y dentro apenas había luz para leer. El aburrimiento de los dos niños en la oscuridad del dormitorio resultaba insoportable. Winston lloriqueaba y no paraba de quejarse, hacía fútiles peticiones de comida, iba y venía por la habitación descolocándolo todo y pateaba los paneles hasta que los vecinos daban golpes en la pared, mientras su hermana lloraba de manera intermitente. Al final, su madre le había dicho: «Si eres bueno, te compraré un juguete precioso que te gustará mucho». Luego, había salido bajo la lluvia para ir a una tienda que había cerca y que aún abría de vez en cuando, y había vuelto con una caja de cartón que contenía un juego de la oca. Todavía recordaba el olor del cartón húmedo. Era un tablero muy precario, estaba agrietado y habían tallado tan mal los dados diminutos que apenas se sostenían. Winston miró hosco y sin demasiado interés aquel objeto. No obstante, su madre encendió una vela y se sentaron a jugar en el suelo. Poco después, estaba de lo más emocionado y riéndose a carcajadas mientras las fichas avanzaban esperanzadas y volvían a retroceder casi hasta la casilla de salida. Jugaron ocho partidas y ganaron cuatro cada uno. Su hermanita, demasiado pequeña para entender en qué consistía el juego, se quedó apoyada contra un almohadón y se reía contagiada por sus risas. Habían pasado la tarde muy felices, igual que en su primera infancia.

Apartó aquella imagen de su memoria. Era un falso recuerdo. De vez en cuando le asaltaban falsos recuerdos. No tenían importancia, siempre que supieses que lo eran. Algunas cosas habían sucedido y otras no. Se volvió hacia el tablero de ajedrez y cogió otra vez el caballo blanco. Casi al mismo tiempo lo soltó con estrépito sobre el tablero y dio un salto como si le hubiesen pinchado con un alfiler.

Un agudo toque de trompeta había perforado el aire. ¡Era el boletín! ¡Victoria! Siempre que un toque de trompeta precedía a las noticias era que se había producido alguna victoria. Una especie de estremecimiento eléctrico recorrió el café. Incluso los camareros interrumpieron su trabajo y aguzaron el oído.

El toque de trompeta había dado paso a un gran bullicio. Una voz emocionada farfullaba en la telepantalla, pero nada más empezar la ahogaron los gritos de la calle. La noticia había corrido como por arte de magia. Apenas pudo oír lo suficiente en la telepantalla para comprender que todo había sucedido tal como lo había previsto: una enorme flota construida en secreto, un ataque por sorpresa contra la retaguardia enemiga, la flecha blanca cortando a la negra por detrás. Fragmentos de frases triunfales se abrieron paso entre la algazara generalizada: «Vasta maniobra estratégica... coordinación perfecta... derrota aplastante... medio millón de prisioneros... desmoralización absoluta... control de toda África... la guerra más cerca del fin... victoria... la mayor victoria de la historia de la humanidad...

¡Victoria, victoria, victoria!».

Debajo de la mesa Winston movía los pies de forma convulsa. No se había movido del asiento, pero en su imaginación corría y gritaba hasta ensordecer con la multitud de la calle. Volvió a contemplar el retrato del Hermano Mayor. ¡El coloso que dominaba el mundo! ¡La roca contra la que se estrellaban en vano las hordas asiáticas! Pensó que hacía apenas diez minutos —sí, tan solo diez minutos— dudaba de si las noticias del frente traerían la victoria o la derrota. ¡Ah, no solo había perecido un ejercito de Eurasia! Había cambiado mucho desde aquel primer día en el Ministerio del Amor, pero la curación y el cambio definitivos e indispensables no habían sucedido hasta ese momento.

La voz de la telepantalla seguía explayándose acerca de los prisioneros, el botín y el número de bajas, pero el griterío en la calle había disminuido un poco. Los camareros habían vuelto al trabajo. Uno de ellos se acercó con la botella de ginebra. Winston, sumido en una maravillosa ensoñación, no vio que le estaba llenando la copa. Ya no corría ni gritaba. Había vuelto al Ministerio del Amor, todo estaba perdonado y su alma era tan pura como la nieve. Estaba en el banquillo confesándolo todo e implicando a todo el mundo. Recorría el pasillo de azulejos blancos con la sensación de andar a la luz del sol con un guardia armado a sus espaldas. La tan ansiada bala estaba atravesando su cerebro.

Alzó la vista hacia el rostro gigantesco. Cuarenta años había tardado en entender la sonrisa que se ocultaba tras el bigote negro. ¡Qué malentendido tan cruel e innecesario! ¡Qué exilio tan obcecado se había impuesto a sí mismo de aquel pecho amoroso! Dos lágrimas perfumadas de ginebra le rodaron por la nariz. Pero todo había acabado bien, la lucha había concluido. Se había vencido a sí mismo. Amaba al Hermano Mayor.

Apéndice

Principios de nuevalengua

La nuevalengua era el idioma oficial de Oceanía y había sido ideada para hacer frente a las necesidades ideológicas del Socing, o socialismo inglés. En 1984 todavía no había nadie que la utilizara como única forma de comunicación, ni hablada ni escrita. Los editoriales del *Times* se escribían en nuevalengua, pero era un *tour de force* que solo podía llevar a cabo un especialista. Se suponía que acabaría desplazando a la viejalengua (o inglés estándar, como lo llamaríamos hoy) en torno al año 2050. Entretanto, iba ganando terreno poco a poco, y todos los miembros del Partido tendían a utilizar cada vez más palabras y construcciones gramaticales en nuevalengua en el habla cotidiana. La versión utilizada en 1984, encarnada en la novena y décima ediciones del *Diccionario de nuevalengua*, era provisional, e incluía muchas palabras superfluas y formas arcaicas que debían suprimirse más tarde. Nosotros trataremos aquí de la versión perfeccionada y definitiva, recogida en la undécima edición del diccionario.

El propósito de la nuevalengua no era solo proporcionar un medio de expresión a la visión del mundo y los hábitos mentales de los devotos del Socing, sino que fuese imposible cualquier otro modo de pensar. La intención era que cuando se adoptara definitivamente la nuevalengua y se hubiese olvidado la viejalengua, cualquier pensamiento herético —cualquier idea que se separase de los principios del Socing— fuese inconcebible, al menos en la medida en que el pensamiento depende de las palabras. Su vocabulario estaba construido para dar expresión exacta y a menudo muy sutil a todos los significados que pudiera querer expresar un miembro del Partido, y al mismo tiempo excluir cualquier otro pensamiento y también la posibilidad de llegar a ellos por métodos indirectos. Eso se lograba en parte con la invención de palabras nuevas, pero sobre todo eliminando las palabras indeseables y despojando las restantes de cualquier significado heterodoxo, y dentro de lo posible de sus significados secundarios. Para dar un ejemplo, la palabra «libre» seguía existiendo en nuevalengua, pero solo podía utilizarse en frases como «Este perro está libre de pulgas» o «Este campo está libre de malas hierbas». No podía emplearse en el antiguo sentido de «políticamente libre» o «intelectualmente libre», porque la libertad política o intelectual habían dejado de existir incluso como conceptos y por tanto era innecesario nombrarlas. Aparte de la supresión de las palabras claramente heréticas, la reducción del vocabulario se consideraba un fin en sí mismo y no se permitía la supervivencia de ninguna palabra que se considerase prescindible. La nuevalengua estaba pensada no para extender, sino para disminuir el alcance del pensamiento, y dicho propósito se lograba de manera indirecta reduciendo al mínimo el número de palabras disponibles.

La nuevalengua se basaba en el idioma inglés tal como hoy lo conocemos, aunque muchas frases en nuevalengua, incluso aunque no contuvieran palabras de nueva creación, apenas serían inteligibles para un hablante de nuestros días. Las palabras en nuevalengua se dividían en tres clases distintas conocidas como el vocabulario A, el vocabulario B (formado por palabras compuestas), y el vocabulario C. Será más fácil estudiarlas por separado, aunque abordaremos las peculiaridades gramaticales del idioma en la sección dedicada al vocabulario A, pues las tres categorías se regían por las mismas normas.

El vocabulario A.

El vocabulario A incluía todas aquellas palabras necesarias para la vida cotidiana, para cosas como comer, beber, trabajar, ponerse la ropa, subir y bajar escaleras, conducir vehículos, cuidar el jardín, cocinar y demás. Estaba compuesto casi por entero por palabras que ya existían antes como «golpear», «correr», «perro», «árbol», «azúcar», «casa» o «campo», aunque, en comparación con el vocabulario del inglés actual, su número era extremadamente pequeño y su significado estaba definido con mayor rigidez. Todas las ambigüedades y los matices de significado se habían eliminado. Dentro de lo posible, toda palabra en nuevalengua perteneciente a esta categoría se reducía a un sonido en *staccato* que expresaba un concepto entendido con total claridad. Habría sido imposible utilizar el vocabulario A con propósitos literarios o para una argumentación política o filosófica. Estaba concebido solo para expresar ideas sencillas y determinadas que por lo general implicaban objetos concretos o acciones físicas.

La gramática de la nuevalengua tenía dos peculiaridades

destacadas. La primera era la intercambiabilidad casi absoluta entre las diferentes partes de la frase. Cualquier palabra (y en principio eso incluía palabras muy abstractas como «si» o «cuando») podía utilizarse como verbo, sustantivo, adjetivo o adverbio. Entre el verbo y el sustantivo, cuando compartían la misma raíz, no había la menor diferencia, una norma que implicaba en sí misma la destrucción de numerosos arcaísmos. La palabra «pensamiento», por ejemplo, no existía en nuevalengua. Su lugar lo ocupaba la forma «piensa», que funcionaba como verbo y como sustantivo. No se seguía ningún principio etimológico: en unos casos se optaba por conservar el sustantivo y en otros el verbo. Incluso cuando un verbo y un sustantivo de significado similar no tenían conexión etimológica, era frecuente que se eliminara uno u otro. Por ejemplo, no existía la palabra «cortar» y su significado se expresaba de manera suficiente por el sustantivo–verbo «cuchillo». Los adjetivos se formaban añadiendo el sufijo «– pleno» al sustantivo–verbo, y los adverbios añadiéndole «–mente». Así, por ejemplo, «velocipleno» significaba *veloz* y «velocimente», *velozmente*. Se conservaban algunos de nuestros adjetivos actuales, tales como «bueno», «fuerte», «grande», «negro» y «blando», pero su número era muy reducido. Apenas eran necesarios, pues cualquier adjetivo podía formarse añadiendo «–pleno» a un sustantivo–verbo. No se conservó ninguno de los adverbios hoy existentes, excepto unos cuantos que ya terminaban en «–mente», pero dicha terminación era invariable. La palabra «bien», por ejemplo, se sustituyó por «bienmente».

Además, cualquier palabra —y esto se aplicaba en principio a cualquier palabra del idioma— podía convertirse en su contraria añadiendo el prefijo «no–» o subrayarse por medio del prefijo «mas–», o si se quería intensificar más aún, «doblemas–». Así, por ejemplo, «nofrío» significaba *caliente*, mientras que «masfrío» y «doblemasfrío» significaban respectivamente *muy frío* y *extraordinariamente frío*. También era posible, como en el inglés actual, modificar el significado de casi cualquier palabra mediante el uso de prefijos preposicionales como «ante–», «pos–», «sobre–» o «sub–». De ese modo, se pudo llevar a cabo una enorme disminución del vocabulario. Una vez aceptada, por ejemplo, la palabra «bueno», se hacía innecesaria la palabra «malo», pues el significado requerido se expresaba igual de bien, o incluso mejor, con «nobueno». Lo único necesario, en el caso de que dos palabras formaran un par natural de opuestos, era decidir cuál de las dos eliminar. «Oscuridad», por ejemplo, podía sustituirse por «noluz» o «luz» por «nooscuridad», según las preferencias de cada cual.

El segundo rasgo distintivo de la nuevalengua era su regularidad. Quitando algunas excepciones que se enumeran más abajo, todas las inflexiones seguían las mismas normas. Así, en todos los verbos, el pasado y el participio pasado eran iguales y terminaban en «–ado» o en «–ido». El pasado de «sustrae» era «sustraeido» y el de «piensa» «piensado», y así ocurría con toda la lengua, las demás formas fueron abolidas. Todos los plurales se hacían añadiendo «–s». Los plurales de «hombre», «buey» o «vida», eran «hombres», «bueys» o «vidas». La comparación de los adjetivos se hacía invariablemente añadiendo «mas–» y «doblemas–» y todas las demás formas se suprimieron.

Las únicas palabras en las que se toleraban las inflexiones irregulares eran los pronombres, los relativos, los demostrativos y los verbos auxiliares. Todos seguían las normas antiguas, excepto «quien», que se había suprimido por innecesario. El subjuntivo también había dejado de utilizarse. Había también otras irregularidades en la formación de palabras que surgían de la necesidad de hablar de manera rápida y sencilla. Cualquier palabra difícil de pronunciar o de entender se consideraba mala *ipso facto*, por tanto de vez en cuando se añadían letras a algunas palabras o se conservaba un arcaísmo por motivos eufónicos. No obstante, esa necesidad tenía que ver más con el vocabulario B. Después aclararemos por qué se concedía tanta importancia a la pronunciación.

El vocabulario B.

El vocabulario B consistía en palabras que se habían formado deliberadamente por motivos políticos: es decir, palabras que no solo tenían implicaciones políticas, sino que estaban pensadas para imponer una actitud mental deseable en la persona que las utilizara. Eran difíciles de emplear sin una buena comprensión de los principios del Socing. En algunos casos podían traducirse a viejalengua, o incluso a palabras tomadas del vocabulario A, pero eso exigía a menudo una larga paráfrasis y siempre implicaba la pérdida de matices. Las palabras B eran una especie de taquigrafía verbal, a menudo concentraban muchas ideas en unas pocas sílabas, y al mismo tiempo eran más precisas y poderosas que el lenguaje normal.

Las palabras B eran siempre palabras compuestas[2]. Consistían en dos o más palabras, o porciones de palabras, fundidas en una forma fácil de pronunciar. La amalgama resultante era siempre un sustantivo–verbo que se utilizaba según las normas habituales. Por tomar un ejemplo: la palabra «bienpiensa», que significaba, a grandes rasgos, «ortodoxia», o si se quería considerarla un verbo, «pensar de manera ortodoxa». Se declinaba del modo siguiente: el sustantivo–verbo era «bienpiensa»; el pasado y el participio, «bienpensado»; el adjetivo, «bienpiensapleno» y el adverbio, «bienpiensamente».

Las palabras B no se creaban según un plan etimológico. Las palabras con que se construían podían tomarse de cualquier parte de la frase, colocarse en cualquier orden y mutilarse de cualquier modo que permitiera pronunciarlas con facilidad y al mismo tiempo indicar su derivación. En la palabra «crimental» (crimen del pensamiento), «mental» iba al final, mientras que en «mentalpol» (Policía del Pensamiento) iba al principio, y en la última palabra «policía» había perdido las últimas sílabas. Debido a la mayor dificultad de garantizar la eufonía, las formaciones irregulares eran más comunes en el vocabulario B que en el A. Por ejemplo, las formas adjetivadas de Miniver, Minipax y Minimor eran, respectivamente, «Miniverpleno», «Minipaxpleno» y «Minimorpleno», porque «verdadpleno», «pazpleno» y «amorpleno» eran ligeramente más difíciles de pronunciar. En principio, no obstante, todas las palabras B podían seguir y seguían las mismas normas.

Algunas palabras B tenían significados muy sutiles, apenas inteligibles para cualquiera que no dominara totalmente la lengua. Considérese, por ejemplo, una frase típica de un editorial del *Times* como: «Viejopiensadors novientresiente Socing». La forma más breve de explicar su significado en viejalengua habría sido: «Aquellos cuyas ideas se formaron antes de la Revolución no pueden tener una comprensión emocional plena de los principios del socialismo inglés». No obstante, no se trata de una traducción exacta. Para empezar, para entender el significado completo en nuevalengua de la frase que acabamos de citar, había que tener muy claro lo que se entendía por «Socing». Y, además, solo una persona muy familiarizada con el Socing podría apreciar toda la fuerza de la

---

[2] Por descontado, en el vocabulario A también había palabras compuestas, como «hablascribe», pero eran meras formas útiles carentes de cualquier matiz ideológico.

palabra «vientresiente», que implicaba una aceptación ciega y entusiasta difícil de imaginar hoy, o de «viejopiensa», que estaba inextricablemente asociada a la idea de maldad y decadencia. Pero la particular función de algunos términos en nuevalengua, entre ellos «viejopiensa», no era tanto expresar significados como destruirlos. Dichos términos, necesariamente escasos, habían ampliado su significado hasta contener listas enteras de palabras que, ya que podían ser nombradas con un único término, podían borrarse y caer en el olvido. La mayor dificultad a que se enfrentaban los compiladores del *Diccionario de nuevalengua* no era tanto inventar nuevas palabras como acotar su significado una vez inventadas, o lo que es lo mismo, asegurarse de qué rangos de palabras habían eliminado con su existencia.

Tal como hemos visto ya en el caso de la palabra «libre», se conservaron, por motivos de conveniencia, algunos términos que en otro tiempo habían tenido un significado herético, pero solo tras purgarlos de los significados indeseables. Muchas palabras semejantes como «honor», «justicia», «moral», «internacionalismo», «democracia», «ciencia» y «religión» sencillamente dejaron de existir. Unas cuantas palabras–baúl las englobaron y al mismo tiempo las abolieron. Todos los términos agrupados en torno a los conceptos de libertad e igualdad, por ejemplo, estaban contenidos en la palabra «crimental», igual que «viejopiensa» contenía a los que se agrupaban en torno a los conceptos de objetividad y racionalismo. Una mayor precisión habría sido peligrosa. La perspectiva requerida a los miembros del Partido era similar a la de los antiguos hebreos que sabían, sin saber mucho más, que las demás naciones adoraban «falsos dioses». No era necesario que supiesen que dichos dioses se llamaban Baal, Osiris, Moloc o Astaroth, y, probablemente, cuanto menos supieran tanto mejor para su ortodoxia. Conocían a Jehová y sus mandamientos, y en consecuencia sabían que todos los demás dioses con otros nombres o atributos eran falsos. Más o menos del mismo modo, el miembro del Partido conocía el modo correcto de proceder, y, en términos muy vagos y generales, qué desviaciones eran posibles. Su vida sexual, por ejemplo, estaba totalmente regulada por las dos palabras en nuevalengua «crimensexo» (inmoralidad sexual) y «buensexo» (castidad). El crimensexo incluía cualquier desviación sexual. Desde la fornicación, el adulterio y la homosexualidad hasta otras perversiones, incluidas las relaciones normales si tenían lugar solo por placer. No había necesidad de enumerarlas por separado, puesto que todas eran igualmente culpables y, en principio, estaban castigadas con la muerte. En el vocabulario C, formado por palabras científicas y técnicas, podía ser necesario dar nombres concretos a determinadas aberraciones sexuales, pero al ciudadano corriente no le hacía falta. Sabía lo que era el buensexo, es decir, las relaciones normales entre hombres y mujeres con el único propósito de engendrar hijos, y sin placer físico por parte de la mujer: todo lo demás era crimensexo. En nuevalengua muy pocas veces era posible elaborar una idea herética más allá de la percepción de que lo era: pasado ese punto, no existían las palabras necesarias.

Ninguna palabra en el vocabulario B era neutra desde el punto de vista ideológico. Muchas eran eufemismos. Así, por ejemplo, «campogozo» (campo de trabajos forzados) o «Minipax» (el Ministerio de la Paz, en realidad el Ministerio de la Guerra) significaban casi lo contrario de lo que aparentaban significar. Por otro lado, también había términos que demostraban una franca y desdeñosa comprensión de la verdadera naturaleza de la sociedad oceánica. Un ejemplo era «prolealimento», que se refería al entretenimiento de ínfima calidad y a las noticias falsas que el Partido proporcionaba a las masas. Otros términos eran ambivalentes y tenían connotaciones buenas o malas, según se aplicaran respectivamente al Partido o a sus enemigos. Pero también había muchos que a primera vista parecían meras abreviaturas y que derivaban su carga ideológica no de su significado, sino de su estructura.

Dentro de lo posible, todo lo que tenía o podía haber tenido significado político se hacía encajar en el vocabulario B. El nombre de todas las organizaciones, los grupos de personas, las doctrinas, los países, las instituciones o los edificios públicos se recortaba del modo habitual; es decir, se convertía en una única palabra, fácil de pronunciar y con el menor número posible de sílabas, de manera que conservara su derivación original. En el Ministerio de la Verdad, por ejemplo, el Departamento de Archivos, donde trabajaba Winston Smith, se llamaba «De parch», el Departamento de Ficción se llamaba «Depfic», el Departamento de Teleprogramas se llamaba «Deptel», y así sucesivamente. Esto se hacía no solo con el objetivo de ganar tiempo. Ya en los primeros decenios del siglo xx, las abreviaturas habían sido uno de los rasgos característicos del lenguaje político; y se había visto que la tendencia a utilizarlas era más notable en los países totalitarios y las organizaciones totalitarias. Como ejemplo, tenemos palabras como «nazi», «Gestapo», «Comintern», «Inprecor» o «Agitprop». Al principio, dicha práctica se adoptó de manera casi instintiva, pero en nuevalengua tenía un propósito consciente. Se daba por sentado que al abreviar así un nombre se reducía y alteraba sutilmente su significado y se separaba de las asociaciones que podría tener de otro modo. Las palabras «Internacional Comunista», por ejemplo, evocan banderas rojas, barricadas, la hermandad universal, Karl Marx y la Comuna de París. En cambio, la palabra «Comintern» sugiere solo una organización muy bien organizada y un cuerpo doctrinal bien definido. Se refiere a algo casi tan reconocible, y limitado en su propósito, como una silla o una mesa.

«Comintern» es una palabra que puede pronunciarse sin pararse a pensar en ella, mientras que «Internacional Comunista» es una frase en la que uno tiene que pararse a pensar, siquiera por un instante. Del mismo modo, las asociaciones de ideas evocadas por una palabra como «Miniver» son menos numerosas y fáciles de controlar que las evocadas por «Ministerio de la Verdad». Lo cual explica no solo la costumbre de abreviar siempre que fuese posible, sino también el cuidado casi exagerado para que todas las palabras fueran fáciles de pronunciar.

En nuevalengua, la eufonía se anteponía a cualquier otra consideración que no fuese la exactitud del significado, aun si para ello se hacía necesario sacrificar la regularidad de la gramática. Y no es de extrañar, pues por razones políticas su finalidad principal era conseguir palabras cortas con un significado inconfundible que pudieran pronunciarse deprisa y apenas despertaran ecos en la imaginación del hablante. Las palabras del vocabulario B incluso ganaban fuerza por el hecho de que casi todas se pareciesen. De manera casi invariable dichos términos —bienpiensa, Minipax, prolealimento, crimensexo, campogozo, Socing, vientresiente, mentalpol y muchos más— eran palabras de tres o cuatro sílabas, con el acento distribuido por igual entre la primera sílaba y la última. Su uso favorecía una farfolla al mismo tiempo marcada y monótona. Y eso era exactamente lo que se pretendía: que el discurso, sobre todo si versaba sobre cualquier asunto que no fuese neutro desde el punto de vista ideológico, fuese lo más independiente posible de la conciencia. Es evidente que en la vida cotidiana a veces era necesario reflexionar antes de hablar, pero cualquier miembro del Partido a quien se le pidiera un juicio ético o político podía farfullar las opiniones correctas de manera tan automática como una ametralladora dispara las balas. Su adoctrinamiento le preparaba para eso, la lengua le proporcionaba un instrumento casi infalible y la textura de las palabras, con su sonido áspero y cierta fealdad intencionada que estaba en consonancia con el espíritu del Socing, contribuía aún más al proceso.

Lo mismo ocurría con el hecho de que hubiese muy pocas palabras entre las que elegir. En comparación con el nuestro, el vocabulario de nuevalengua era muy escaso, y constante mente se ideaban nuevos modos de disminuirlo. La nuevalengua, de hecho, se distinguía de casi todos los demás idiomas en que su vocabulario cada vez era más reducido en vez de más amplio. Cada disminución era una ganancia, puesto que cuanto más reducida era el área de elección menor era la tentación de pensar. En último extremo, se tenía la esperanza de que el lenguaje articulado llegara a salir de la laringe sin el concurso de los centros cerebrales superiores. Dicho objetivo lo reconocía con toda franqueza la palabra «grazbla», que significaba «graznar como un pato». Al igual que muchas otras palabras del vocabulario B, «grazbla» tenía un significado ambivalente. Siempre que las opiniones graznadas fuesen ortodoxas, sus connotaciones eran positivas, y cuando el *Times* se refería a uno de los oradores del Partido como un «grazblador doblemasbueno» le estaba dedicando un caluroso elogio.

El vocabulario C.

El vocabulario C servía para complementar a los otros dos. Estaba totalmente integrado por términos técnicos y científicos, parecidos a los que se usan hoy en día y construidos a partir de las mismas raíces, aunque, como siempre, se ponía gran cuidado en definirlos rígidamente y despojarlos de significados indeseables. Seguían las mismas normas gramaticales que las palabras de los otros dos vocabularios. Muy pocos términos C tenían utilidad en el habla cotidiana o en el discurso político. Cualquier trabajador técnico o científico podía encontrar las palabras que necesitaba en la lista consagrada a su especialidad, pero solo conocía por encima las de las otras listas. Solo unos cuantas eran comunes a todas las listas, y no había ningún vocabulario para referirse a la función de la ciencia como hábito o método de pensamiento, con independencia de sus ramas concretas. De hecho, no había ningún término para referirse a la «Ciencia», pues todos sus significados los recogía suficientemente la palabra Socing.

De todo lo visto hasta ahora se deducirá que la expresión de opiniones heterodoxas en nuevalengua por encima de un nivel muy sencillo era casi imposible. Por supuesto, se podían expresar herejías muy toscas, como una especie de blasfemia. Por ejemplo, se habría podido decir: «El Hermano Mayor es nobueno». Pero semejante afirmación, que para los oídos ortodoxos implicaba meramente un evidente absurdo, no podía sostenerse con una argumentación razonada porque faltaban las palabras necesarias. Las ideas contrarias al Socing solo podían concebirse de forma vaga y silenciosa, y nombrarse con términos muy amplios que incluían y condenaban grupos enteros de herejías sin definirlas. De hecho, el único modo de utilizar la nuevalengua con propósitos heterodoxos era retraducir ilegítimamente algunas palabras a viejalengua. Por ejemplo, en nuevalengua podía formarse una frase como: «Todos los hombres son iguales», pero solo en el mismo sentido en que podría decirse en viejalengua:

«Todos los hombres son pelirrojos». No contenía errores gramaticales, pero expresaba una verdad impalpable —es decir, que todos los hombres tienen la misma estatura, peso o fuerza—. El concepto de igualdad política había dejado de existir, y dicho significado secundario también había sido borrado de la palabra «iguales». En 1984, cuando la viejalengua seguía siendo la forma normal de comunicación, seguía existiendo el peligro teórico de que al utilizar términos en nuevalengua uno pudiera recordar su significado original. En la práctica, nadie versado en el ejercicio del doblepiensa habría tenido la menor dificultad en evitarlo, pero en unas pocas generaciones incluso la posibilidad de ese descuido habría desaparecido. Cualquier persona que creciera con la nuevalengua como única lengua ignoraría que «iguales» había tenido el sentido secundario de «políticamente iguales», o que, en otra época, «libre» había significado «intelectualmente libre», igual que, por ejemplo, una persona que no hubiese oído hablar jamás del ajedrez ignoraría los significados secundarios de la palabra «reina» o «torre». Habría muchos crímenes y equivocaciones que le sería imposible cometer, sencillamente porque no tenían nombre y le resultarían inimaginables. Y era previsible que con el paso del tiempo las características definitorias de la nuevalengua se fueran agudizando, que su vocabulario fuese cada vez más escaso y los significados más rígidos, y que la posibilidad de utilizarlos de manera incorrecta continuara disminuyendo.

Cuando la viejalengua fuese por fin superada, se habría cortado el último vínculo con el pasado. La historia ya se había reescrito muchas veces, pero todavía sobrevivían fragmentos de literatura del pasado aquí y allá, censurados de forma imperfecta, y mientras quedase alguien que conociera la viejalengua sería posible leerlos. En el futuro, dichos fragmentos, aunque lograsen sobrevivir, serían ininteligibles e intraducibles. Era imposible traducir un pasaje de viejalengua a nuevalengua a menos que se refiriese a algún proceso técnico o a un acto de la vida cotidiana o fuese ya de tendencia ortodoxa (piensabienpleno, se diría en nuevalengua). En la práctica, eso significaba que ningún libro escrito antes de aproximadamente 1960 podía traducirse por completo. La literatura prerrevolucionaria solo podía someterse a una traducción ideológica, es decir, a una manipulación no solo de la lengua sino del sentido. Tomemos por ejemplo el conocidísimo pasaje de la Declaración de Independencia:

> Defendemos que dichas verdades son evidentes en sí mismas: que todos los hombres son creados iguales; que son dotados por su Creador de ciertos derechos inalienables, entre los que se cuentan el derecho a la vida, a la libertad y a la búsqueda de la felicidad; que para garantizar dichos derechos se instituyen entre los hombres los gobiernos, que derivan sus poderes legítimos del consentimiento de los gobernados; que cuando quiera que una forma de gobierno se vuelva perjudicial para dichos principios, el pueblo tiene derecho a reformarla o abolirla y a instituir un nuevo gobierno...

Habría sido imposible traducirlo a nuevalengua y conservar el sentido original. Como mucho podría resumirse todo el pasaje con la palabra «crimental». Cualquier traducción completa habría sido ideológica, y las palabras de Jefferson se habrían convertido en un panegírico del gobierno absoluto.

Gran parte de la literatura del pasado estaba, de hecho, en proceso de transformación. Las consideraciones de prestigio hacían deseable conservar el recuerdo de determinadas figuras históricas y al mismo tiempo encajar sus logros en la filosofía del Socing. Por ello se estaba traduciendo a escritores como Shakespeare, Milton, Swift, Byron, Dickens y algunos más. Una vez completada la tarea, se destruirían los escritos originales junto con toda la literatura del pasado que hubiese sobrevivido. Dichas traducciones eran un proceso lento y difícil y no se esperaba que estuviesen terminadas antes del primer o segundo decenio del siglo XXI. También había mucha literatura meramente utilitaria —manuales técnicos indispensables y cosas por el estilo— que había que tratar del mismo modo. El motivo de que la adopción definitiva de la nuevalengua se fijara en una fecha tan lejana como el año 2050 no era otro que dar tiempo a esa labor preliminar de traducción.

Classipublica

www.classipublica.com

www.ingramcontent.com/pod-product-compliance
Lightning Source LLC
Chambersburg PA
CBHW060943030726
47503CB00003B/707